杨正义◎著

行者

The Traveler

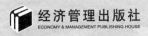

经济管理出版社
ECONOMY & MANAGEMENT PUBLISHING HOUSE

图书在版编目（CIP）数据

行者/杨正义著. —北京：经济管理出版社，2021.3
ISBN 978 - 7 - 5096 - 7671 - 4

Ⅰ.①行…　Ⅱ.①杨…　Ⅲ.①游记—作品集—中国—当代　Ⅳ.①I267.4

中国版本图书馆 CIP 数据核字（2021）第 017857 号

组稿编辑：梁植睿
责任编辑：梁植睿
责任印制：黄章平
责任校对：陈　颖

出版发行：经济管理出版社
　　　　　（北京市海淀区北蜂窝 8 号中雅大厦 A 座 11 层　100038）
网　　　址：www. E - mp. com. cn
电　　　话：（010）51915602
印　　　刷：唐山玺诚印务有限公司
经　　　销：新华书店
开　　　本：720mm × 1000mm/16
印　　　张：27.5
字　　　数：344 千字
版　　　次：2021 年 3 月第 1 版　　2021 年 3 月第 1 次印刷
书　　　号：ISBN 978 - 7 - 5096 - 7671 - 4
定　　　价：80.00 元

序　一

20世纪五六十年代出生的人，是特殊的一代人。那时候，中华人民共和国刚刚成立不久，社会制度初建，经济基础薄弱，物质生活匮乏。他们虽然没有经过战火的锤炼，却饱经三年自然灾害、缺衣少食和时代的洗礼，血液里流淌着红色的细胞，身体上烙印着正统的标记，思想观念和行为举止无不彰显那个年代的特质。

随着我国进入老年社会，这一代人已经或即将成为老年人。在经济困难时期成长，从少年失学、青年"上山下乡"、中年下岗待业，到改革开放、我国一跃成为世界第二大经济体，就在他们的一生经历成为这个世界的传奇的同时，也面临着如何选择属于他们的老年生活的问题。

老杨和我都是50年代出生的人，我们共同生活近40年。我退休的时间比老杨早几年，退休以后，在陪伴老杨和照顾女儿之间相互平衡，觉得生活很充实，时间过得也很快。女儿立业成家、老杨退出职场以后，我们的时间越来越富裕。伴随着身体的衰老，各种疾病也会随之而来，如何安排未来的生活，成为无法回避的问题。

我国的传统是父母抚养子女，子女赡养父母。独生子女成家后，一对夫妇要陪伴双方父母四位老人，如果祖父母健在，还要照顾他们，

1

压力很大。整个社会又处在转型时期，社会养老还没有成为社会风尚，在这个时候自己的老年生活完全依赖社会也不现实。

人类区别于动物的是行走和思维。一个人有抱负、有追求时，精神振作，精力充沛，即便再苦再累，也在所不惜。退休以后，生活有了保障，富有的是时间，缺少的是明确的目标和工作时的成就感。特别是刚刚从忙碌的工作、成就的事业中脱出身来，往往无所适从，迷失方向。

含饴弄孙，不失为一种选择。于是乎有人回归大家庭，屈服于习俗，把夕阳最美好的时光奉献给孙辈。由于时代的发展，子女们已经不习惯父母承欢膝下的传统思维，尽管一些父母"五加二、白加黑"，忙白了头，累弯了腰，仍然无法获得子女的认同感，以致一些老人忍气吞声，"装好孙子带孙子"就是这种状况的写照。

同样的问题也困扰着我们。子女的时间紧，工作压力大，我们有精力时，应该提供一些力所能及的帮助，主要还是要把握好度。在孙辈问题上不能越俎代庖，婴幼儿成长过程中最不能缺失的是父母的爱和陪伴，祖辈的照看不能成为这种缺失的理由和借口。子孙自有子孙福，他们的未来和幸福，不应该成为我们老年生活的全部。

老杨是一个执着的人，做老师时，经常挑灯夜作，面壁讲课，所以学生很爱上他的课，正因为课讲得好，到广东讲学时才被挖掘；管理企业时，修章建制，授权经营，"迈小步，不停步"，量力而为，不欺上瞒下，劳民伤财，所以他管理的企业曾经入围全国 500 强。在职时，埋头实干不唯上，有市委书记以权谋私，他破书记大门而出；退休后，热爱生活，与时俱进，满满的正能量，即便出游境外，也很注意国民及其所投射的国家形象。

老杨是一个意志力强的人，罹患糖尿病后，"管住嘴，迈开腿"让他坚持快走运动近十年，十年如一日，从不缺席，通过运动和节食，

不吃药物，也能控制血糖水平；工作以后开始写日记，每天一页纸，做教师时写，管企业时写，退休后仍然不断篇，日记等身，不为名，不为利，每天写日记成为一种习惯；旅行途中都要记录所见所闻所悟，写成旅行日记，不趋炎附势，一如既往，积极向上是主体意识。

老杨还是一个有情怀的人，做老师时，孜孜不倦，视教育为使命，爱生如子；做企业时，把平台当事业，排除干扰，在努力提升公司业绩的同时，积极探索和高度契合国家、股东和员工三个方面的利益；作为父亲，身教重于言教，不体罚打骂孩子，把慈爱藏在严厉的背后；退休以后，特别关注老年社会和老人生活，每每看到国外老人开着跑车，成群结队地组成"摩托车党"时，不同的老人生活状态激励他探索和践行的欲望。

旅行就是一个典例。郁达夫在《故都的秋》里写道，所谓旅游，就是从自己待腻的地方去看别人待腻的地方。一般而言，旅游就是去一个陌生的地方看陌生的风景，在"网红"的年代更有人极致地把旅游演化成"换一个地方睡觉"。老杨的旅行似乎有点不同，有网友看过他的旅行日记后，评论说"你的旅行是有思想的"。

"不为生活而苟且，不为打卡而旅行"是老杨的信念。对于在职人员来说，工作是主旋律，受制于时间和工作压力，旅行只是生活的一种调剂。对于我们退休的人而言，旅行应该是生活的一部分，由于时间宽裕，既没有必要在旅游高峰时与在职人员抢资源，也没有必要在旅游旺季时付出不必要的旅行成本。我们完全可以根据季节、身体状况和经济实力，从容地安排行程，一次出游完成一个区域的景点，减少往返途中的时间和费用。如果旅行不改变日常生活的一些主要习惯，才会真正成为我们生活不可或缺的一部分。

老杨崇尚山水自然，千里迢迢，去往一个少人烟、无污染、原生态的地方。老杨的旅行，除了江海河山，就是平常生活。每到一地，

快走、喝茶和美食，相伴而行。即便是青藏高原，每天早上八九点出发，晚上九十点下榻，万步慢跑和一杯绿茶从不缺席。在东欧和巴尔干旅行期间，每天坚持撰写旅行日记，就像平时一样悠闲舒缓。

有朋友曾经说过，老杨没有什么特别的嗜好，除了工作。年轻时见过老杨的专业论文和著作，没有看他写过散文。退休三年来，我们走到哪里，他就写到哪里，第二本散文集即将出版。他的散文功底不深，措辞还很粗拙，但所见所闻所悟，都是我们熟悉的人和事，读起来亲切，犹如重游一次。

老杨经常说，跑得动时应该多走走看看，跑不动了就躺在摇椅上，看着自己的游记，慢慢老去。退休以后，他有计划地安排行程，逢游就写，无感不发。他的散文如行云流水，许多网友读完后，有身临其境的感受。从老杨身上，我理解了厚积薄发的意义，看到了信念在生活中所展现出来的魅力。

旅行已经成为老杨退休生活不可或缺的一部分，让他对退休后的生活更加充满憧憬和激情，也让我们的老年生活更加丰富多彩。我支持老杨把旅行日记结集出版，不为名，不为利，就是希望对同龄人的老年生活有些启迪。

王　娟

2020 年 9 月 16 日于夏洛特

序　二

　　跟随杨先生的旅行足迹，从壮美西北到氤氲水乡，再到华彩港澳，间隙走过多彩云南、隽秀恩施，也从广袤斑斓的华夏大地走出国门，纵览美洲风情，杨先生通过叙事与抒情兼容并蓄的文字，让读者身临其境地感受了大自然的旖旎风光、各地各异的人文历史。

　　山水花鸟、独特地貌在杨先生细腻的笔触下都跃然纸上。写青海湖的天朗水静：鱼儿遨游、海鸥飞舞、飘动的白云似洁白的哈达，祥和而静谧的景象描写得淋漓尽致；写"一咸一淡"情人湖的开阔浩渺：清亮湖水映着阳光七彩光芒，似宝镜；风起鳞浪层层，拍岸有声，动与静的相得益彰展露无遗。"大小石笋雨后破出"，一语道尽羊慕狮的险、奇、峻、秀；直上直下陡峭的线条、节理状破角石柱似熊掌扒落痕迹，简笔勾勒出了魔鬼峰的粗犷挺拔。银杏似金色的蝴蝶起舞，薰衣草如淡紫麦穗低垂，花海水草如茵，小桥飞架，风车摇曳，教堂独耸，莺飞鱼醉，小城花海秋季别样的风景徐徐展现；"一行行如绸缎飘逸，一垄垄似彩带飞扬，一片片赛七彩霓裳，姹紫嫣红，一望无垠。黄的似金，粉的似霞，红的似火，白的似雪，蓝的似玉"，菊花的繁复与热烈令人神往。滇池边上、盐城滩涂三五成群闲庭信步、悠然栖息的红嘴鸥、丹顶鹤，振翅高飞、遮云蔽日又是另一番壮阔景象。山水

花鸟之外，杨先生对大自然鬼斧神工的地质地貌奇观也观察入微，通过丰富、详尽的描写为读者展现了大好河山的壮丽画卷。"沙脊呈波纹状，黄涛翻滚，明暗相间，层次分明。无论狂风乍起，还是轻风吹拂，都因沙动而发声，重如雷鸣，轻如丝竹"，寥寥数笔给读者细致呈现了鸣沙山色彩、形态和声音的特点；"翻耕待种的土地呈现出火一般的热烈，种上青稞或小麦的土地泛着淡淡的绿，田间地头荞花、洋芋花和一些不知名的野花此谢彼开，绚丽而斑斓"，让人仿佛身临其境感受到了红土地强烈对比的色彩冲击感。

如果将对自然美景的着墨比作画卷，那杨先生对各地各景历史渊源、奇闻逸事的记叙可以说是百科大全。一座城，杨先生不仅能看它的街区容貌，更能娓娓道来其在历史长河中的贡献与变迁，比如核工业基地的西海镇、丝路重镇张掖、玛雅文明遗址奇琴伊察和新旧交融的哈瓦那；一处景，杨先生描绘其外观形状，也阐释其内在机理和发展由来，生动地讲述与之相关的传说与故事，比如丹霞和雅丹地貌的形成、塔尔寺格鲁派背景、港珠澳大桥的象征意义、罗三妹山"不走回头路"的逸事和魔鬼峰护佑平安的神话，通读杨先生的游记，既是一次视觉的享受，更是知识的盛宴。

在自然与人文本身的魅力之外，杨先生积极向上的生活态度通过纸张，也鲜活地呈现在大家面前。不顾烈日炎炎，步履艰难，坚持登上鸣沙山，体验滑沙的畅快；天公不作美，无法拍摄最美的元阳梯田，但并不影响杨先生一派乐天的观赏之乐；哪怕摔倒受伤，也没能打击杨先生好奇探索、兴致高昂的旅行。"旅行的意义很神奇，每天天不亮出发，昼夜兼程，行车几百千米，不仅没有人抱怨累，每每新景点出现时，又都精神倍增，乐而忘返……无欲无求，累并舒坦着，这就是旅行带给我们的快乐。"团体旅行行程的紧凑、海外旅行语言等的不便，在杨先生这里似乎都成了一种经历，被他本人乐观豁达的生活态

度转变成了旅行的收获和快乐。

杨先生的行者之旅不仅是个人旅行的纪实，更是其在旅行过程中思索过往、探索未来的心路之旅。杨先生基于外孙诞生，对于子女教育问题的讨论引人深思，关于人生终归于平凡、享受平凡的追求也令人印象深刻。如杨先生云南之旅所说，退休之后，生活原有的平衡被打破，如何探索新的定位，寻找新的平衡，是主动去调整还是被动地适应，这也是他旅行的缘由与意义。

由于经济发展水平高及崇尚自由与自我的价值观念熏陶，欧美国家退休群体在退休生活的安排上更为独立和丰富，例如美国，不仅有驾车漫游的"汽车族"，也有与大学比邻而居的"银发大学生"，更是因此衍生了专为公路旅游的老年人服务的保险计划、网址和宿营地以及以大学活动为中心的服务社区等。德国联邦统计局数据也显示德国老人在退休后并没有甘于赋闲在家的生活，大多再度走入校园、自驾旅游或接触网络，甚至重回职场，发挥余热。

过去绝大多数中国父母退休后选择在家带孙子孙女，这样既可以解决子女上班孙辈没有人带的问题，还可以充实老年人的生活，基本退出社会舞台。但是，随着社会风气的转变，相关配套的发展为退休生活丰富化提供了平台，在基本的"生理与安全需求"已充分满足，"归属与爱及尊重的需求"也能较好地实现的情况下，越来越多的退休人士像杨先生一样更多地开始寻求"自我实现"需求的达成，追求"老有所学""老有所乐""老有所为"。

中国老年大学协会的一项数据显示，目前国内共有超 7.6 万所老年学校，包括参与远程教育在内的老年学员共有超 1300 万人，部分城市甚至出现"一席难求"的现象。2018 年中国社会科学院旅游研究中心发布的数据显示，在中国 2 亿多位老年人中，有出游愿望的老年人占比 87%；约有 49.1% 的老年人每年出游 2～3 次，出游 4 次以上的

占 12.5%，旅行逐步成为当代中国退休群体退休生活的一个重要组成部分。但是，与欧美发达国家相比，我国在相关制度建立及服务配套提供方面仍与欧美等发达国家存在一定差距。

从世界范围看，中国属于较晚进入人口老龄化社会的国家，但从2000年步入老龄化社会以后，老龄化发展速度在加快。如何更好地应对这样一种变化与压力是每一个人要面临的问题。像杨先生这样以积极正面的心态"行万里路、著万卷书"来度过丰富多彩的老年生活，可以说是应对这一社会难题的个人探索。但是，如何更好地满足"50后"退休群体的生理和心理需求，仅靠这一群体个人的尝试是远远不够的，而是需要放在社会环境中探索解决的办法。

短短两年多的时间，杨先生的旅行足迹几乎遍布国内从北到南的大部分区域，甚至沿着落基山脉游历了美国西部经典的旅行路线，一路向南，亲历墨西哥坎昆，近距离感受社会主义国家古巴的人文风情，其旅行经历与沿途感悟与传统旅游市场上"爸妈团"等同于"低价团、要求多"等固有印象相去甚远，在消费升级背景下，老年游对于旅行品质和特色的追求逐渐成为主流，发展成为一种新兴的旅行模式。

携程《2018年老年人旅游消费报告》显示中国老年人在出游目的地、旅行时长、出游方式、人均消费等方面都呈现了新的发展。中国老年人出游足迹遍布全球74个国家和858个旅游目的地；鉴于老年人时间较为充裕，可错峰出游，选择长线深度游的老年人增长明显，其中选择7天以上行程的人数占比达24%。考虑到老年人精力管理和社交需求，跟团游仍是老年人的主要出游方式，占比达到82%，但是与传统理解的"大杂烩、低成本"的团体游不同，85%的老年人会选择行程轻松、愉悦的品质团，尤其是各种特色主题的定制游广受欢迎，杨先生随笔中就有提及摄影团、人文旅行等主题的定制游。从消费能力来看，目前老年游的平均花费水平在3000元左右，到了2025年，

老年旅游消费的客单价可能提高到 5000 元以上，根据 2025 年 2.8 亿左右的老年人群预测，老年旅游将贡献万亿元级的消费市场。

　　杨先生近年来的旅行随笔可以说是我国"50 后"退休群体的缩影，其在旅游这一消费过程中对产品和服务的品质有着较高的要求，市场面对庞大的中老年市场，尽管有了一定的尝试，但是由于风险大、操作困难、对落地服务的要求又很高等问题，仍处于较为初级的探索阶段。对相关"夕阳红"旅游产品仔细分析不难发现，真正有特色、符合老年人旅游需求的产品较少，大多为现有产品的排列组合；此外，老年人跟团导游大多为业余人士，虽然多为本地或在本地生活人士，能够较好地提供一手的人文信息，但是在专业服务提供，甚至是危机应对等方面仍存在缺陷，专业的组织者和导游也是保障老年人出游安全与体验必不可少的一环。除此之外，就产品和服务提供渠道来说，互联网的飞速发展给民众带来的便捷越来越多，一部智能手机在手，只需手指轻轻一点，衣食住行全都不成问题。5G 普及在即，互联网势必更加全面彻底地与传统行业相结合，根据艾瑞咨询数据，2019 年在线旅游产品的渗透率达 40.9%。在杨先生的游记中，也不难发现对在线旅游服务的使用。

　　中国社会科学院和腾讯《中老年互联网生活研究报告》调查发现，50 岁以上的中老年人 75.8% 会上网看新闻资讯，超半数可以自己搜索想要获取的资讯，还有一些中老年人（45.9%）会关注浏览微信公众号文章；而在中青年热衷使用的各项便捷功能中，中老年人主要能使用简单的手机支付（51.5%）、手机导航（33.1%）和打车服务（25.8%）使用的比例则较低。互联网在使大部分人生活更为便利的同时，老年人由于认知理解态度、社会经济地位等因素制约，对互联网的运用受到一定的限制，甚至一些服务的过度信息化，如购票人工服务的逐步减少甚至取消，可能造成老年人生活的不便。老年人虽然

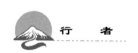

人数众多，但在互联网时代，他们表达的阵地缺失，话语权很小，面临的互联网困境就容易被社会所忽视。如何使旅游行业信息化发展适配老年人旅游需求，也是旅游行业及相关主体需要关注的实际问题。

　　党的十九大报告指出，我国社会主要矛盾已经转化为人民日益增长的美好生活需要和不平衡、不充分的发展之间的矛盾。我国旅游业发展的整体繁荣，能否普惠地满足不同社会群体的美好生活需要，尤其是未来万亿级市场规模的"银发一族"，仍须诉诸更加深入的讨论。就中产阶级退休群体来说，其日益增长的消费能力和稳步升级的消费需求对这一细分市场的痛点分析与解决提出了严格的要求，如何针对老年人普适性的生理特点设计产品及服务，包括行程期限、每日活动、产品配套、安全保障及服务提供等，以及如何满足这部分受过高等教育、思想独立、追求自我、收入较高的中产阶级退休群体的心理需求，包括健康养生、文化休闲、消除孤独和实现自我等，我认为杨先生的随笔既是第一手的案例资料，同时也是创新之举的灵感源泉。

李　舟

教授，博士，硕士生导师

暨南大学深圳旅游学院系主任

2020 年 9 月 22 日

目　录

一、日落母亲河

二、漫步帕米尔

三、穿越古巴

一、日落母亲河

日落母亲河

　　无论家在哪里，人在何处，有钱没钱，回家过年，这是中国人的传统习俗。如今虽然还是社会的主流意识，但随着经济的快速发展，人们的观念也悄然发生着变化。一些功成名就，有了经济实力的人，已经不再窝在家里过年。有的把父母接出来，涌向温暖如春的南方，把过年和度假合二为一；有的载着一家老少，自己驾车云游，在出行途中共度暖心年；有的则邀约三五好友，游走异域他乡，把年俗带至世界各地。无论以何种方式过年，有一个无法否认的事实，就是以春节为中心，前后40天左右，人口流动30多亿次，被誉为人类历史上规模最大的、周期性的人类大迁徙的全国性交通运输高峰，伴随着春运的是京津、长三角、珠三角城市的人流减少，甚至于出现短暂的城市"空巢"现象。

　　"春运"一词最早出现于1980年的《人民日报》，几十年来，我们既是春运的见证者，大多时间也是春运的经历者。父母健在时，无论工作多忙，时间多紧，即便是除夕，也要赶回家，陪父母过年。迎来送往，来去匆匆，不仅没有时间体味儿时家乡的年俗，也与工作和生活城市的辞旧迎新失之交臂。现在父母仙逝了，女儿刚刚成家，岳母新娶了孙媳，我们夫妇才有理由留在珠海，过属于我们自己的不愿

3

意打扰别人也不愿意被人打扰的简单而清静的新年。

春节前后，北京飞珠海的商务舱票价高达1万元左右。由于时间充裕，2月11日放假当日我们即从北京飞抵广州，再从广州乘坐机场快线回到珠海。没有了困境之忧，没有了繁杂之扰，放下行李，沿着明达路，穿过丰华社区公园，去前山河边快走运动。健步如飞，汗流浃背，心如鹿撞，不长期锻炼和亲身经历，根本无法感受那份心旷神怡。

前山河是珠海的母亲河，由北而南穿城而过，是珠海主城区内唯一的淡水河和饮用水源，它蜿蜒流淌，以博大的胸怀给予一河两岸人民山水相依的生活环境，世代孕育着珠海人民和澳门同胞。珠海人每天在滨河公园里运动，上下班时从桥上穿河而过，司空见惯，数见不鲜。夕阳西下，偶然间走过前山河东西走向那一段时，"长河落日圆"的盛景惊现眼前。一连几天，乌云密布，无奈隔云看日。

2月15日是鸡年除夕，上午还是多云天气，下午便云消雾散。带上相机，直奔前山河。路上车子少了，车速慢了，商店已经闭门谢客，行人更是寥若晨星，喧嚣的城市静下来了，空气中弥漫着吉庆、祥和的气息。

前山河钢便桥

由于去异地工作，好久没有在滨河公园里快走运动了，河面上一下子多出了五六座大桥和钢便桥。它们在便捷交通的同时，把一河两岸本来完整的滨河公园分割成好几个部分。找好位置，沿着河边，在温暖的阳光下踱步，怡情悦性，特别舒服。晚风袭来，吹得满园的紫荆和三角梅

摇曳生姿、清香扑鼻。鲜见几个孩童在沙堆上玩耍，天真无邪；也有子女推着轮椅，陪侍老人在河边漫步，其乐融融。

河岸种有小叶榕、大叶榕、木棉树、棕榈树、椰子树、凤凰木、三角梅和紫荆，还有许多叫不出名字的花朵、树木，青黄红绿紫，并因季节变换而五彩缤纷，姹紫嫣红，正所谓"满园深浅色，照在绿波中"。河岸树影婆娑，河里镜花水月，互相映衬，相得益彰，构成了一幅美妙的天然画卷。

临河而筑的时光书屋，掩映在树丛中，超凡的安静。书屋窗明几净，架子上摆满了各种藏书，时有三五人，依窗而立，或落座园中，捧着一本书，伴着一杯茶。书籍是全世界的营养品，生活里没有书籍就好像没有阳光，智慧里没有书籍就好像鸟儿没有翅膀。

前山河边时光书屋

不知不觉间，夕阳已经像玉盘似的悬挂在南屏大桥上空。在夕阳的映照下，白云悠悠地绚烂成美丽的晚霞，镶嵌在天空里，化为永恒的记忆；青山恍惚披上了朦胧的面纱，一改往日的雄壮，像恬静的少

女一样，温柔地依偎在大地的怀抱；风儿吹皱的河面，泛起了层层涟漪，折射着红橙相间的霞光，像撒下一河的玛瑙，熠熠生辉。

白鹭鸟唱着歌儿，掠过河面，与晚霞争辉，奉献"落霞与孤鹜齐飞"的美丽。夕阳照在鳞次栉比的房屋上，千家万户沐浴在落日余晖中；落在波光粼粼的河水里，小河流水恰似少女一样温存、闲适。火红的太阳接近地平线时，天边顿时燃起一大片似火的红霞，并迅速由火红变成金黄、灰黄、灰白，变幻无穷，蔚为壮观。

夕阳既没有了晌午烈日的耀眼，也没有晨阳独特的光芒，暮色暗淡，残阳如血。当夕阳把最后的光芒洒向人间时，屋顶、河面、大地焕然一新，小草低头，树梢弯腰，花儿羞涩，就连匆忙的行人，也停下脚步，情不自禁地拿出手机，向美妙绝伦的夕阳，做辉煌的告别。

（2018 年 2 月 15 日摄于前山河，2 月 16 日写于珠海）

暴走玄武湖

江南地区河道棋布，湖泊众多，其中以南京玄武湖、杭州西湖、嘉兴南湖最为出名，它们并称为"江南三大名湖"，素来以"轻烟拂渚，微风欲来"的迷人景色著称于世。

玄武湖位于南京市东北城墙外，紫金山脚下，由玄武门和解放门与主城区相连，既是我国最大的皇家园林湖泊，也是江南地区最大的城内公园。巍峨的明城墙、秀美的九华山、古色古香的鸡鸣寺环抱其右，是古都南京名胜古迹的荟萃之地，被誉为"金陵明珠"。隔湖相望的是南京火车站，它前临玄武湖，后枕小红山，是中国唯一临湖依山的火车站，被誉为"中国最美火车站"。从地下穿湖而过的是九华山隧道和玄武大道，它们是南京市民出行的重要交通动脉。

南京是我的故乡，我去玄武湖的次数却屈指可数。记得第一次去玄武湖，是小学毕业前夕，学校组织的活动。那时年龄还小，除了开眼界，什么印象都没有了。学校毕业以后，忘我工作，根本没有时间流连于山水之间，直到后来领着女儿又去过几次。30多年过去了，玄武湖不仅获得了国家4A级旅游区称号，免费向游人开放，而且整治了周边环境，修通了环湖步道，进一步提升了公园美誉度，并将情侣园揽入园中。

　　玄武湖湖岸呈菱形，占地面积502公顷，水面约378公顷，徒步环湖路和五洲一圈，大约20千米，三四个小时。一个初夏的凌晨，天气还不错，我们先搭公共汽车，再换乘地铁，从玄武门进入玄武湖。正是日出时分，轻雾如纱般地笼罩着玄武湖和整个南京城。沿着明城墙下的环湖路，一路向北、向东、向南、向西，一边快走运动，一边拍摄照片。十里长堤，沿湖桃红柳绿，虽然云雾蒙蒙，却清香弥漫。玄武晨曦、玄圃、玄武烟柳、武庙古闸、明城探幽、古阅武台等湖光山色尽收眼底。

　　几天后的一个下午，天空出现了南京蓝，我又急不可耐地辗转于公交与地铁之间，再次来到玄武湖。顾不得酷热，来不及歇息，从环洲出发，以快走运动的速度，游历了梁洲和翠洲后，折返环洲，继续行走樱洲和菱洲。五洲堤桥相通，碧水潺潺，绿茵环抱，浑然一体。园内亭、台、楼、阁、厅、廊、馆、树疏密有致，云光岚影倒映，鱼跃鸢飞，画舫游弋。环洲烟柳、樱洲花海、翠洲云树、梁洲秋菊、菱洲山岚，别具其胜，山水城林相融之美彰显。

　　年轻时懈怠于运动，每次去玄武湖，最多游玩两三个洲，环湖一周更是遥不可及的事情。这次徒步玄武湖，计划是一次完成的，却因天气变化而被迫调整。两次暴走，不仅减轻了一天的运动量，而且观赏了玄武湖阴阳两种天象，虽然不能对所有景点一网打尽，许多景致却历历在目。游兴未尽，又于一个下午申时，再次来到玄武湖，漫步长堤。

　　进入玄武湖，首先映入眼帘的是湖畔的垂柳，迎风摇曳，婀娜多姿，仿佛江南女子为迎来送往而翩翩起舞，别有一番江南风韵。徜徉于湖堤之上，岸边湖石杂而不乱，堆放错落有致；波光粼粼的湖面上，一边是风格各异的游船，随意地荡漾着，一边是鼓点声声中正在训练的划艇，紧张有序，争先恐后。石凳上歇息的老者，头顶着一片摇曳

的绿茵，呼吸着新鲜的空气；栈道上的游人，有的悠然而行，有的驻足自拍，形成了又一道风景。

明长城像一条矫健的巨龙，雄踞在玄武湖的西和西南方向，深绿色的爬墙虎把它装扮成"青龙"。长城脚下，玄武门入口北

玄武湖玄武门

侧有一处被称为"水杉氧吧"的地方，大约600米长的道路上栽植了大量有"活化石"之称的水杉，绝对算得上是一个天然的"森林氧吧"。木栈道、木平台和一些造型别致的木屋穿插其间，是一个充满自然情趣的休闲之地，很多人选择在这里打太极、练瑜伽、吊嗓子，他们与环湖路上或走或驻的游人，时空交错，动静相宜，构成一幅美丽的画卷。

玄圃位于玄武湖西南角，占地30亩，由天籁清音馆、净精舍、明月轩、婉转廊等六朝风格和建筑组成。古玄圃建于齐，改建于梁，为梁昭明太子萧统私园。太子在这里邀集名人学士泛舟湖上，游咏其间，在一次泛舟游湖中，不慎落水染疾而亡，时年三十岁。因萧统死后谥号"昭明"，其文选又名《昭明文选》。书中选录了先秦至萧梁八百年间的诗文辞赋，是我国现存最早的一部古代诗文总集。清代文人刘铁山在《后湖题咏》中赞道："莫愁传世争颜色，怎及昭明文子香。"对《昭明文选》为中国文学史所做的贡献给予了高度评价。

南京火车站临湖而建，在玄武湖免费向游人开放以后，许多乘客可以因时制宜地在湖畔吹吹风、散散步、划划船，或者坐一坐、喝杯茶，打发候车的闲暇时光。玄武湖除了惠及南京市民外，正在以她优美的自然景观和独特的人文胜景吸引着南来北往的游人，向他们展示

南京源远流长的历史和开放的胸襟。

鸡鸣寺

情侣园南邻玄武湖，东枕紫金山，是一座展示野生药用植物为主旨，兼游览休憩及婚礼系列服务的江南自然山水园，是中国著名的园林设计大师朱有玠先生亲手规划设计的，园内植物品种丰富，意境幽远，画意甚浓。站在情侣园举目远望，东有巍巍钟山，南有鸡鸣寺药师佛塔和九华玄奘塔，蜿蜒的明城墙沿着玄武湖向西而去，一幅"千顷湖光涵塔影，十分山色拥亭台"的美景展现在眼前。

位于解放门附近的武庙闸是玄武湖主要的出水口，也是南京最早的水关。其历史最早可以追溯到三国东吴时期，吴后主孙皓引湖水进入宫城。明朝时期，朱元璋建造南京城时一并设计、建造了武庙闸。武庙闸的工程设计在当时是世界一流水平，至今仍承担着对秦淮河等城市水道水位的控制和冲洗工作，是南京使用时间最长的水闸，1986年新建了三曲长廊、观景轩、方亭等建筑，现为国家重点文物保护单位。

"接天莲叶无穷碧，映日荷花别样红。"玄武湖内种植了大片的荷花，夏秋两季，水面一片碧绿，粉红色荷花掩映其中，非常诱人。玄武湖被列为中国八大观荷胜地之一，植荷历史悠久，六朝时已闻名天下，历史上满湖皆荷，船只能在荷叶里开出的"萦纤一水"中划行。玄武红莲花瓣更大，色彩更娇艳，是玄武湖的"当家花旦"。玄武湖设计了一种画舫，专门用来深入荷塘赏荷，重现"莲动下渔舟"的美景，游客可以在密密匝匝的荷花丛中划船。

玄武湖是风景园林，亦为文化圣地，历代文人骚客、政要名流，如萧统、李煜、韦庄、杜牧、刘禹锡、李商隐、李白、欧阳修、王安石、曹雪芹、郭沫若等都曾在此留下身影，皆为后人传为美谈。唐朝诗人李商隐借古喻今，咏出了"北湖南埭水漫

玄武烟柳

漫，一片降旗百尺竿。三百年间同晓梦，钟山何处有龙盘？"的诗句。北宋文学家欧阳修则如此赞誉玄武湖，"钱塘莫美于西湖，金陵莫美于后湖"。

玄武湖命运多舛，历史上经常被迫更换名称。秦始皇嬴政统一六国后，为泄散金陵王气，将金陵改为秣陵，湖泊因此更名为秣陵湖；汉时秣陵都尉蒋子文葬地湖畔，后改名为蒋陵湖；三国时又名后湖或北湖；从东晋到梁代，玄武湖先后有过昆明湖、饮马塘、练湖、习武湖、练武湖等名称。宋元嘉年间湖中两次出现黑龙，湖名开始改为玄武。玄武是中国古代神话中最令妖邪胆战且法力无边的四大神兽之一，玄武亦称玄冥，龟蛇合体，为水神，居北海，龟长寿，玄冥成了长生不老的象征，冥间亦在北方，故为北方之神。"玄"就是"黑"和"北"的意思，玄武湖实际上就是北湖，这两个名词其实也没有多大的差别。

玄武湖还曾两次遭到浩劫，一次发生在隋文帝灭了南陈之后，下令将南京城夷平，玄武湖由此首度消失了两百多年；另一次则发生在宋熙宁八年，江宁府尹王安石奏准宋神宗泄湖得田，玄武湖因此而消失了两百多年。经过元大德五年和元至正三年的两次疏浚，玄武湖才重新在南京版图上出现。明代把城墙建到了玄武湖南岸、西岸一侧，使玄武湖与主城区及覆舟山、鸡笼山之间多了一道无法逾越的屏障，

彻底改变了六朝以来南京城市北部山水相连的视觉景观，也阻断了玄武湖此前与长江的连通，使玄武湖的水面进一步缩小。明洪武十四年，朱元璋选中玄武湖作为明朝中央政府黄册的存放地，建后湖黄册库，玄武湖从此作为一代禁地，与外界隔绝了二百六十多年。

沐浴过唐风宋雨，承载了明清浮华，曾经的王朝禁地，如今只留下淡淡的历史遗痕，那一段失落的千年遗梦，早已化作历史烟尘，飘向无际的天边。不知不觉间来到了古阅武台，临湖而立，一缕清风吹开了如烟的往事，耳畔仿佛响起了东吴水师操练的战鼓雷鸣……物是人非，只有一湖碧水，依然不减当年的风姿。

免费开放后的玄武湖，如今还是许多老人休闲和自娱自乐的绝佳选择。草地上，树荫下，湖堤边，亭榭里，随时可见三五成群的老人，下棋，玩扑克，吹拉弹唱，谈笑风生。闲暇之际，融入其中，忘了闲忧，忘了时光。

（2018 年 5 月 9 日至 13 日行走玄武湖，5 月 15 日写于南京）

资料来源：①南京玄武湖官网；②百度百科。

随遇而安黄沙港

射阳大名鼎鼎，因精卫填海而成陆，由后羿射日而得名，是江苏海域面积最大的县。射阳有一个徐先生，可能是遗传了后羿登上山顶九箭射落九个太阳的胆略和勇气，天不怕，地不怕，爱打抱不平，即使为了弱势群体被拘留，也不改初衷，深受许多人爱戴，威名一方。以前受邀，多次到访，每次都是来去匆匆，很少有闲暇住下来，养养神，洗洗肺。

退休以后，徐先生多次邀请，又有一些事情要帮忙。恭敬不如从命，提前预订了机票，7月21日从珠海出发，经长沙中转后，22日飞盐城。由于台风安比登陆的影响，MU5749次航班19点左右飞临盐城上空时，乌云翻滚，狂风暴雨，根本看不到地面，只能"过门而不入"。经过一圈绕飞后，空少开始降落前广播，飞机也很快摇摇晃晃地向跑道俯冲下去，看到跑道即将着陆时，飞机又被紧急拉起，发动机发出的轰鸣声，震耳欲聋，穿心刺肺。飞行员不甘心，经过再一次绕飞后，空少进行第二次降落前广播，如法炮制，飞机依然无法降落。

我有多年飞机旅行的经历，遭遇过不同的恶劣天气，甚至是飞机故障。飞机第一次临空而过时，就已感觉到了异常；第一次降落失败时，许多人还茫然不知，我却有些心跳加速；第二次仍然不能如愿降落时，飞机上偶遇的朋友举手向我示意，有人感觉身体不适，乘客开始不安起来。此时，经过心理调适，我已相当平静，利用第一排的便利，向空乘人员示意，三次降落不成功，应该不能再降落了。他们对乘客一番安抚以后，广播里传来了机长备降合肥的声音，机舱里这才逐渐安静下来。

飞机在云夹层之间飞行

飞机穿过云层，向合肥飞去。一路上蓝天白云，阵阵乌云无法遮挡落日的余晖。飞机平安落地后，我们被安排进了空港宾馆，23 日搭乘由 MU5749 改名为 MU574Q 的航班，8 点前平安降落在盐城南洋机场。徐先生接到我时，盐城大雨如注，他描述前一天飞机下降时摇摆得就像失控，突然拉升时速度快如逃跑，发动机发出刺耳的声音，令人胆战心惊。我脱口而出，差一点没命了，他认真而坚定地说，"如果你死了，我终身为你守孝"。权当玩笑，自己的生命总比别人的承诺更有意义。

徐先生因帮朋友的忙而吃住在黄沙港暖洋洋宾馆，他把自己的专用房间腾出来给我，以绿色食品为由，不准允住在县城，我因此有了在黄沙港不短的小住。

黄沙港镇是一座渔港集镇，位于射阳县东部沿海，东濒黄海，西临新洋农场，南部与大丰市毗邻，北部与县城接壤，中心镇区倚港而建，是射阳的东南门户。海堤海防公路纵穿南北，东西三条主干道与盐城等地横向贯通，距盐城南洋机场 20 千米，总面积 134.5 平方千米，户籍人口 4.6 万，外来人口 2 万左右，大部分为外来渔民和雇佣渔民。黄沙港是以渔业经济为主的镇区，渔业产值占全镇总产值的

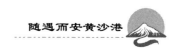

70%，服务业以海鲜餐饮为主，黄海盛产的大黄鱼、黄姑鱼、白姑鱼、鲥鱼、鲳鱼、鲻鱼、河豚、香螺、泥螺、海瓜子、蛏子、海赖子、对虾和小蟹都是食材的不二选择。暖洋洋宾馆老板用机器为小黄鱼去骨、亲自制作的鱼丸，虽经几个月冷冻，吃起来仍然鲜嫩如初，成了一道令人爱不释手的名菜。

黄沙港镇有运棉河、利民河、黄沙河、新洋河等十多条河流东入黄海，形成了全国屈指可数的优良渔港。来自浙江、山东、辽宁等沿海各地的渔船，进港出海，千帆竞发，蔚为壮观，是一个名不虚传的风水宝地。虔诚的黄沙港镇原有海神庙，始建于清咸丰十年，曾一度香火鼎盛，远近闻名，不幸毁于战火。现在，黄沙港人又在国家中心渔港黄沙河与利民河交汇处新建了海王禅寺，供信众敬香、礼拜，并耸立起一座三层、总高度58米的三面观音菩萨像，震慑海威，保佑渔船和渔业生产一帆风顺。

黄沙港镇处于世界第二大湿地圈中心地带，境内海岸线长数十千米，有100万亩滩涂，30万亩海淡水养殖，4万亩滩涂优质棉，3万亩成片意杨林，湿地面积广、生态环境美。逶迤曲折的海堤，绵延不断的海林，纯洁质朴的民风，形成了游渔港、观大海、看日出、尝海鲜为一体的富有浓郁地方特色的渔港风情和渔民文化景观。正在建设中的黄沙港渔港经济区，基础设施已初现雏形，相信它的建成，必将进一步提升黄沙港作为生态型渔港的形象。

4点多起床，喝点水，沿着渔港主干道和渔港码头快走运动，是每天的必修课程。这时许多人还在睡梦之中，但天气已经蒙蒙亮，小镇被早起的人惊醒。三三两两的老人，相互问候着早安，迅速地走过街区，进入乡民广场，融入晨练的队伍；练摊的人，骑着三轮车，直奔固定的摊位，摆弄好蔬菜水果和鲜活的海产品，早早地做好了准备；代步的非机动车有序地排列在道路两旁，等候南来北往的客人；渔港

整装待发黄沙港

码头熙熙攘攘，船员们整理渔网，加装淡水，精心准备，整装待发；海王禅寺正在击鼓咏经，鼓声悠扬，穿透碧空；尽管没有鸡鸣的喧嚣，树上的鸟儿却按捺不住兴奋，此起彼伏地歌唱着，兴高采烈地迎接新的一天。

东西向的渔港主干道，最东端就是海王禅寺，三面观音菩萨像临水而立，与黄沙河、利民河和两河交汇后的出海口隔空相望。沿着日出的方向，一路向东，呼吸湿润而透着海腥味的空气，行走在洁净的道路上，挥汗如雨，酣畅淋漓。

连续几天的观察计算，掐准了时间，4点25分从宾馆出发，完成一圈运动，再次回到三面观音菩萨像时，是5点10分左右，壮丽的火烧云后，火红的太阳从海平面上腾空而出，冲破云层，冉冉升起来。风吹水起，太阳影映在水中，拖着长长的尾巴，波光粼粼，诗意盈盈，圆了我高山、草原、河流、大海看日出的美梦。

快走运动在逆向中继续，踏着晨阳，看着被阳光拉长的人影，我浮想联翩，感慨万千。人生步入老年，是自然自在的衰老过程，理应是可遇不可求的福气。人生苦短，向往长寿，推崇养生，无可厚非。物质的享有，无穷无尽；精神的享受，五花八门；灵魂的安稳，缥缈无依。敬畏生命，不必折磨自己。我信仰共产主义，为之贡献了自己的青春和力量；我崇尚自然规律，希望优雅地生活，从容地老去；我相信动食平衡，坚持每天快走运动、饮食调节和自身实际情况相结合，适合自己才是最意义的。55岁罹患糖尿病至今，我几乎没有花费一分医保钱，希望再给我几年时间，靠动食平衡控制血糖10周年，然后顺

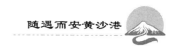

其自然，听命安排，不给家人和社会增加负担仍是我不改的愿望。

身如出水般地回到宾馆以后，洗衣、洗漱、冲凉，然后烧水沏茶，陪伴中央电视台6点的《朝闻天下》。宾馆老板是一位勤劳、朴实而地道的黄沙港人，她每天变换着花色，精心挑选食材，并请了一位手艺了得的大姐，为我们烧饭做菜。野生的青鱼、黄鳝、土鸡蛋、黑猪肉、老母鸡、不施农药的玉米和蔬菜，绿色环保，美味可口，每餐还不忘给我煮一盆清水青菜，按照我的要求留下煮玉米的汤，真所谓宾至如归，乐不思蜀。

（2018年7月22日至28日摄影，7月30日写于黄沙港，所有照片均为手机拍摄）

资料来源：黄沙港镇政府官网。

邂逅古黄河

古黄河，也称黄河故道，是特指淮河流域北部，自兰考北朝东南方向，过民权县、商丘市北，到砀山县北、徐州市北，经宿迁市南、淮安市北，再折向东北方向到涟水县南、滨海县北，由大淤尖村入黄海的一条黄河故道。黄河主流夺淮以后，又在北岸今兰考县铜瓦厢决口改道，夺大清河河道，由利津县入渤海。漫漫的一堆黄沙淤高了河床，黄河故道绝大部分从此干涸，只有淮安市以东如今的中山河还有水流。由于长时间乏人问津，古黄河只留下一个空名。

古黄河从宿迁市穿城而过，是宿迁人的母亲河。坐拥黄河故道，比邻城市主干道，簇拥繁华商业圈，古黄河成了宿迁的风水宝地。对于这块价值不菲的城市开发用地，宿迁人视若无睹，却耗资数亿、历时数年，按照印象黄河、水景公园、雄壮河湾三个板块，把黄河故道打造成一个河清湖秀、人水相依、生态宜人，集水利、观光、旅游、休闲、娱乐于一体的绿色风光带。立于古黄河岸边，河水清清，绿柳依依，河心阵阵涟漪，河边荷花争艳，赏花、垂钓、骑行、观鸟、漫步、游憩、健身、发呆，情景交融，动静相宜，成了风景中的风景。

宿迁别称水城，是江苏省地级市，地处苏北，长三角北翼，拥有骆马湖、洪泽湖两大淡水湖，享有"华东净土""江苏氧吧"美誉。

十年前因为业务关系到访过，后来又因朋友邀请或受托，多次去过宿迁，每次都是来去匆匆，即使有一些闲暇时间，不是在杯觥交错中流失，就是在掼蛋扑克上消耗，"请客不掼蛋，等于没吃饭"，身不由己，根本没有时间认真走一走，看一看。"不识庐山真面目，只缘身在此山中。"

这次受邀随朋友再去宿迁，少了应筹，多了自由活动的时间。入住恒力国际大酒店以后，一如既往，每天凌晨 5 点左右起床，开始快走运动。16 日，比往常时间早了点，酒店健身房门已大开，工人们正在打磨地面，尘土飞扬。无奈之下，转身走出酒店，沿着黄海路一路向北，穿过骆马湖西路，不经意间走进了幸福园林。

幸福园林被骆马湖西路、振兴大道、滨河路和迎宾大道所围合，两条平行的黄河故道横卧其间，河水清清，蜿蜒流淌，银杏、水杉、刺槐、杨柳点缀着河岸，亲水平台、河湾栈道静静地浮在水面，举目望去，满眼翠绿。清水绿荷林木绵延，休闲绿地繁花似锦，行走其间，心旷神怡。

曲径通幽

时间不知不觉流失了一个多小时，流连忘返，完成 10 千米运动从来没有如此轻松愉悦。

幸福园林实际上是宿迁古黄河风景区的一部分，景区占地面积 4.11 平方千米，规划范围内古黄河长 6.8 千米，水域面积 1.72 平方千米。幸福园林以东是水景公园和雄壮河湾，以西是印象黄河。午休以后，相约徐先生从幸福园林出发，一路向西，再走黄河故道。已过正午，烈日炎炎，漫步景区，浓荫蔽日，清风拂面，河面波光粼粼，野禽集翔；河岸绿草成茵，郁郁葱葱，沁出一片凉意。

楚苑风荷

印象黄河是国家 3A 景区，全长约 4 千米，占地面积 3930 亩，其中水域面积 1500 亩，双塔云影、楚苑风荷、芳轩揽翠、金沙戏水、连岛野韵、龙岗秋月、青萍早春、林间花海、将军丰碑、泗水渔歌分布其间。江山塔、春好塔是古黄河景观带的标志性建筑，取名于乾隆皇帝六下江南，五次驻跸宿迁，连发"第一江山春好处"的感慨。江山塔 9 层，高 86 米；春好塔 7 层，高 72 米。双塔耸立水中，日出时与北面的拱桥相映成趣；入夜时二塔映月，在霓虹灯的照映下，流光溢彩，美不胜收。

17 日凌晨，风大雨急，天凉气爽，我用双脚在雨中丈量水景公园和雄壮河湾。古黄河水景公园由中心城市河湖水系通联枢纽，是一座集滨水旅游、体育休闲、应急避难和商务接待等功能于一体的市民公园。公园亭榭错落，满目葱翠，广场绿地赏心悦目，醉人景观星罗棋布，犹如一幅烟波水世界、绿色梦田园的天然画卷。雨中，一位老者正在河边垂钓，"青箬笠，绿蓑衣，斜风细雨不须归"。此情此景，羡煞雨中晨练人，"坐观垂钓者，徒有羡鱼情"。

雄壮河湾突出了公众的参与性，建有滨河公园、树林草地等生态保护区，有综合型的商业建筑、青少年城市广场、仿古亲水楼阁等配套设施，可以满足不同年龄层次市民的娱乐需求。忙碌了一天的人们纷纷聚集而来，有的坐长廊下聊天，有的在广场上跳舞，有的和家人一起漫步，孩子们于溪间戏水、草地追逐，各得其所，其乐融融。

宿迁是江苏最年轻的城市，但历史悠久，文化底蕴丰厚，自古便有北望齐鲁、南接江淮，"居两水（黄河、长江）中道""扼二京（北京、南京）咽喉"之称。宿迁是西楚霸王的故乡，项王故里是宿迁最宝贵的文化遗产。洋河、双沟两大名酒占据了白酒半壁江山，蓝色经典天之蓝、梦之蓝更是飘香海内外，宿迁因此于2012年8月被中国轻工业联合会和中国酒业协会授予"中国白酒之都"的称号。宿迁还有"那山那水那田"、充满浪漫气息的三台山国家森林公园，有芦苇如迷宫、盛产负氧离子的洪泽湖湿地公园，有水产丰富、水质达到国家直饮标准的骆马湖，旅游资源丰富。

成也黄河，败也黄河。黄河曾经无数次流经宿迁入海，滔滔黄河水夹带大量泥沙淤积而成并浇灌着宿迁大地，孕育了独具特色的地域文明。同样，滚滚黄河水也曾无数次吞噬宿迁大地，连同它浇灌出来的文明一并破坏殆尽。如今，宿迁人用北倚骆马湖、南邻洪泽湖、京杭大运河从境内流过的得天独厚的区位优势，把黄河故道装扮成旅游风光带，让黄河故道起死回生，重新回归现代社会。宿迁之美，美在英雄故里，美在醇馥幽郁，美在湖光山色。

如果还有其他选项，我更喜欢民风淳朴、最适合人居的宿迁。宿迁建市于1996年，面积8555平方千米，总人口不到600万，已是中国优秀旅游城市、国家园林城市、国家卫生城市、中国金融生态市和联合国环保节能新型示范城市。宿迁天蓝水清，四会五达，城市不大，人口不多，消费不高，购物便捷，绿色食品走街串巷，商品房价格适中，是一个可以安放心灵的地方。在徐先生的陪同下，我们踩新盘，洽旧房，俨然就要成为宿迁市民似的度过了几天快乐的时光。

（2018年8月16日至17日摄于宿迁，8月21日写于盐城，照片均为手机拍摄）

资料来源：宿迁市政府官网。

养在深闺羊狮慕

  我开车有 20 年时间了，不仅没有自驾游经历，就连节假日高速公路免费都很少出行凑热闹。今年退休后恰遇五一长假，脑子一热，开车回南京，顺道途游武功山。出师不利，从珠海出发，开出广州就花了四五个小时，即便途中除了吃饭，没有怎么休息，开抵江西吉安时，已是次日凌晨 1 点多钟，因错过景区不得不放弃途游。

  车子开去并寄存南京以后，我们自南至北，由东而西，从国内到境外，一路神游，直到 10 月底才决定把车子开回珠海。内弟夫妇今年退休，计划到粤港澳看看，我们邀请他们同车而行，才完善了真正意义上的第一次自驾游经历。

  10 月 31 日，天气晴朗，上午 8 点多从南京出发，我们郎舅二人轮换开车，前后近 11 个小时，行驶 800 千米，于晚上 7 点半到达宜春明月山景区大门。入住湘味农家乐后，向房东讨教明月山旅游问题。房东一家三儿二女，轮值酒店和餐厅，四代同堂，和睦相处，堪称典范。明月山、武功山和羊狮慕相邻，孙子建议我们游览国家 5A 级旅游景区明月山，并为我们在网上预订了门票。

  11 月 1 日，天高气爽，阳光灿烂。早上 5 点多起床，6 点多走出酒店，在景区广场一边快走运动，一边了解景点情况，为一日游做出行前的准备。早餐吃在湘味农家乐，轮值餐厅的二儿媳为我们每人做了一碗 10 元的面条，有鸡蛋肉丝和青菜，价廉味美。早餐时，奶奶极力推荐我们去羊狮慕，他们昨天刚刚陪亲戚去过。8 点去售票处取票时，临时取消前一天的网上订票，重新购买明月山和羊狮慕的套票。

明月山由太平山、玉京山、老山、仰山等 12 座海拔千米以上的山峰组成，主峰太平山海拔 1736 米，因整个山势呈半圆形，恰似半轮明月，故称明月山。从明月山底到太平山上有 6000 多级台阶，建有两段相连的索道可以直接到达，搭乘缆车上山或者下山时，可以选择中站下车，但要在中站上车，就必须重新购买全价票。为了减轻太太和内弟夫妇爬山的压力，我们选择缆车上山，步行下山，以不错过山涧飞瀑。

从山顶到梦月山庄大约 3 千米，有电瓶车往返。初上山顶不畏难，路况不错，我们徒步半个小时后，搭乘山顶小火车，前往羊狮慕风景区。据说，明月山小火车是亚洲海拔最高的火车，内弟是火车司机出身，见了特别亲切，并在候车时与工作人员聊得不亦乐乎。羊狮慕景区建有悬空栈道、山谷游步道、高山滑道等，还有电瓶车衔接。我们验票进入景区后，先搭一段电瓶车，再沿着栈道徒步游览。

羊狮慕景区位于吉安市与宜春市交界处，地处武功山脉，东连明月山，西接发云界，东西走向，最高峰石笋峰海拔 1764 米，以花岗岩峰林地貌为主，奇峰怪石，古树名花，流泉飞瀑，云海雾涛。宋代诗人杨万里求学时游历此山，留下了"笔锋插霄汉，云气蘸锋芒。时时同挥洒，散作甘露香"的憾世诗篇。景区因诗人流连忘返、日夜思慕而得名"杨思慕"；又因景区经年云雾蒸腾，常现羊、狮追逐嬉戏的气象景观，最终命名"羊狮慕"。

羊狮慕奇峰参天、幽谷千丈，以穿云石笋最为壮观。穿云石笋为双峰尖岩，如一对春笋，从深谷中挺拔而出，破土穿云，巍然独耸，高高屹立于半空之中。崖壁上天然形成了"天""子""梦"三个大字，如仙人所刻，令人遐想联翩，拍案叫绝，因而穿云石笋又叫天子峰。

悬崖的栈道

羊狮慕核心景区有一条绵延7千米的栈道，栈道像一条游龙蜿蜒缠绕在断崖绝壁，镶嵌于半山之上，穿行在峡谷之中，滚滚云海，幽幽峡谷，巍巍青山，与凌崖栈道浑然一体。栈道沿线有十八排、姐妹峰、蝙蝠峰、种德石、蟠桃石、金鸡归巢、如来神掌、童子拜观音等20多个景点，奇峰怪石，千姿百态，奇中出奇，秀中藏秀。

羊狮慕的山以险、奇、峻、秀著称，在近百平方千米范围内，上千米的山峰众多，一峰更比一峰高，山上叠山，连绵不断；一峰更比一峰险，壁立千仞，拔地而起。大小石笋雨后破出，金鸡归巢栩栩如生，百鸟腾飞巧夺天工，石盆古松美妙绝伦。羊狮慕的松同样令人难忘，直如笔，散如盖，弯曲如虬龙，伸展似迎客。行走在栈道上，如入仙境。

羊狮慕栈道上建有多个观景台，最险的当属梦想启航台。它是一个玻璃观景台，采用双层夹胶钢化玻璃，约35平方米，单块玻璃长1.5米，宽1米，厚2厘米，每平方米承重1000千克。观景台悬于空中，上不着天，下不接地，一边是近直角的花岗岩山体高耸入云，一边是深不见底的万丈深渊。站在玻璃观景台上，眼中风光无限，心里却胆战心惊，漫山遍野的绚烂成了名副其实的身外物。

走完栈道全程，搭电瓶车和小火车回到山顶索道站时，已是下午1点。时间有些尴尬，在山上游览以月为名、因月扬名的明月山，就必须乘缆车下山。正在犹豫之时，四五位从株洲而来的同行者果断地徒步下山。我们也不示弱，接踵而下。上山时缆车一步登顶，相当容易，落山时拾级而下，走走停停，用了3个多小时。

玻璃观景台上试比胆

明月山属亚热带湿润季风性气候，气候温和，适应各种植物生长。一路上茂林修竹，石径苍苔，飞禽走兽，山谷幽芳，更有五叠形态各异的飞瀑叹为观止。云谷飞瀑全长119.57米，宛如一条白龙，从青翠的幽谷中溜出，倾泻在两旁层层凹凸不平的峭壁上，如云如烟，如丝如玉，最后落在一块如巨虎的顽石上，轰鸣如雷，溅起千万碎珠。玲珑瀑、鱼鳞瀑、飞练瀑和玉龙瀑，有的玲珑如少女，有的狭长如白练，也有的飞溅如鱼鳞，各具特色，美不胜收。

徒步下山要走两万步左右，全程要3万～4万步，没有平时运动做基础，即使平安落山，也要好几天才能消除腿脚酸痛。有一对年轻的夫妇，男士21岁，赤着上身，抱着婴儿，女士背着小包，没带任何衣物，徒步爬上山顶后冻得瑟瑟发抖，又徒步折返。看着褪褓中的婴儿和他们远去的背影，除了怜爱，就是默默地为小伙子点赞，"父亲"

25

云谷飞瀑

的称号让一个稚嫩的年轻人变得如此伟岸。

月亮文化是明月山的灵魂，从山麓的月亮湾到山顶的月亮湖，沿途都是月亮景，明月广场、荷塘月、咏月碑林、竹林月影、晃月桥、抱月亭、浸月潭、拜月坛、梦月山庄，明月处处有，此山月最明。感谢同行者的徒步决定，只有亲身经历了，才能真正领悟"月在山中行，山在月中明"的绝妙意境。

下午4点半回到湘味农家乐，告别热情的一家人，开走寄放的车子，直奔宜春市区。入住维也纳酒店后，按照当地人的指引，来到一家叫老宜春味道的餐厅。餐厅座无虚席，还有不少人正在排队等候。可能是客人优先的原因，我们被安排了桌次后，点了八菜一汤，开了一瓶自带的梦之蓝。家乡的酒，客乡的味，绵柔、辛辣，辣的开味，柔的解乏，美味和美酒让我们美美地睡了一夜。2日6点多出发，又经过11个小时、800千米的行程，于下午5点多回到珠海。

（2018年10月31日至11月1日游览，11月17日写于珠海，照片均为手机拍摄）

资料来源：①羊狮慕景区官网；②百度百科。

盛情难却大纵湖

陈先生今年刚满 60 岁，既是我 20 多年前的同事，也是一生的朋友，按照他的职级、影响力和惯例，可以继续工作几年再退休。令人敬佩而又出乎很多人意料的是，他不仅今年就退出领导岗位，还办理了退休。我一直想约他到南方的乡村小住几日，调整一下作息时间，慢慢进入新的生活状态。

动议了好久，不是陈先生安排不出时间，就是我在途中，很难找到时间的集合。10 月中旬从美国旅行回来时，惊悉一位师弟在上海辞世。放下行李，立即飞往上海，在师弟的告别仪式上再次与陈先生相遇。盐城的朋友徐先生到上海去接我，不经意间我们聊起。他很用心，回到盐城后就安排行程，选择住处，并把消息告诉朋友戴先生。戴先生执意放下工作，腾出时间，与我们一并陪同陈先生夫妇秋走大纵湖。

大纵湖位于盐城盐都区和泰州市兴化两地，距盐城市区 40 多千米，是里

朴素的大门前留下友谊的倩影

下河地区最大、最深的湖泊，东西长9千米，南北宽6千米，略呈椭圆形，面积36平方千米，素有水乡泽国之称。深秋时节，天高气爽，千里芦荡，水波浩渺，大纵湖正以碧波荡漾的湖水，随风摇曳的芦苇，恬淡秀美的风光，绽放出清雅绮丽的魅力和宁静致远的意境。

我们尊享贵宾礼遇，在讲解员的引领下，避开秋游的学生，首先游览外湖。一艘整洁、轻捷的快艇，载着我们像箭一样地向湖心驶去，两边水花飞溅，身后留下一条发光的长龙。我们正在陶醉之时，一曲浑厚悠远、深具蒙古族音乐特色的《鸿雁》，从鸟岛飘扬过来。随着音乐的律

鸿雁迎宾

动，一群大雁环绕着疾驰的摩托艇漫飞，场面壮观，震撼人心。那是大纵湖专属的"鸿雁迎宾"，更是人、鸟、水三者的和谐统一。

《柳堡的故事》的外景地

走下游艇，来到《柳堡的故事》的外景地。这部电影拍摄于1957年，是以当年发生在大纵湖畔中堡村的故事为原型进行改编的。景区精选了当年拍摄时的部分场景，复建了一个柳堡村，设有英莲茶馆、小牛豆腐坊、王麻子酒坊、渔耕之家、书香门第、农贸集市和民俗博物馆等。逛了一圈以后，我们在小牛豆腐坊一隅落座，每人一碗豆腐脑，外加油墩子等三五小吃，慢慢感受那些已逝去的峥嵘岁月和永不逝去的美好

回忆。

揣着往事的余韵，踏上人摇的小船，我们穿行在芦荡迷宫。迷宫以天然芦苇滩为主，进行了必要的人工扩建和改造，总面积14万平方米，水面和芦苇面积各占一半。迷宫内有3条主航道、33个岔口和66条水道，茂密的芦苇就像一道道围墙，秘而不宣。船行湖中，水面洁净，芦苇飘香，不时还有鱼跃水面，鸟惊芦荡，深呼吸一下，满心芬芳。

大纵湖原为一座繁华的东晋城，南宋前因突然地陷而水淹成湖。1929年大旱，湖底干涸，发现有许多锅灶、城墙砖、铺地砖、瓷瓦罐、坛子、古井等，以及城墙和街道的残迹。挖掘历史题材而建的古东晋城项目，占地近千亩，建筑面积8万平方米，建成后将形成集旅游、休闲、度假、商贸于一体的旅游服务集聚区。在尚未落成的古东晋城里指手画脚一番，对规划中的水乡岛城更是期待。

大纵湖属过水型草型湖泊，湖盆浅平，水质清净，可见鱼虾水草，天然饵料丰富，盛产大闸蟹、龙虾、虎头鲨、鳜鱼、湖鲤、泥鳅、湖鳝、虎头鲨等。大纵湖清水大闸蟹闻名四海，盐城八大碗、纵湖十鲜湖鲜宴誉满江淮。中午，热情的主人在大纵湖国际大酒店设宴款待。江北头道菜、浪里白条、白壳螺丝、清水大闸蟹、清水湖虾、野生湖鳝、鲜鳜献花，一道道美味，热气腾腾，新鲜出炉，垂涎欲滴，难怪八方食客慕名而来。

一抹秋景，几味湖鲜，一群热情好客的人，我们的记忆被定格在鱼虾肥美、景色怡人的大纵湖畔。

（盐城乡村行日记1，2018年10月24日游览，11月20日写于珠海，照片均为手机拍摄）

资料来源：大纵湖旅游景区官网。

赏心悦目荷兰花海

　　身为江苏人，我印象中的盐城东临黄海，属平原地貌，最大相对高度不足 8 米，是我国唯一没有山的城市，由于是苏北革命老区，经济发展滞后于苏南。在江苏生活和工作时较少到访，去了广东以后，由于工作和访友，不仅多次去盐城，还时不时在那里小住一段时间，与盐城有了不解之缘。

　　盐城因煮海为盐而得名，因丹顶鹤而享誉天下。随着人们对于美好生活的向往，盐城人因潮而动，广泛种植鲜花，把鲜花种植、游园和各种娱乐休闲活动有机地结合起来，让游人远离城市喧嚣，沉浸鹤乡花海，忘却烦忧，尽享悠然闲暇，大丰荷兰花海、洋马鹤乡菊海、黄尖牡丹园等应运而生，盐城走到了美好生活的前列。

　　10 月末，秋风萧瑟，草木干枯，美丽的大丰小城私藏了一处令所有人都惊艳的绝美之地，菊花、百合花、玫瑰花、兰花、向日葵、薰衣草，正像赶集一样争先恐后地开放。一个流云奔涌的下午，在戴先生的引领下，我们陪同陈先生夫妇走进了荷兰花海。

　　荷兰花海建于 2014 年，一期占地面积 1000 多亩，风车、木屋、花田、奶牛、教堂、羊角村餐厅，有序布局，还有景区外一排排哥特式的配套建筑，集吃、住、购、娱的荷兰风情街，相互映衬，几年下来，一个融入荷兰乡村风格、彰显异域风情的四季花海，已经走进寻常百姓的休闲生活。

格桑花

大丰的城市品牌 Logo 是从郁金香展开的创意，两朵盛开的郁金香，用吉祥数字 8 进行两次重叠，祈祷大丰幸福的未来。我们游荷兰花海的时候，已经过了郁金香的花期。宁人欣喜的是，荷兰花海在不同的季节，都有应季的观赏花卉，春天的郁金香，初夏的百合，盛夏的莲花，秋天的格桑花，日日千姿百态，月月花香艳影。

微风轻拂，花香四溢，漫步在一望无际的花田之间，如同穿越在梦境。花海水草如茵，小桥飞架，风车摇曳，教堂独耸，银杏点缀，莺飞鱼醉。田野上一片片，一排排，花色以红、黄、蓝为主，图案式、条带式、块状结合的种植方式，将荷兰花海绘制成一幅美不胜收的画卷。

水面上荷花红衰翠减，红莲和睡莲正恣意忘形，水岸边芦苇护送着流水，流水潺潺与芦苇沙沙的声音，仿佛是情意绵绵的絮语。深秋是银杏树最美的季节，金灿灿的叶子在阳光的映照下，发出耀眼的光芒。一阵风吹过，那光芒就在树叶间跳跃，飘落的叶子，就像一只只金色的蝴蝶在翩翩起舞。

人间仙境

在绚烂夺目的花海中，充满着朦胧诗意的薰衣草算是游人的最爱了。那一片纯纯的紫，淡淡的蓝，梦幻而神秘，似乎从另一个国度姗姗而来。薰衣草也叫"爱情草"，花语是等待爱情的奇迹，麦穗状的紫蓝色小花，浸润着爱的忧伤，香味馥香浓郁，总是和更深更远的忧郁相连。忧郁，却并不幽怨，如秋后淡淡的月光，如隔着万水千山的思念。

黄海之滨，秋色怡人，放眼花海，撩人欲醉。荷塘边，拱桥上，花田里，貌比花娇的新人仪态万方，摇曳生姿。幸福像花儿一样，微笑是绽放在新娘脸上最美的花朵。荷兰花海每年都在圣劳伦斯文化中心举办集体婚礼，带给新人本土绝无仅有的异域风情和终生难忘的美好回忆，成了远近闻名的婚庆基地。

菊花与风车

"秋风吹地百草干，华容碧影生晚寒。"满园的花朵虽没有春天的娇柔、夏天的绚烂，却独有秋天的饱满和热烈。花海信步，不谈世事，

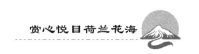

无关悲喜，款步有声，舒缓有序，笑看花开，且听风吟。逛累了，来到维多利亚咖啡厅，喝一杯现磨的咖啡，醇香的味道在空中弥漫，沁人心脾的是苦中带酸、酸中带柔、柔中带醇、醇中带甘的回味。

逛完园区，来到荷兰花市。占地面积 15000 平方米的花市，有阳光房 5000 平方米，室内开花类盆栽植物、开花吊篮植物等 10 大类；户外庭院 5000 平方米，室外特色花园植物、宿根植物等六大类，共计 1000 多个品种常年对外销售，并设有冷库、荫棚、阳棚等配套设施。花市内还有几家国内知名餐饮品牌店，为游客提供休憩空间和各类餐饮小吃。徐先生特地买了几只炫彩玫瑰，分送给陪同的女士，结束大丰之行。

（盐城乡村行日记 2，2018 年 10 月 24 日游览，11 月 28 日写于射阳，照片为手机拍摄）

资料来源：荷兰花海官网。

菊香鹤舞时

盐城具有海岸线 582 千米，占江苏全省海岸线总长度的 56%，沿海滩涂面积 45.53 公顷，占江苏全省滩涂面积的 75%，射阳河口以南沿海地段还以每年 10 多万平方千米的速度向大海延伸。美丽的平原和滩涂湿地，每年有占全世界一半以上的野生丹顶鹤种群飞来盐城滩涂过冬，成为丹顶鹤、白顶鹤、东方白鹳等鸟类的理想越冬地，盐城因此又有丹顶鹤故乡的美誉。

传说中的仙鹤，就是丹顶鹤，它是生活在沼泽或浅水地带的一种大型涉禽，常被人冠以"湿地之神"的美称。由于丹顶鹤寿命长达 50～60 年，人们常把它和松树绘在一起，作为长寿的象征。明清时给丹顶鹤赋予了忠贞清正、品德高尚的文化内涵，一品文官补服绣丹顶鹤，把它列为仅次于皇家专用龙凤的重要标识，因而人们也称鹤为"一品鸟"，并把鹤作为高官的象征。

10 月，是丹顶鹤离开繁殖地往南迁徙的季节。我们已届花甲之年，陈先生又从高位上裸退，来到盐城就不能不看丹顶鹤。在徐先生的精心安排下，25 日上午早餐以后，我们在盐城丹顶鹤湿地生态旅游区内款款而行。首先映入眼帘的是临水振翅、引吭高歌的丹顶鹤主题馆，它是我国规模最大、等级最高、唯一以世界珍禽丹顶

鹤为主题建立的丹顶鹤博物馆。从不同时间、不同角度去观赏，都可以充分感受这只"美丽的丹顶鹤"徜徉在湿地之中的静谧祥和之美。

离丹顶鹤主题馆不远的是六角飞檐的望鹤亭，它是滩涂地势平坦的制高点。登上望鹤亭，湖泽密布，苇草丛生，人迹罕至，空旷宁静。丹顶鹤是对湿地环境变化最为敏感的指示性生物，需要洁净而开阔的湿地环境作为栖息地。在候鸟迁徙沿线栖息地破碎化的情况下，盐城保有独一无二的生态资源和排名全国前列的空气质量，应该是丹顶鹤栖息越冬的主要原因。

与望鹤亭相邻的是水禽湖，这是一个为野生水鸟营造的人工环岛淡水湖，湖边有柳，湖里有鱼，湖中有成群的野鸭、鸳鸯、大雁、白骨顶游弋，还有几只高贵的黑天鹅浮行其间。这些水禽各行其道，互不相扰。环湖筑有人行道，近距离地观赏这些形态各异、姿态优美的水禽，乐在其中。

水禽湖东南方向四五百米就是一望无际的滩涂湿地，水波潋滟，滩涂铺金，还有密密匝匝的芦苇，随风摇曳，似一颗璀璨的明珠镶嵌在盐淮大地。这里小桥流水，鱼跃虾戏，蒿红似血，苇绿如玉，鸳鸯对舞，天鹅争鸣，仙鹤迁飞，万鸟翔集，是野生丹顶鹤越冬的栖息之地。

丹顶鹤是国家一级重点保护动物，全球易危物种，仅有 2000 余只，每年在盐城越冬的多达 800 只左右，因而盐城是全世界最大的丹顶鹤越冬地。11 月下旬大批到达盐城时，雁、鸭等禽类更是成千上万，飞起来可以用遮云蔽日来形容。由于还不是雁鹤到达的最佳时机，放飞丹顶鹤就成为我们记忆犹新的事。

丹顶鹤驯化场是一片巨大的圆形草地，草地外侧建有一圈饲养丹顶鹤的笼舍，笼舍四周和顶部用线网覆盖，地上铺满砂子，外侧是湿

地和芦苇，丹顶鹤被分开饲养在不同的笼舍中，年龄从 3 个月到 3 岁不等。成年丹顶鹤体长约 160 厘米，翼展 240 厘米，全身几纯白色，头顶裸露无羽呈朱红色。这里可以近距离赏鹤舞，听鹤唳，拍美照，隔栏与丹顶鹤互动。

人与丹顶鹤近距离互赏

　　上午十点多放飞丹顶鹤，所有人早早地围拢在笼舍两侧，目不转睛地期待着。十几只丹顶鹤走出笼舍，头颈仰向天空，几声鸣唳以后，双翅鼓动，头脚前后伸直，迅速向天空飞去。丹顶鹤的飞行时速可达 40 千米，飞行高度可超 5400 米，而且能够边飞边鸣。高亢、洪亮的鸣叫声，就像西洋乐中的铜管乐器一样，能引起强烈的共鸣，声音可以传到 3 ~ 5 千米以外。

　　就在我们疑惑放飞的丹顶鹤能否如数返回时，它们绕飞一圈后又先后飞落在驯化场的草地上。我们经过批准，准允进入草地，跟丹顶鹤合影，在人与鹤"零距离"的互动中结束上午的行程。

秋风起，满庭香，又是一年菊花黄。菊花是中国的传统名花，清雅淡泊，不畏霜寒。它隽美多姿，不以娇艳姿色取媚，却以素雅坚贞取胜。金秋的洋马，正是菊花盛开时节，绵延数十里，菊花竞相开放，把大地装扮得五彩缤纷，到处是风韵高雅的色彩，满地是沁人心脾的清香，放眼望去都是花的海洋。

走进鹤乡菊海，占地几百亩的菊海花田，各种菊花开得正灿烂。一行行如绸缎飘逸，一垄垄似彩带飞扬，一片片赛七彩霓裳，姹紫嫣红，一望无垠。黄的似金，粉的似霞，红的似火，白的似雪，蓝的似玉，千种菊花，百姿竞秀，流光溢彩，美不胜收。

以白墙黛瓦徽派造型为背景的精品菊展示馆，通过盆栽、切花、造型菊、花艺，融合书法、展板、视频，集中展示菊花之美。展厅布置独具匠心，移步换景，别有洞天。钱伟长先生题词"十里菊香"，酣墨淋漓，大气磅礴；"繁花似锦""花道如海""花影韵月""花团锦簇"，充满诗情画意，引人遐想联翩。

十栋连片大棚温室菊花，蔚为壮观，一棚一景色，一菊一春秋，姹紫嫣红，目不暇接；数十万盆盆花，花形百变，无声的诗，立体的画，古朴典雅，妙趣横生，漫步其中，身心陶醉。菊花不再是文人笔下的隐士，而是以热烈开放的姿势，走进千家万户，香飘海角天涯。

菊花可供观赏、入药、充

同心桥上笑迎夕阳红

枕、驱虫、茶茗，全国 60% 以上药用白菊花、70% 茶用菊产自洋马，王老吉、加多宝等凉茶企业的原料基地也在洋马，洋马菊花已被认定为国家地理标志产品、原产地注册保护产品。各地游客纷至沓来，赏菊景、品药膳、洗药浴、购菊茶，"不是花中偏爱菊，此花开后更无花"。

盐城的秋天是灿烂的季节，枫叶变红，稻田金黄，玉米稻谷堆满晒场，丰收的喜悦写在村民的脸上。带着这份陶醉和沉迷，晨走于乡间小路，沐浴秋日初升的太阳；晚饮于农家饭店，觥筹交错，酒逢知己千杯少。酒酣耳熟之后，一局掼蛋，依然流连忘返。

（盐城乡村行日记 3，2018 年 10 月 25 日游览，12 月 2 日写于射阳，照片为手机拍摄）

资料来源：①盐城丹顶鹤湿地生态旅游区官网；②盐城市政府官网。

壮观，港珠澳大桥

　　人往高处走，水往低处流。我似乎有些另类，从大城市到小城市，一生学习和工作过的地方，离不开"南、海"两个字，从南京到南海，从南海到珠海，从珠海到海南。记得从南海到珠海时，珠海的经济体量和发展水平远不如南海，我看中珠海的不是经济特区，而是城市小，人口少，毗邻港澳，去香港、澳门如同南京人去新街口一样便利。

　　珠海和澳门仅一关之遥，珠澳和香港之间的通行，水路过去要一个多小时，陆路过去要三四个小时。粤港澳三地首次合作的港珠澳大桥，集桥岛隧于一体，全长55千米，是全球最长的跨海大桥。它的通车不仅拉近了珠港澳三地的通行距离，首次实现了珠海、澳门与香港的陆路对接，而且无形中会缩短粤港澳三地人与人之间的心理距离，对建设真正融合的粤港澳大湾区具有战略意义。

　　被英国《卫报》评选为"新世界七大奇迹"之一的港珠澳大桥，跨海凌空似彩虹，巍然屹立在伶仃洋面上。那一眼望不到尽头的巨龙，由三座通航桥、一条海底隧道、四座人工岛组成，整条线路大气磅礴，景色迷人，给人以视觉和感官上的绝美享受，不仅是珠海人的光荣，更是全中国人的荣耀。10月24日通车以来，每天约有10万人有序经

过大桥，亲眼看见它的伟岸，亲身感受它的骄傲。

　　11月6日内弟夫妇行走港珠澳大桥时，我们就想全程陪同。由于珠海人每两个月才能签注1次港澳自由行，我们只能开车去港珠澳大桥陆路口岸送接他们。相约陈先生夫妇到访珠海时，我们同走港珠澳大桥，漫游香港和澳门。

港珠澳大桥珠海公路口岸

如出水巨龙，港珠澳大桥一角

　　12月11日7点多，我们按时抵达珠海口岸岛，等人员到全并自行通关后，搭乘金巴前往香港口岸人工岛；12日8点多，我们从香港口岸人工岛进入，搭乘金巴前往澳门口岸人工岛。从珠海进入，到香港驶出，再从香港进入，到澳门驶出，我们搭乘金巴完整地游历了港珠澳大桥。

　　四座人工岛分别是珠澳口岸人工岛、香港口岸人工岛和海底隧道东、西人工岛。港珠澳大桥采用的是"海中桥隧"方案，东、西人工岛作为主体桥梁和沉管隧道的转换平台，是在伶仃洋中人工填出的两个岛屿。东岛为集交通、管理、服务、救援和观光功能于一体的综合运营中心，以后还要开放游客观景览胜功能；西岛主要以桥梁的养护服务及办公为主。东西人工岛汲取"蚝贝"元素，寓意珠海横琴岛盛产蚝贝。它们是水上桥梁与水下隧道的衔接部分，为全路段的重点配套工程。

珠澳口岸人工岛总面积约 217 万平方米，东西宽 950 米，南北长 1930 米，由珠海口岸管理区、澳门口岸管理区和大桥管理区三个区域组成，是港珠澳大桥主体工程与珠海、澳门两地的衔接中心，也是中国目前唯一可实现香港、珠海和澳门三地旅客及车辆通关的互通陆路口岸。

珠海口岸岛采用白色调椭圆形整体设计结构，澳门口岸岛采用灰色调长方形设计结构，香港口岸人工岛设置在香港机场东北面对开水域，邻近香港国际机场，填海造地面积 130 公顷。旅检大楼采用波浪形的顶篷设计，为了支撑顶篷，旅检大楼的支柱呈树状，下方为圆锥形，上方为枝杈状展开，美观、现代，符合能源效益。

三座通航桥是九州航道桥、江海直达船航道桥和青州航道桥。九州航道桥是珠海前往香港的第一座斜拉桥，两个桥塔采用风帆的造型，寓意"扬帆远航""一帆风顺"；江海直达船航道桥三个桥塔采用了海豚的造型，寓意"人与自然和谐发展"，突出绿色环保的理念；青州航道桥则是距离香港最近的一座斜拉桥，两个桥塔采用传统的中国结造型，寓意"三地同心""团团圆圆"。大桥水上和水下部分的高差近 100 米，既有横向曲线又有纵向高低，整体如丝带一样纤细、轻盈，把多个节点串起来，寓意"珠联璧合"。

海底隧道全长 6.7 千米，是世界最长的公路沉管隧道和唯一的深埋沉管隧道，也是我国第一条外海沉管隧道。沉管隧道及其技术是整个工程的核心，实现桥梁与隧道的转换，是大桥建设技术最复杂、建设难度最大的部分。港珠澳大桥沉管隧道采用我国自主研制的半刚性结构沉管隧道，具有低水化热低收缩的沉管施工混凝土配合比，提高了混凝土的抗裂性能，从而使沉管混凝土不出现裂缝，满足隧道 120 年内不漏水的要求。

港珠澳大桥东起香港国际机场附近的香港口岸人工岛，向西横跨

伶仃洋海域后连接珠海和澳门人工岛，止于珠海洪湾；主桥 29.6 千米，香港口岸至珠澳口岸 41.6 千米；桥面为双向六车道高速公路，设计速度 100 千米/小时；工程项目总投资额达 1269 亿元。

我们搭乘载着 100 多人的双层巴士猛狮 A95，驰骋在呈"S"形曲线的大桥上，360°的无敌海景尽收眼底。黑得铮亮的路面，白得发光的画线，蓝得碧穹的大海，壮丽得就像骑上一条巨龙，蜿蜒而来，一头扎进了浩瀚无际的太平洋。

天长落日远，水净寒波流。微风徐徐，夕阳如血，雄伟壮观的大桥，变身光与影的世界。黄昏下，携着爱人，伴着海风，或奔跑，或漫步，那才是最惬意的时刻。

（港珠澳大桥行日记 1，2018 年 12 月 11 日游览，26 日写于珠海）

资料来源：港珠澳大桥官网。

璀璨，不夜香港

香港地处南海沿岸，北接深圳，西接珠江，隔珠江口与澳门、珠海和中山相望。香港中西方文化交融，把华人智慧与西方社会制度优势合二为一，以廉洁的政府、良好的治安、自由的经济体系及完善的法制闻名于世。改革开放前，闭关自守，经济滞后，把去香港当作余生的愿望；20世纪末调往南海工作后，因工作关系多次从南海港去香港；21世纪初移居珠海后，去香港的次数更多，早去晚归更是家常便饭。

香港陆地总面积只有1100多平方千米，总人口高达740多万，是世界上人口密度最高的地区之一。高楼林立，行色匆匆，这是我不喜欢逛香港的原因。以前服务的单位在香港有专门的处所，每次到访，除了公务，在住处周边转转，偶去维多利亚湾走走，几乎没有认真游玩一次。这次相约陈先生来珠港澳，我们特地预订了途牛两日游行程。

12月11日上午9点左右，我们从港珠澳大桥进入香港，在导游的引领下，先搭公交巴士到迪斯尼乐园，换乘旅游巴士后，开始香港1日游行程。由于到达香港比预计的时间要早，计划行程被调整为上午广东道自由逛街购物，在海逸大皇宫用午餐，下午依次游览星光花园、太平山顶、会展中心和金紫荆广场，晚上夜游维多利亚港并在海龙明

珠号观光船上晚餐，林林总总，最值得浓墨重彩的是太平山和维多利亚港。

俯瞰维多利亚湾

太平山也叫插旗山、香炉峰，海拔高度554米，是香港岛的最高峰，山势雄峻、峰峦秀美、古藤缠绕、曲径通幽，是香港著名的风水宝地。山腰部分被称为半山区，是高档住宅区，香港的富豪和一些外国领使的豪宅大都在半山以上；山顶建有凌霄阁，集娱乐设施、展馆、商店及餐厅于一身。巴士沿着陡峭的山路盘旋而上，到达凌霄阁后自由活动。

凌霄阁位于太平山与歌赋山之间的炉峰峡上，是山顶缆车的终点站，海拔396米而非山顶最高处，设计概念融合碗形与拱手示礼，呈现独特的建筑外观。香港流通货币中，汇丰银行和中国银行发行的20元纸币背面都印有凌霄阁外貌。凌霄阁最高处海拔428米，在塔上能俯览维多利亚港两岸的香港景致，是香港主要旅游景点之一。

凌霄阁里概念咖啡飘香

　　杜莎夫人蜡像馆设于凌霄阁内，导游一路极力推荐。我们这一代人崇拜英雄，很少追星。在山顶逗留的时间长，又无其他景点可去，只好每人缴纳200元自费参观蜡像馆。蜡像馆展出了世界各地著名名人及影星，包括国家主席习近平、美国总统特朗普、篮球明星姚明和著名艺人成龙、古巨基、刘德华等，共分10个展区，在风云人物展区，可与"特朗普"和"奥巴马"合影；在魅力香江展区，可在酒吧中与"香港电影女星张柏芝"把酒共欢，与"舞台皇者郭富城"在台上共舞。

　　走过蜡像馆，登上概念观景餐厅，依落地玻璃而坐，维多利亚港两岸和南中国海的自然景色，尽收眼底。每人要一杯现磨的咖啡，暗香浮动，沁人心脾。走出凌霄阁，步行到卢吉道观景点，举目远眺，港岛和九龙就像镶嵌在维多利亚港的两颗明珠，城市与海港的壮丽景致一览无遗。在这座寸土寸金的国际大都市中，崭新的、破旧的、鳞次栉比的摩天大楼高耸入云，高不可攀，唯有太平山依偎

着海水，海水映照着太平山，静静的和谐，淡淡的孤寂，是个安身修养的好地方。

下午5点多，路经会展中心和金紫荆广场，来到维多利亚港。维多利亚港位于香港岛和九龙半岛之间，名字来自英国维多利亚女王，由于港阔水深，为世界天然良港，香港因而有"东方之珠"的美誉，与意大利那不勒斯、日本函馆并称"世界三大夜景"。维多利亚港日间蓝天、白云、碧水，繁忙的渡海小轮穿梭于南北两岸之间，渔船、邮轮、观光船、万吨巨轮和它们鸣放的汽笛声，交织出一幅美妙的海上繁华景致；夜晚灯火璀璨，疏密有致，一幢幢摩天高楼屹立在香港的中心，无数的彩灯像星星从天而降，撒在擎天柱上，非常壮丽。

与人头攒动、车水马龙、金碧辉煌的中环不同，元朗清新、安静了许多。结束1天的行程，8点多来到元朗，下榻香港悦品天秀酒店。放下行李，我们漫步在元朗街头。灯光仍是这个夜晚的主角，街道上路灯散发出耀眼的光芒，为元朗披上了一层金色的衣裳，高楼上灯火通明，为原本已经金灿灿的元朗再添风采。在静谧的夜晚，我们走走停停，闲散的心境一如人生，慢慢地把岁月怀念，静静如水，淡淡如山。

（港珠澳大桥行日记2，2018年12月11日至13日游览，27日写于珠海）

资料来源：香港旅游发展局官网。

悠然，赌城澳门

澳门紧邻珠海，从珠海去澳门更方便、更快捷，与香港相比，我们去澳门的次数也就更多。港珠澳大桥通车以后，从香港经港珠澳大桥进入澳门还是第一次。12月12日5点多起床，在酒店外吃完简单的早餐，搭乘旅游巴士，从香港口岸人工岛进入港珠澳大桥，从珠澳口岸人工岛进入澳门，第一天跟随旅行团走景点，第二天在澳门自由活动。

从港珠澳大桥进入港澳的游人很多，在混合编车后等待的时间里，我背着行囊在候车区快走近1个小时。导游是一位63岁的澳门女士，相当精干、老道，团友一到齐，立即上车去威尼斯人度假村酒店，自由活动1个多小时，在氹仔午餐后，从西环大桥进入澳门岛，车游西环大桥、澳门观光塔和九九回归金莲花广场，并依次参观渔人码头、妈祖阁、澳门回归贺礼陈列馆和大三巴牌坊。

妈祖阁是澳门最著名的名胜古迹之一，坐落在澳门半岛的西南面，沿岸修建，背山面海，石狮镇门，飞檐凌空，初建于明弘治元年，距今已有五百多年的历史。妈祖是流传于中国沿海地区的民间信仰，是历代航海船工、海员、旅客、商人和渔民共同信奉的神祇。在海上航行，民间要于船舶启航前先祭妈祖，在船舶上立妈祖神位供奉，祈求

保佑顺风和安全。澳门妈祖阁主要建筑有大殿、弘仁殿、观音阁等殿堂，阁内香火不断，主要供奉道教女仙妈祖，人称能预言吉凶，常于海上帮助商人和渔人化险为夷，消灾解难。

圣保禄教堂遗址是澳门的标志性建筑物和"澳门八景"之

妈祖阁香火缭绕

一，2005 年与澳门历史城区的其他文物成为联合国世界文化遗产。1562 年，葡萄牙人历经数年建起了圣保禄教堂，后来两次毁于火灾。1602 年，圣保禄教堂再次重建，历经 35 年于 1637 年完工。1835 年的一场大火又把教堂烧毁，只剩下教堂正门大墙。葡

大三巴牌坊游人熙熙攘攘

语"圣保禄"发音接近粤语中的"三巴"，又因墙壁遗迹貌若中国传统的牌坊，所以称大三巴牌坊。牌坊的建筑是巴洛克式，并且糅合了欧洲文艺复兴时期与东方建筑风格，雕刻有中国石狮头和牡丹花图案，令其在全世界的天主教教堂中具有独一无二的特色。

牌坊前游人如卿，我们就地与旅行团道别后，拖着行李箱游览，拍一张照片都非易事。在大三巴街与大三巴右街之间，有一条长 50 米、已有 80 多年历史的恋爱巷，名字来自早期的葡文。恋爱巷已被划为行人专用区，电影《伊莎贝拉》《游龙戏凤》曾在这里取景，也是拍婚纱照的好地方。恋爱巷两旁的建筑物充满了欧陆风情，沿大三巴牌坊右边走进巷里，仿佛置身于欧洲的石春小路中。传说没有恋爱的

人，但凡走过，就会遇上爱情。

澳门与摩纳哥城、大西洋城、拉斯维加斯以赌博业著称全球，号称世界四大赌城。澳门博彩业是澳门政府重要的支柱产业，起源于1847年，是我国唯一合法的赌博地区。著名的轻工业、旅游业、酒店业和娱乐场使澳门长盛不衰，成为全球最发达、富裕的地区之一。澳门此行的第一站是威尼斯人度假村酒店，下午4点离团以后，澳门潘先生陪同我们逛了八佰伴和葡京赌场，在餐厅享用了地道的澳门餐后，晚上9点又回到威尼斯人度假村酒店下榻，直到离开澳门。

威尼斯人度假村酒店以意大利威尼斯水乡以及著名雕像为建筑特色，参考著名的拉斯维加斯威尼斯人度假村酒店作为设计蓝本，是一座超级大型的度假式酒店。酒店以威尼斯水乡为主题，酒店范围内充满威尼斯特色拱桥、大运河及石板路。楼高39层，共有客房3000间（套），每一个房间的面积都在70平方米以上，配有独立的客厅和卫生间。行游了一天，冲一个热水澡，或躺或坐或靠，开阔的视野和空间让你尽情舒展身心，意大利风情装修、精致的家具和摆件让你尽享奢华。

不知是囊中羞涩，还是缺乏天赋，我对赌博没有多少兴致。以前陪朋友去澳门，偶尔也进进场，大多数人"十赌九输"，我却是"逢赌必输"，久而久之，逛街购物成了我去澳门的最大乐趣。威尼斯人度假村酒店三楼的大运河购物中心，是澳门最大的室内购物中心，数百家商店和餐馆林立其中，形形色色的商品，从高级时装、奢侈品，到各类药品，应有尽有。整个购物中心被一幅偌大的天幕覆盖，天幕可配合电脑控制的灯光效果，营造出晨昏日出日落的云彩和天色，配合特色街道、运河、里亚特桥，环境典雅瑰丽，是休闲购物不错的选择。

无独有偶，陈先生虽然花了一定的时间现场观摩，终不能引诱他落座下注。13日上午地道的澳门早茶以后，我们再次漫步于大运河购

物中心，享受慢悠悠的时光。河边不时有小丑表演杂技，变着戏法招揽游人；河上有人正在体验独特的贡多拉之旅，一边看船夫划船，一边听船夫唱歌。闲逛之时，陈先生被一件经典、时尚而有品位的奢侈品所吸引，有备而来，果断下单，让我们的悠然之行有了一份物质的收获。感谢陈先生，我们享受着四季名品的贵宾礼遇，除了免费的咖啡、茶点和午餐，还被专车送抵关闸，在几近顶礼膜拜中结束我们的行程。

（港珠澳大桥行日记3，2018年12月15日至16日游览，28日写于珠海）

资料来源：①澳门特别行政区政府旅游局官网；②携程旅行网。

缅怀，罗三妹山

中山温泉宾馆是我国第一家中外合资酒店，由港澳著名企业家霍英东、何鸿燊等投资兴建，岭南派建筑大师莫伯治先生设计，邓小平同志亲笔题名，于1980年12月28日正式开业。1984年1月邓小平同志到南方视察时下榻于中山温泉宾馆。2011年央视网评选中国十大温泉度假区暨温泉度假饭店时，中山温泉宾馆名列中国十大温泉。

中山温泉宾馆坐落在中山市三乡镇罗三妹山南麓，占地2.2平方千米，是一个由星级酒店、天然温泉、高尔夫球场、罗三妹山组成的复合型旅游度假区。13日下午我们从澳门回到珠海，就直接去中山温泉宾馆。抵达时已是下午五点多钟，入住商务园，简单地收拾一下，在中餐厅点了几道土菜下酒，浅斟低酌之后，步入温泉园。

中山温泉果然名不虚传，泉雾缭绕，温滑清澈，身着泳衣的男男女女，在泉水温柔的怀抱里，或嬉闹，或静躺，如梦如幻，欲醉欲仙。我们寻觅一个心仪的泉池，慢慢地将身体浸入水中，接受涓涓细流的洗礼和柔暖顺滑的抚慰。合上双眼，以冥想的心情，缓缓地呼吸夹杂硫黄的气味，细细地体味泉水温润的感觉，逍遥自在，神清气爽。池子一边配有水流按摩，我们走过去，躺在上面，水流从背后、脚下不断涌出，冲击身体，就像无数个小拳头敲击，那份舒服，那份惬意，

妙不可言。

温泉的逍遥和疲惫，让我们酣然入梦。14 日早上 6 点多起床，先在宾馆内快走运动，接着拾级而上，攀爬罗三妹山。园内绿树成荫，繁花似锦，具有浓烈岭南气息的楼层别墅、亭台廊园，犹如古代皇家园林的恢宏壮观；精心雕琢的人工建筑与罗三妹山自然景致和谐搭配，营造了中山温泉"园中带园，景中藏景"、如诗如画的幽美。

以纪念邓小平同志为主题的罗三妹山公园

2018 年是改革开放 40 周年，我们走出乡村、进入校门，应该感谢邓小平同志。罗三妹山公园以纪念邓小平同志为主题，以当年邓小平同志登山的路径为主线，依山势建造了邓小平同志经典语录碑刻、"摸着石头过河"景观桥、丰碑廊等多个景点，是缅怀邓小平同志的理想之地。一盘生菜，几味杂粮，一杯咖啡，几片水果，清爽可口的早餐以后，我当向导，再次攀爬罗三妹山。

罗三妹山海拔不足百米，原名锣鼓山，因孝女罗三妹的传说而得名，更因邓小平同志登山时留下"不走回头路"的名言而闻名遐迩。1984 年 1 月 27 日，邓小平同志下榻中山温泉宾馆，28 日上午 8 时许登上罗三妹山，至罗三妹庙，陪同人员以下山路径崎岖为由，劝老人家原路返回，邓小平同志说了句意味深长的话："向前走，我不走回头路。"寥寥数语，显示出他坚定推进改革开放的决心。

罗三妹山公园于 2011 年元月免费开园，入口有一块巨石，上书"不走回头路"。爬到半山腰，有一座丰碑廊，墙上刻录了外国政要和媒体对于邓小平同志的评价。山顶有一块空地，矗立着邓小平同志雕像，坐西向东，面向游人上山的方向，便于游客与老人家面对面地交流。邓小平同志的名言被刻成石碑树立在登山阶梯两侧，山上有很多黄色的小石墩，其实是音箱，不断播放邓小平同志的讲话。我们来到邓小平同志雕像前，默默地向他老人家致敬意。

"不走回头路" 闻名遐迩

"山不在高，有仙则名。"罗三妹孝敬父母的传说是三乡民风淳朴的象征，山上建有罗三妹庙，屋顶用长石板砌成，石碑上记录了罗三妹的故事，庙柱上刻着"音鸣金华惊奇石，迹幻琅环瞰沸泉"

的对联。庙后有五六块巨石，有依有叠，危如累卵，拿石块撞敲巨石中点，略略有声，宛如击鼓。又见两排巨石之间，留下一线罅隙，翘首上望，只现"一线"蓝天，故称"一线天"。左侧山腰有一巨石，酷似一只躺伏的黄牛，相传这牛原是罗三妹牧放的，罗三妹成仙后，牛也变成巨石了。走过这里，就是一路下山。

我们沿着邓小平同志走过的路，从东南面上山，西南面下山。一路上高树苍翠，灌木翁郁，嫩草茵茵，绿茵茵，碧沉沉，美不胜收。下山以后，我们再次走进温泉园，占地 30 余亩，48 个生态温泉池，2800 平方米的山泉游泳池，40 余间私家的客栈，隐于温泉园的翠山绿水之中。打开房门，远山、绿水、近园、农田，一派"守拙归园田"的意境，让人流连忘返。

（港珠澳大桥行日记 4，2018 年 12 月 13 日至 15 日游览，30 日写于射阳）

资料来源：中山温泉宾馆官网。

铭记，2019年1月9日！

　　一个人一生中总有一些难忘的日子。2019年1月9日（农历2018年腊月初四），对于我、我的外孙和我们的家庭来说，注定是大吉大利、刻骨铭心的日子。上午11点（哥伦布8日夜晚），我从家中出发，搭乘地铁去禄口机场。11点26分，我在地铁上收到太太的电话，白天还正常开车上下班的女儿，被送进了产房。太太和女婿在医院整整陪伴了一夜，我只能在出行途中地静静地等待，默默地祈祷。

　　等待不是一件轻松的事情，因其有所希冀而令人兴奋，又因等待的过程无所安排而使人百无聊赖。飞机因天气延误转移了一部分注意力，从海口到万宁2个多小时车程有朋友聊天而封存思虑，23点入住酒店以后，由于没有任何女儿的消息，根本无法入睡。凌晨3点走进酒店健身房，在跑步机上快走运动8千米，冲完凉，洗好衣服，4点多躺在床上时，才收到太太发来的信息，女儿于哥伦布时间1月9日下午3点顺利生产，母子平安。焦虑又转化成兴奋，注定整夜无眠。

　　等待有一丝神秘，但却需要耐心。我似乎缺乏那份承受力，而无法使自己冷静。下午2点多时，我给女儿留言："孩子的生日是妈妈的难日，相信我的女儿能坚强地迎接这个挑战。经过母难，才无愧于伟大母亲的称号，才会阳光灿烂并终生难忘。我和你妈妈是你坚强的后

援，正待幸福的时刻！"发完以后发现，时值哥伦布午夜。

我憧憬着，期待着。凌晨4点多，太太发来"母子平安"四字和女儿轻拥外孙的照片，并第一时间在她的朋友圈告诉家人和亲朋，感谢大家的关心。上午7点，我给女儿和家人留言："2019.1.9，是一个大吉大利的日子。中国南京和美国哥伦布，同时瑞雪飘飞。爱女荣升妈妈的同时，让老爸老妈和各位亲人光荣升级。宝宝诞生时长53厘米，重5斤9两，比他妈妈出生时长2厘米，苗条9两，母子平安。感谢女儿，一帆风顺，平平安安，让我们省心省力！感谢宝宝，因为你花朵开放，果实芳香，随你而来的满天希望！祝贺宝宝生日快乐，欢迎宝宝早日回家！"

上午10点多，陈德静先生夫妇看到朋友圈，立即留言，并给我打电话，热烈祝贺宝宝诞生和我们荣耀升级后说，"这个宝宝会生又会长！他在妈妈肚子里长到5斤9两，选择在2019年1月9日（又是三九的第一天）这个特别棒的日子诞生。1和9都是大数，象征着'唯大'！5和3之和是8，象征着'我发'！所以，宝宝带给大家的不仅是开心和喜悦，更是吉祥和希望！"陈先生夫妇的祝福提醒了我，原来小家伙和我们玩了一次捉迷藏，他躲在妈妈肚子里，直到美国时间1月9日才跟我们见面。

宝宝的出生，我们一下子成了姥爷姥姥，新的任务随之而来。有一位朋友立马问我在哪里，让我快去带外孙。年轻人朝九晚五，时间节奏快，工作压力大，是不争的事实，协助女儿女婿看护一下外孙，是中国人的传统和责任。我们应该力所能及，绝不能越俎代庖。

首先，在子女教育问题上，我不太赞赏父母把子女私有化的观念。父母倾其所有把子女培养成人，子女工作没有几年又有了他们的子女，一代重复一代的做法，每一代人都把最好时光和主要精力耗在子女教育培养上。父母"望子成龙，望女成凤"，而子女内生动力不足，"竹篮打水一场空"的事屡见不鲜。

其次，中国人有自己的传承，孙辈有其爷爷奶奶，作为外祖父外祖母的我们，更应该找准定位，谦虚礼让。道理上说起来简单，实际拿捏不容易。原计划亲家母赴美照看月子中的儿媳和孙子，但因故临时调整计划，太太不得不改变行程，她 10 月刚刚从美国回来，12 月又不得不放下手中的事情，匆匆忙忙再飞美国。

最后，每一代人生活的社会环境和经济条件不同，其价值取向和人生观差异很大。我们经历过传统礼仪的洗礼，接受过现代文明的教育，更应该理性地看待孙辈的培养教育问题。此外，中美文化差异很大，美国人把养育孩子视为社会的贡献，同样也把养老交给社会。可能有人直言美国人的亲情不如中国人，却很少直面这种文化合理性的一面。

中国人有理想主义教育的传统，不少孩子从进入学校前就开始接受这种教育熏陶，因而很小就在心里埋下了梦想的种子，动辄就是明星、作家、教育家、企业家和建筑学家，不少人甚至誓言一生与平凡为敌。事实上，很多梦想不是光靠努力就能实现的，许多不愿意平凡的人，不得不用一生的努力，最终接受自己是一个普通人的现实。

如果说成长就是最终明白自己的能力有限，发现并接受自己平凡的过程的话，有人说人生至少有三次成长，一是发现自己不再是世界的中心的时候，二是发现再努力也无能为力的时候，三是接受自己的平凡并去享受平凡的时候。从这个意义上说，接受平凡比超越平凡更重要。记得我给女儿取名帆时，就是寄望女儿一帆风顺，扬帆远航；在女儿成长的过程中，我们施以最大的影响，莫过于受最好的教育，过最平凡的生活。

现在外孙来到了这个世界，如何规划他的未来，是女儿女婿和外孙长大后他们自己的事情，我无心干涉。不过，我也是花甲老人，每

每听到亲朋祝福的话语，心里也乐到开花。如果外孙长大后一定要问姥爷今天的想法，我一定会告诉他，姥爷崇尚这样的人生：快乐的童年，追梦的青年，平凡的中年，不争的晚年。平凡才是对生活真正的诚意，也是姥爷一生努力和拼搏的结晶，只有深刻认识平凡的意义，才能积极享受一生的幸福。

石梅半岛

兴隆咖啡园

（关于孖九的日记1，2019年1月10日于海南兴隆希尔顿逸林滨湖度假酒店记录，图片为石梅半岛和兴隆咖啡园，手机拍摄）

宅在花溪大学城

　　不知是秉性使然，还是读书人出身及近 20 年教师个性化工作影响，一直以来习惯于一种"不愿意打扰别人，也不愿意被人打扰"的生活状态。即便在辞教从商以后，这种生活状态也没有多大改变。小时候被父母批评为"不出趟"，人格心理学上应该是"内向"，现在流行的词叫"宅"。"宅"作为一种文化现象，是指一种对于私人空间、专注精神追求和不拘泥于形式的文化，"宅文化"追求个人感受和独立，是一种超越血缘、地缘等传统社会组织结构的新型社会关系的象征。如此理解，这便有了被尊重的理由。

　　9 月 26 日至 10 月 1 日六天五晚"遵义会议会址＋四渡赤水"纪念馆旅行结束后，不愿意凑长假交通繁忙的热闹，就在花溪大学城中澳星酒店住了下来。与大学城配套的商业项目叫贵澳时代广场，中澳星就是其中的公寓式酒店，高 16 层，节前试业的只有 3 层，其他还在建设中。酒店周围相当安静，装修标准也不低，由于没有正式开业，大学城又放长假，入住酒店的客人很少。10 月 1 日入住时，被安排在一间套房内，后来因为淋浴和厕所出了问题，我们主动要求搬进了标准间，从 1 日宅至 11 日，既享受了酒店试业的礼遇，又扎扎实实地当了一次"空气净化器"。

宅酒店与蹲家里不同，家里主要以家为圆心，以5千米为半径，除了快走运动和散步，就是看电视、浏览网络，还不时地要应酬越来越多无聊的聚会和茶叙。贵阳空气清新，早晚温差大，此时比珠海更宜居。宅酒店虽然离开了熟悉的环境和朋友，圆心从家变成了酒店，半径也从5千米延长到了7～8千米，新的环境，新的面孔，不仅可以排除各种纷扰，还不用买菜、做饭、搞卫生，生活变得简单、随性而有规律，每天凌晨快走运动8～9千米，中午吃方便面后休息一会，晚上在大学食堂或者贵澳时代广场食街享用特色餐饮，大部分时间在酒店里追剧看电视，偶尔逛逛周边的景点，用喧哗点缀一下静谧。

花溪大学城地处贵安新区党武镇范围内，分别由贵州师范大学、贵州民族大学、贵州财经大学、贵州医科大学、贵州中医药大学、贵州轻工职业技术学院、贵州城市职业学院、贵州民族大学人文科技学院、贵州理工学院、贵州大学明德学院、贵州大学科技学院、贵州警察学院共12所高校组成。这些大学主要分布在栋青路、思杨路、思雅路、思梦路和花燕路附近，每所大学占地少则七八百亩，多则两三千亩，几乎都没有围墙，除了车辆，大都可以自由进出。10天晨运，风雨无阻，用脚步丈量了栋青路、思杨路、思雅路和思梦路，把足迹留在了每一所大学。行走在红旗招展的道路上，穿梭于大学校园、超市和食街之间，师范大学的居高临下，财经大学的依山而筑，中医药大学的普世路，民族大学的风雨桥，无不令人心潮澎湃，20年前的那份清高与激情再一次被燃起。

宅在大学城的10天时间里，最简单也最麻烦的还是一日三餐。所谓简单，每日早餐都是从市场或超市购买的玉米、鸡蛋和牛奶，新鲜而价廉，中午吃方便面，省时又省力。一天中最麻烦，也是最惬意的就算晚餐了，除了贵澳时代广场，用餐最多的就是民族大学和医科大学的食堂或餐厅。很多年没有进大学校园了，大学后勤的市场化程度已今非昔比，如今的食堂，就像商业食街一样，各种食档鳞次栉比，餐食品种琳琅满目，有做好任由挑选的快餐，有点餐后现场调煮的粉面，有鸡蛋、玉米、油条、馕饼和各种小吃，也有自助餐式的炒、烧、蒸菜，自由选取，称重付款，免费送汤和米饭，丰简由人，价格从几元到十几元、二十元不等。记得一次在民族大学吃晚饭时，邻座一位瘦小的男同学，只称买了一点菜，加一碟米饭。与他聊了几句，为他的节俭、谦恭、懂事而感动。

花溪大学城

　　大学还有不少临街商铺，外租给社会，开设商场、影院、超市和餐厅，提供配套的生活用品和必需的文化生活环境。作为食堂的调剂和补充，许多不同风味的火锅、炒菜，主要消费群体还是大学师生，每逢晚上和周末，人潮涌动，非常热闹。有一天晚上，循着人流，我们来到医科大学的一家火锅餐厅，点了一个蹄髈锅底和几碟豆腐、木耳，外加奉送的素菜，美美的一餐下来只有七八十元。有一次去了一

家蒸菜店，自己挑选用细竹条串好的各种荤、素菜，交给厨师蒸熟后食用，少油少盐，清淡开口。每串6角钱，2个人一餐下来，五六十元。这些餐厅的服务员大多是兼职的大学生，每小时8～10元，成本不高，薄利多销，是这些餐厅的生存之道。这不仅有利于提升师生们的生活质量，还解决了一些贫困学生的经济来源。

大学城周边不远的地方，还有青岩古镇、花溪公园和天河潭几个景点，有公交车到达，我们可以持身份证免门票进入。10月3日早餐以后，从民族大学搭403路公交车，上午在花溪公园游览漫步，瞻仰戴安澜墓，午餐以后坐18路公交车去青岩古镇，淹没于接踵而至的游人中。花溪公交车不便宜，无人售票，上车至少2元，大多是3～5元。在青岩古镇还见到不少人为18路拉客，后来获悉有些公交车是承包的，这可能才是价格高的原因。民族大学到天河潭只有6～7千米，如果乘公交车，中间要去花溪倒车，单程要2个小时左右，往返需近20元车费。6日上午在民族大学候车时，偶遇一私家车，接送我们每次30元，单程十几分钟时间，不仅节约了许多时间，价格也可以接受。

"花溪"取其繁花似锦、溪水长流之意，地貌以山地和丘陵为主，山环水绕，水清山绿。花溪公园、天河潭和青岩古镇相距大学城不远，都是宅在大学城的最好去处。花溪公园是游船、爬山的悠闲之地，园内堰塘层叠，潺潺而流，蛇山和龟山隔水而峙，登上山顶，可以俯瞰花溪全景。天河潭是露天深潭，一泓碧水，深不见底，四周是数十米高的绝壁，仿佛刀削斧劈，沿岸有相互连通的水洞和旱洞，从游船码头进入水洞，灯光幽暗，远近的钟乳石，充满神奇色彩，是探秘寻幽的好地方。青岩镇是贵州四大古镇之一，始建于明初，至今已有600多年。定广门城楼巍然耸立，气势恢宏，与古道、石坊、寺庙交相辉映。古镇四周原建有城墙，用方块巨石垒砌，筑有敌楼、垛口、炮台，

因年久失修，成为残垣。古镇商贾林立，平时游人不多，是怀古、悠闲的不二之选。

天河潭瀑布

天高气爽的气候，热而不躁的温度，疏密有致的市政，整洁如新的建筑，价廉物美的美食，热情好客的市民，书香润泽的环境，以及宽敞少堵的交通，花溪大学城成了越来越多喜静爱宅人士的避暑之选。曾经熟悉的教学大楼、图书馆、学生宿舍、运动场和食堂，生机勃勃，更能触景生情，回忆一些欲罢不能、欲拒还迎的校园时光。

（2019 年 10 月 1 日至 11 日游览，20 日成稿于珠海）

孖九生日快乐

　　今天是张安扬先生一周岁生日。一年前的今天，小家伙来到我们这个大家庭，爸爸是合肥人，妈妈是南京人，他们都是留美的数理博士，现在在美国从事金融业。妈妈赐名安扬，可能有多种考量。合肥是安徽的省会，长江从南京开始的下游旧称扬子江，安扬是两地结合的结晶。同时，安是父亲名字中的最后一个字，扬是母亲姓氏的谐音，首尾相接为和，意为生生不息，和睦相传。更加重要的是，平安是父母对孩子首要的希冀，然后才是健康地成长、快乐地生活、幸福而美满。从平安、健康到快乐、幸福、美满，一路向上，才是扬的寓意。综合几个方面，似乎有一些洋人命名的气息，又有一些华人起名的俗成，有道是俗名好养。

　　去年5月，我们从哥伦布回到国内，太太说女儿女婿一直没有给张安扬起好一个小名，让我提一个建议，供他们参考。张安扬生于2019年1月9日，5斤9两，与9密切相关。从数字上看，零到九中九是最大数；1919的谐音"要久要久"，非常吉利，平安要久，健康要久，快乐要久，幸福要久，生命的长度和意义也一定会超越祖辈和父辈。在南方，许多人家把长子叫"阿九"，就是老大的意思；张安扬父母学的是数学专业，对数字应该情有独钟，于是"孖九"走进了

我的视野。虽然没有采纳，作为一种祝愿，已经根植于阿公和阿婆的心底。

名字只是一个符号，在孩子成长过程中最重要的还是陪伴和家庭教育。随着独生子女成长为人父人母，由于他们自身没有兄弟姐妹，新生的孩子日益缺乏在多维人际关系中成长的机会。专家认为，人际关系简单不利于孩子的成长。以往人们重视家庭教育中的亲子关系，现在由于祖孙关系在幼儿家庭教育中承担越来越重要的作用，独生子女父母更加需要利用祖辈的亲情资源，营造孩子成长必备的多维人际关系环境。

孩子与祖辈的关系更多的是一种爱的纽带，是父母爱的一种补充。只有在一个充满爱的世界，孩子才能真正幸福成长。由于祖辈对孙子的关怀更多的是出于对天伦之乐的享受，不像父母那样承担很重的责任，因此他们对自己爱的表达方式往往不加考虑，对孩子教育的后果更趋于骄纵和溺爱。所以在孩子的成长过程中，要妥善处理祖辈爱与父母爱的关系，既要充分利用祖辈的亲情资源，又要防范骄纵和溺爱；既不能因祖辈加倍的爱而阻止隔辈间亲密的关系，又不能放手不管而把孩子完全交给祖辈。

与祖辈的呵护和关爱相比，父母的陪伴和榜样更加重要。一个只有在父母的陪伴之下成长的孩子，才会有真正的幸福，缺失父母的陪伴，孩子的身心发展就会有缺憾。影响孩子成长的一般是父母的言行、学校的风气、孩子的交友和社会的价值观。一个孩子的言行举止，体现了父母对他的教育，一个家庭给孩子带来的影响，是任何人都无法估量的。记得一所大学的校长，讲过一个亲历的故事，就是最好的例证。一天他送外孙去幼儿园，要外孙有话好好说，外孙回应阿公："爸爸妈妈在家里，有话就不好好说。"

俗话说，"三岁定八十"。意思是一个人从小看到老，小时候的性格和做法影响其一生的性格和做事方法。快乐的童年，追梦的少年，是我们对一个孩子的冀望。在张安扬周岁生日之际，把最想说的话记录下来，既是一种周岁生日纪念，也是为了更好地告诫我们自己。博爱若船，母爱如帆，成长为航，成功是岸；扬帆起航，劈风斩浪，风雨同舟，平安抵港。祝愿张安扬在父母的呵护和陪伴之下，沐浴大爱，健康而快乐地成长。

未来一起走

写在脸上的幸福

（关于孖九的日记2，2020年1月9日记于夏洛特，照片为手机拍摄）

遇见另一种生活

　　新型冠状病毒的蔓延，正在颠覆人类对现有世界的认知，悄然影响着人们习以为常的生活，不管起居、饮食、聚会还是出行，无论有无意识，自觉不自觉，正在发生一些改变。

　　从勤洗手、常消毒、多通风、少聚会、戴口罩，到保持社交距离，实施"居家令"，停工停产，各国从实际出发，采取了各种应对举措。减少或停飞国际航班，对入境人员进行集中隔离健康观察，就是严防病毒从境外输入、阻隔病毒传播的一种办法。

　　有人把隔离入境人员的酒店视为高危区，形容隔离生活如同坐监，加剧了隔离人员的恐惧感。在境外时，既要殚精竭虑于回国机票，又要煞费苦心于隔离生活，压力很大。平常生活不受限制和阻碍，一夜之间集中酒店隔离，不能离开房间，起居、饮食和行动被限制在斗室之内，没有必要的心理准备，很难适应。

　　回国前，女儿精心挑选干粮，准备防护和消毒用品；回国后，又网购糖尿病人水果和食品，快递到隔离酒店；出发前，开始练习立地慢跑，将晨运从室外转换到室内；还有不少朋友打电话、发微信，劝慰多适应，少说话。凡此种种，都为隔离生活有备而来。

　　6月25日晚7点左右，MU588次航班平安落地时，隔离生活即告

解除隔离前的核酸检测

开始。浦东国际机场严阵以待，从落机、扫二微码申报个人信息、抽血、咽鼻拭子采样，到入关、提取行李、海关检查、乘车等待，设置了专门的通道，工作人员全副装备，各就各位，入境时只要按照指引，积极配合，有序通过，除了候车，效率不低。

从机场到位于天目西路的长城丽柏酒店，车行一个小时，全程由交保人员护送。晚上10点多抵达时，同车的20多人被分成二组，一组在酒店大堂，一组留在车上，先阅读告知书，扫二微码入群，测量体温达标后，办理入住手续，最后将护照、身份证连同填写的承诺书、核酸检测申请等资料交给驻点医生拍照上传，领取消毒用品，午夜12点左右住进客房。

长城丽柏是一家邻近上海火车站的四星级酒店，房间虽然不大，装修有些陈旧，但配套齐全，空调、电视、无线网络、热水淋浴都可正常使用。房间内配备了隔离期间要用的卷纸、拖鞋、洗发水、护发素、沐浴液、润肤露、剃刀和牙具，提供矿泉水30瓶，除补充3元/瓶外，其他用品都可以免费配送。隔离期间，毛巾、浴巾和床上用品不提供更换服务。

隔离食宿收费5600元，每日配送三餐，中、晚餐都是四菜一汤一果或一罐饮料，鱼禽蛋肉、豆制品和蔬菜，合理搭配，美味可口，一周内每天配餐不重样。早餐通常是粗细搭配，包括米粥、维他奶、鸡蛋，并配有红薯、山药、包子、油条、馒头、炒面、扬州炒饭中的2～3个品种。每餐还提供一点咸菜或辣酱，兼顾不同口味的需要。

集中隔离健康观察期间，每天上午、下午各测量体温一次，报告健康情况；不得外出，不能会见访客，为避免交叉感染，与同时隔离健康观察的人员保持独立空间，简单地说，隔离观察期间不能离开房间。7月7日进行了新型冠状病毒核酸检测，今天晚上全部解除隔离。

斗室之间，自筑藩篱，外面的人进不来，里面的人出不去；方寸之间，宽窄自如，我的地盘我做主。每天免于纷扰，酣睡、追剧、慢跑自由自在，无拘无束，权当一次独居式养老生活体验。十几天时间，电视剧不离不弃，是最好的陪伴。《麻辣芳邻》《幸福敲了二次门》《有你才幸福》《欢天喜地对亲家》《我怕来不及》《下一站，别离》等，大多与家庭和老年生活有关，情节跌宕，既在清静中过足了电视剧瘾，又在无扰中得到了一些启迪。

酒店之外，高楼林立，北窗台卧，红日冉冉时，光照玻璃似五彩缤纷，灿若锦绣；华灯初上后，万家灯火如繁星闪烁，明光辉煌。每天《义勇军进行曲》响起时，立于窗前，开始晨跑，万步告罄，汗流浃背，有华子良般的自嘲，更有步履矫健的激昂。在无力、无助、无奈面前，学会了一种新的运动方法，从此，雨雪天气完全可以不用去室外慢跑健身了。

一个人一生中，总有一段属于自己独处的时间，这是一种历练，一种境界，更是一种能力，一个人只有在独处时才是真正的自己。外孙绕膝时，屋宇内外，鞍前马后，一天下来腰酸背痛，倒下就睡，累并快乐着。现在独居一隅，最富有的就是时间。每天凌晨4点多起床、洗漱，一小时晨跑，汗如雨淋后一个热水澡，一杯绿色抹茶，热水解乏，茶饮改善循环。下午睡一个囫囵觉，晕乎乎起来一阵慢跑，神清气爽之后，在新闻与电视剧之间调换频道。

床是隔离期间利用率最高的工具，躺在床上睡觉，靠在床上刷微信、追剧，闭目养神时自己跟自己对话，床从来没有像今天这样，在每天生活中占据那么多时间，发挥那么重要的作用。进入老年，特别是行动能力受到限制以后，一个人与床的联系会更加紧密，隔离生活无异于提供了一次预演的机会。

吃饭是维持生存的基本需要，也是当下提高免疫力的重要途径。由于血糖较高，每天的配餐中，有不少含糖高的饮料和食品，如维他奶、可口可乐、雪碧、豆沙包和粥等。为了不给酒店添太大的麻烦，尝试着给驻点医生发微信和打前台电话，请求更换维他奶，此后的每天早上，标有"612"字样的特供早餐，如期而至。

配送的早餐

一日三餐是隔离生活最具期待的时刻。客居夏洛特期间，中餐大多是改良后的美式中餐，色彩厚，多油盐，重口味，即便自己做饭，由于食材没有国内的丰富，很难享受到美味可口的佳肴。隔离期间的一日三餐，虽然不是舌尖上的美味，但荤素搭配，色香味俱全，餐餐不重复，每每吃完，都有一种意犹未尽的感觉。

出于防范交叉感染的需要，隔离期间的床单自己整理，衣服自己洗，卫生自己搞，就连垃圾也要自己打好包放在门外。除了买菜、做饭，基本上都是自食其力的事情。灾难面前，谁都不能独善其身。客房之外，是一批默默无闻、辛勤劳动的工作人员。

夜晚抵达酒店，眼睛看不清，年轻的工作人员热情地帮助填写表格，一声亲切的"叔叔"，途中的疲惫得到抚慰；机场检测结果还没公布，有人收到疾控中心确认密切接触者电话，大家恐慌时，驻点医生安抚不要紧张，放松心情；一件件生活用品，甚至是不允许的外卖，送到酒店后，工作人员不厌其烦地配送房间；一封社区卫生服务中心的慰问信，被折叠成纸鹤，送达门口；温暖无处不在，发微信，打电话，咨询问题，有求必应。

解除隔离前，必须做一次核酸检测，由检测医院来酒店采样。为了提高检测报告回居住地的采用率，采样安排在解除隔离前三天，大家按照驻点医生的安排和电话通知，分批到酒店大堂有序进行。一人记录、两人采样、两人消毒，五位工作人员"披坚执锐"，每人采完样，都要对地面进行消毒。收到检测报告的那一刻，如释重负，终于可以融入国内的正常生活了。

社区卫生服务中心的慰问信

走出酒店，夜幕徐徐落下，道路上车水马龙，奔腾不息的汽车犹如一条条舞动的金色长龙。路灯不约而同地睁开了眼睛，把街道照得通亮。高楼大厦上霓虹闪烁，与路灯和车灯交相辉映。拖着行李，走在街上，江风扑面，逃离樊笼的感觉油然而生。天气阴雨连绵，心中阳光灿烂。隔离是一种不幸，更是一种经历。

（2020年7月9日写于隔离的上海长城丽柏酒店612房，照片为手机拍摄）

二、漫步帕米尔

雨雾恩施

　　20 世纪末在南海工作期间，认识一个恩施朋友，从此有了湖北省恩施土家族苗族自治州的最初印象。她是湖北唯一的少数民族自治州，有土家族、苗族、侗族等 29 个民族。说到恩施，自然而然地想到越国美女西施，她天生丽质、秀媚出众，是美的化身和代名词。由此联想，恩施除了以"皇帝赐恩于施县"而得名外，一定还有她独特之处以及魅力。

　　正是这种好奇，一直希望有一次恩施之行。2018 年 5 月，没有了工作之忧，在途牛旅游网上购买了"牛人专线五日游"产品，在铁路 12306 APP 上买好南京到恩施的动车票，来了一次说走就走的探究之旅。

　　恩施属季风性山地气候，夏无酷暑，冬少严寒，雾多，雨量充沛。由于地形复杂，海拔高低悬殊，最高 3000 多米，最低 60 多米，平均海拔 1000 米左右，民间素有"低山称谷，高山围炉""十里不同天，百里不同俗"的谚语。恩施旅游的最佳季节是四五月，五月又是恩施的雨季。由于雨多，雨热同期，出发时一直在心中祈祷恩施能赐给我们一个风和日丽的天气。

　　上苍考验我们的诚心，5 日抵达恩施时，天空飘着蒙蒙细雨，只

能用塑料袋包裹相机，沿着凤凰山国家森林公园步道和清江河岸，一边运动，一边游览；26～27日团游恩施土司城、云龙河地缝和七星寨景区时，基本上是在雨中进行的；28日雨停天阴，但江水黄浑，我们虽然亲眼看见了雨雾硒都，却无法见证清江水如翡翠。

恩施土司城是我们团游的第一站。雨时断时续、由疏而密、从小到大地下着，容不得迟疑，也没有时间等待，我们只能冒雨走过风雨桥，进入九进堂，登上土司城墙和鼓楼，在雨雾中惊叹土司生活，感悟土家族文化。雨水冲刷了浮尘，土司城的瓦更

清江河上的风雨桥

青、树更绿、地更净，仿佛让游人更清晰地认识土司城的历史脉络。

亭台楼阁九进堂

九进堂是土司城的核心部分，由333根柱子、333个石柱础、330道门、90余个窗、数千块雕花木窗、上千根檩子、上万根椽木组合而成，进深99.99米、宽33米，总建筑面积3999平方米，是目前罕见的纯榫卯相接的木结构建筑。九进堂内亭台楼阁，错落有致，雕梁画栋，富丽堂皇。

土司城还依山取势修造了城墙，逶迤延绵，雄伟壮观。在城墙上还广设烽火台，实行狼烟报警。雨中，走过厚重的城墙，登上仨立的鼓楼，不能不发古之幽思。在土司统治下，土地和人民都归土司世袭所有，土司各自形成一个个势力范围，造成分裂割据状态。土家族人

民除为土司提供繁重的劳役和士兵外，还要向土司缴纳或进贡各种实物，深受封建统治和土司盘剥的双重压迫，生活于水火之中。

恩施大峡谷位于屯堡乡和板桥镇境内，是清江大峡谷中的一段，全长108千米，总面积300多平方千米。峡谷中万米绝壁画廊，千丈飞瀑流芳，百座独峰矗立，十里深壑悠长。自然景区则主要由大河碥风光、龙门峰林、板桥洞群、龙桥暗河、云龙河地缝、后山独峰、雨龙山绝壁、铜盆水森林公园、屯堡清江河画廊等组成。这里的峡谷山峰险峻，山头高昂，有仰天长啸之浩气；谷底的清江水质清幽，令人有脱胎换骨之感受。峡谷两岸屏峦入画，山峰雄奇，绝壁林泉，瀑布飘逸，如诗如画，还有两岸的吊脚楼群和土家田园掩映在青山碧水之间。

云龙地缝被称为地球最美丽的伤痕，整体呈"U"形，上下垂直一致，全长3600米，平均深75米，宽15米。它囊括了众多地质元素，外部绝壁巨壑环抱，山峦叠嶂，地形多变；地缝内流水淙淙，飞瀑跌落。阴雨连绵，五彩黄龙瀑布、彩虹瀑布、云龙瀑布、冰瀑、沐抚飞瀑等七条半流瀑，争先恐后，从崖壁上飞驰而下，千姿百态，蔚为壮观。神奇的喀斯特地貌形成了不同形状的石柱，有的石头由溶洞顶部倾斜伸向地缝，酷似数条龙从岩壁中钻出，仿佛奔向地缝谷底戏水，因而得名"群龙戏水"；岩壁上还有一个岩石，酷似禅杖而得名禅杖云梯；河底怪石遍布，五彩斑斓。地缝两侧绝壁陡峭，原本清澈的河水变得混浊不堪，雨水和飞瀑飘飘洒洒，行走在栈道间，凉意袭袭。

从云龙河大桥东侧乘坐客运索道，沿云龙河峡谷西侧山坡上行，经踏浪亭南侧垭口到达上站小楼门。楼门石浪是一片石林，山石十分奇特，光滑而有规律的纹理，在道路两边起伏连绵。在石林里穿行，就像在迷宫里一样。景区内有丰富的喀斯特地质地貌，天坑、地缝、

溶洞、暗河、石林、峰丛、岩柱，一应俱全，宛如一座地缝、天坑、岩柱群同时存在的喀斯特地貌天然博物馆。

恩施大峡谷最经典的绝壁长廊在七星寨景区，全长488米，有118个台阶，位于海拔1700余米、净高差300余米之绝壁山腰间，路七弯八拐，心始终如一。站在绝壁长廊上，大峡谷的景色尽收眼底，高揽群峰耸峙，远望众山绵延，人迹罕至，群山逶迤，浩瀚苍茫。行走在绝壁长廊，仿佛行走于云端一样。

峡谷中标志性景点是一炷香，稀有的单体三叠系灰岩柱，高约150米，最小直径处只有4米，像一炷香一样，傲立群峰之中千万年，风吹不倒，雨打不动，守护着这片神秘的土地。它展示着威武的雄姿，成了大峡谷的镇谷之宝。相传，这根石柱是天神送给当地百姓的一根难香，如遇灾难将他点燃，天神看到缈缈青烟，就会下凡来救苦救难。阴雨天气时，升起的一层薄雾，就像一缕青纱，将它装扮得若隐若现；晴空万里时，一朵白云叠在峰顶，远远看去就像天上的香火，宛若仙境。这里游人如鲫，时值阴雨，又是上午，逆光，要拍好一张照片，真不是一件容易的事情。

七星寨景区可圈可点的景点还有许多。母子情深描述的是一个土家女子搂抱着自己的孩子亲他的脸蛋，这深情的一吻，见证了天下母爱的伟大，这幅大自然的杰作就是一座摇篮曲的雕塑；生长在山崖边上的迎客松，沿壁而生，树的枝叶向着外面微微倾斜，好似对游人鞠躬一般，又称"鞠躬松"，是恩施大峡谷的五大奇观之一；情侣峰是一处险峰，因两峰相拥，像极了一对情侣，故名为情侣峰；一线天的巨型裂缝宽仅60厘米，高6米，长达40米，最窄的地方差不多只能容纳下一个人，通过这道门就成了天上的神仙。

经过两天阴雨的行游，许多人已经身疲腿软，第三天船游清江就是一个贴心的安排。清江从利川市逶迤而来，自西向东横贯恩施土家

族苗族自治州，最后在宜都市汇入长江。她宛如一条蓝色飘带，或咆哮奔腾，或飞珠溅玉，或潜伏明流，洋洋洒洒八百里，因此有了"八百里清江、八百里画廊"的美称，是世世代代养育土家儿女的母亲河。游船从码头起航，逆流而上，到蝴蝶崖折返，往返100多千米，五个多小时。这是清江最美、最深、最原生态的部分，两岸绿水青山，风景顺水绵延，奇形怪状的山峰，碧波流淌的江水，云雾缭绕，白鹤翩跹，情景交融，仿佛置身于浩渺悠远的世外天地。立于船上，清风拂面，真是船行碧波上，人在画中游。

清江标志性景点蝴蝶崖

蝴蝶崖是清江的标志性景点，因山崖形似蝴蝶展翅而得名。雨后水量大增，在蝴蝶翅膀的绝壁之间，一挂飞瀑从山洞中奔涌而出，声如雷鸣，极其壮观。山的雄伟及水中的倒影，一只完整的蝴蝶栩栩如生。景阳大桥也是清江上的一个著名景点，全长519米，净跨度260米，圆弧横跨在清江之上，红色的弧线在蓝天的映衬下，宛如一道彩虹，又称彩虹桥。

世间男子不二心，天下女儿第一城！土家女儿城虽然是一个人造古镇，但它依山势而建，顺水流而设，以灰色角砾岩铺就，精心谋划了整体建筑风格，仿古与土家吊脚楼相结合，充分囊括了土家族的民风民俗，完美体现了人与自然和谐统一。这次行

人头攒动女儿城

程，我们在女儿城土家客栈住了两个晚上。游人沉睡时，我用快走丈量它的周长；古镇开市后，我们闲游四纵四横街道，吃土家美食，品富硒绿茶，赏苗家饰品；夜晚时分，华灯溢彩，或走入熙熙攘攘的人群，穿梭于一座座土家建筑，感受古镇的质朴与繁华，或驻足人头攒动的吊脚楼前，看一场女儿城的民族表演，随龙船调起伏悠扬，高亢婉转。如果赶上土家女儿会，喝一碗"摔碗酒"，跳一段摆手舞，那才是恩施真正的民族节日。"灵秀湖北，仙居恩施"，言之有据，事出有因。在恩施，有这样一方净土，安静得让人向往，狂热得使人沸腾……

(2018 年 5 月 24 日至 29 日游览恩施，31 日写于珠海)

资料来源：①携程旅行网；②百度百科。

离离原上草

"离离原上草，一岁一枯荣；野火烧不尽，春风吹又生。"这首许多人耳熟能详、烂熟于心的古诗，是唐代诗人白居易《赋得古原草送别》中的诗句，虽然它是白居易 16 岁时的一首应考习作，全诗却自然流畅，字字真情，语语余味，堪称"赋得体"中的绝唱。诗中描绘的春草蔓延、绿野广阔、秋枯春荣、生生不已的景象，给人以无限的遐想和向往。

揣着儿时的愿望，在途牛旅游网上预订了三个旅游产品，6 月 12 日出发，经南京中转飞呼和浩特，先参加呼和浩特—内蒙古大草原—神泉沙漠四日游；16 日从呼和浩特飞海拉尔，参加呼伦贝尔—满洲里—室韦—北极村八日游；23 日抵达哈尔滨后，继续哈尔滨—镜泊湖—延吉—长白山七日游；29 日从长春飞抵南京，结束寻梦之旅。

旅游是一件梦、钱、闲交合的事情，缺一不可。年轻时温食难保，根本没有钱、闲，旅游是一件很难想象的事情；人到中年时虽然衣食无忧，但上要侍奉父母，下要养育儿女，更有工作缠身，旅游是一件可望却很难成行的事情；现在退休了，时间宽裕，身体尚行，又童心未泯，如果从经济学的角度规划旅游线路，降低出行成本，把旅游和圆梦结合起来不是不可能的事情。

一次出行一个地域，几个行程前后无缝衔接，既可以减少往返的时间和成本，又可以在走马观花和深度游的同时，旅游与休闲相结合。历时半个多月的北方之旅，就是在这样的愿景中起航了。出师不利，飞机在南京中转时遭遇天气原因被取消。我们不怨天尤人，立即启动预案，乘地铁，搭高铁，转道上海，直飞呼和浩特。上帝不负有心人，飞机一落地，导游小姐领着一台轿车，还配备专职司机，开始了只有两个游客的四日游。司机的健谈，导游的委婉，我们的第一个行程犹如私人定制。

我们仰望高山，高山或雄姿挺拔，或险峻幽深，有时像昂首天空的雄狮，有时如梦中惊醒的猛虎；我们俯瞰大海，大海以博大浩瀚著称，几千年不变的姿态与胸怀，几千年不变的热血与潮汐，击荡如雪之浪，拍打着几千年沉默如初的岩石；我们神往草原，草原一望无垠，翠色欲流，万马奔腾，草长莺飞，天苍苍，野茫茫，风吹草低见牛羊。

呼伦贝尔草原是世界著名的天然牧场，总面积约 10 万平方千米，是世界著名的三大草原之一。我们此行的第一站不是呼伦贝尔，而是希拉穆仁，想法很简单，就是从小到大，从高原到平原，在绿色的海洋中遨游。

"希拉穆仁"蒙语意为"黄色的河"，位于内蒙古自治区达尔罕茂明安联合旗，距离呼和浩特向北 100 千米，是蜚声海内外的旅游避暑胜地。希拉穆仁河畔有一座清代喇嘛召庙普会寺，寺院原为呼和浩特席力图召六世活佛的避暑行宫，建于乾隆三十四年。寺内二重殿洞，雕梁画栋，颇为壮观，寺后环绕着希拉穆仁河，跨过河上大桥，去阿勒宾包山上，一望无际的景色，让人如醉如痴。

希拉穆仁草原海拔 1700 米，丘陵起伏，是典型的高原草场。入住蒙古包，放下行李，迫不及待地走向草场。天很蓝，朵朵白云挂在上面，不时地变换着姿态；路悠远，高低起伏，穿过草原，消失在视野之外。还没有进入黄金季节，草芽刚刚破土不久，满眼的不是芳草依依，而是点点蒙古包，圈圈牛马羊，汽车驰过，尘土飞扬。我们行走在希拉穆仁，寻找心中的草原，忘了疲倦，忘了时光。

希拉穆仁草原日出

希拉穆仁的夜很美，天空高悬，繁星满天，草原一片静谧，满天的星星映在小溪里，如千万点萤火闪闪烁烁。昼夜温差较大，躺在微微倾斜的山坡上，仰望星空，任凭晚风吹拂，十分舒畅。希拉穆仁的夜很短，九十点天才黑，三四点天就亮了。凌晨3点多起床，背起相机，跨过围栏，穿过沟壑，越过一座又一座山丘，去迎接草原壮美的日出。

东方渐渐露出了鱼肚白，星光开始缓缓地黯淡，温柔的红光从草天相接处透了出来，周边的云朵被染成了橘红色。时间一秒一秒地嘀嗒，火红的太阳冉冉地升起来，草原洒上了一层金色，成群的骏马在草原上悠闲地吃草，偶尔发出几声嘶鸣，放眼望去，美极了。

如果说希拉穆仁是草原之河的话，呼伦贝尔就是草原的汪洋大海。飞机从呼和浩特起飞后，邻座的先生就热情地向我们推介他的故乡——呼伦贝尔草原，谈吐优雅，言之凿凿，应该是一位从地方升任自治区工作的公务人员。当飞机从万米高空慢慢降落，一望无际的绿色进入眼帘时，对大自然的钟爱和敬意油然而生。

呼伦贝尔草原地域辽阔，风光优美，3000多条纵横交错的河流，500多个星罗棋布的湖泊，一直延伸至松涛激荡的大兴安岭。那里有一望无际的绿色，有延绵起伏的大兴安岭，有美丽富饶的呼伦湖和贝尔湖；那里香花遍野，羊、马、牛、驼，一群群，一片片，或疾驰，

或漫游，像彩霞在天际飘动，也像仙女撒下的珍珠玛瑙，散落在银链般的河边、湖岸，被盛赞为"北国碧玉""人间天堂"。

呼伦贝尔草原辽阔却不张狂，她安静、纯粹、含蓄而细腻，就如马头琴的浑厚低沉，长调一样的舒缓悠扬。美丽的大草

呼伦贝尔草原绿草如茵、毡房点点

呼伦贝尔草原牛羊成群

原一眼望不到边，蓝天白云、绿草如茵、鲜花遍地、湖水涟漪、牛羊成群、点点毡房、袅袅炊烟，整个草原清新宁静。茫茫无际的牧场，传来悠扬的牧歌，一条弯弯的小河，静静地流向远方。白色的羊群行走在山坡上，远远望去，好像是白云飘浮在山间，微风吹过，绿浪滚滚，形成了一片绿色的海洋。

一路前行，一路风景。经过两个小时的汽车飞驰，我们来到《狼图腾》《赵氏孤儿》《甄嬛传》等著名影视剧草原外景基地。走下汽车，欢迎的是英俊的蒙古马队。喝过下马酒，以恭敬的姿态，双手平接过哈达，开始尽情享受草原之美。盛放的野草野花，五颜六色，就像一块绿茸茸的花地毯，披在呼伦贝尔的大地上。在野花丛中留影，在蜿蜒的河边漫步，在草地上仰卧，在山坡上眺望，感受离离原上草的绿与静。芳草萋萋，那绿是碧绿，是翠绿，是养眼之绿，更是生命之绿；那静是安静，是宁静，是芳香之静，更是恬淡之静。恬淡为上，胜而不美。

疾风知劲草，岁寒见后凋。青草没有参天大树那样的高大挺拔，没有花朵那样的鲜红艳丽，但它随遇而安，有着无与伦比的神奇力量和顽强的生命力。无论是在风尘弥漫的公路旁，还是在荒凉贫瘠的沙土上，抑或在沉重的石头下，高高的石坡上，它都能生根发芽，茁壮成长，用自己的身体装扮世界，因而比牡丹更高贵，比出淤泥而不染的荷花更高尚。有人只见鲜花，无视芳草，只有经历风雨，才能彰显精神。青草从不炫耀自己，却代表着生命，代表着顽强，代表着希望，代表着奉献，代表着永不低头，滴水之恩，当涌泉相报。

来到了草原，就一定不能错过骑马驰骋的潇洒。满怀激情地来到金帐汗蒙古族部落骑马场，用两个小时的时间体验马背上的生活。在马夫的指导下，我们跨上蒙古纯种宝马，勒着缰绳，听着耳边呼呼而过的清风，看着远方随风摆动的青

英姿飒爽的女主

草，仰望湛蓝的天空，奔跑于辽阔的草原天地间。河水静静流淌，徐徐清风拂面，远处的牛马悠闲的身影穿梭于云朵投下的阴晕间，美不胜收，流连忘返。

（2018 年 6 月 12 日至 23 日游览，7 月 12 日写于南京）

资料来源：①途牛旅游网；②百度百科。

风情万种满洲里

　　满洲里是一座拥有百年历史的小城，原名"霍勒津布拉格"，蒙语意为"旺盛的泉水"，位于内蒙古呼伦贝尔大草原腹地，东依兴安岭，南濒呼伦湖，西邻蒙古国，北接俄罗斯，是我国最大的沿边陆路口岸，是国务院确定的国家重点开发开放试验区和边境旅游试验区，总人口26万，居住着蒙、汉、回、朝鲜、鄂温克、鄂伦春、俄罗斯等20多个民族，是一座独领中俄蒙三国风情、中西文化交融的口岸城市，素有"东亚之窗"的美誉。

　　满洲具有民族名称和地理名词双重意义。明代时称山海关以外的东北地区为关外或关东，天聪九年（1635年），皇太极改族名为满洲，从此大清国东北方向领土即以满洲称谓。满洲作为民族称呼，旧指满洲族即旗人，后来称为满族；满洲作为地理名词，从17世纪开始被用来称呼满族的居住地，19世纪末，因为日本和俄国等列强对这一物产丰富地区的争夺而为世界熟知。辛亥革命以后，中华民国开始用东北来取代满洲这个名称，延续至今。1902年，俄国修筑的中东铁路铺入中国东北，并且在满洲建成火车站，俄国人称为满洲里亚，汉语音译满洲里由此得名。

　　满洲里地处祖国北疆边陲，犹如从烟波浩渺的呼伦湖上飞起的天鹅，展翅翱翔在呼伦贝尔草原上。到达满洲里的第一站，是鹰山大教堂，结婚、聚会的圣地，当地人称"婚礼宫"。它巍然屹立，傲对碧空，位于满洲里前往扎赉诺尔的公路旁，是满洲里的地标性建筑。鹰山是满洲里的最高点，登高望远，全城美景，一览无遗。

东亚之窗满洲里

中俄边境旅游区是国家级5A景区，占地面积500万平方米，由国门景区和套娃景区组成，汇集中国红色文化和俄罗斯风情文化精粹。国门景区为国家4A级旅游景区，总面积约20万平方米。国门是国家的象征，代表着国家的尊严，远远望去，金碧辉煌的"中华人民共和国"七个大字醒目地镶嵌在国门上方。国门横跨中东铁路线上，登上瞭望厅，俄境后贝加尔斯克区的车站、建筑、街道、行人尽收眼底。一列满载货物的火车穿国门而过时，铁路扭动的曲线苍劲有力，汽笛声声，在苍穹中回荡。

满洲里国门历经300年风雨洗礼，五次重建变迁。在国门旁的广场上，有前四代国门的复制品。第一代国门为俄国所设，顶端安置有双头铁鸟的木桩，上面写有俄文"萨拜喀尔省铁路交界"字样；第二代国门为木制拱形结构，面对中国方向用汉字书写着"中苏门"，苏联方向书写的是俄文；第三代国门是1968年中苏两国横跨铁路共建的门字型栈桥，正上方嵌有醒目的红色标语"全世界无产者联合起来"；第四代国门兴建于1988年，国门上书"中华人民共和国"七个深红大字，中间悬挂直径达1.8米的国徽，崭新的国门，成为改革开放的前哨；第五代国门建于2008年，长105米，宽46.6米，高43.7米，总建筑面积近6000平方米，比第四代国门大出3倍，有两条宽轨和一条

准轨从国门下穿过，与俄罗斯铁路接轨，同时充分考虑中俄贸易的发展前景，预留了多条复线位置，是我国陆路口岸最大的国门。前四代国门复制品与第五代国门相并而立，共同见证了我国由衰弱走向繁荣的发展历程，也见证了一个北疆边陲小城跨越世纪的沧桑巨变。

　　走出瞭望台，满洲里国门与俄罗斯国门之间的界碑就在国门的背面。这是1994年8月中俄两国勘界结束时定在中俄边境线上的第41号界碑，面向中方一侧，高1.2米，宽0.4米，厚0.25米，花岗岩材质，洁白、坚固，四周用铁链围绕。界碑正面为汉语，背面为俄语，是祖国领土的象征，庄严神圣，不可侵犯。来这里的每一位中国游客，都一定会同界碑合影，作为珍贵的纪念。

夜色阑珊的套娃广场

满洲里套娃广场是满洲里标志性旅游景区，集中体现了中、俄、蒙三国交界地域特色和中、俄、蒙三国风情交融的特点。广场主体建筑是一个高30米的大套娃，建筑面积3200平方米，是目前世界上最大的套娃。主体套娃内部为俄式餐厅和演艺大厅，外部彩绘由代表着中俄蒙三国的美丽女孩组成，周围有8个功能性套娃、200个代表全世界不同国家和地区的小套娃和30个色彩缤纷的俄罗斯复活节彩蛋，另有大型音乐喷泉。

　　满洲里最大的魅力在于它的夜。天之将黑时，晚霞和街灯交相辉映，夜幕降临以后，夜色缤纷，迷人而又别具风情。在下榻酒店对面的私家菜馆里，点了三四个颇具当地特色的小菜，要了一杯自酿白酒。对饮之后，跟着旅游车，自费参加满洲里夜游。

　　套娃广场是一个可以让人忘记归程的地方，人流如织，熙熙攘攘，华灯起，霓虹闪，晓色朦胧，夜色阑珊。花灯在凝重的夜色里热烈地绽放，套娃不时地变换色彩吸引着八方来客，亚欧两洲在这里牵手，中俄蒙三国文化在这里交融，多元文化蕴含着宽容的人文情怀，悠然而充满异国情调的生活跳跃着诗意，孕育出一种特别的魅力。闪光灯不停地闪烁着，游人们都陶醉在这一片如梦如画的夜色中。

最美北湖公园的夜景，正以灯光为笔，徐徐展开画卷。沿湖的建筑被灯光勾勒了一圈，倒映在水中；湖堤被金黄色灯光照亮，树影投射在上面，形成美丽的剪影，别有意境；绿植上运用了一种变色灯光，通过对绿植照明的智能控制，让人有穿越时空的感觉。平面见格局，立面见层次，明暗有序，动静相宜，无论是在林间、堤上或是湖中，无论游玩、休闲、观赏或是摄影，都有和而不同的视觉体验和画面场景。

北方市场是满洲里的市中心，高楼林立，车水马龙。车灯伴着楼宇的霓虹灯，像一幅绵绵不断的画卷，如同仙女织就的丝绸美丽动人。异域风情的各色建筑在灯光的映照下闪闪发光，夜色里就像走进了童话世界。高耸的塔尖、浑圆的穹顶，粗壮的罗马柱子，联排的木刻楞，汉、蒙、俄三种文字的广告牌，它们都在诉说着同一个话题，这是一座北方边城。

满洲里是一座小城，却磅礴大气；是一座边城，却充满朝气；是一座富裕的城市，却少有浮躁之气。满洲里是一座鸡鸣三国的口岸城市，三国风情独具，三国文化共存，三国往来繁忙，三国友谊凝集，正在凭借其重要的战略地位、迸发的经济活力、个性的城市空间、独特的旅游资源，成为国内外游客向往的旅游胜地。

（2018 年 6 月 17 日至 18 日游览，7 月 16 日写于南京）

资料来源：①途牛旅游网；②百度百科。

最好的遇见

　　人们在做事情没有头绪、迷失了方向、手足无措时，常常用"找不着北"来形容；一个人居功骄傲、得意忘形、忘乎所以时，人们又习惯用"找不着北"来比喻。人的一生，无论是顺境还是逆境，无论是做事还是为人，都有找不着北的时候。每每这个时候，如能静下心来，走走看看，思考思考，或许会有所裨益。

　　由三个行程构成、头尾衔接、前后近20天的北方之旅，从珠江出海口到长江出海口，从东海之滨上海到横跨东北、华北和西北三大区的内蒙古，从呼和浩特到沃野千里的呼伦贝尔大草原，从天似穹庐的海拉尔区到边陲小镇满洲里、黑山头、室韦，从神州北极到如诗如画的五大连池、长白山、镜泊湖，全程1万多千米，遇见了草原和沙漠，高山和湖泊，原野和界河，城市和乡村，晴天和雨时，在找到中国大陆最北点的同时，也遇见了花甲之后的自己。

　　游览了希拉穆仁草原风光以后，我们于6月15日中午抵达库布其沙漠神泉旅游区时，烈日炎炎。导游郝小姐陪同我们夫妇坐索道从空中横穿黄河，乘渡船到河面中流击水，更有沙漠小火车、激情冲浪车、沙漠骆驼、刺激滑沙和《永远的成吉思汗》，目不暇接，惊喜连连。一边是波澜壮阔的母亲河，她一身深黄的河水奔腾翻滚，诉说着漫漫旅程；一边是浩瀚无边的库布其沙漠，她处处热浪袭人，仿佛燃烧着熊熊火焰，只有那一丛丛沙柳，给原本沉寂的沙漠注入了生命的活力。黄河与沙漠相伴，飞鸟伴驼铃起舞，相映成趣，熠熠生辉。

库布其沙漠骆驼

16 日从呼和浩特飞抵海拉尔，入住祥源大酒店，放下行李后，徒步去伊敏河和白云大堤。伊敏河发源于大兴安岭蘑菇山北麓，全长 390 千米，流域面积为 22725 平方千米，自南向北纵贯鄂温克族自治旗，穿过海拉尔市区，于海拉尔市北山下汇入海拉尔河。河面宽阔，河水清澈，鱼鹰飞翔，芦苇飘香。在白云大堤和湿地栈道上漫步时，偶听几个进城打工人讲述的事，恰如《伊敏河静静地流》描写的与命运抗争的故事。

6 月 18 日告别满洲里，从二卡沿边境公路去黑山头。旅游大巴从海满一级公路拐上一条名为 904 县道的公路，这条看似普普通通的小路，却是大名鼎鼎的中俄边防公路，连接满洲里与室韦，途经黑山头，全长四百多千米。若即若离的额尔古纳河，沿着边防公路，在连绵不绝的草原上千回百转，风光旖旎，因而被称为呼伦贝尔草原最美公路。

黑山头地处呼伦贝尔大草原，额尔古纳市西南部，距拉布大林 60 千米，西部、西北部与俄罗斯普里阿尔贡斯客区隔额尔古纳河相望。全镇面积 1065.68 平方千米，边境线长 130 千米，中俄水界长达 86.7 千米。在额尔古纳河的边境线上，每隔几十里路就会有一个卡。这些地名与 1689 年中俄签订的第一个边界条约《尼布楚条约》有关，该《条约》签订后，清政府在额尔古纳河设置哨卡哨所，后来逐渐演变成地名，其中三卡、四卡、五卡、六卡都在黑山头境内。

黑山头口岸隔中俄界河与俄罗斯旧粗鲁海图口岸相望，两口岸垂直相距1.5千米，是中俄双方通商往来的便捷通道，北距室韦口岸水路250多千米，陆路230千米，南距呼伦贝尔市120千米。黑山头湿地景区，南邻地势广阔的草场，可以策马奔腾；北临根河湿地，具有层次多样的植被体系如灌木林、白桦林等，属于草原和森林的交接处，不仅能够观赏到辽阔的草原，还可以观赏草原中独特的森林、河流、湿地等特有的景色。

日落山久负盛名，得益于黑山头独特的地形地貌。日落山高600余米，紧邻根河湿地下游，一望无际的草原，蜿蜒曲折的河流，夕阳西下，大地沐浴在余晖的彩霞中，湛蓝湛蓝的天空浮动着大块大块的白色云朵，在夕阳的辉映下呈现出火焰一般的殷红，就像置身于轻纱般的美妙。由于行程安排的原因，我们只能惋惜地与黑山头壮美的日落擦肩而过。

去黑山头专业马场时，途经三十三号边境湿地。这里不是常规的旅游景点，但是旅游大巴和户外驴友每到这里都会停靠。这里特别原生态，没有任何污染，草明显要比草原其他地方长得茂盛和肥美。交了五元钱，我沿着村民自己修建的栈道，登临山顶，俯瞰湿地全貌。天苍苍，野茫茫，明媚的夏日阳光，洒在呼伦贝尔大草原上，草更绿，鸟更欢，近处的牛马自由地驰骋，远处的河水泛着蓝光。

黑山头镇有着额尔古纳市最好的放牧场和打草场，因此黑山头的烤全羊是远近有名的。黑山头的烤全羊，色、香、味、形俱全，外焦里嫩，皮脆肉滑，色泽金黄，营养价值高，别有风味。以前，黑山头的烤全羊只供蒙古贵族享用，是蒙古族的餐中之尊，一般牧民根本吃不到。中午时分，许多人闻香下马，享用黑山头烤全羊，我们几位老者因身体状况，只能饱饱眼福。

室韦位于呼伦贝尔市额尔古纳市的北端，它依山傍水，镶嵌在大兴安岭北麓，额尔古纳河畔，与俄罗斯小镇奥契仅一河之隔。2001 年成立俄罗斯民族乡，这里居住着 1800 多口人，其中华俄后裔占 63%。室韦曾被 CCTV 评为"中国十大魅力名镇"之一，入选的理由有两个，一是这里是蒙古族的发祥地，二是这里是我国屈指可数的俄罗斯民族乡。下午 5 点抵达室韦时，天气下起了阵雨。经过雨水冲洗的室韦小镇，空气清新，草地葱翠。

嘎丽亚旅游之家是俄裔嘎丽亚女士开设的家庭宾馆，房屋是用圆木对接而成的"木刻楞"，室内铺砌木地板，相当雅致，也很卫生。入住嘎丽亚之家后，享用嘎丽亚亲自烹制的俄式大餐，丰富多彩，别具风味。雨停之后，我们去室韦口岸参观，沿着木栈道走进额尔古纳河湿地，在室韦走街串巷。小镇风光秀丽，风俗独特，列巴候买，烤肉飘香，红豆酒醉，一幅优哉游哉的慢生活画卷。

19 日凌晨四点多钟走出宾馆，天气已经泛亮，马儿在湿地上自由自在地吃草，太阳正在地平线下等待出场。穿过街道，来到观景台，顺着木栈道走进中俄边境线，从西而东，与额尔古纳河和室韦小镇一起迎接日出。太阳升起来了，光芒四射，给沉睡的小镇铺上了一层金辉，美不胜收。带着喜悦，6 点半出发，经过 12 小时的长途跋涉，全程 630 千米，于晚上 8 点多抵达北极村。汽车从室韦出发，行驶一个多小时后，道路因维修而糟糕，司机灵机一动，改道金河林场道路，以付出几条香烟为代价。一路颠簸很辛苦，置身于草原和林海，穿越大兴安岭无人区，则是一种奇妙的体验。

坐落于中国大陆最北端的边陲小镇北极村，素有"不夜城"之称，是全国观赏北极光和白夜胜景的最佳之处，总面积 16 平方千米，有农户 200 多户，居民不到 1000 人。北极村的最大特点就是，随意一个地方都可以说是中国的最北，"最北之家""最北邮局""最北银行""最北乡政府"，甚至还有"最北厕所"。中国"最北之家"据说是经

我国最北邮局和客运站

专家通过经纬度测定验证最北的一户人家，是北极村的地标性建筑。

到了北极村，几乎每一个人都要做一件事，那就是"找北"。旅游巴士把我们直接送到北极广场，广场靠近黑龙江边的神州北极碑是北极村和中国大陆最北端的象征。"东经 122°20′43.48″，北纬 53°29′52.28″"的标志就立在这里，旁边一块石碑上刻着"中国北极点"。我们顾不得途中疲劳，披星戴月地参观玄武广场、金鸡之冠、中华北锤题碑、北锤哨兵塑像，穿行于一个个以行书、隶书、大篆、小篆、魏碑、唐楷、章草、今草和狂草书写的"北"字之间，从古到今，几乎包揽了所有能找到的名家所书写的"北"字。

探寻极光是一部分游人心中未泯的梦，有的人已经多次来这里，只为那一眼壮观至极的北极光。极光是一种大自然的天文奇观，是由于太阳活动爆发出的高能带电粒子，受地球极地磁场影响而偏向两极，经大气中的分子、原子激发而形成绚丽多彩、奇异壮观的彩色发光现象。在中国能够有机会一睹极光风采的地方只有漠河的北极村。每年夏至前后，一天 24 小时几乎都是白昼，午夜向北眺望，天空泛白，像傍晚，又像黎明，是观赏北极光的最佳时节。

由于极光出现的时间一般是在夏至，加之其形态变化多端、色彩神奇诡异，又极少能见其真容，所以人们为能一睹极光风采而趋之若鹜，一旦看到，便是一种幸运与吉祥的降临。为了这份幸运，有人整夜未眠，我们 2 点多走出宾馆，沿着北极村沿江景观带前行，在期待中行走，在行走中期待，不知不觉，一走就是 10 千米，终未能与北极

光邂逅。

虽然没有获得北极光的"宠幸",但是中国大陆最北端的临江小镇给了我们意外的惊喜。流经蒙古、中国、俄罗斯,全长4440千米的黑龙江,从村边流过,烟波浩渺,凉风习习地掠过河面时,河上顿时出现一条瞬间即逝的银色薄箔;北极村对面的俄罗斯伊格纳斯依诺村,掩映在晨雾之中,若隐若现,蔚为壮观;元宝山中云雾缠绕,在晨曦的照耀下,宛如仙境。天上璀璨的星斗灿若星河,触手可及,亮如白昼;地面袅袅升起的炊烟,在清洌的空气中弥散、飘绕,充满活力和生机,散发出浓郁的乡土气息。在北极村漫步,体会这份最北的幸福,成了此行最大的收获。

7点我们集合于北极村邮局门前。这是中国最北端的邮局,始建于1953年,许多人忙于购买明信片,盖上最北端的邮戳,留作纪念。最北邮局对面有一个北极村供销社,它成立于20世纪70年代,我们特地走进去,逛一圈,所售的每一件商品似乎都有那个年代的印记,都能勾起我们对那个年代的怀念和回忆。北极村已不仅是一个历史悠久的古镇,它逐渐成了一种象征、一个坐标,吸引着祖国各地的游人。

在地陪的引导下,我们穿过吊桥,来到北极洲,继续参观。北极洲是黑龙江的一个小岛,由两条吊桥和一路小岛与北极村相连。岛上景点密布,植被完好,奇花异葩,静谧清新。行程预留的时间太少,走马观花以后,我们沿着北极村往东南方向前行,依次进入十里长湖景区、北极塔、北极滑雪场、圣诞世界和最北哨所。北极塔是北极村的最高建筑,塔高53米,寓意北纬53度。

8点从祖国雄鸡版图的北极村出发,沿着加漠公路一路南行,驶向林海明珠加格达奇,全程500多千米,耗时10个小时。这是一条贯穿大兴安岭地区南北,连接北极村和加格达奇这两个北疆边陲小镇的重要干线公路。由于大兴安岭地区属寒温带大陆性季风气候,为多年

冻土带，有"高寒禁区"之称，加漠公路因此被称为"穿越大兴安岭无人区"的生命之路。不仅路况不尽如人意，颠簸厉害，而且沿途基本上没有移动通信信号。这里林海莽莽苍苍，人迹罕至，神秘莫测，维持着最自然原始的姿态。置身其中，人渺小如蝼蚁，又断绝了与外界的一切联系，犹如回到了没有手机的年代。

加格达奇，鄂伦春语意为"樟子松生长的地方"，位于黑龙江省西北部，大兴安岭山脉南坡，地权归内蒙古自治区呼伦贝尔市鄂伦春自治旗所有，行政隶属黑龙江省大兴安岭地区管理，黑龙江省每年支付一定的费用给内蒙古自治区政府。加格达奇山奇水秀，景色俊美，气候温和湿润，水草丰腴，施业区内林木葱郁。我们20日晚上7点多到达，21日上午7点驶向五大连池，逗留总共不到12小时。为了不浪费美好的时光，凌晨4点多起床，沿着人民路，穿过大兴安岭铁路，快走和游览一举两得。

五大连池因火山喷发熔岩阻塞北河河道，形成五个相互连接的湖泊而得名，地处小兴安岭山地向松嫩平原的过渡地带。五大连池波波相映，池池相连，环绕着五大连池，几十座火山拔地而起，有的巍然耸立，有的孤山独出，有的双峰并排，有的群岭直立，山山岭岭，高高低低，各展雄姿。黑龙山是五大连池的主要景点，山上东北角有一个火山溶洞，洞内熔岩倒挂，景致千姿百态。在黑龙山巅峰俯瞰，五大连池尽收眼底。五大连池还有一个南药泉，泉水来自地壳深处，因含有较大压力的二氧化碳气体，形成了天然的碳酸水，与法国维希、俄罗斯贝纳尔，并称"世界三大冷泉"。

镜泊湖是火山熔岩堰塞湖，是我国最大、世界第二大高山堰塞湖，地处松花江支流牡丹江干流上。湖的出口处，由玄武岩构成陡峻的峭壁，湖水在熔岩床面翻滚、咆哮，犹如千军万马之势，从断岩上冲泻而下，形成一个宽约30多米、落差20多米的镜泊湖瀑布，湖水浪花

四溅，如浮云堆雪，白练悬空。令人遗憾的是，25日我们游览镜泊湖时，暴雨倾盆，镜泊湖瀑布却无水倾泻，"春华含笑，夏水有情，秋叶似火，冬雪恬静"的奇秀风韵，只能留在了想象中。

图们江发源于中朝边境长白山山脉主峰东麓，江水由南向北流经中国、朝鲜和俄罗斯，在俄朝边界处注入日本海。图们江本是中国内河，李氏朝鲜通过剿杀、驱赶女真部落，不断向北扩张领土，于15世纪中叶沿图们江南岸设置了会宁、富宁、钟城、稳城、庆源、庆兴六个镇，

图们江畔朝鲜族民居

标志着图们江开始成为中朝两国的界河。26日旅行团到达图们江后，每四人安排一辆小车，经过图们大桥，沿着图们江一路前行。天气尚可，不用望远镜，就可清晰地看到朝鲜的南阳市、小火车站、哨所、暗哨和田间劳作的人。只是边界管控严格，拍照成了一种偷偷摸摸的行为。

长白山是我们此行的重要一站，奉献了27日全天的时间。一大早，我们从北坡乘车直达主峰，从天池开始，依次游览长白瀑布、聚龙泉、小天池、绿渊潭和谷地森林。长白山不一样的季节，不一样的美，令人惊叹的是，在不足一天的时间里，我们亲眼看见了阳光灿烂、黑云压城、倾盆大雨和冰雹狂舞几种天象，让我们领略了长白山的美艳和神奇。更让我惊奇的是，所写的游记"长相守，到白头"，被无厘头查封至今无法示人。

记得有人说过，要么旅行，要么读书，身体和灵魂必须有一个在路上。旅行的意义不是为了抵达目的地，而是要看风景，长见识，交

朋友，宽胸怀，享受由此带来的兴味和快乐。这次旅行，有一对旅友不能不提。他们来自汉中，都是 60 多岁。靳先生壮年时被诊断为肝硬化，造访了许多大医院后，给出了几乎一致的存活时间。他不怨天，不尤人，性格开朗，靠着顽强的生命力，比一般人活得更加有滋有味。在穿越大兴安岭无人区的跋山涉水中，每当困乏难耐时，就给我们讲述他亲历的故事，从读书、恋爱、工作、生病到艳遇，娓娓道来，夫唱妇随，有时让人感动不止，有时令人羡慕不已。相见恨晚，我拿出随身携带而没有喝完的白酒，在车上对饮起来。到了加格达奇，我们邻座的三对夫妇又选了一家风味餐馆，喝了两瓶白酒。

一路前行，有阳光也有乌云，有晴天也有雨时，虽有疲倦，毕竟时间有限。人生何不如此？似水流年，人生苦短，只有用心书写六十年的人生传记，才能真正体会"三十而立，四十不惑，五十知天命，六十随心所欲"的意义。人生如水，越淡越真。面对未来，事从容则有余味，人从容则有余年，不为所有而喜，不为所无而忧，学会散淡，活出境界，不应该就是未来的自己？

（2018 年 6 月 18 日至 23 日游览，9 月 8 日成稿于北京）

资料来源：①途牛旅游网；②百度百科。

印记兰州

有人说，有生之年一定要去一趟大西北，她集苍茫、野性、深沉、温婉和柔情于一体，去了你将邂逅八种地形（丹霞、雅丹、山地、沙漠、绿洲、盆地、草原和戈壁），遇见七种色彩（山青、湖蓝、草绿、雪山白、雅丹红、油菜花金和大漠黄），闯过三道关卡（"西出无故人"阳关、"春风不度"玉门关和"边陲锁钥雄浑"嘉峪关）之后，贯穿始终的一定是壮阔的无言之美，足以让你惊艳一整年的时光。揣着这份美妙，我们于4月14日从北京飞兰州，跟随携程网旅行团开启了为期10天的西北大环线之旅。

兰州是古丝绸之路上的重镇，早在5000年前，人类就在这里繁衍生息。西汉时设立县治，取"金城汤池"之意而称金城；隋初改置兰州总管府，始称兰州。现在，兰州是甘肃省会城市，西北地区第二大城市，是我国华东、华中地区联系西部地区的桥梁和纽带，也是我们此行的起点和终点。以前出差，多次到访，由于重心不同，很少关注和游览，自然成为这次出行必须恶补的课程。

14日下午1点多，MU2412次航班降落兰州中川机场，旅行社派去接机的杨师傅已经在机场等候。天气阳光灿烂，晴空万里。机场距离市区虽然有70多千米，杨师傅的热情和陪伴让我们有了一个温馨的开始。入住海悦商务酒店，简单地洗漱一番以后，在兰州人的热情引导下，我们步行去雁滩公园和水车博览园参观游览。雁滩公园面积不大，堪称弹丸之地，是一处以湖光山色、花草果木著称的田园式公园，湖四周植有多种树木，枝条飘摆，倒影水中，波动影移，情趣盎然。

黄河两岸的兰州

兰州有"水车之都"雅称，2005年在滨河东路黄河南岸建起了一座水车博览园。兰州水车博览园由水车园、水车广场和文化广场三部分组成，再现了50多年前黄河两岸水车林立的壮观景象。大门是由木架组成的，形似两座山，分别代表兰州的南山和白塔山，左边的水池代表黄河，寓意兰州是一个"两山一水、山水相连"的美丽城市。

进入大门，映入眼帘的是水车广场。它以知名于国内外的兰州水车为主体，荟萃中外不同形式、风格迥异的水车数十轮。兰州水车源于南方的竹筒水车，历经400余年，日臻完善，木制构造独到，工艺精湛，雄浑粗犷，风格独特。截至1952年，252轮水车林立于黄河两岸，蔚为壮观，成为金城一道独特的风景线。

与水车广场相连的是水车园，它以12轮兰州水车为主景，是历史上"水车园"旧址。园内黄河奔腾，水车旋转，渠水蜿蜒，各种花草树木错落有致，再现了黄河、水车与农业生产的和谐景象。位于兰州握桥之东的是文化广场，一个露天水幕演出广场和一组具有汉唐风格的古建筑群，与兰州握桥连为一体，组成了一幅美丽的图景。握桥在兰州享有盛名，为昔日"兰州八景"之一。它采用巨木由两岸向河心错落前伸，层层递出，节节衔接，呈穹隆之弓形。桥面上有拱廊，可

避风雨；桥两头各有翼亭，恰似两拳相握，故名握桥。

羊皮筏子是黄河上一种古老的水上交通工具，因自重轻，吃水浅，不怕搁浅触礁，操纵灵活方便，流行于青海、甘肃、宁夏等地的黄河沿岸。现在黄河边供游客乘坐的羊皮筏子，都是用 13 只皮胎采取前后四只中间五只的排列方式绑扎成的小筏子，能坐四五个人。十几年前来兰州时坐过羊皮筏子，颇为刺激，记忆犹新。这次还想好好重温一下，却因不在季节，鲜有人划，只好改坐小船，逆流而上，体验黄河万马奔腾、浊浪排空带来的惊心动魄。

走完预定行程后，22 日下午再次回到兰州，放下行李，立即打车去黄河边，游览黄河铁桥和黄河母亲像。黄河铁桥位于兰州城北的白塔山下、金城关前，建于光绪三十三年，是黄河上游第一座铁桥，有"天下黄河第一桥"之称，是兰州市内标志性建筑之一。铁桥建成之前，这里设有浮桥横渡黄河。浮桥始建于明洪武年间，名叫镇远桥，今尚存建桥所用铁柱一根，高达 3 米，重约数吨，上有"洪武九年"字样。1942 年，为纪念中华民国国父孙中山，铁桥改名为中山桥。登上铁桥漫步，黄河如带，蜿蜒盘曲，一路奔涌，源远流长，为兰州这一工业城市增色不少。

黄河母亲像长 6 米，高 2.6 米，构图简洁，寓意深刻，用"母亲"和"婴儿"两个形象，母亲卧在波涛之上，左腿微微弓起，面含微笑，神态慈祥，凝练的线条把母亲秀发的飘逸、身材的曲美与波涛的起伏和谐地融为一体，勾画出黄河女神的风采；匍匐在母亲胸前的裸身男婴，天

黄河母亲前

真烂漫，安然无忧，举首憨笑，顽皮可爱，象征哺育中华民族生生不息、不屈不挠的黄河母亲和快乐幸福、茁壮成长的华夏子孙。

兰州城区是一个狭长的空间，东西长 35 千米左右，南北宽 2～10 千米。下榻的酒店坐落在定西路上，利用两个早上快走运动的机会，从南至北，从北到南，认真地丈量了一遍。兰州是黄河流域唯一黄河穿城而过的城市，市区依山傍水，山静水动，形成了兰州独特的城市景观。兰州的天很蓝，山很美，最有名的白塔山位于中山铁桥北面，因在山顶有一元代白塔而得名，山势巍峨起伏，依山而筑，错落有致，经过多年绿化，白塔山树高林密，曲径通幽，与中山铁桥已连为一体，成为兰州的必游景点。

兰州是瓜果之乡，有黄中带绿、青中泛红的软儿梨，有色黄、皮薄、肉细、味甜夺冠的冬果梨，有营养丰富、清暑解热、开胃进食的白兰瓜，有"色如玉、行如花、冠甲天下"的百合。兰州的小吃更是扬名大江南北，好吃的酿皮，诱人的浆水面，最有名的还是牛肉拉面。一天的疲惫之后，选择一家干净卫生的特色餐馆，点上两个小炒，一小盘牛肉，来上二两五白酒，一碗纯正的兰州拉面，简直就是神仙的日子。

（西北大环线旅行日记1，2018 年 4 月 15 日至 24 日游览，9 月 10 日补记于哥伦布）

资料来源：①携程旅行网；②百度百科。

致敬西海镇

日月山、西海镇和鸟岛这三颗璀璨的明珠，像玲珑剔透的玛瑙镶嵌在高原圣湖的周围，遥相呼应，忠贞不渝，与青海湖一起，构成高原亮丽的风景。4月15日下午3点，旅游大巴从塔尔寺出发，经过3个小时和160千米的行程，6点到达金银滩草原，晚上下榻西海镇，16日在二郎剑核心区观光游览。

金银滩是一片碧草如茵的大草原，浮云般的羊群，棕黑相间的牦牛，星星点点地徜徉在青草和野花丛中。远处，山峦起伏，偶有雄鹰飞过的身影，莲花般的蒙古包散落在白云深处。这里有不计其数的涓涓细流滋润着这块宝地，并因盛产鞭麻而出名。鞭麻花开时有黄白两色，黄色像金，白色似银，金银滩美名由此而来。

金银滩是一个承载了许多梦想和故事的地方。1939年，王洛宾来到青海，在西宁昆仑中学任教。无垠的戈壁、高耸的雪山、辽阔的草原、湛蓝的湖水、成群的牛羊、孤独的牧人，激发了王洛宾无限的情感与创作激情。1940年春天，王洛宾随电影导演郑君里在金银滩草原拍摄《民族万岁》时，创作了让中国人如痴如醉的不朽之作——《在那遥远的地方》。

金银滩也是中国第一个核武器研制基地。20世纪50年代中期，

毛泽东、周恩来等老一辈革命家作出了建立中国核工业的战略决策时，高寒边远的金银滩便沉重地走进了历史的铁幕。为了中国的核武器，当年有多少热血青年，隐姓埋名、抛家弃子来到这个荒凉的草原，又有多少牧民赶着牛羊、背井离乡别离故土，直到 20 世纪末期基地退役。广阔

英雄的西海镇

无垠的大草原，青翠欲滴的草，绵绵不尽的羊，慑魂牵肠的牧歌，在遥远的牦牛群峰上生生息息。

　　太阳已经落山，夜幕即将来临，我们一路小跑，抢拍几张照片。入住福兴圆商务宾馆后，我们两个人点了 1 锅羊肉汤、2 个小炒和 1 小瓶白酒，一边享用美味，一边听游客和酒店工作人员对话西海镇的今朝和往昔。西海镇不大，镇区面积只有 5 平方千米。16 日凌晨 5 点起床，以敬畏之心，徒步西海镇大街小巷，可惜的是没有带相机拍照。

碧波浩渺的青海湖

　　西海镇原名原子城，前身是中国核工业总公司原国营 221 厂，也称青海矿区，由 18 个相互独立的生产、研究单位组成，基地分为甲乙两区，甲区在今西海镇，是基地政治、科研、生产、文化中心；乙区在海晏县城，主要供工作人员生活。第一颗原子弹的研制成功及其蘑菇云的出现，给西海镇蒙上了一层神

秘的面纱，她的每一座设施和建筑几乎都有着光辉的历史和神奇的故事。昔日的原子城，正以海北藏族自治州政治、经济、文化中心的崭新面目屹立于青海湖畔。

上午8点，旅游大巴准时出发，前往二郎剑景区。景区位于青海湖东南部，因距离西宁151千米，又被称为"151基地"，曾是中国第一个鱼雷发射试验基地。景区大门位于109国道边，从入口到湖边需要步行2千米。景区利用蜿蜒深入青海湖中的特殊地形条件，建有沙滩、栈桥、码头和观鸟台、观鹿园、观海桥、观海亭，把生态自然资源和民间文化活动合二为一，是旅行团带客参观的必到之地。

谢天谢地，天朗水静，青海湖就像一位天生丽质的少女，安详地静卧在群山环绕的怀抱中。湖水清澈见底，鱼儿在水中自由地遨游，海鸥在湖面曼妙地飞舞，湛蓝的天空飘动的白云，那是献给我们远道而来的哈达。微风习习，凉爽宜人，我们在湖边

绵绵不尽的羊群

漫步，于栈桥嬉鸟，遥望基地怀旧，走近羊群拍照，以手掬水而饮，到观海亭休憩，尽情享受圣湖赐予的无敌美景、清新空气和无与伦比的快乐时光。

鸟岛地处青海湖西北部，面积0.8平方千米，因岛上栖息数以十万计的候鸟而得名。4月开始鸟儿陆续飞往鸟岛，5～7月是观鸟的最佳季节。由于不在行程之列，只能抱憾此行。午饭以后，旅游大巴准时从二郎剑开出，沿着青藏线一路向西。青海湖草原上蔚蓝的天空，湛蓝的湖水，还有成群的牛羊，一直在公路旁延伸，陪伴着我们直达日月山景区。

日月山是我国外流区域与内流区域、季风区与非季风区、黄土高原与青藏高原分界线，是进入青藏高原的必经之地。日月山东侧是青海的农业区，阡陌良田，一派塞上江南风光；西侧是一望无际的牧场草原，草原辽阔，牛羊成群，是一幅塞外景色。当年，文成公主赴藏途中，到达日月山时回首不见长安，西望一片苍凉，思父母，念家乡，悲恸不止，流泪西行，她的泪汇成了从东流到西的倒淌河。今天，我们站在日月山上，伫望公主远去的背影，不能不热泪盈眶。

青海湖的行程结束了，许多人津津乐道，流连忘返。青海湖草原拥有壮美的山，秀美的水，山上白雪皑皑，云雾缭绕，山下花草遍野，牛羊成群，人们行走在路上，仿佛置身于仙境。但是，真正让我终生难忘的，还是这片土地和在这片土地上为我国核工业默默奉献的人们。

（西北大环线旅行日记2，2018年4月15日至16日游览，9月12日补记于哥伦布）

资料来源：①携程旅行网；②百度百科。

神秘德令哈

德令哈是蒙古语"金色的世界"的意思，位于青海省北部，建政于1988年，是青海省海西蒙古族藏族自治州府所在地，她是改革开放中崛起的一座高原新城，是瀚海戈壁升起的一颗璀璨明珠。4月16日下午6点左右，旅行团抵达德令哈，入住恒源宾馆，17日上午8点出发，在前往敦煌的途中参观可鲁克湖，实际在德令哈逗留的时间不过十几个小时。

在德令哈前往敦煌的途中，有一个明显的指示标记即UFO，它就是传说中的德令哈外星人遗址。遗址位于德令哈西南40多千米的白公山，山的正面有一个奇特的山洞，洞口为三角形，如人工开凿一般，清一色的砂岩，几乎看不到一点杂质。山洞深处，一根从岩壁中穿出的铁质管状物，同岩石嵌合得天衣无缝，不见头尾。在洞口处还有10余根铁质管状物穿入山体。这些神秘的管状物不像是地球人所为，而疑是外星人带来并直接插入坚硬的岩石中。

白公山还有一对孪生湖，名字分别叫可鲁克湖和托素湖，位于柴达木盆地的东北部，距德令哈约50千米的怀头他拉草原上。令人称奇的是两个湖一淡一咸，可鲁克湖是淡水湖，托素湖是咸水湖。她们美丽恬静，就像是两面熠熠闪亮的巨大宝镜，镶嵌在浩瀚的戈壁和茫茫

的草原之间。青藏铁路从两湖中间穿越而过。

　　可鲁克是蒙古语，意思是"多草的芨芨滩"，也有人说是"水草茂美的地方"。她是一个外泄湖，巴音河的水在湖中回旋之后，从南面的低洼处，流入与她相通的托素湖。托素也是蒙古语，意为"酥油"。可鲁克湖和托素湖一大一小，一淡一咸，又相互连通，被称为"情人湖"。

　　可鲁克湖水色清澈，湖面平静，湖边芦苇丛生，湖中野鸭飞禽，阳光照耀在波光粼粼的湖面上，偶尔几只飞鸟划过水面，动静相宜，温婉内敛。托素湖湖面辽阔，湖岸开阔，无遮无拦，晴天时烟波浩渺，水天一色，清亮的湖水映出太阳的七彩光芒，就像神话故事中的宝镜一样；风起时湖面上层层鳞浪随风而起，浪花飞溅，拍岸有声，又是另一番景象。我们凝望两湖，谁也解不开一淡一咸的迷惑。

淡水可鲁克湖

　　说到迷惑，最不解的应该还是让海子想姐姐的德令哈。甫一到，我就迫不及待地奔向巴音河。发源于祁连山支脉的巴音河，在璀璨的灯光下静静地流过德令哈，海子诗歌陈列馆就建在巴音河畔。如今的德令哈，已不再是海子眼中"一座雨水中荒凉的城"，我们也就无法理解海子匆匆穿过德令哈的夜空，让诗的生命走进永恒的意义。伫立在馆外形色各异的诗碑之中，仰望星空，星星不停地眨着眼睛，一种神秘与安静的气息覆盖着德令哈。来去匆匆，两手空空，今夜我不关心人类，只想一个姐姐和一个城市。

发源于祁连山支脉的巴音河

（西北大环线旅行日记3，2018年4月16日至17日游览，9月15日补记于哥伦布）

资料来源：①携程旅行网；②百度百科。

走进敦煌

　　从德哈令出发，经过 600 多千米车程，我们于 17 日下午 6 点半抵达敦煌市，开启以敦煌为轴心的阳关、玉门关、汉长城遗址、雅丹地质公园、莫高窟、鸣沙山和月牙泉为主要内容的三日三晚游程。下榻敦煌天河湾大酒店，一住就是三个晚上，给了我们宽裕的时间，在完成预订行程之外，深入敦煌市的大街小巷，了解她的风土人情，品尝她的风味美食。同时，也有时间更洗衣物，享受行程之外的悠闲时光。

　　敦煌位于河西走廊的最西端，地处甘肃、青海、新疆三省（区）的交汇处，东有三危山，南有鸣沙山，西面是沙漠，与塔克拉玛干相连，北面是戈壁，与天山余脉相接。"敦煌"一词，最早见于《史记·大宛列传》，古人一般用汉语字面意义来解释敦煌地名，敦大也，煌盛也，以其广开西域，故以盛名。敦煌的地理区位和悠久历史，夯实了国家历史文化名城的地位，并以敦煌石窟和敦煌壁画闻名天下，是世界遗产莫高窟和汉长城边陲玉门关、阳关的所在地。

　　发源于祁连山、流经肃北蒙古族自治县和敦煌市的党河，是疏勒河的一级支流，她是敦煌人民的母亲河。祁连山雪融清流，宛如玉带，滋润着戈壁绿洲，养育着敦煌人民。智慧的敦煌人还在党河上建造两座橡胶坝及泄洪槽，把 3.2 千米的城区段打造成党河风情线。环境优

美，水清岸绿，空气湿润，游人如鲫，尤其是夜晚降临，华灯初上时，党河风情线处处呈现出梦幻般的迷人景色，是漫步、垂钓和休闲娱乐的好去处。身不由己的诱惑，我们每天都要去，或早上晨运，或晚上漫步，"月上柳梢头，人约黄昏后"，第一次感受到旅游也可以宾至如归。

王潮歌导演的《又见敦煌》，将敦煌的历史故事活灵活现地展示在世人面前。由于用情景融入式演出，观众将步行穿越1000多年的藏经洞、2000多年的莫高窟、7000多千米的丝绸之路和浩瀚无垠的敦煌文化。这虽然是一个自费的项目，且票价不菲，却为我们走进阳关遗址、玉门关和莫高窟做了一种有益的铺垫。

17日晚上，我们走进寓意为"沙漠中一滴水"的湖蓝剧场下沉式独特空间时，惯常的思维已经被颠覆。没有舞台，没有座位，四周都是站着的观众，只闻旁白，不见演员。我们正在黑暗中遐想期待时，随着轰然而起的音乐，骤然亮起的灯光，历史的

《又见敦煌》演出剧照

闸门陡然在我们眼前打开，张骞、索靖、玄奘、唐宣宗、张议潮、悟真和尚、宋国夫人等一个个鲜活的敦煌历史人物从我们面前穿梭而过，就在这一瞬间，敦煌两千多年的历史风云一股脑儿倾泻在人们面前，让人目不暇接。然而，时光飞逝，这些鲜活的面容，最终都被漫漫的黄沙和历史的烟云一次次淹没……

18日上午9点出发，往返400千米，参观阳关、玉门关和汉长城遗址等景点，22点多回到酒店。位于敦煌西南70千米处的阳关，始建于西汉武帝"列四郡，据两关"时期。它凭水为隘，据川当险，与

重走丝绸之路

玉门关南北呼应，为汉王朝防御西北游牧民族入侵的重要关隘，也是丝绸之路上中原通往西域和中亚的重要门户。"劝君更尽一杯酒，西出阳关无故人。"今天的阳关，柳绿花红，林茂粮丰，泉水清清，葡萄串串，已不再是凄凉委婉的代名词。走丝路必到敦煌，到敦煌必去阳关，成为游人的一种共同选择。

中午安排在阳关葡萄园农家乐吃饭休息。我们两个人点了两菜一饭，以茶代汤，由于上菜速度慢，吃完以后就去玉门关。玉门关俗称"小方盘城"，位于敦煌西北 90 千米处。相传西汉时西域和田的美玉，经此关口进入中原，因此而得名。"黄河远上白云间，一片孤城万仞山。羌笛何须怨杨柳，春风不度玉门关。"王之涣这首诗写得苍凉慷慨，悲而不失其壮。今天的玉门关已成功列入《世界遗产名录》，一望无际的戈壁风光，虚无缥缈的海市蜃楼，形态逼真的天然睡佛，以及戈壁中的沙生植物，它们与金黄大漠、绿草、蓝天共同构成了一幅辽阔壮美的图画。

汉长城始建于汉武帝元狩二年，止于太初四年，历时 20 年，甘肃境内全长 1000 多千米，玉门关段是保存较好的汉长城遗址之一。建造时因地制宜，就地取材。起沙土夯墙，并夹杂红柳、胡杨、芦苇和罗布麻等物，以粘接固络，坚固异常。外侧取土处即成护壕，壕内平铺细沙，以检查过境者足迹；内侧高峻处，燧、墩、堡、城连属相望，所谓"五里一燧"，十里一墩，卅里一堡，百里一城，遇大敌烽燧递传，日达千里而至长安。睹物怀古，不能不为我们的祖先骄傲。

根据计划，参观莫高窟被安排在 19 日下午进行。上午 8 点出发，游览鸣沙山和月牙湖。烈日当空，游兴正浓，容不得流连忘返，我们被早早地集合到数字中心先看电影《千年莫高》和《梦幻佛宫》，然后去指定地点，等候有序进入莫高窟。门前排了很长的队，但与高峰相比还是小巫见大巫。讲解员告诉我们，旺季时游客只能进入8个石窟，我们现在可以进入12个石窟参观游览。

莫高窟又称"千佛洞"，位于敦煌县城东南25千米的鸣沙山下，因地处莫高镇而得名。它是中国最大、最著名的佛教艺术石窟，分布在鸣沙山崖壁上三四层不等，全长1600米，现存石窟492个，壁画总面积约45000平方米，泥质彩塑2415尊，是世界上现存规模最大、内容最丰富的佛教艺术圣地。1987年，被联合国教科文组织列为世界文化遗产，并与山西大同云冈石窟、河南洛阳龙门石窟、甘肃天水麦积山石窟并称为"中国四大石窟"。

莫高窟建筑、彩塑和壁画艺术精湛，尤以飞天壁画最为传神。有的脚踏彩云，徐徐降落；有的昂首挥臂，腾空而上；有的手捧鲜花，直冲云霄；有的手托花盘，横空飘游，真所谓"天衣飞扬，满壁风动"。这些悠然而上，飘然落下，婀娜轻盈的身姿，流畅灵幻的彩云，完美地诠释着印度佛教天人和中国道教羽人融二为一凌空翱翔之境。这是一场佛国盛宴，也是一派盛唐大观。

石窟内禁止摄影，讲解员用冷光电筒照射壁画进行讲解，我们用专用耳机接听。不同讲解员使用的耳机频率不一样，即使两组游客在同一个石窟内相遇，也互不影响讲解。毕竟石窟不大，游客太多，无论讲解员如何认真、耐心和细致，都无法兼顾每一个游客的需求。事实上，莫高窟作为佛教艺术殿堂，游客要在几个小时知其然并知其所以然，那是不现实的。从这个意义上说，我们在数字中心观看3D电影的视觉及其艺术感染力，远超身临其境石窟的视听效果。

走过敦煌，是我儿时的梦想。穿越莫高窟之后，驱之不散的是对

梦幻敦煌的思考。从玉石西进、丝绸东出到丝绸之路，从"一夫当关，万夫莫开"的阳关、玉门关到抵御游牧民族的汉长城，从石窟彩塑、壁画到精艳人类的世界文化遗产，从戈壁小镇、沙漠绿洲到中国西域文明的前哨，过去的敦煌承载了超越其身的厚重，未来的敦煌应该让我们又见什么？

（西北大环线旅行日记4，2018年4月17日至19日游览，9月14日补记于哥伦布）

资料来源：①途牛旅游网；②百度百科。

神奇月牙泉

　　如果说神往莫高窟是儿时梦想的话，鸣沙山和月牙泉就是莫高窟旅行途中意外的收获、特别的惊喜。6 月 19 日上午，在参观莫高窟之前，我们在鸣沙山和月牙泉收获了一个美妙的半日。

　　早上 6 点走出下榻的酒店，沿着敦煌的主要街道，一边快走运动，消耗糖分，便于摄取食物，为全天储备能量；一边深入街区，贴近民俗，寻找城市亮点，丰富旅行的内容。8 千米下来，既不会消耗太多体力，又调动了全身的兴奋，旅行起来更加有激情。酒店早餐以后，9 点出发，目标是鸣沙山和月牙泉。

　　出敦煌城向南，一眼就能看到连绵起伏的鸣沙山，东枕西北明珠敦煌莫高窟，西至党河口，延绵 40 千米，南北宽 20 千米，高度 100 米左右，最高海拔 1715 米，宛如两条沙臂张伸围护着月牙泉。"山以灵而故鸣，水以神而益秀。"

　　鸣沙山全由细沙聚积而成，沙粒有红、黄、蓝、白、黑五种颜色，晶莹透亮，一尘不染。沙山形态各异，有的像月牙，弯弯相连，组成沙链；有的像金字塔，有棱有角，高高耸起；有的像蟒蛇，盘桓回环，绵延天际；有的像鱼鳞，排列整齐，沙垄相衔。高岩为谷，峰危似削，孤烟如画，美不胜收。

孤烟如画的鸣沙山

鸣沙山沙峰起伏，金光灿灿，宛如一座金山，像绸缎一样柔软，少女一样娴静。阳光下，一道道沙脊呈波纹状，黄涛翻滚，明暗相间，层次分明。无论狂风乍起，还是轻风吹拂，都因沙动而发声，重如雷鸣，轻如丝竹，鸣沙山因此得名，自古就以璀璨、传神的自然奇观吸引着人们，成为敦煌八景之一"沙岭晴鸣"。

鸣沙又叫响沙，是一种奇特的却在世界上普遍存在的自然现象。沙漠或沙丘中，由于各种气候和地理因素的影响，造成以石英为主的细沙粒，风吹沙动，细沙滑落或相互运动，众多沙粒在气流中旋转，表面空洞造成空竹效应而发生殷殷有声。据说，世界上已经发现了100多种类似的沙丘和沙漠，敦煌的鸣沙山与宁夏中卫的沙坡头、内蒙古达拉特旗的银肯塔拉响沙群和新疆巴里坤鸣沙山号称"中国的四大鸣沙"。

鸣沙山有两个奇特之处，人若从山顶下滑，脚下的沙子会呜呜作响；白天人们爬沙山留下的脚印，第二天竟会痕迹全无。"传道神沙异，暄寒也自鸣，势疑天鼓动，殷似地雷惊，风削棱还峻，人脐刃不平。"唐代诗人如此生动地描绘鸣沙山奇观。

月牙泉处于鸣沙山环抱之中，其形酷似一弯新月而得名，古称沙井。数千年来沙山环泉，泉映沙山，犹如一块光洁晶莹的翡翠，镶嵌在沙山深谷中。"风夹沙而飞响，泉映月而无尘。"流沙与泉水之间仅数十米，虽遇强风而沙不填泉，地处戈壁沙漠而泉不枯竭。这种"沙水共生，山泉同存"的地貌特征，确为奇观。

月牙泉南北长约 100 米，东西宽约 25 米，泉水东深西浅，最深处约 5 米，一弯碧泉，涟漪

鸣沙山环抱中的月牙泉

萦回，清凉甘甜。泉边芦苇茂密，微风起伏，碧波荡漾。相传泉内生长有铁背鱼、七星草，专治疑难杂症，食之可长生不老，故又称药泉。月牙泉有四奇，月牙之形千古如旧，恶境之地清流成泉，沙山之中不淹于沙，古潭老鱼食之不老，自汉朝起即为"敦煌八景"之一——"月泉晓彻"。

月牙泉南岸有一组古朴雅肃、错落有致的建筑群，从东向西建有娘娘殿、龙王宫、菩萨殿、药王洞、雷神台等百余间，各主要殿宇有彩塑百尊以上，所绘壁画数百幅。重要的殿堂均悬置匾额、碑刻，如"第一泉""别有洞天""势接昆仑""掌握乾坤"等，书法雅俊，堪称上品。这里亭台楼阁、宫厅柱廊，临水而设，泉光与山色相映，古刹神庙绕以常年香火，给月牙泉更增添了传奇色彩。

月牙泉，梦一般的谜。有人认为地势低洼，刮风时细沙从山下向山上流动，所以月牙泉永远不会被流沙掩埋；也有人说这一带可能是党河河湾，由于沙丘移动，水道变化，因而成为单独的水体，渗流的地下水不断地向泉中补充，使之涓流不息，天旱不涸。无论何种说法，在茫茫大漠中拥此一泉，在满目荒凉中有此一景，深得天地之韵律，造化之神奇，令人心醉神驰。

有消息说由于 40 年前抽水造田，导致水土流失，地下水位急剧下降，如今党河与月牙泉之间已经断流，只能用人工补充泉水。正由于它

的弥足珍贵，许多游人接踵而至，趋之若鹜。进入景区，许多人租鞋套，骑骆驼，全副武装，我们则任凭风起沙涌，径直走向月牙泉。可能是出于保护，月牙泉临山坡的一面已经围栏禁入。我们先在泉边走了一个来回，然后伫立泉边，月牙泉已经存在了 2000 多年，如果在现代人手中消失，那真的就是历史罪人了！

鸣沙山中的天梯

走出月牙泉和雷音寺，我们沿着沙梯拾级而上，攀爬鸣沙山。山虽不高，均由细沙堆积而成，每迈一步，双脚都要深陷沙中，不少人望而生畏，有人走了一段半途而废，也有人登上了山顶滑沙而下。坚持不懈的快走运动，给了我坚强的意志和耐力，一鼓作气到了山顶，又身轻如燕地回到地面。烈日炎炎，挥汗如雨，沙灌鞋袜，几欲摔倒，即便今天回想起来，也惬意如初。

"鸣沙山怡性，月牙泉洗心。"登高鸟瞰，或者极目远眺，景致壮观，真是别易会难，久久不忍离去。鸣沙山和月牙泉是大漠戈壁中一对孪生姐妹，不，准确地说应该是一对孪生兄妹。哥哥环绕着护佑妹妹，妹妹紧紧地依偎哥哥，兄妹相携而行，不畏风沙，亲密无间。我们人类应该敬重他们，让他们留在人间大地，成为我们共同的骄傲。

（西北大环线旅行日记5，2018 年 6 月 19 日游览，10 月 12 日补记于哥伦布）

资料来源：①途牛旅游网；②百度百科。

七彩张掖

对敦煌的向往虽然由来已久，但真正促使西北成行的还是张掖。记得3月中下旬的一天，我不经意间在微信中看到一篇文章，大意是世界上有"19个不可思议的地方"，中国占了3个，张掖的七彩丹霞赫然上榜。揣着这份期待，跟随携程网旅行团，开启了4月14～23日的西北大环线之旅。

张掖位于甘肃省西北部，河西走廊中段，古为"河西四郡"之——张掖郡，取"断匈奴之臂，张中国之掖（腋）"之意。南枕祁连山，北依合黎山和龙首山，全国第二大内陆河黑河贯穿全境，形成了特有的荒漠绿洲景象。境内地势平坦、土地肥沃、林茂粮丰、瓜果飘香，雪山、草原、碧水、沙漠相映成趣，既具有南国风韵，又具有塞上风情，被誉为山青、水秀、天蓝、地绿的"塞上江南"，是"古丝绸之路"重镇，是全国重点建设的12个商品粮基地之一。

张掖自然景观得天独厚，丹霞地貌气势磅礴，美不胜收。张掖丹霞地貌色彩丰富，红的如火，黄的如金，灰的如钢，日出和日落时色温不高，柔和的光线更容易映衬七彩丹霞的美艳，是观赏的最佳时间。为了最好的效果，旅行团特意安排了4月21日下午参观张掖丹霞地貌。此前的4月18日下午，我们游览了敦煌雅丹国家地质公园，庆幸地可以把两种地貌放在一起比较，并加深对雅丹和丹霞的认知。

敦煌雅丹魔鬼城

敦煌雅丹国家地质公园，俗称"敦煌雅丹魔鬼城"，位于甘肃西部，地处新疆、甘肃交界处，西距新疆维吾尔自治区若羌县境内的三垄沙7千米，距罗布泊湖心约120千米，是我国乃至全世界第一个以雅丹命名的国家地质公园。雅丹是地地道道的维吾尔语，原意是指具有陡壁的小山包，实际上就是对雅丹地貌很形象的描述。雅丹成为世界上地理学和考古学的通用术语后，专指干燥地区的一种特殊地貌，即隆起的土堆。

雅丹地貌的形成有两个重要因素，一是发育这种地貌的地质基础，即有湖泊沉积地层；二是外力侵蚀，就是沙漠中强大的定向风的吹蚀和流水的侵蚀。由于风长期的猛烈吹蚀，松软的沙土石被卷走，地表被侵蚀成颇具规则的沟谷，而坚硬的土石层则成为高矮不等的土岗，强风又刀刻斧凿般地把土岗雕成一个个似物似人、似禽似兽的造型，石人、石佛、石蘑菇、孔雀、宝塔、蒙古包等，千姿百态，惟妙惟肖，无奇不有。夜幕降临之后，强劲的风发出恐怖的啸叫，犹如千万只野兽在怒吼，令人毛骨悚然，魔鬼城因此而得名。

丹霞地貌是以陡崖坡为特征的红层地貌，它与雅丹地貌虽然都是受外力侵蚀而成，但与干燥地区风侵蚀而成的雅丹地貌不同，丹霞地貌主要是水侵蚀形成。具体来说，丹霞地貌是红色砂岩经长期风化剥离和流水切割侵蚀，加之特殊的地质结构、气候变化以及溶蚀、重力崩塌作用等自然环境的影响，形成孤立的赤壁丹崖和陡峭的方山、石墙、石峰、石柱、嶂谷、石巷、岩穴等奇岩怪石。

过去大多是单独参观雅丹或者丹霞一种地貌，这次有机会同时考察并比较两种地貌，因而对行程最后安排的张掖丹霞地貌特别期待。天公不作美，21日下午3点多进入景区时，太阳要透过云层的间隙才能照耀大地。我们不敢大意和懈怠，从北门进入后，从2号观景台开始，依次登上1号、5号、4号观景台，点与点之间搭乘区间车，并在4号观景台等待日落。可能是我们的执着感动了上苍，风吹云淡，太阳落山时给了我们灿烂的笑脸。

2号观景台也叫七彩仙缘台，是景区里最高的观景台，爬666节台阶，可以看到景区的全貌。2号观景台山体面积虽小，但纹理清晰，色彩斑斓。登上山顶，极目远眺，但见山峦、河流、田园、村庄、炊烟，宛如一幅多彩风景画，尽收眼底。人行其间，精神振奋、心旷神怡，主要观景点有夕辉归帆和睡美人等。

1号观景台也叫七彩云海台，是最大的观景台，连绵的山体，高低参差，疏密相生，群峰林立，组合有序，层理交错的线条、色彩斑斓的色调、灿烂夺目的画面，像大地喷洒炽焰烈火，似山岸披上五彩霓裳，包罗万象，意境深远。这里也是拍日出最佳的地方，以远观为主，达到俯瞰的效果，体现的是一种气势磅礴的七彩洪波壮观景象。七彩飞霞、大扇贝、仙人台、灵猴观海、万象朝宗、众僧拜佛等，是主要观景点。

5号观景台也叫七彩锦绣台，整体架设在一座山脊上，四周丹霞环绕，景色壮观。沿栈道拾级而上，犹如穿梭在丹霞画廊中，两侧山体主要以红白黄相间的彩带为主，分布均匀，宛若华丽的丝绸披在山体之上，不见首尾。那些青灰色的山体就像中国的水墨丹青画，映衬着七彩丹霞的艳丽与雄浑。丝绸天路、赤壁长城、麻子面馆、裕固流苏等是主要观景点。

形似布达拉宫

4号观景台也叫七彩虹霞台，是主观景台，设在一道东西向的山梁上，景区色彩最精华的部分，犹如七彩虹霞洒落在山丘之上。由栈道爬上山梁，向西望去，远处是一条青色的岩带，近处是一堆堆红色的砂岩，就像是一条青龙在烈火之上翻飞舞动；向南望去，远处的群山好像布达拉宫。向北望去，一块巨大的红色砂岩架在山顶上，好像一只红色的蟾蜍蹲坐在岩石上，向前探出头。再向西北望去，一个小院和两层的青瓦小楼夹杂在山谷中，这就是张艺谋的电影《三枪拍案惊奇》的外景地，即小沈阳在剧中开的麻子面馆。"神龙戏火""神龟问天""小布达拉宫"等景点，在夕阳余晖的映衬下，色彩尤为绚丽，是观赏日落的最佳地点。

张掖七彩丹霞旅游景区是丝绸之路旅游带上的一颗璀璨明珠，分布面积为50平方千米，平均海拔1820米，是中国北方干旱半干旱地区发育最典型的丹霞地貌，是国内唯一的丹霞地貌与彩色丘陵景观的复合区，以地貌色彩艳丽、层理交错、气势磅礴、场面壮观而称奇，2011年被国土资源部批准为国家级地质公园，是中国最美的七大丹霞之一，世界十大神奇地理奇观之一，极具地质科考价值和旅游观赏价值。

参观持续到太阳落山之后，抵达张掖市，入住酒店时，已是晚上9点多，过了晚餐的时间。放下行李，走出酒店，来到一个小饭店，已经是打烊时间，店里没有一个客人，除了老板一家几口人准备饺子晚餐外。我们说明来意，热情的老板先是端上刚出锅的饺子给我们吃，接着为我们炒菜做饭。我在附近的小超市买了一瓶当地产白酒，邀请

老板一起边喝边聊。年龄相仿，经历相似，心境相同，越聊越投缘，相见恨晚，一个执意是请客，一个坚决要埋单。相持不下时，我们放下钱款就走，却忘了背包，老板一直追送到酒店。西北人的热情好客，为我们西北大环线之旅画上了圆满的句号。

张掖并非只有丹霞美景，这里还有大佛寺、木塔寺、土塔寺、西来寺、马蹄寺、镇远楼、山西会馆、民勤会馆、黑水国遗址等名胜古迹，是国家1986年颁布的第二批全国历史文化名城之一；还有祁连山的冰川奇峰、亚洲最大的山丹军马场、美不胜收的原生态城市湿地，自古就有金张掖、银武威之美誉，古人有诗曰不望祁连山顶雪，错把张掖当江南。22日凌晨4点多走出宾馆，步入细雨霏霏的街道，一边快走运动，一边观赏街景。雨由疏而密，越下越大，那是挽留的雨，更是难忘的情。

（西北大环线旅行日记6，2018年4月21日至22日游览，10月19日补记于射阳）

资料来源：①途牛旅游网；②百度百科。

在云南过年

　　春节是敦亲祭祖、祭祝祈年的日子，又称过年，是我国民间最隆重、最热闹的传统节日。"百节年为首"，回家过年已经成为在外求学、打拼的人的一种情结。自1978年离开故土出来读书、工作以来，父母健在时回老家过年，父母仙逝以后，在自己家过年。2019年1月外孙诞生，太太飞往美国看护女儿和外孙，我一个人留在国内，婉拒了兄弟、弟媳和侄儿、侄媳们的邀请，早早地预订了机票和行程，去云南过年。

　　心怀敬畏，方行高远。去云南前，先打扫一下家里卫生，把脏衣服洗好晾晒起来，贴好春联。记得我们在自己家过年以来，含有一帆风顺的对联就一直陪伴着我们年复一年。今年喜添外孙，特意请人写了一副："一帆风顺吉星到，万事如意福临门。"1月21日飞南京，参加堂兄"六七祭奠活动"，陪伴岳母吃吃饭说说话，岳母一如既往地亲手为我父母扎好了纸钱和金元宝，我为父母烧钱祭拜。完成了除旧布新、迎禧接福、拜神祭祖等活动后，25日从南京飞往昆明。

　　云南的过年之行，由四个时间段落组成：1月26日至2月2日的八日七晚滇池红嘴鸥、东川红土地、玉溪抚仙湖、建水古城、元阳梯田、蒙自碧色寨、世外桃源坝美和普者黑日落晚霞的摄影之旅；3～5

东川红土地

8 日 7 晚的摄影之旅，足涉昆明、玉溪、红河和文山四个州市，全程 1800 多千米。由于是非常规旅游路线，许多景点特别是拍摄日出日落的观景台，不仅基础建设条件差，而且规模小，能容纳的游客有限。值得庆幸的是，春节前夕许多人已经回家过

建水古城

日的采买、守岁和过年；6 日昆明石林、九乡 1 日游；7 日云南陆军讲武堂、昆明翠湖自由行。在云南逗留的 15 天时间里，天气晴朗如常，旅游景点却经历了"冰火两重天"。一个人的春节，既有云游的紧张与劳累，又有独处的悠闲和静谧。

玉溪抚仙湖

年，或者正在回家途中，各个景点上的游人虽然络绎不绝，但与节后的高峰相比，只能是"小巫见大巫"。我们全团只有 9 个人，分别来自携程、途牛和微旅摄影几家大的旅行平台。

摄影团的特点是没有购物，收费比一般的旅行团要高一些。因为拍摄日出和晚霞需要起早贪黑，偶有午间休息。在我们有效的七天时间里，拍摄日出日落的就有九次，有时凌晨 5 点多起床，晚上十

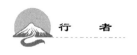

多点才能入住酒店，为了占位和蹲守，常常要在饥寒交迫中站立三四个小时。令我佩服的是领队崔新亮的专业精神，他不仅熟悉每一个景点的情况，即使在黑夜里也能引领占据最佳的摄影位置，而且从头到尾陪伴，没有任何怨言。

名为摄影团，大家自然都带着相机和手机，但大多只是记录旅游景点和旅游行程而已，我的相机虽然价值不低，许多功能还不会使用，真正的摄影师只有深圳唐先生和上海陆先生，他们长枪短炮，装备齐全，拍摄起来除了讲究 ISO、光圈、速度、光线、饱和度及其相互配合外，更加着力构图和艺术创造，看了他们拍摄的照片就是一种享受。特别是唐先生用长枪打鸟的照片，嘴啄活鱼，羽可数毛，仿佛是画出来的，惟妙惟肖，栩栩如生。他们的作品对我影响很大，跟他们认识是一种荣幸，只是希望自己不要陷得太深而不能自拔。

仅隔除夕一天，正月初一开始，各个景点已是游人如织、人满为患了。位于昆明北市区的月牙潭公园，是一座以自然风光为主的现代园林公园，同时也是云南省首个法制公园。农历二十九和除夕我去进行运动与散步时，除了少数几位老者或临湖而坐或悠然漫步外，门可罗雀；初一早上再去快走时，公园里人来人往，要保证平时的运动速度已是不可能的事了。无论初二跟团去石林和九乡，还是初三去翠湖和云南陆军讲武堂，都是人声鼎沸，摩肩接踵。在石林和九乡游览时只能随人流施施而行，即便早上 8 点就发团，晚上 11 点才回到住处；参观云南陆军讲武堂时队伍排成了一条长龙，烈日中天，秩序井然，等我们如愿以偿地离去时，排成的长队还在迤逦而行。

整个行程特别是摄影之旅，中晚餐都是自己解决，这很契合我的旅游观念，行万里长路，尝天下美食。每天凌晨四五点钟起床，在团队集合的时间前快走几千米，每天晚上或早或迟地入住酒店，时长大多在 12 小时以上，固然身体很累，血糖需要控制，但每到一处都会点

上两道小炒一杯当地酿酒，浅斟慢酌。在经历紧张忙碌的行程之后，品味属于自己的独处时光，是超越旅游的另一种享受。

劳逸结合，张弛有度，安排行程时，特地把除夕和初一的时间留给自己。开启过年之旅前，早早地预订了可以做饭的民宿，和当地人一样到农贸市场自己采买，自己烧煮；有充裕的时间与晨练的老人一起走进月牙潭公园，用快走的脚步丈量北京路，沿着昆明母亲河盘龙江慢悠悠地逆流而行，累了落座星巴克，喝着咖啡，晒着太阳；华灯初上时，大开阳台之门，任凭除旧迎新的爆竹声连同它的硫黄味一起飘进屋内，让昆明人浓浓的年味包围自己。

生活了60多年，不仅鲜有一个人过年，就连平时的饭菜都很少自己做。工作时有借口，有时自己给自己托词；现在退休了，又有了外孙，原有的平衡必然被打破，太太的工作重心也一定会有转移，摆在面前的只是主动调整还是被动适应的问题。探索新的定位，寻求新的平衡，有尊严地生活，这可能就是我谢绝家人和朋友邀请，坚持一个人去云南旅行过年的原因之一吧。

（云南旅行日记1，2019年1月16日至2月9日游览，2月12日写于珠海）

白色精灵红嘴鸥

    昆明为山原地貌，地处云贵高原中部，三面环山，南濒滇池，湖光山色，天然成趣。由于地处低纬高原而形成四季如春的气候，境内大多数地区夏无酷暑，冬无严寒，素以春城之称而享誉中外。每年进入 10 月，红嘴鸥不远万里，飞越千山万水，从贝加尔湖穿越俄罗斯和整个中国来到昆明过冬，第二年春节后再集体返回，年复一年，周而复始，已经成为云南这座西南名城的一张亮丽名片，为云南增添了一份别样生机。

海埂大坝上人来鸟不惊

    去年春节前后，三次途经昆明，每次都专程去海埂大坝观赏红嘴鸥。这次云南之行，前后三次机会，分别去不同的地方观鸥，扎扎实实地过了把观鸥瘾。1 月 27 日上午再次来到海埂大坝时，海埂会堂正在举行云南省人民代表大会，道路上"三步一岗五步一哨"，旅游车只能停在远远的地方，仍然无法阻挡游人观鸥的热情。作为昆明最佳观鸥点，东西长不过 2.5 千米的海埂大坝，总是游人如织，成千上万的海鸥漫天飞舞，大有遮天蔽日之势，热闹非凡，异常壮观。

滇池是云南最大的高原湖泊，全国第六大淡水湖泊，这里碧波万顷，风帆点点，天高云淡，风光绮丽。从 1985 年开始，红嘴鸥落户昆明越冬已经 30 多年。每年冬、春两季，数万只从遥远的西伯利亚飞来滇池越冬的海鸥，让昆明多了一道冬日最为灵动而美丽的景色。昆明人早已把红嘴鸥视作自己的老朋友，红嘴鸥也将昆明当作它们最温馨、最眷恋的家园，每年一度的观鸥、喂鸥、戏鸥，既是昆明一道亮丽的风景线，又是昆明人日常生活的一部分。

阳光明媚，湖水碧蓝，在海埂大坝上漫步是一种美妙。以龙门西山为背景，在宽阔的滇池上，红嘴鸥为主角的盛大演出正如火如荼。三五成群或成百上千的红嘴鸥，上下翻飞，萦绕其间，嗷嗷的叫声不绝于耳；游人将鸥粮抛向高空，立

数千只红嘴鸥遍布翠湖

即引来一群海鸥啄食，它们优雅地飞翔，空中觅食的本领让人惊叹；吃饱喝足，成群结队的海鸥悠闲地在湖边踱着方步，或停歇在滇池边的石栏上慵懒地晒着太阳，忽然间，它们又一起展开翅膀飞向远方，眼前蓝色的水天一色立刻变成了白色的星空世界，真所谓迷魂淫魄。

位于玉溪的抚仙湖是云南本地人的宝藏，她的面积虽然没有滇池大，由于是云贵高原抬升过程中形成的断陷型深水湖泊，蓄水量相当于 15 个滇池和 6 个洱海，是我国最大蓄水量和最大高原深水湖泊。抚仙湖景色优美，别具一格。湖水晶莹剔透，透彻地卷着层层涟漪，一浪接一浪地奔向岸边；天气风和日丽，阳光映照下的湖面波光粼粼，拥有一身洁白羽毛的红嘴鸥，时而飞翔在蓝天之上，时而静浮于碧水之巅，缓缓游动，泛起一阵阵细浪，如同水波片片的羽毛。

翠湖是云南之行的另一个观鸥点，位于昆明市中心，因其八面水翠、四季竹翠、春夏柳翠而得名。春节的翠湖，在红土地的怀抱里，包容了山水的清宁，蕴含着天地的胸襟，海纳远道而来的精灵和数倍于红嘴鸥的游人。数千只红嘴鸥遍布于翠湖，嬉闹戏水，争抢食饵，它们时而展翅，时而飞翔，偶尔流线型的翅尖掠过平静的湖面，在蓝天间舞动轻盈的美。那一张张红似火的小嘴，不时地与这里的土地和人群进行私语；那一身白色的羽翼，聚集着浩渺万物的灵性。信步湖边，远观云山城楼，近可人鸥互戏。"远看山有色，近听水无声，春去花还在，人来鸟不惊。"王维描绘的那种可见不可得的虚幻，正在翠湖上演成美丽的现实。

泸沽湖上鸟随人飞

在云南，无论是昆明，还是其他城市，有湖水湿地，都是海鸥钟情的栖息地。昆明的大观河，大理的洱海，普者黑的湿地，川滇共辖的泸沽湖，都有海鸥矫健的身影。在《三生三世十里桃花》拍摄地观赏日落时，一群群飞翔于蓝天之上的海鸥，忽然从空中扑向水面，溅起如玉般晶澈的水滴，忽而又扑腾着翅膀飞向蓝天，留下一串嗷嗷的嘶鸣，在冬日的暖阳下，与人们的欢笑声融为一体，连同这白色精灵飞翔的优美姿态，构成了一幅立体的画卷。

（云南旅行日记 2，2019 年 1 月 27 日游览，2 月 12 日写于珠海）

资料来源：①携程旅行网；②百度百科。

诗情画意红土地

　　云南高原因气候、生物、地质、地形等相互作用，形成了多种多样的土壤类型，红壤面积占全省土地面积的50％，有红土高原之称。其中，东川方圆近百里的区域，是云南红土高原集中、典型、独具特色的红土地，衬托蓝天、白云和那变幻莫测的光线，构成了红土地壮观的景色，被认为是世界上除巴西外最有气势的红土地，吸引着无数摄影爱好者，也是我期盼已久的旅行目的地。

　　1月27日上午，摄影团从昆明往北出发，一路都是崎岖的盘山公路，山岭纵横交错，丘陵一望无际。为波光粼粼的红色所震撼，中午抵达东川，入住红土地映象旅游小镇后，两点半出发，在烈日下拍摄落霞沟、千年老树、红土地大观、锅底塘、锦绣园、七彩坡和螺丝湾，6点多到达瓦房梁子，等待8点日落，拍摄晚霞到9点收工；28日早上6点多出发，前往打马坎等候8点日出，接着去七彩坡、锦绣园和乐谱凹，继续拍摄到9点多才用早餐。

　　初夏、翻耕、雨后、秋耕，四季风景不同，美景一如既往。春节前后，红土地一部分翻耕待种，另一部分已经种上青稞或小麦，远远看过去，就像上天涂抹的色块。翻耕待种的土地呈现出火一般的热烈，种上青稞或小麦的土地泛着淡淡的绿，田间地头荞麦花、洋芋花和一

些不知名的野花此谢彼开，绚丽而斑斓。那一丘丘、一块块、一条条点缀在山间的坡地，像姿态万千的梯田，翻耕后的埂犁沟形成圆润优美的弧线，为红土地增添了几分妖娆的妩媚。

落霞沟、锅底塘、锦绣园、七彩坡、螺丝湾、瓦房梁子、打马坎和乐谱凹，都是观赏东川红土地的最佳景点，它们或坐落在峡谷中，或位于起伏平缓的山丘之上，连着那些村庄一起在大地上绵延。红土地里一年四季长着不同的作物，不同的季节呈现不同的景观；同一季节也因阳光雨雾而有不同的美景。在摄影者眼里，即便是同一天不同时间，因光线有别，拍摄出来的景色也有差别。

崇山怀抱落霞沟

最美的景致应属落霞沟，崇山怀抱中突然下陷的一块洼地，两边的高山中间有一条小河，落霞沟就像一个长长的半岛坐落在峡谷中。梯田线条优美梦幻，随风向、云层、阳光、植物、视觉的变化而变化，梯田之上矗立着白墙灰瓦的村庄，美轮美奂。太阳从落霞沟东面的山上升起，多云天有可能出现耶稣光，适合拍日出日落。我们3点到达时，阳光灿烂，蓝天无云，居高临下顺光拍摄以后，大师们抱怨光线太强，拍不出大片，而之于记录行程的我，已经谢天谢地了。

无比眷念地离开落霞沟，汽车沿着山间道路蜿蜒而行，停在了老龙树不远的地方。老龙树是一棵巨大的千年冷杉，曾经枯死三年又吐

千年冷杉老龙树

新枝，被当地立石碑尊为神树。千百年来，老龙树孤独地守护着这片

广袤的红土地，像一尊威武的战神，凝重而神圣，看尽世间繁华，饮尽人间冷暖，如怒放的生命，在天地间挺拔而立。电影《无问东西》中几次三番出现的旷远而遗世独立的大树背景，就是东川千年老龙树。树高10多米，树干直径3米左右，枝繁叶茂，四季常青，树叶向四周展开，形成巨大的伞状。大家不约而同地举起相机，拉长焦距，见证独存山丘而又安享孤独的神树。

乐谱凹是一个村庄，村里的田地高低起伏，错落有致，视野里有近一半是树林和村庄，色彩线条美得像五线谱。观赏晚霞和日落的最佳地点当属瓦梁房子，这里地势高，能把乐普凹一带的风景尽收眼底。等待日落之前，先到附近的螺丝湾看一看，五彩的梯田曲折盘旋宛如螺蛳。看着夕阳渐渐沉入地平线，月亮升起，那静谧的夜，只有星星闪烁，虫子鸣叫。

红土地的日出和日落一样动人，到了东川不能不看日出。早上5点多，我背起行囊，走进高原寒夜。这里远离喧嚣，空气清新，山风吹拂，虽寒犹爽。仰望星空，荧光闪闪，俯瞰村庄，灯光稀疏，像星星洒落在原野上。7点多来到打马坎，红土环绕的村子炊烟缭绕，日出时鲜艳夺目的红土，层层叠叠地从山谷到山峰，视野之内呈现出一种底色，只有明、暗、深、浅的区分。遗憾的是少了些许云朵，没能见到摄影大家梦幻般的日出和朝霞。

从花石头村去打马坎的途中，有一个观看红土地大观的最佳地点，那就是七彩坡。这里地势高，放眼望去，山川和原野呈现出一片片暗红、紫红、砖红等不同的红色，衬以碧浪翻滚的绿色和一碧如洗的蓝色，仿佛上天涂抹的色块，一直铺向天边，看似漫不经心，却又如画般浓墨重彩，艳丽饱满。由于接近下午最佳拍摄时间，我和唐先生义无反顾地走下山坡，站在不同的高度去观赏，收获不同的视觉冲击。

东川红土地上还有一位网红老人，身穿羊皮袄，头戴圆毡帽，蓄

与网红老者合影

着花白须，手持大烟杆，以及陪伴他的黄狗。他家里住着两层宽敞的楼房，却每天为南来北往的游客当起了摄影模特。他脸色红润，脸上时常显露出近乎经典的微笑，虽然并不刻意讨钱，但我们拍完后都会给他一两元，无论游客给多少或给与不给，他既不言语，也不介意。

红土地的农家菜也特有意思，清炖高原土鸡加土豆、过年老腊肉、血豆腐和自制的火腿，别具风味，地产的白萝卜、胡萝卜、老南瓜清水炖汤，既甘甜，又绿色。东川面条、羊肉、金洋芋、牦牛火锅、牦牛干巴、荞粑粑蘸蜂蜜、山茅野菜，应有尽有，纯粮酿造的东川老白干，绵长醇厚，价廉物美。晚上9点落座四口之家的餐厅，各取所需，我要了一盘小炒牦牛肉，一盘山茅野菜，一杯自酿的泡酒，全天疲倦一饮而消。

（云南旅行日记3，2019年1月27日至28日游览，2月26日写于盐城）

资料来源：①携程旅行网；②百度百科。

鬼斧神工元阳梯田

世界文化遗产红河哈尼梯田，是以哈尼族为主的各族人民利用当地"一山分四季，十里不同天"的地理气候条件创造的农耕文明奇观，规模宏大，绵延整个红河南岸的元阳、绿春、金平等县，仅元阳境内就有19万亩。这里水源丰富，空气湿润，云雾变幻，将山谷和梯田装扮得含蓄生动。1~2月元阳已经放水养田，梯田呈现的日出日落美轮美奂，云海造就的仙境更是视觉盛宴！

元阳梯田是摄影之旅的重头戏，七日六晚的行程中有两日两晚安排在元阳，29日下午拍摄大鱼塘村和坝达梯田日落；30日上午拍摄多依树日出、阿者科蘑菇房、阿者科梯田、爱春梯田和黄草岭梯田，中午拍摄胜村赶集，下午拍摄全福庄梯田徒步和麻栗寨茶厂梯田日落；31日早上拍摄箐口梯田日出。时间虽然紧凑，由于正值春节前夕，游人不多，领队崔新亮又熟悉每一个景点的最佳摄影位置，收到了不少事半功倍的效果。

在摄影师眼里，景物、角度、光影、时间，都是成就一张大片必不可少的因素。在29~31日我们逗留的时间里，虽没有出现摄影师期望的云霞，两天多云、一日晴朗的天气却比预报的阴雨要好得多。两次拍摄日落日出等候的几小时里，天气晴好，阳光照耀，众目期待，摄影

师们更是找好了位置，架起了长枪短炮，太阳就要落山或升起时，一大片乌云不早不迟，严严实实地遮住了太阳，开了一个不大不小的玩笑。

层层叠叠的元阳梯田

天气不够尽如人意，对摄影师的创作激情打击不小，丝毫不影响我以游为乐的观赏和记录性拍照。梯田依山势绵延不断，公路依山势蜿蜒盘旋，河流依山势迤逦不绝，村落依山势星罗棋布，哈尼族人创造元阳梯田的同时，也在梯田上生生不息。无论是坝达、麻栗寨茶厂梯田的日落，还是多依树、箐口梯田的日出；无论是阿者科、爱春、黄草岭梯田美景，还是胜村赶集、全福庄梯田徒步，都如入秘境，流连忘返。

据说，老虎嘴梯田面积超万亩，是田势最险峻、气势最恢宏、布局最壮观、面积最大的梯田景区，坡度陡，立体感强，颜色层次分明，五彩斑斓得像一幅油画，无论天气阴晴，壮观的线条都是拍日落的好地方。由于滑坡，景区关闭，我们 29 日、30 日分别去坝达、麻栗寨茶厂梯田观日落。实际上，坝达景区又叫麻栗寨景区，包括箐口、全福庄、坝达、麻栗寨等连成一片的 10000 多亩梯田。

坝达梯田靠西面东，地势陡峻，大气磅礴，从海拔 1100 米的麻栗寨河起，沿山而上，山岭相连，交错贯通，一直伸延到海拔 2000 多米的高山之巅，宛如天梯直插云霄，把麻栗寨、坝达、上马点、全福庄等哈尼村寨高高托入云海中，是一个夕阳晚照的景点，最佳的观赏时间是夕阳西下、满天红霞的时候。夕阳染红天际时，霞光倒影在白茫茫的梯田中，波光粼粼，霞光万丈，暖红的色块在微风吹拂下，逐渐变成粉红色、红色，金灿灿，亮闪闪，令人震撼。

寒风劲吹时，元阳的冬天阴冷难耐。如果说等待日落是寒风侵肌的话，守候日出就是寒风刺骨。多依树三面临山，一面坠入山谷，常年云雾缭绕，是日出的最佳观赏地，每天引来无数摄影发烧友前来拍摄，去晚了观景台都没有放三脚架的地方。为此，我们不得不提前两个小时去观景台占位。多依树景区包括多依树、爱春、大瓦遮连片的上万亩梯田，像版画一样，颜色多变，壮观美丽，日出时，水面上不断变化的颜色让人目不暇接，衬托烟雨迷雾下若隐若现的多依树村庄，让人有进入仙境之感。

菁口村是元阳境内一个保存完好的哈尼族自然村寨，整个村寨被一层层梯田所包围，房子在梯田的半山腰，随山势而建，错落有致，远远望去就像一朵朵蘑菇，自然天成。村中树木茂密，鸟啼蝉鸣，充满浓郁的原始气息。早上 6 点，我们借着手电光来到公路边的菁口湿地观景台，摄影师们找好位置，装好三脚架。日出时，阳光洒落下来，森林、村寨、梯田、溪水相互交映，组成了一幅优美灵动的田园山水画。

蘑菇房是哈尼族标志性建筑，黄色夯土墙，屋顶有厚厚的稻草覆盖，远看就像蘑菇。一般分为三层：底层饲养牲畜，二楼生活起居，三楼储存粮食。阿者科是目前保存蘑菇房最多的哈尼族古村落，由座座古意盎然的蘑菇房组合而成，坐落在哀牢山的

哈尼族标志性建筑蘑菇房

半山腰。村如其名，阿者科是一个旺盛吉祥的地方，2014 年被列入具有重要保护价值的第三批中国传统村落名录。蘑菇房依山而建，就坡而筑，随水而居，原始宁静，村内民风淳朴，依旧保持着古朴的生活方式。行走于阿者科，感受梯田环绕、溪流相伴的生活，是另一种享受。

元阳居住着哈尼族、彝族等少数民族，每逢赶集的日子，周围的山民都会穿着鲜艳的民族服装，三五成群来到集市，带来家里的农副产品出售交易，再采购一些生活必需用品回家。住在胜村，又恰逢30日春节前最后一个集市，我们兴奋地走进街市，围观这一最具民族特色的人文景观。胜村唯一的一条街上，村民熙熙攘攘，商品琳琅满目，应有尽有。拍了几张照片，买了一个玉米和几个西红柿，在一个彝族妇女的食摊前坐下来，蘸着干辣椒的调味酱，吃了十块炭火烤豆腐，别有一番风味。

黄草岭梯田与多依树梯田同属一个三面环山的山谷中，是同一个景区的两个不同的观赏点，两者相距不远。30日早上看完多依树梯田日出，顺道参观黄草岭梯田。站在高高的观景台上，一眼望去，壮阔而不失秀美的梯田，如万马奔腾，似长蛇舞阵，犹如一个巨大的瀑布由南而北倾泻而下。爱春梯田也是多依树景区的一部分，从多依树观景台往里走几千米就到了爱春，这里是观赏和拍摄蓝色梯田最好的地方。爱春就在路边，沿着爱春公路顺光往下看，蔚蓝的天空映照在水里，碧空如洗、水天一色。元阳之行最出彩的应该是阿者科梯田，云雾缭绕，美轮美奂；最难忘的还是全福庄梯田徒步，只有深入梯田之中，感悟劳动的艰辛，才能更加敬畏自然、崇拜自然。

（云南旅行日记4，2019年1月29日至31日游览，3月3日写于盐城）

资料来源：①携程旅行网；②百度百科。

千年建水古城

九州之巅，彩云之南，有一座古韵悠长、极富中原色彩的边陲城镇，这就是中国历史文化名城建水。1 月 28 日晚上 7 点多，八日七晚的摄影之旅来到建水。首先映入眼帘的是朝阳楼。野外昏天黑地，街上华灯高照，朝阳楼前车水马龙，川流不息，车灯像流星一样转眼即逝，照明灯、草坪灯、礼花灯大放异彩，把朝阳楼映照得美妙绝伦。我们走下汽车，举起相机，定格美妙的瞬间。

建水酒店位于建水古城，入住酒店，放下行李以后，我急不暇择地走进步行街，在一个小吃店里坐下来，点了建水赫赫有名的临安烧豆腐、狮子糕和玉米饼，当作晚餐慢慢地享用起来。建水的街头巷尾，烧豆腐随处可见，人来熙往，成为古城一道亮丽的风景线。几个人坐在小板凳上，围着一个小火盆，上面架个铁架子，寸方的豆腐在上面烤成焦黄的颜色，蘸上酱料，江南臭豆腐的风味，满口余香，绕颊不绝，令人回味。

临安烧豆腐起源于明朝时期云南当地的驻军，是建水的汉族传统名吃，其中以城西周氏烧豆腐味道最佳。建水西门有一口水井叫大板井，那是一眼奇异独特的古井，泉水明净碧绿，流水不断，西门豆腐就是用大板井的井水手工制作的。与临安烧豆腐齐名的还有建水狮子

糕，相传是清代后期，由建水县荣香斋糕点铺——吴姓所创制，用上等糯米、米制饴糖和少量蔗糖制作，因糕状似雄狮颈毛而得名。由于含糖量高，只能浅尝辄止。

温饱之后，在步行街上漫无目的地逛了起来。这是一条古色古香的街道，石板铺陈的地面，青砖灰瓦的建筑，集建水紫陶、特色美食、休闲娱乐等内容于一体，环境优雅、氛围深厚。彩灯把整条街道装饰得流光溢彩，游人摩肩接踵，热闹非凡。建水陶是中国四大名陶之一，许多商店摆满了各式各样的陶器，琳琅满目，有的还别出心裁地用陶罐栽种各种绿植和鲜花，门前鲜花簇拥，门内各有千秋，商业气息浓厚。

如长虹卧波的双龙桥

29日凌晨5点起床，沿着北正街和朝阳街快走几千米后，随团去双龙桥看日出。久负盛名的双龙桥是一座双阁十七孔大石拱桥，坐落在建水城西5千米泸江河与塌冲河汇合处，因两河犹如双龙蜿蜒盘曲而得名，有一桥镇锁双龙之意。清乾隆年间先建三孔，道光年间又建十四孔与之相连，俗称"十七孔桥"。桥中建有三层楼阁，两端各有亭阁一座，桥身用巨石砌成，造型奇巧，已列入中国造桥史册，是云南省著名古迹之一。

早晨6点多的建水，夜幕还没有退去，月光把大地照得一片雪青，树木、房屋、石板路就像镀上一层水银似的，见了都让人寒战。比这更糟糕的是，摄影师们架好了三脚架，拨弄好了相机，准备拍照时，我才发现相机的电池忘在了酒店的充电器上。时不我与，只好用手机替代。日出时，水面恬静，河岸葱绿，满天红霞，千木尽染。十七个桥孔一字排开，孔孔相连，如长虹卧波，倒映于水天一色之中。高耸

的阁楼，在绿野的包围中，犹如静静的碧水河面漂来的一艘楼船，宁静、悠远，让人难以忘怀。

告别建水前还有一些自由活动的时间，走马观花文庙后，我把所有的时间都献给了朱家花园。始建于清光绪年间的朱家花园，是当地乡绅朱渭卿弟兄所建，建筑占地2万多平方米，据说有天井42个，房屋214间，院院相连，门门相通，是一个迷宫式的建筑群。主体建筑呈纵三横四布局，房舍井然有序，院落层出有致，厅堂布置合理，建筑陡脊飞檐，雕梁画栋，不同的门窗有不同的雕花，屋内装饰着山水花鸟诗词歌赋，雍容华贵，叹为观止。

建水古城始建于唐代，历经12个世纪，至今保存有50多座古建筑，唯有东门的朝阳楼，虽历经多次战乱和地震，至今六百多年，仍旧巍然屹立。朝阳楼建成于明洪武二十二年（1389年），比北京天安门早建28年，顶层东檐下，悬有清代书法家"雄镇东南"几个大字，西面悬摹唐朝草圣张旭"飞霞流云"狂草榜书，是滇南重镇建水历史悠久的主要标志之一。古城不大，主要是以临安路为中心的几条街道，没有大理的浮华，也没有丽江的喧嚣，宁静安闲，宠辱不惊，夏无酷暑，冬无严寒，四季温和，适合隐居，一时兴起，却没能找到宜居的目标。

建水还有我国现存的一米轨小火车，这条米轨铁路可以直达蒙自碧色寨，冯小刚拍摄《芳华》的外景地。31日上午摄影团从元阳来到碧色寨，美美地吃了一碗10元有猪、牛、鸡、羊肉的米线后，自由行游。方圆两平方千米的弹丸

一米轨小火车直达蒙自碧色寨

之地上，矗立着86幢西洋建筑，11处国家级文物保护单位，依稀葆有百年前的风貌，黄墙红瓦诉说着岁月沧桑，车站主楼门槛外的北回

归线标志石，默默地迎送着一个又一个的寒来暑往。

1885 年中法战争结束，双方签订《中法合约》，藩属国越南沦为法国殖民地，蒙自成为通商口岸。1910 年 4 月，滇越铁路全线通车，一个被高山深谷闭塞得差不多与世隔绝的碧色寨，作为特等车站，瞬间破茧成蝶，在各路商贾资本的竞相追逐下，很快"集三千宠爱于一身"，风头无两。越战时期，大批的粮食辎重从碧色寨运往北越，见证了抗美援越的历史时刻。对越自卫反击战，蒙自吹响了部队的集结号，碧色寨成为运输伤病员和物资的重要通道，记录了一代青春的铁血风采。如今，碧色寨除了每天有三四趟货车通过外，"养在深闺人不识"的秀丽容颜，正在被南来北往的游人所揭开。

（云南旅行日记 5，2019 年 1 月 28 日至 29 日游览，3 月 8 日写于盐城新洋港）

资料来源：①携程旅行网；②百度百科。

浮光掠影"普者黑"

　　"普者黑"是彝语，意为盛满鱼虾的池塘。普者黑风景名胜区是发育典型的岩溶地貌，区内孤峰、溶洞、湖泊、河流密布，被誉为世间罕见、中国独一无二的喀斯特山水田园风光。自《爸爸去哪儿》开播后火了一段时间慢慢沉寂，《三生三世十里桃花》又让这里逐渐升温。最初我对普者黑的兴趣并非源于景区，而是它的名字。八日七晚的摄影之旅，留给普者黑的时间不到一天。景区不收门票，游客只能在保安人员下班之后、上班之前进入景区参观。

　　普者黑景点多、范围广、容量大、环境质量好，高原湖泊幽静秀丽，孤峰苍翠叠嶂，溶洞鬼斧神工，峡谷险恶，瀑布壮观，自然景色与人文景观相映生辉。到普者黑，一是看洞，二是游湖。由于行程所限，我们既没有心情进洞，也没有时间泛舟。2月1日下午抵达普者黑，入住普者阳光酒店后，我们情不自禁地走进景区，沿着湖岸，过小桥、走小路，漫步于山间、田野、池塘、屋舍，不时地举起相机，承包一片蓝天白云。

　　普者黑是国家重点风景名胜区，区内有300余座孤峰，耸立在湖泊之中，坐落于平坝之上，峰如塔，陡如削，绝壁千仞，端庄俊秀，气势不凡，雄奇壮观。一座座散落的孤峰间，40里水路、万亩野生荷

耸立在湖岸的孤峰

花、一望无际的桃园和世界最大的岩溶湿地绵延环绕，放眼望去，山峦青翠，远山如黛，湖光泛色，碧水连天，山林野趣，群鸟调嗽，宛如人间仙境。游客们摆出各种Pose，不停地拨弄着相机和手机，贪婪一番湖光山色后，依依惜别。

执着于日落的摄影师们，还在寒冷中守候。红日西沉，四周暮色渐浓，群峰开始笼罩在落日余晖之中。夕阳渐渐收敛了光芒，变得温和起来，如灯笼一般，悬在山与天的边缘。太阳烧红了半边天，映红了一湖水，染红了整片山，把西边

晨曦中的普者黑村

深蓝色的天空映照得格外美丽，把微波荡漾的水面映射得浮光跃金，把清晰可辨的湖中小岛照耀得朦胧梦幻。在夕阳温馨的光辉里，收起一天的疲惫，来到普者黑村一个农家小馆，点了两个风味小炒，一杯自酿白酒，美美地犒劳自己。

2日早上5点起来进行快走运动，却因酒店大门锁闭而未能如愿。6点集合去青龙山拍日出时，大地微茫。我们走出门外，一阵清风扑面而来。普者黑的星空仿佛挂上了一幅纱帘，妖娆而美丽。在一望无垠的夜空中，满天星斗像一粒粒珍珠，似一把把碎金，撒落在碧玉盘上，月亮像一位害羞的姑娘，用云雾遮挡住美丽的脸庞，幽蓝的天空下，那山、那树、那亭、那屋都凝聚成黑色的轮廓。此刻，宁静、安详，除了沙沙作响的树叶和狗叫鸡鸣。

青龙山不过三四百米高，峰险崖峭，灌木丛生，古树繁多，是普

者黑看日出的最佳位置。九个人的团队只有深圳唐先生、上海陆先生和我三个人去，小崔亮着手电陪伴我们。沿着弯弯曲曲的石梯小道拾级而上，可能是负重又走得急，到了半山腰时，陆先生气喘吁吁，无心再爬。小崔拿出包里已经喝过的矿泉水交给陆先生，安慰他先休息一下，等送我们到山顶后再来接他。尽管陆先生执意不再上山，小崔还是把我们领到目的地，等我们安顿好后，又去帮助陆先生背器材，陪同陆先生到山巅。

峰险崖峭的青龙山

因为心中有期待，山上虽寒犹暖。由于最佳的位置没有观景台，唐先生和陆先生只能在两块尖尖的石头上安置三脚架，我一如既往地背着沉沉的行囊，和他们聊天，陪公子念书。苦苦地等待一个多小时后，天空突然黑了下来，一点点从暗蓝变成了浅浅的群青、淡淡的钻蓝，一会儿，东面的山峰上露出了橘红色，太阳慢慢地升起来，群山、绿树、村庄、池塘，凡被太阳注视的地方，都被染成了红色。唐先生和陆先生不停地按动着快门，创造他们的大片，我也忙碌着记录一些

瞬间。

　　小崔引领的地方真不错，直到我们拍完日出，才有一个在上海工作的小姑娘闯入我们的领地。她们姐妹二人自由行，昨天下午来过这里拍日落，今天又来看日出。大家交流一番行游攻略之后，我们才静下心来，观赏普者黑日出盛景。居高临下，远处孤峰林立，薄雾缭绕，山下湖光潋滟，炊烟袅袅，山连山，水绕水，山水环抱，山得水而活，水得山而媚，湖光山色浑然一体。如遇夏秋季节，千亩荷花洒在水面，叶翠花红，亭亭玉立，荡舟其间，清香扑鼻，一定令人陶醉。

　　9点多，我们回到酒店时，其他团友已经去登青龙山。早餐后，我一个人沿湖而行，走田埂，逛码头，健步于普者黑村；11点半，冲完凉，吃好饭，恋恋不舍返回昆明，结束八日七晚的行程。

　　（云南旅行日记6，2019年2月1日至2日游览，3月6日写于盐城新洋港）

　　资料来源：①携程旅行网；②百度百科。

世外桃源"坝美"

    "坝美"是壮语，意思是森林中的洞口。坝美村位于文山州广南县北部八达乡和阿科乡交界处，四面环山，因其独特的喀斯特地形地貌，进出寨子主要靠村前村后两个天然的石灰熔岩水洞，村民们要摸着岩壁蹚水、撑竹筏、划独木舟、坐小船，经过几千米长的幽暗的水洞才能进出。由于地处偏僻，交通不便，很难与外界交往，长时期与外世隔绝，处于封闭半闭状态，被称为"世外桃源"。

    2月1日上午，八日七晚摄影之旅来到坝美，在颠簸的马车上开启，于悠悠的小船中结束，前后不过两三个小时。门票包括桃源洞、猴爬岩、桃花谷、汤那洞四个景点和三段船票、二段马车。其中，第一、四段是马车，第二、三、五段是船，全程不走回头路。马车是各家各户的，每天按户轮值，一辆车可坐4~5个人，收入当天平均分配。那一匹匹马儿膘肥体壮，油光水滑，而赶车的大多是村里的老者。我们乘的是一位女人赶的车，她侃侃而谈，在深圳打工刚刚回来过年，替换家公家婆出车。

    桃源洞和汤那洞就是进出坝美村的两个溶洞，桃源洞是入口，汤那洞是出口。第一段马车以后，来到的就是桃源洞。我们包括领队共10人，分坐两只铁皮小船。桃源洞长800多米，洞里没有灯光，全靠

桃源洞

船家头灯指引。在篙竿的推力下，小船晃晃悠悠地行进在黑黝黝的水洞之中，"风瑟瑟以鸣松，水泠泠而响谷"。与桃源洞不同的是，汤那洞被灯光映照得五彩斑斓，奇形异石与水中的倒影交相辉映。

坝美四周都是喀斯特陡峭山峦，有王子山、墨斗山、将军岩、猴爬岩等，将坝美严严实实地围住。其中猴爬岩陡然壁立一两百米，因只有猴子才能攀缘而得名。坝美最美的还是桃花谷，走出桃源洞，映入眼帘的是一个小平原，有山峦、河谷、溪流、翠竹、田园、壮屋、水车、人家，驮娘江四季蜿蜒流淌，河水清冽透亮，河岸两边有几棵水杨柳，柔软的柳枝随风飘动，有三几枝长的垂到水面上，画着粼粼波纹，整个村落只有鸡犬相闻，没有车水马龙。

油菜花已经盛开，山边、田野到处花动随影，好像是对镜梳妆的黄花少女。姿容自然、朴素，虽然比不上桃红柳绿那么妖冶，却柔中可亲，美中可近，在绿油油叶片的衬托下，它那小巧玲珑的金色花瓣，令人陶醉。我们进村寨，访习俗，沿着小溪溯流而上，女士们则纷纷走进油菜地，消耗了她们大部分的游览时光。

村寨古老而优美，高大的榕树枝繁叶茂，巨型的树根相互缠绕着裸露在地面上，日出而作、日落而息的村民们，在古榕树下吹风纳凉、谈天说地；一层层依山而建的吊脚楼里居住着百多户

依山而建的吊脚楼

壮族人家，楼上住人，楼下养牲畜、堆杂物，当地人称"麻栏楼"，他们世世代代以农耕为生，生产生活方式、风俗习惯、信仰崇拜都保留古老的传统。随处可见转动的水车、石磨、木碓、木犁耙，它们古朴粗拙，凝聚了历史，传递着壮族的文化信息。

云雾缭绕的山，绿意满春的水，竞相争艳的花，坝美用她独特的风光，勾勒出一幅人人向往的桃源梦境，酷似晋代文学家陶渊明所描述的桃花源，才被称为"最后的世外桃源"。有些让人失望的是，正如坝美的质朴一样，她的旅游管理和服务也处于原始的状态。民宿、餐厅布满村寨，特产、小吃沿路叫卖，停车场收费随心所欲，少则四五十元多则上百元，船家有时随意加价，甚至不惜让游客滞留村里，都与世外桃源相去甚远。

进入村寨需要坐船，出得村寨也要坐船，船是坝美的交通工具。铁驳小船没有帆、舵和汽笛，不像江南乌篷船那么典雅，也不像独木舟那样古朴，但它也是独一无二的风景，或行或泊，行则轻快，泊则闲雅；或独或群，独如一片树叶，群则浩浩荡荡，船家和游客只有同舟共济，才能驶向梦想的彼岸。离开坝美的时候，萦绕我心的是"最后"两个字，我们有无能力平衡自然景观与脱贫致富的关系，让"最后"成为最后呢？

（云南旅行日记7，2019年2月1日游览，3月10日写于盐城新样港）

资料来源：①携程旅行网；②百度百科。

宾客如云游石林

2月6日，大年初二五更，大部分昆明人还在酣梦中，我已起床并用早餐，坐滴滴快车去"万达双塔一日游"集合地点。偌大的停车场停满了各种旅游巴士，游客到此集聚。由于时间尚早，背着行囊在周边快走五六千米后，散拼的40多人旅行团才发车，驶向昆明南80多千米外的石林彝族自治县。

石林是阿诗玛的故乡，以石多似林而闻名，属于世界自然遗产、国家5A级旅游景区，面积350平方千米，景奇物丰，风情浓郁，二三十年前去过，已经没有多少记忆了。这次在昆明过年，时间宽裕，因而有了故地重游。

身着彝族盛装的人员载歌载舞隆重迎宾

9点多到达景区时，广场上人很多，大家走来走去，川流不息。身着彝族盛装的工作人员，锣鼓喧天，载歌载舞，以特有的方式隆重迎宾，增添了许多节日的气氛；游人在广场上准备、拍照、围观、寻人和等候；导游买好门票在广场上派发，举着旗帜集合游客、宣布注意事项，然后摩肩接踵地涌向检票口。人声鼎沸，锣鼓声、喧哗声此起彼伏，不绝于耳。尽管游人如鲫，导游还是让我们自费集中购买了电瓶车票，少了些许徒步，多了往返乘车排队的时间。

下了电瓶车，首先映入眼帘的是石林湖。绿水绕青山，青山映绿水，翡翠般的湖水中，一座连绵起伏的青黛色的石山肃穆着，水中映石，峰随波动，诗一般婉约。有几柱石峰宛如刚刚出浴的少女，被命名为"出水观音"，静默地注视着来往游人。导游介绍，这里原来是一块洼地水池，1955 年 4 月，周恩来总理参加万隆会议回国，途经昆明时专程考察了石林公园。后来，人们根据总理的建议，把原来这块溶蚀洼地改造成了今天的石林湖。

石林人满为患，随着人流，来到大石林景区。这里峰峦叠嶂，青翠四合，举目望去，林林总总的石峰高低错落，有的壁立千仞，剑一般刺向辽芒的天空，倔强中透着凛然之气；有的墨色陡立的岩石中间，一道金黄色的岩石像一屏静止的瀑布一直悬垂到地面；有的身躯庞大，脖颈绳细，头上顶着一块硕大无比的巨石，那顽石仿佛一不小心就要扑跌下来，让人看了心惊胆战，不禁倒吸一口凉气；有的干脆什么也不像，只是以奇倔的方式向大自然袒露着自己坚实的胸膛。

走过大鹏展翅，来到一处宽阔的石林广场，这里最为著名的就是历代文人墨客留下的石刻，如拔地擎天、天造奇观、群岩涌翠、头角峥嵘、云石争辉、异境天开、天下第一奇观等。朱德委员长在 1962 年书写的摩崖题刻"群峰壁立，千峰叠翠"八个遒劲的大字，鲜艳夺目，熠熠生辉。远远看去，"石林"两个鲜红的隶书大字最为醒目。这是民国时期云南省主席龙云在 1931 年视察石林时所题，而"龙云题"三个字则是龙云的儿子龙绳文于 1985 年 9 月来到石林亲笔书写后所刻。

仪态优雅阿诗玛

我们沐浴冬日里阳光的温暖，穿过舒软如毯的草坪，来到了疏朗、清雅的小石林。如果说大石林是壮美阿黑哥，那小石林就是秀美阿诗玛了。奇峰怪石间，偶有几块茵茵草地，桃、李、梅、茶等树木点缀其间。宽厚敦实的石壁像屏风一样，将小石林分割成若干园林。在一个圆形水池边上，阿诗玛已化成一座身材颀长、微微仰首的山峰。她身着彝族服装，头戴包头，背着背篓，仪态优雅，深情地眺望着远方，期盼着阿黑哥的归来。一对对情侣在此合影，见证他们忠贞不渝的爱情。

在小石林里有一块竖立的石头，巨大如船帆，游人每每经过时，都要虔诚地用手触摸一番，取意"一帆风顺"。我们团队中有一对年轻的夫妇，举起孩子准备去触摸时，一不小心，小朋友的头被石头碰破了，鲜血直流，被迫中断旅行，前往医院。导游首先安排车辆送他们去医院，并在现场结束、散团后，把他们遗留在车上的物品送达他们下榻的酒店。孩子既吃了苦头，也给整个行程留下些许遗憾。看来，一帆风顺也需要调整心态，平抑心情，审时度势，才能达成。

（云南旅行日记8，2019年2月6日游览，3月12日写于南京）

资料来源：①携程旅行网；②石林景区官网。

如影随行九乡

　　九乡位于宜良县九乡彝族回族自治乡境内，南距石林 22 千米，与石林景区共同形成"地上看石林，地下游九乡"的喀斯特立体景观。6 日上午游完石林，2 点半来到宜良的一个田园餐厅，品尝完皮脆、肉香、骨酥的宜良烤鸭，4 点才来到九乡景区。广场上矗立着两块石碑，相距不远，一块是醒目的"云南九乡国家地质公园"，另一块画龙点睛地刻着"不游九乡枉来云南"字样。行游九乡只有一个方向，由于人多路窄，2 个多小时的行程几乎都是跟在游人后面，是真正的如影随形。

　　检票后进入景区，通常先要乘坐落差 53 米观光电梯到谷底的荫翠峡。人满为患，没有时间等待，我们只好沿着陡峭的阶梯，徒步而下。荫翠峡平波清韵，全长 1 千米，最大水深十几米，电梯出口有一个小码头，游人接踵而至，络绎不绝，我们排了约半个小时的队，乘船游览的时间不到十分钟。小船在峡谷中穿行，两岸峡壁林立，古崖苍苍，青树翠蔓，浓荫摇曳，景色清幽迷人。

　　走下游船，沿着栈道，来到惊魂峡。这是目前国内所发现的最为壮观的洞内峡谷，它的形成是由河床不断下切而劈出，两岸刀劈斧削一般，峡底到洞顶将近百米，峡中最窄处只有三四米宽，犹如地缝，狭窄，昏暗，游人穿过无不惊心动魄。当年开辟游路，人攀洞壁而入，

稍有不慎，便会掉进深渊，酿成悲剧，工人们要用绳索吊在腰间才能工作，那情境惊险异常，令人魂飞心惧。为了纪念这段开辟的艰险经历，取名惊魂峡。

雄狮大厅

穿过峡谷，来到雄狮大厅。整个大厅是一个穹顶倾斜的椭圆形地下厅堂，洞口北侧，有一堆怪石，盘曲扭折，棱角分明，像头雄狮。整个大厅完全由两片硕大无比的巨石合成，一片坦荡如砥，稳如磐石，成为大厅之地，一片穹庐如盖，天衣无缝，成了大厅之顶，顶与地若即若离，没有任何支撑，共同构成总面积达 15000 平方米的大厅，堪称奇迹。电影《神话》男女主角在陵墓里飞来飞去的场景，就拍摄于雄狮大厅。

穿过雄狮厅，沿石阶而上，就是神女宫。洞内密布的钟乳石奇形怪状，千姿百态，在五彩灯光的映衬下，缥缈迷离。有的宛如腾空跃起的蛟龙，龙头向北，龙尾向南，龙爪就像锋利的铁钩，仿佛直扑云天；有的变成了孙悟空，左手拿着金箍棒，右手放在眉梢，四处张望着像是在准备除魔降妖；有的变成了猪八戒背媳妇；还有的像美丽的仙女，彩带飘拂，翩翩起舞，你可以脑洞大开，充分发挥自己的想象力。

走过暗河上的叠虹桥，进到卧龙洞，麦田河在扑向卧龙洞时，被河中巨石从中劈开，一分为二，泻入壑底，形成气势恢宏的雌雄双瀑。瀑高 30 米，水流分别由一高一低的岩洞中奔来，犹从天际倾泻而下，雷霆万钧，却又置身于百余米的地下，是九乡的标志性景观。雌雄双瀑是九乡母亲河在天与地、白与黑之间写出的一个"人"字，它展示了九乡山水伟岸壮美的辉煌人格，因而不仅是九乡的绝景，同时也是无可代替的"九乡魂"。

从雌雄双瀑继续往前，越走越幽深宁静，几座小山簇拥着重叠在一起，山上那一层层梯田状的钟乳凝石就是举世闻名的神田了。体量宽大，气度宏观，田田毗连，满布山丘。其中最大的一方，面积有百平方米，深度达三四米，这是世界上已开发溶洞中最大最壮观的神田景观。神田田陇之中那一枚巨型圆锥状的凝石，就像金黄色的粮堆。其实，这是洞顶塌落下来的一块巨石，经若干万年的地质演化，钟乳石浆披满石身而成。神田之下有一水池，池内有一只天然石耳而名天

雌雄双瀑

耳潭。天耳潭上方的凝石堆聚名如恐龙，似大象，造型硕大，很有大家风范，卧龙洞因此得名。

游完神田、彝家寨和风吹石湾的地下倒石林蝙蝠洞，再爬 300 多级台阶，回到地面时已近 6 点。从出口到入口，有一条索道如飞虹，跨度近 1000 米，横跨于青山翠岭之间。站台上密密麻麻地挤满了人，远远望去，黑压压的一片。为了避开人流，我们持索道票乘坐公交车，这是景区临时调集的交通工具。马蹄河和明月河在耿家营乡羊桥村交汇成一条河后向南奔流而去，形成平坦、开阔而美丽的马蹄湾。汽车蜿蜒于群山之中，明月湖和马蹄湾的美景尽收眼底。

（云南旅行日记 9，2019 年 2 月 6 日游览，3 月 14 日写于南京）

资料来源：①九乡景区官网；②携程旅行网。

贵行黔西南

　　贵州高原是迷人的天然公园，自然风光神奇秀美，山水景色千姿百态，溶洞景观绚丽多彩，山、水、洞、林、石交相辉映。记忆中去过贵州很多次，常规和非常规的线路走了不少，如气势磅礴的黄果树瀑布、震撼人心的西江苗寨、悠然自得的镇远古镇、心驰神往的梵净山等，对于"养在深闺"的原始秘境和隐于世外的幽静，却因小众或交通不便而较少踏足。旧年，从微信上获悉一个朋友在贵阳发展，承诺有机会去看看，因而有了2月15～22日的贵州之行。

　　15日，珠海和贵阳的天气都是阴天。早上6点钟起床，沿着前山河快走运动10千米，回家洗漱、冲凉、早餐，慢悠悠地收拾行李，关好门窗，12点多出发，龙腾出行的专车送我去金湾机场。随着社会进步，耳顺之年说老不老，许多人雄心勃勃，为社会和家庭奉献余热。我等未老先衰，不求安身立命，但求得过且过，富有的是时间。在候机厅里，我已习惯了用茶水、书报和行色匆匆的脚步陪伴自己。

　　飞机还比较准时，下午3点多的航班5点飞抵贵阳，旅行社派了一台大众小车到机场接我。由于提前一天到达集合地，情有独钟地在送变电小区里订了一家新开不久的酒店。放下行李，在蒙蒙细雨中找寻黔西南六晚五日游下榻的酒店。对接好行程后，在一个小食店里，

点了一碗牛肉面，继而丈量酒店附近的农贸市场，买了几个西红柿，回酒店冲凉看电视。

16日凌晨5点多快走运动时，细雨霏霏，气温只有零度左右，阴冷难耐，冻得双手通红，思维僵硬，完全出乎自己对贵阳天气的意料。7点多，陈女士从几十里外的大学城到酒店来接我去考察。说实话，原先的一点热情被寒冷剥落得所剩无几。还没有到上班的时间，陈女士特地租了车子来；学生还没有返校，大学城里冷冷清清，许多餐饮闭门谢客，吃早餐几乎都成了问题。在这样的环境中置业度假，不能不让人头痛。

陈女士以她几十年做酒店的谦卑和热情，陪同我考察项目，引荐我认识她的老板，福建裔澳门人，贵州省政协常委，积极为我争取优惠价格。酒店式公寓即将开业，单间面积不大，总价不高，现场收到太太的电话，恰逢她的生日，如果她不反对，就认购一间，权当生日礼物。下午跟随王导游完甲秀楼、王伯群故居、老东门遗址、文昌阁、电台街、大觉精舍和中共贵州省工委遗址等景点，回到贵龙酒店时，陈女士和她的同事已经在酒店等候。令人失望的是，信用卡根本刷不了房款，认购只能搁置。

黔西南七日六晚游全团只有4位游客，另外3人分别是来自北京的一对中年夫妇和台州的一位女士，加上王导和司机张师傅，一台别克商务车6个人。张师傅人高马大，祖籍山东，父辈支援三线建设时落户贵州。他为人耿直，工作认真，车技娴熟，对贵州的旅游景点如数家珍，坐他的车安全舒适，不用担心。从珠海出发前，收到旅行社要补交房差的电话，入住贵阳酒店时，幸运的是我一个人住，且不用补房差。好景不长，第二天开始与司机共处一室。尽管张师傅事先有预警，我一向落枕就睡，不以为然。出乎意料的是他在鼾声如雷中睡得很香，自己只有羡慕他的份。有一次无意中聊起来，隔墙而居的团

友说，鼾声穿透墙壁，让她们无法入眠，引得大家开怀大笑。

王导是一位地道的贵州人，喜欢带小团，灵活自由，相处容易，每次出团就像跟朋友旅行一样。16 日是她的生日，本不想接团，就因为只有 4 个人的小团，她才欣然受命。王导带团也是我们的荣幸，还没有见到人面时，电话中就左一声叔叔右一声阿姨的，让人亲切得如同回家一般。整个行程有计划，却又灵活有加。游览石金洞时要等足一批人，配备免费讲解员，才能成行。王导领着我们绕过管理人员，说服检票员，亲自给我们讲解，既节约了等候的时间，又避开了集中的人群。游览石金大峡谷，我们逆常规而动，先坐电梯直落谷底，那种震撼远远超过常规路线。

贵州对对口扶贫的省市游客实行免门票优惠，我们这个团很巧合，四个人都不用买门票，只要刷身份证就可以进入景区，即便是坐景区交通车，王导用我们的身份证到售票处办理一下，就可以刷证上车，省却了许多麻烦。有两个景区，进出峡谷至少要坐一次观光梯，我们几个人一起徒步，王导就领着我们一步一台阶，毫无怨言。一般的团除了团费，都会或多或少地加收一些费用，我们的团不仅没有额外的收费，离团前每人还获得几百元门票和观光梯的退费。

6 个人的旅行团，一路上相互照顾，你帮我拍照，我为你探路，就像一家人和睦友爱。旅行团除了早餐，不提供中晚餐。有团友提出 AA 制团餐，我要控制血糖，吃的比较多，没有表态。开始他们 3 个人一起吃饭，渐渐地变成了 6 个人的围桌，有团友买了水果、特产，一定会拿出来，分享给大家。贵阳行程中有品尝两个地道贵州美食安排，就在我们美美地体验了雷家豆腐圆子，垂涎欲滴地赶到但家香酥鸭店，停电而无法出品时，王导一脸陌生的歉意。后来，我抓拍你，你偷拍我，就像心照神交的朋友。

栾姐夫妇是辽宁人，国企下岗后进京打工，工厂搬迁香河，23 日开工，才有时间出来旅行。他们为人真诚，待人热情，视企业为己家。四个团友中栾姐的电话最多，都是应聘工作的人打进来的。每一个电话，不论男女，不管什么问题，她都认真接听，一次又一次地向应聘者介绍工厂情况、岗位要求和福利待遇，不厌其烦地回答大家的问题。她恪尽职守，我们误以为是他们自己的企业。当我获悉先生还是第一次坐飞机旅行时，对他们能够表达的唯有敬意。"云南烟，四川酒，贵州有烟又有酒。"我们随遇而安，来到一家鸳鸯火锅店，每人一瓶2两习酒，"对酒已成千里客"。

贵州以贵山得名，在很多人印象里，它是一个多民族的高原地区，比较贫穷。张师傅说，其实不然，等你游完贵州，结合汉字"贵"，慢慢体会，就会有一个关于贵州的真实印记。贵字从中，从一，从贝。中意中坚，一指大地，中与一联合起来表示各地的中坚；贝指战略价值，中、一和贝联合起来表示全国具有战略价值的地方节点。贵字的引申义很多，例如人的心灵境界高尚而值得尊敬叫尊贵；用于描述物高雅不俗的谓珍贵；人物、思想、地位等方面的出众品质，达到高度道德水平的是高贵等。

原来如此。贵州人不以穷居，而以贵傲。贵州共有9个地州市，六晚五日黔西南行足涉5个，无论省会贵阳，还是相对落后的毕节，无论经济发达的城市，还是相对闭塞的乡村，所到之处，物价并不低廉，消费水平更是不低。在毕节官寨村农家饭店吃饭时，每个炒菜最低的价格都是三四十元，与老板闲聊时得知，他们虽是农民，大多数蔬菜都要购买，三口之家每月的生活费也要两三千元。同室的张师傅行车时喝红茶，下榻酒店以后喝绿茶，不仅茶叶的价格不菲，还是茶协会会员。应他之邀，品尝了他带的绿茶，质量当属上乘。

贵州的美，不同于江南的秀丽玲珑、塞北的豪气冲天、青藏的舒

展圣洁，所到之处，从织金洞、织金大峡谷到万峰林，从陡坡塘、天生桥、黄果树瀑布到云峰屯堡，无不让你激动得流连忘返；贵州的人，不同于北京的贵族、上海的雅致、广东的随性，所识之人，从导游、司机到市井人家，从坐车、问路到街上行人，真诚礼貌而少了些许距离，"麻将在手，小吃在口，三天两头，狐朋狗友"，是一部分贵州人的幸福指数。景之贵，人之贵，耳濡目染，在羡慕这种夜郎自大的生活状态的同时，我们六日五晚的黔西南之行仿佛也高贵了许多。

黄果树瀑布

云峰屯堡街巷

（黔西南行日记1，2019年2月16日至21日游览，3月21日写于珠海）

织金洞外无洞天

17 日凌晨 5 点多起床，沿着瑞金南路和新华路，到贵阳母亲河南明河边快走运动 8 千米，提振精神，填饱肚皮，七日六晚的黔西南之行，在细雨中再出发。从贵阳到织金洞景区 100 多千米，8 点从贵龙酒店始发，近 2 个小时车程，10 点前到达景区。售票大厅里已经有不少游客在等候，离批量放行的人数还要二三十分钟。我们避开管理人员，走过一段林间小道，来到入口处，说服检票员，自行入洞游览。

验票以后，穿行于蜿蜒的山石间，山壁上有好多石刻，如"第一洞天""洞天奇观""洞中王"，赞誉之词溢于言表。时任副总理谷牧的题刻"此景闻说天上有，人间哪得几回游"，字不生辉，却引人注目；启功先生题写的"织金洞"三个字置于洞口上方。洞口外很狭窄，像个天井，退无可退。洞口是花园式的迎宾厅，绿植花草点缀着双狮、玉蟾、飞来石等石景，迎接南来北往的游人。在圆形洞口的侧上方，还有一个月亮形的洞口，天光从这两个洞口穿过交织的树叶缓缓洒入洞中，形成"日月同辉"。

沿着长长的台阶往里走，映入眼帘的是造型奇特、层出不穷的石钟乳、石笋、石蔓、石瀑布等岩溶景观。洞道纵横交错，石峰四布，流水、间歇水塘、地下湖泊错置其间，犹如置身童话世界一般。再往

里走，琳琅满目的钟乳石，高大的如石蔓、石柱，从天垂落而下，娇小的如嫩竹笋，千姿百态。五颜六色的灯光若隐若现，把这些形态各异的钟乳石，映衬得柔美而梦幻。笋柱隐蕴着无声的流年，钟乳诉说着沧桑巨变，屏幔记录着上古洪荒的年岁，真正的天上皇宫，人间仙境。

洞内空间开阔，地形起伏跌宕，岩溶堆积物达几十种，囊括了世界溶洞所有的形态类别。全洞已探明13.5千米，这么大的跨度弥坚而不坍塌，反映了自然界神奇的力量。已经开放的洞长6.6千米，有100多处景物、景观，两壁最宽处173米，垂直高度多在50～60米，最高为150米。雄伟壮观的地下塔林、虚无缥缈的铁山云雾、一望无涯的寂静群山、磅礴而下的百尺垂帘、深奥无穷的广寒宫、神秘莫测的灵霄殿、豪迈挺拔的银雨树、纤细玲珑的卷曲石、栩栩如生的普贤骑象、婆媳情深，一幅幅大画卷，一处处小场景，令人震撼，叹为观止。

织金洞的标志霸王盔

霸王盔是织金洞的标志，印于景区门票之上，它是目前世界上唯一发现的形态最逼真的盔状石笋，由下部的帽石笋和上部的细长杆状石笋组成，高14米，珠玑点缀，银光闪烁，似古代楚霸王的头盔。高17米的银雨树，是一种十分罕见的开花状透明结晶体，犹如象牙雕刻的玲珑塔，冲天而立，披金洒银，著名地质学家孙大光先生把它称为"地球之宝""无价之宝"。有一种生长在钟乳石上的灌丛状卷曲石，有的像树枝，有的像梅花，有的像鹿角，其中心是空心管道，里面密封储水，管壁很薄，通体透明，它不受地心吸引力的束缚，自动回避障碍物的阻拦，自由地向空间卷曲发展。这种卷曲石极为罕见，被视为熔岩中的珍品。

　　织金洞是一个多格局、多层次、多类型的高位旱洞，洞内岩溶生长独特，景物规模宏大，雄伟壮观，精妙绝伦。在开放的厅堂中，寿星宫是第三层洞内一个空旷神奇的洞穴厅堂，高宽均在90多米，又称"九九宫"。宫内洞顶空阔，高大的石笋屹立洞底，细小的石笋零星分布在乱石之上，其中有三座粗壮的石笋，高20米，形如福、禄、寿三星，特别是中间的老寿星长须下垂，手杵拐杖，神形兼备，神志逼真。许多游人流连忘返，在这里留下祈愿和倩影。

寿星宫

　　织金洞是单向行游路线，入洞时还寒气袭人，一大半行程下来，冷热气交汇，相机的镜头已经被哈气得无法拍照了。洞内高低交替，出洞前要沿台阶拾级而上，攀爬很高的南天门，一点不比登上轻松。值得称道的是，在最艰难的地段设置了椅子，可供老弱和有需要的人歇息；台阶边的围栏上刻有百家姓，你可以一边攀爬，一边寻找自己的姓氏，在愉悦中转移疲劳的注意力。

　　走出织金洞，回望洞口时，突出的印象是小而内敛。难怪地质形

成 50 万年，直到 20 世纪七八十年代才被发现。织金洞原名打鸡洞，据说当地村民在山坡上斗鸡时，一只鸡不小心掉进了洞里，村民进去找鸡，结果发现了这个洞中洞，取名"打鸡洞"。开发之后，觉得这个名字不雅，便以织金县的名字命名，从此改称织金洞。如今，织金洞已经是国家地质公园、国家自然遗产、国家 4A 级旅游景区、世界地质公园，还被评为"中国最美六大旅游洞穴"之首，"中国最美的旅游胜地——中国十大奇洞"之首。午餐时，咀嚼着苗、彝族的美味，回味着中国作家协会副会长冯牧的诗句"黄山归来不看岳，织金洞外无洞天。琅嬛胜地瑶池境，始信天宫在人间"。恰如其分，当属绝唱。

（黔西南行日记 2，2019 年 2 月 17 日游览，3 月 22 日写于珠海）

资料来源：①织金洞景区官网；②携程旅行网。

风云变幻乌蒙大草原

贵州大部分地区气候温和，冬无严寒，夏无酷暑，四季分明。游完织金洞和织金大峡谷，17日下午3点多从织金向六盘水进发，前后几个小时里，我们经历了阴雨、冰雹、飞雪和晴朗四种天气。走出织金大峡谷，在游客服务中心等车时，天色越来越暗，乌云像赶集似的一个劲儿地压向低空。雨悄悄地来了，冰雹也跟着凑热闹。突然砸落下来的小冰雹，晶莹剔透，许多人毫无准备，惊讶地尖叫起来。

汽车驰骋在厦蓉高速上，一路群山环绕，重峦叠嶂，树木繁茂，青山滴翠。透过车窗，欣赏飞驰而过的风景，成了长途跋涉的最大乐趣。不一会，窗外飘起了雪，从小到大，由疏而密，最后竟成了鹅毛大雪。大片大片的雪花，从昏暗的天空中纷纷扬扬地飘落下来。霎时间，草地、树木、山川，全都笼罩在白蒙蒙的大雪之中。车内一片沸腾，大家落下车窗，用手机记录这寥若晨星的时刻。道路上积雪越来越多，张师傅收到公司电话，车速被控制在60千米以下，160千米的路程，足足开了2个多小时。

下午6点左右到达六盘水时，拨云见日。立于雨田酒店19层大厅，俯瞰开阔的人民广场和鳞次栉比的建筑，心情无比惬意。当暖暖的阳光照在身上时，处处都是微笑的芬芳，那灿烂的微笑绽放在每个

人的心上，整个世界都是鲜花的芳香。揣着这份美好，来到齐心街一家餐厅，正在用餐的张师傅，热情地帮我点了辣子鸡和杀猪菜，我又要了一小杯酿酒，大快朵颐，除了辣椒，所剩无几。

18 日凌晨 5 点多起床，借着路灯，一路向东，丈量钟山大道，并顺便到水城古镇和凤池园逛了一圈。8 点半准时发车，杭瑞高速和威板高速一路烟笼雾锁，接近红梁子隧道时，能见度不足 50 米。天气不好，又很少见到车辆，张师傅断言"进草原去了也白去"。失落、不甘、祈愿、期盼，各种心情交织在一起，有些意乱心烦。扑朔迷离之时，汽车从雨格出口驶出高速，进入 108 乡道，颠簸了七八千米后，爬上最后一个山头时，奇迹出现了，云开雾散，明媚的阳光洒满了高原草地。

贵州海拔最高的乌蒙大草原

乌蒙大草原位于盘州市乌蒙镇与坪地乡两个彝族乡镇境内，海拔 2000～2857 米，是贵州面积最大、海拔最高的天然草场，国家 4A 级旅游景区。高原上的风，瑟瑟地吹着，虽说没有北方那样刺骨寒冷，但还是让人有些不寒而栗。2 月的高原，新草还没有出芽，漫过山坡、涌向山边、漫山遍野、争奇斗妍怒放的杜鹃花，更是意念中的情景。延绵起伏的草地，平缓低矮的山丘，在朗朗的阳光下，空阔辽远，没有边际。立于山巅，看云涌苍崖，鹰翔蓝天，雾海漫漫，唯有翻江倒海之壮阔，大江东去之豪迈。

佛光是一种特殊的自然奇观，阳光将人影投射到云彩上，云中细小的冰晶与水滴形成独特的圆圈形彩虹。草原佛光是乌蒙大草原的一道风景，是许多游人慕名而至的原因。我急不可耐地沿着栈道，快速登上观佛台。天气晴好，云海已经不在，阳光衍射的现象就不可能出现。看不到佛光，又没有了碧草和杜鹃花，只有茫茫高原。置身佛光台，远处的群山之间，一台台风电机傲立山顶，直插云天，洁白的叶片在湛蓝的苍穹下，迎风而舞，就像久未谋面老友展开的双臂，欢迎远道而来的朋友；对面山头的观景亭，仿佛出落凡尘，遗世而独立。

"五岭逶迤腾细浪，乌蒙磅礴走泥丸。"乌蒙山绵延于贵州、云南两省之间，地域宽广，高大绵亘，诗人描绘的红军顽强豪迈的英雄气概，似乎就在眼前。景区在草地和绿植之间修建了观光栈道，木质栈道蜿蜒穿梭于山坡、丘地，如

蜿蜒穿梭于山坡、丘地的木质栈道

一条条美丽的哈达，从山脚轻盈地飘到山顶，草地、绿树、红栏，本色的栈道，还有白色的瀑布，正是一幅风景。栈道上一个游客也没有，行走其上，不见了往日的嘈杂、喧闹的市井，有的只是一片静谧和安宁。

悠悠然酒店与红、蓝、黄、灰色集装箱酒店

走出栈道，呈现在眼前的是一座座红、蓝、黄、灰色矩形建筑群，那是集装箱酒店。酒店的客房由40尺标准箱升级打造，有多层叠放和单层放置的户型，每间客房设计新颖，不同户型分别配有观景阳台和观景窗，草原美景可以尽收眼底。位于集装箱酒店北面的是乌蒙滑雪场，现代建筑风格的游客中心，与远山和白云遥相呼应；南面的是悠悠然酒店，依山、海而建，红色的屋顶，白色的亭子，相当耀眼；再往南，就是长海子水库，她是贵州海拔最高的高原湖泊，如同天上坠落的一块碧玉，镶嵌在高山草原上，湖面宽阔，碧波荡漾，水清见底。

2个小时在不知不觉中溜走了，留在记忆中的，除了绵延起伏的

群山，一望无垠的草场，澄澈如镜的天池，搅动云雾的风车，更有一路上的风云际遇。临别时，我们来到一户彝族人家，围于一锅，要了3斤新鲜的牛肉，量足价廉，质嫩口爽，午饭以后，回味无穷，口齿留香。

（黔西南行日记3，2019 年 2 月 18 日游览，3 月 24 日写于珠海）

资料来源：①携程旅行网；②乌蒙大草原景区官网。

画游万峰林

　　2 月的兴义，绿柳依依，芳草萋萋，百鸟和鸣，盛开的油菜花，把万峰林装扮得宛若电影一样。18 日下午，七日六晚黔西南旅行团来到万峰林，与其说观光，莫如说是在诗情画意中漫行。

　　万峰林西北高，东南低，从海拔 2000 多米至 800 米左右，向万峰湖、黄泥河扇形展开。北部峰林如同一道屏风，护佑着村寨田园；中南部一座座奇峰从锦绣田园中拔地而起，瑰奇挺秀，姿态万千，峰与峰之间若连若断，错落有致。如此浩瀚、气派、壮观、奇特的喀斯特地貌峰林大观，犹如上苍抛落的风彩玉带，把黔西南装点得分外妖娆。明代旅行家徐霞客，一生"问奇于名山大川"，到访万峰林后，赞叹"天下山峰何其多，惟有此处峰成林"。

　　东峰林山峦起伏，人烟稀至，一派原始田野景象，游人到访的主要还是西峰林。到达景区时，已是下午 3 点多。王导办好了门票和电瓶车票，引领我们从游客中心乘坐景区电瓶车，进入观峰道，沿途观赏将军峰、众星捧月、锦绣田园、八卦田、田园织锦、大顺峰、地眼、落水天坑等景观。电瓶车见点停靠，旅客下车观赏拍照后，原车前行。司机是一位当地的年轻人，人很热情，一边开车，一边介绍景点。每次停靠时，我都把双肩包放在前排座位上，请他代为看管，省时省事。

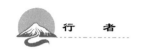

"横看成岭侧成峰，远近高低各不同。"俯瞰万峰林，山峰嵯峨，皆成柱状，如从田中破土而出的石笋。嶙峋的岩溶石，峰笋林立，比肩接踵，蔚为壮观。远眺万峰林，青灰色的秀峰似林，黄绿相间的田野成片，荫翳蔽日的古榕如盖，古朴飘逸的村寨像云，一条弯弯曲曲的纳灰河，在沃野里舞动，宛如一条银线，把奇峰、田坝、村落和古树串联成一幅朴素、清丽的布依族织锦。

八卦田

在田野中，有一片天然形成的八卦田，层叠有序，平卧在纳灰寨的农田中央。八卦田是典型的蝶型漏斗，它是在地下河局部坍塌和地表水溶蚀作用下形成的。由于纳灰寨的漏斗宽而浅，农田耕地以漏斗为中心，弧形展布，一道道弯曲的田埂就变成了富有韵律的线条，在大地上一圈一圈地编织出奇妙无比的八卦图案。八卦田如神匠打造，造型神奇迷离，在绿植黄花的点缀下，熠熠生辉，成为万峰林最惹人注目的亮点。

万峰林是典型的锥状喀斯特地貌，大顺峰最具代表性。六座锥体的山峰，全部由岩石组成，"金字塔式"地一字排开，在蓝天白云的映衬下，显得挺拔、险峻，寓意"六六大顺"。不过，转个角度再看，它却变成了"五指擎天"。从观峰道上看到的大多是列阵峰林，它们宛如沙场点兵，列队出征。将军峰就是一块酷似人形的灵石，傲然挺立，独自位于队列的前方，它的左右两侧各有一座奇异的山峦为它护卫、开道。遗憾的是没有长焦，在观峰道上无法拍到，只能在电瓶车绕到它的另一面时，随拍一张，真正地南辕北辙了。

观峰道横亘于望峰山的半山腰，南北方向，主要景点分布在道路的西北方向。电瓶车沿着观峰道和纳灰村路环行一圈，下午在观峰道上拍照时逆光，穿越村庄时顺光却不能停靠。观景台不大，电瓶车络绎不绝，车子一停靠，大家摩肩接踵，争先恐后，唯恐昙花一现，只为韦陀。匆匆忙忙地拍完照，又火急火燎地赶上车，即便这样，三五个人不停地呼叫"开车了，开车了！"喊叫的不是司机，而是扛着长枪短炮的长者，颇有"皇帝不急太监急"的意味。

嬉闹之中，不知不觉时，电瓶车来到了谷底，停在了民俗展览馆前。热情的讲解员迎上前来，我们走进去一群人，只有三五个人听她的介绍。万峰林人杰地灵，是一块风水宝地，有"一寸土，一寸金，一坝走出三将军（刘显世、刘显潜、王文华）"的美誉。展厅的内容太多，时间又紧，为了追赶同车人的脚步，我们不得不走马观花，在返程之前，走进村寨和田园。

位于万峰林山脚下的纳灰村，分为上、中、下三个村，居住的主要是布依族人。在布依语中，"纳灰"是"美丽的田园"的意思。整个村寨依河而布，通过古桥将这些村落有机地联系在一起。村前屋后的田地，形态万千，平而不整，

纳灰寨

直线、斜线、弧线、曲线一应俱全。在几何学上所看到的图案，几乎都可以在眼前数以千计的田块上找到，很少有一块形状是相同的。山因田而雄，田因山而秀，水为村而生，村临水而盛，山环水绕，美不胜收。

电瓶车穿过村寨，向游客中心驶去。快到纳灰村头时，司机指着一户人家说，2005年2月11日，时任中共中央总书记胡锦涛在他们家过年，如今这户人家已经成为远近闻名的景点了。王导领着我们在村头提前下车，不是参观那户人家，而是沿着村头石路漫步。道路两旁

有一些当地人卖的小吃和特产，游人三三两两，有的徒步，有的骑车慢行，田园里绿翠花黄，纳灰河里鸭子戏水，山坡上祭奠先人的炮声此起彼伏。路在景中，景在路旁，美景和布依族元宵节日的气氛在流淌。

走出纳灰村，张师傅的车子已经在村头停车场等候我们了。事情不大，却很温暖。中途下车，弥补了行程中没有纳灰村徒步的缺憾；车子开到村头，我们省却了机动车的路程。入住品度假酒店后，点了几道特色菜，美味在口，脑海里呈现的是一幕幕奇峰似林、田坝胜锦、河水如带、村寨似云的画卷。听说万峰林的景观因朝与夕、晴与雨、明与雾的不同而不同，晴日巍峨粗犷，雨中静中有动，雾中飘逸隐约，夜间皓月连天。在旭日东升或夕阳西下时，遥望一轮红日由峰林冉冉升起或徐徐西沉，此时的峰林沐浴在万道金光下，格外光彩照人。19日凌晨6点快走运动时再次进入景区，却因时间太早，未能看到日出胜景，不能不说是一件憾事。

（黔西南行日记4，2019年2月18日游览，3月26日写于珠海）

资料来源：①携程旅行网；②万峰林景区官网。

我在峡谷等你

峡谷是谷坡陡峻、深度大于宽度的山谷，七日六晚黔西南行程中，有2次峡谷之旅，一次是织金大峡谷，另一次是马岭河峡谷。织金大峡谷位处织金县，距织金洞2千米，总长3千米，景区内有保护完好的峡谷、天窗、天坑、天生桥、暗河、绝壁等地质遗迹，其"水上水、洞上洞、桥上桥、天外天"景观，被地质学家称为"世界一流的喀斯特景观"。马岭河峡谷位居兴义市，谷长74.8千米，谷内群瀑飞流，翠竹倒挂，溶洞相连，两岸古树名木点缀其间，被誉为"地球上一道美丽的疤痕"。

17日上午穿越织金洞，我们在官寨村吃好午饭，下午来到织金大峡谷，游览从隐藏于峡谷最深处的天梯开始。随着104米的观光电梯缓缓而下，如斧劈刀削一般的织金大峡谷，由远及近，尽收眼底。通常的游览路线，从大峡谷景区入口坐观光车，下到谷底大峡谷入口，步行2千米到金谷天梯。王导领着我们逆行参观，从垂直电梯到半山腰，把本来要上坡的栈道变成了下坡，省了不少体力。

步出电梯，沿着岩边栈道，一路而下。峡谷两岸千姿百态的喀斯特地貌绵延起伏，时而山峦连亘，时而秀岩丛生，时而悬崖矗立，"V"形、箱形、地缝式、盲谷式峡谷，异彩纷呈；两壁林木葱郁，古树摇曳，绝壁之下，绮结河一路蜿蜒，潺潺而流，辽阔的原野上，群山

173

耸立两岸，高原的雄浑与平湖的空灵融为一体。置身森林浴场，呼吸清新空气，听着鸟叫蝉鸣，完全沉浸于峡谷的"奇、秀、幽、野"之中。

织金大峡谷天窗

织金大峡谷主要由三甲、勾腰岩、油菜冲、河边、大槽口等多段峡谷构成，总长近8千米，目前开发开放的主要是大、小槽口峡谷段。走到谷底，映入眼帘的是双层、双孔天生桥。高大的天生桥横跨在大峡谷两岸，形态独特，蔚为壮丽。天生桥下，古色古香的金谷寺坐落在丛林之间，依山而建，傍水而生，山水相融，红墙青瓦，静谧清幽，红色的墙面，犹如朱砂，点缀在大峡谷的眉黛之间。

位于天生桥两侧的是天坑，当地人称为大槽口和小槽口。小天坑就是织金大峡谷的天窗，因崖壁上有一笑容可掬的老人，有人称之为"织金大佛"，有人称其为"月老"，崖壁被称为"无忧崖"，天窗被称为"月老谷"，天生桥也就成了鹊桥。不少年轻人成双成对地来到织金大峡谷，过鹊桥，锁同心，坚定信念，让爱长存。

走过金谷寺，前面有一坝横于两山之间，截住绮结河谷，把湍急狭窄的河溪变成了碧波的高原平湖。上游湖光山色，几只小船慢悠悠地行于湖面；河水漫过堤坝，向下游跌宕而去，气势汹涌，咆哮如雷。继续前行，就是燕子洞，洞外奇峰独立，洞内有洞，名曰水中捞月。燕子洞是一个天然的鸟巢，春夏季节，清晨时成群结队的燕子从洞口飞出，黄昏时分一群群的燕子又从四面八方纷纷飞回，密密麻麻，蔚为壮观，形成万燕归巢大观。

与织金大峡谷相比，马岭河峡谷不仅有长达 7 千米的栈道，奉献了 19 日整整一个上午，而且以地缝嶂谷、群瀑横飞、碳酸钙壁挂形成景观特色，更利于寻幽、览胜、访古、探奇。马岭河峡谷有小青山和打柴窝两个入口，324 国道连接两个入口。栈道攀崖而行，双虹桥和海狮厅旁的索桥连通峡谷两壁，形成环线。电梯修建在小青山入口，我们从打柴窝进入，游完全程，意犹未尽，几个人不约而同地放弃观光电梯，选择徒步走出景区。

马岭河峡谷双虹桥

进入景区，拾级而下，来到峡谷观景步道。两壁峭崖对峙、青峰横陈、河谷幽深，头上是绿色的垂蔓，各种植物在峡谷崖壁上结杂成片，高高地垂下，形成崖壁上一幅天然的绿色垂幕；脚下是奔腾的马岭河水，湍急的水流拍击着两岸岩石，激荡于高山峡谷和乱石之中，发出的声响震耳欲聋；依峡谷修建的茶马古栈道，时而在崖壁边缘，时而在崖壁之下，时而又穿越崖壁而过，幽幽地通向峡谷深处。

沿着栈道往前走，出现一条瀑布，从对面的崖壁上垂挂下来。因崖壁很高，水流不大，垂落的过程经风一吹，飘散开来，若断若续，薄薄地像一块透明的柔纱，在风中飞舞。马岭河峡谷以瀑布见长，有大小瀑布几十条，7 千米多的天星画廊就有瀑 20 多条。马岭河峡谷之旅，首先欢迎我们的竟然是一条没有名气的小瀑布。

再往前走，又有一处瀑布映入眼帘，三股水流从崖顶冲下，先是

垂直而落，继而跌落在一大块凸凹不平的岩壁上，分化成几股细流，再向下冲去。一路上，不停地跌跌落落，或急或缓，有时腾空而跃，有时贴壁而下，在长满绿苔的岩壁上，宛若几条白色的银链不停地舞动。越往深处走，各式各样的瀑布，就像赶集一样，一条条垂挂在岩壁上的瀑布，仿佛一幅幅神态逼真的山水画，有的像清泉奔腾而下，有的如同飞絮缓缓飘落，有的似珠帘从天往下展开。

继续前行，震耳欲聋，不见其瀑先闻其声。流水壮如银河缺口，形似万马奔腾，气势磅礴，呼啸而下。马岭河峡谷瀑布很特别，它们都不是马岭河水形成的级差，而是支流直接从峡谷峰顶倾泻下来，落差大，震撼力强，汹涌的波涛激起巨大的浪花，四处飞溅，犹如千万朵盛开的白莲。飞瀑之下，水雾弥漫，如同人间仙境。

由于千泉归壑、溪水溶浊的作用，马岭河峡谷两壁形成的钙化石，千姿百态，有的似飞禽走兽，栩栩如生，呼之欲出；有的小巧玲珑像蘑菇，有的倒挂如舞台幔布，奇形异状，超出想象。在峡尾地段的壁挂崖，苔藓植被披绿挂紫，层层叠叠，延绵数里，宛如少女的舞裙，恰似含苞的荷莲，如同倒挂的海石花，绚丽多彩，蔚为壮观。

走出峡谷，小青山入口外面有一个奇石园，随意逛一逛。等团友们都出来后，齐聚"我在峡谷等你"小吃店，据说这里的炒饭很有特色，大家各取所需，午饭以后，我要了一杯美式咖啡，尽管味道一般，却如雪中送炭。

（黔西南行日记5，2019年2月17日至19日游览，3月30日写于广州）

资料来源：①织金大峡谷景区官网；②马岭河峡谷景区官网；③携程旅行网。

银河决口黄果树

如果没有记错的话，30 年前的夏天，我因公出差时游过黄果树，只是那时的精力不在旅游，又不喜欢照相，除了汹涌澎湃的浑水奔腾直泄犀牛潭、飞溅的水花飘落在白衬衣上留下点点黄色印迹外，已经没有多少印象。这次七日六晚黔西南之旅再次来到黄果树，虽然不是水量爆发期和最佳观瀑期，但是水质清澈，白水如棉、如珠、如帘，任凭观瀑者放飞思绪。

黄果树瀑布景区必去的有天星桥、陡坡塘和黄果树三个景点。2 月 20 日下午 2 点多抵达景区，入住白水镇索特来文艺酒店后，王导引领我们刷身份证乘坐景区观光车，首先游览天星桥，21 日上午继续游览陡坡塘和黄果树。如果加上凌晨快走运动时去陡坡塘听瀑，这次我"三进三出"黄果树瀑布景区，见证了黄果树瀑布真容，扎扎实实过了一次瀑布瘾。

天星桥位于黄果树瀑布下游五六千米处，这里石笋密集，树木茂盛，溪水在这里聚集成潭，将石林下部淹没，形成天然的山水盆景。迷宫般的水流以及被这些水流溶蚀切割形成的石林，组成了天星桥风景区特有的水上石林奇观。浅浅的水面托起无数错落的石山、石崖、石壁，枝叶扶疏，石影婆娑，灵动的水，奇特的石，摇曳的树，移步

177

贴有365块生日石的数生园

换景，美不胜收。

在石山、石崖、石壁间，贴着水面散布着365块生日石，寓意一年365天，总有一块正是你的生日，因而取名"数生园"。徜徉于石板之上，穿行在奇峰秀水之间，寻找自己和家人的生日石时，让你有一种感觉到而说不出的激动。不知不觉地错过了一道石缝，王导提醒后折返回去，刚好侧身穿过，暗自庆幸运动瘦身的成果。

走出数生园，路边有一块几米高的石头，光溜溜的石壁上长出一株胳膊粗的小树。你会情不自禁地问，它的根在哪里？贴近石壁，仔细搜寻，那树根粗者如筷，细者如丝，嵌隙觅缝，奔走东西，故名"寻根壁"。天星桥的树以榕树为多，叶大荫浓，满谷绿风。有一棵叫"民族大家庭"，树从石中钻出即分成56根树干；还有一棵并不是树，而是一株老藤，挂在一棵高树上，生命之力将它拉得笔直，数米之长，一腕之粗，就像架在空中的缆绳。

天星桥的石生硬、冰冷，却不失个性，有的如裙裾之褶，有的似秋水之纹，有的像美人蹙眉。这种强烈的反差，让人心里揉搓出一种从未有过的美感，忍不住要多看几眼。每每巨石立于水中，树根就贴着石面匍匐而下，再纵横交错，慢慢抽紧。水绕石弄影，石临水巧妆，树抱石展枝，水、石、树无拘无束地相拥相抱，这种生命的力量和美感充盈在山谷之中，让你流连忘返，荡气回肠。

天星桥景区中部有一座石桥，两座对峙的山峰相距数十米远，它们各自探出一只手臂呼唤对方，就差几米之遥时，臂长莫及，徒唤奈何，一块巨石从天而降，上大下小，正好卡在其中，把两手连接起来，形成一座云中石桥。桥上云雾缭绕，桥下流水潺潺，轻盈地走过天桥，回头仰望时，仿佛自己就是神仙的使者，刚刚从天桥上来到人间。

天星桥的水，为石而生。先是浅水如镜，因石而形，时而被穿插成千岛之湖，时而被梦幻成漓江秋色，时而错落成武夷九曲，只有碧水穿过云中天桥，山高谷深，才有了恢宏之气。谷底有一座冒水潭，深不可测，方圆数里，不见源头，水从冒水潭里流出之后，宣泄在一片石滩里，撞在各样石柱、石笋上，形成水上石林。

天星桥景区留给我们印象最深的，当属银链坠潭瀑布，其形如斗，其声如歌，其状如链。潭沿面隆起的石包，像一张张下覆的莲叶，交错搭连，河水在每一张叶面上均匀铺开，纵情漫流，像千万条大大小小的银链，轻音嚷嚷地缓缓坠入溶潭，没完没了。在黄果树瀑布群中，它既不以高取胜，也不以阔惊人，而以它那千丝万缕的情态，如泣如诉的瀑声，让人不愿离开。

银链坠潭瀑布

游完天星桥，搭乘景区观光车返回酒店。许多餐厅闭门谢客，好不容易在白水镇找到一家排档性餐厅，门厅不大，已经坐满了客人。我们6个人围坐1桌，点了几个菜，过完元宵节后回酒店休息。21日凌晨5点多起床，进入黄果树景区快走运动。沿着白水河溯源而行四五千米，远远地就能听到轰隆的吼声。不见其瀑，先闻其声。循声而去，只见宽近百米，从21

米高的陡坡泻崖而下，翻空涌雪，捣入重渊，这就是以瀑顶见长的陡坡塘瀑布，名副其实的"吼瀑"。

退房、早餐、搭乘景区观光车，游完陡坡塘瀑布以后，步行半个小时左右，继续游览黄果树瀑布。从陡坡塘瀑布进入黄果树瀑布，工作人员还要检查票证。开始有些不明白为什么这样做，后来有人问路时才发现，一些当地人利用其免票的便利条件，低价招揽游客，将他们送进景区一走了之，这些游客往往只能游览其中一两个景点，就被拒之门外。

中华第一瀑——黄果树瀑布

黄果树瀑布享有"中华第一瀑"的盛誉，是世界上唯一可以从上、下、前、后、左、右六个方位观赏，还可以从水帘洞内外听、观、摸的瀑布。我们一路徒步，先从上方俯瞰，然后沿着半山腰的观光小路，顺时针方向走到大瀑布对面的观景台，从正前方观赏，继而穿过瀑布下的水帘洞，从左、后、右方听、观、摸，最后按顺时针方向走到瀑布下前方并走出景区。

高 77.8 米、宽 101 米的黄果树瀑布，从不同的方位观赏，会有不同的视觉效果，收获的却是同样的震撼。奔腾的河水从悬崖绝壁上飞流直泻，像奔腾咆哮的万匹野马破云而来，又像披着银纱的神话仙女飘然而至，水石相激，犹如雷劈山崩，那倒挂银河散发出的巨大水雾在空中升腾，弥漫了空间，形成一幅优美的苍穹画卷。观瀑亭的对联"白水如棉不用弓弹花自散，虹霞似锦何须梭织天生成"，就是对黄果树瀑布的生动写照。

最为奇特的是隐于瀑布半腰上的天然溶洞，横贯整个瀑布，长

134米，每个洞窗均被稀疏不同、厚薄不一的水帘所遮挡，故名"水帘洞"。洞中观瀑，如置身流水之中，喷烟吐雾处，万练倒悬，细如珠帘，粗若冰柱，凌空而下的白浪，如脱缰的野马，似怒吼的雄狮，荡魂摄魄。几位宿迁口音的女士，流连于水帘洞的天然栈道，观帘、听瀑、拍照，竟忘了水淋雾绕。此时，瀑布就是挂在空中的幕布，她们成了银屏的主角。

穿越水帘洞，荡过铁索桥，来到犀牛潭边。黄果树瀑布似银河决口，从九天崩泻而下，排山倒海，气势磅礴。飞瀑跌落处掀起轩然大波，碎玉四溅，银珠轻扬，如蒙蒙细雨，似点点飞雪。漫步潭边，礼花飘洒的水雾，让周边的景物若隐若现，犹如腾云驾雾；响彻雷鸣的轰响，仿佛大提琴演奏，铮铮之声不绝于耳，撼人心魄的瀑布，让人陶醉，更让人激情飞扬。

（黔西南行日记6，2019年2月20日至21日游览，4月8日写于哥伦布）

资料来源：①黄果树瀑布景区官网；②携程旅行网。

聆听梵音

对于藏区旅行，我有一种说不清道不明的向往。我已经踏足西藏、青海、甘肃、四川和云南 5 个省份，这是我国藏族人口主要分布的区域。7 月初从东欧和巴尔干旅行回来，离 8 月底去南亚旅行还有一些时间，从携程网上发现"色达＋甘南＋夏河＋莲宝叶则风景区＋若尔盖＋扎尕那＋碌曲"八日七晚 12 人封顶迷你小团，立即预订产品和机票，飞往兰州，从此有了一段跨省区的藏区之行。

我们的团不大，只有五位旅客，另四位分别是来自河南理工学院的一对教师夫妇和来自安徽亳州的两位 IT 美女，加上司导郝师傅，一车共 6 个人。8 月 12 日在兰州集合，13 日凌晨 6 点出发，沿着兰州—夏河—久治—莲宝叶则—班玛—色达—马尔康—红原县—唐克—花湖—扎尕那—迭部—郎木寺的路线行进，18 日晚上回到兰州，全程近 3000 千米。一路上，沃野千里，尼玛堆点点，蓝白红绿黄五色经幡飘扬，牛羊成群，碉房连片。

司导郝师傅是地道的西北人，朴实无华，为人热情厚道，工作认真专注，即便每天行车和野外时间长达 10～12 小时，每每经过最美风景时，总是有叫必停，让我们吃了不少行程外的"小灶"。一些道路狭窄颠簸，有时不得不停下来会车，他总是礼让三分，不仅主动停车

让对面的车子通过，还会给经验不足的司机义务指导，被我们亲切地称为"交通协管员"。郝师傅谦恭的秉性和娴熟的车技，为我们的藏区之行提供了安全保障。

甘肃、青海、四川三省藏区之行，除了藏民的风土人情和酥油茶、青稞酒、风干肉外，最令人难忘的还是藏传佛教的寺院。无论夏河的拉卜楞寺、碌曲的郎木寺，还是红原的瓦切塔林、色达的喇荣五明佛学院，无不让人流连忘返，如入芝兰之室。

红原瓦切塔林

夏河县是甘肃省甘南藏族自治州下辖县，因境内大夏河而得名。拉卜楞寺就位于夏河县城西，坐北向南，占地总面积1300亩，建筑面积40余万平方米，主要殿宇90多座，包括六大学院、16处佛殿、18处大活佛宫邸、僧舍及讲经坛、法苑、印经院、佛塔等。拉卜楞寺创建于1710年，经历代嘉木样的兴修、扩建，现已成为甘、青、川地区大型的藏族宗教和文化中心，是我国藏传佛教格鲁派（黄教）六大宗主寺之一。

8月13日上午我们抵达时，天气正在淅淅沥沥地下着小雨，参观的人络绎不绝，讲解的喇嘛明显不足。我们等待了十几分钟后，在一个黝黑、微胖的喇嘛的引领下，按照藏传佛教的朝圣仪式，顺时针绕寺一圈，重点步入对游人开放的医学、博物馆、大雄宝殿观赏。告别前，我又攀爬上敬佛台左侧的山坡，俯瞰下去，拉卜楞寺美不胜收。

讲解员的地方口音很重，引领的人又多，虽然无法听懂他讲的每一句话，但其基本内容是清晰的。拉卜楞寺宗教体制的组成以闻思、医药、时轮、吉金刚、上续部及下续部六大学院为主，在全蒙藏地区的寺院中建制最为健全。闻思学院是其中心，也称大经堂，有前殿楼、前庭院、正殿和后殿共数百间房屋，占地十余亩，为藏式和古宫殿式混合结构，顶上有鎏金铜瓦、铜山羊和法轮、幡幢、宝瓶等装饰物，远远地望去，蔚为壮观。

郎木寺

碌曲县隶属于甘肃省甘南藏族自治州，地处青藏高原东北边缘，甘青川三省交界处。在碌曲县城南 90 千米处的郎木寺镇，西倾山支脉郭尔莽梁北麓的白龙江畔，有一座创建于公元 1748 年的藏传佛教寺院，就是郎木寺。处地空灵，山水相依，景色十分秀美。寺前山色形似僧帽，寺东红色沙砾岩壁高峙，寺西石峰高峻挺拔，嶙峋嵯峨。金碧辉煌的寺院建筑群和错落有致的塔板民居，掩映在郁郁葱葱的古柏苍松间，被誉为"东方小瑞士"。

郎木寺还是一个地域名称，包括甘肃省碌曲县郎木寺镇和四川省若尔盖县红星乡下辖的郎木寺村，同时也是四川格鲁派寺庙达仓郎木格尔底寺的简称。从迭部县到郎木寺，道路因修建而限制通行，不得不借道乡村小路。迭部县古称"叠州"，藏语意为"大拇指"，被称为是山神"摁"开的地方。汽车穿行在高山峡谷之中，不仅急弯多、速度慢，每每遇到会车时，不得不停下车来，甚至倒退到稍许宽敞一点的地方，80 多千米的路程行走了 3 个多小时。

8 月 18 日上午 6 点多从迭部县城出发，9 点多到达郎木寺镇。一条小溪从镇中流过，宽不足 2 米，名曰"白龙江"。溪北是甘肃的郎木寺，溪南是四川的郎木寺，两个藏传佛教寺庙在这里隔江相望。我们穿过郎木寺镇，来到四川境内的纳摩大峡谷。这里是郎木寺的发源

地，溯源而上，峡谷内有仙女洞、虎穴和白龙江的源头。传说中最受民众尊崇的老祖母，原来居住的仙女洞，就是"圣地中的圣地"。洞外地下涌出的泉水，就是嘉陵江主源之一的白龙江的源头。

除了仙女洞、虎穴和郎木寺大峡谷，肉身佛舍利也在四川郎木寺。走出郎木寺大峡谷，怀着虔诚之心，踏进四川郎木寺大门，朝着游人行进的方向，逐一参观。郎木寺周围和白龙江边，散居着一些来朝圣的藏族家庭，帐房和简易的棚屋随地可见，炊烟袅袅。在离开四川郎木寺前，登高远眺，两个郎木寺尽收眼底。时间紧凑，只有利用旅友们吃午饭的间隙，徒步郎木寺镇。小镇不大，佛乐回荡，人们用不同的方式传达着对信仰的执着。尽管郎木寺的名气与日俱增，郎木寺镇目前仍然是一个安静而风格独特的小镇。

位于四川省西北部、阿坝藏族羌族自治州中部，地处"世界屋脊"青藏高原东部边缘的红原县，平均海拔在 3600 米以上，是当年中国工农红军长征经过的雪山草地。县境中部查针梁子高耸隆起，宛如巨龙绵延横亘于草原边缘，形成长江、黄河两大水系的天然分水岭，海拔 4300 多米。袅袅娜娜的白河贯穿全境，牧歌、帐篷、牛羊星罗棋布，红原正以她旷世绝伦的美丽、奇异浪漫的藏民族风情、震撼人心的藏传佛教文化，还有藏族人天使般明朗迷人的微笑，深情地召唤着各地游人。

红原县有一个瓦切乡，这里是个丁字路口，北距黄河第一弯 60 千米，南距红原县城 40 千米，往东 150 千米可去松潘县的川主寺。1982 年和 1986 年，藏传佛教格鲁派第十世班禅大师先后两次访问和看望了瓦切人民，并向信教群众传经说法。瓦切信众为了纪念这位伟大的宗教大师，在班禅大师亲身宝座上，建立了珍贵的灵塔和 108 座大小不等的白塔。一千多平方米的经幡围绕着数百转经筒，成就了现在占地 30 多亩的藏传佛教圣地——瓦切塔林。瓦切塔林藏语意为"大帐篷"，

成排的白塔，连片的经幡，甚为壮观。

讲到藏传佛教寺院，不能不提色达喇荣五明佛学院。色达是四川省甘孜藏族自治州下辖的一个县，草原广袤纵深，绿厚似毯，花香沁人，雪山冰川，层峦锦乡，是藏传佛教寺庙比较集中的地方。与格鲁派（黄教）拉卜楞寺和郎木寺不同，色达的藏传佛教全部是宁玛派（红教）寺庙，五明佛学院不仅是红教的代表，也是世界上最大的佛学院。

8月15日是八日七晚行程的重头戏，这一天从色达到马尔康，前后参观了四个景点：色达县城不远处半山腰的土拨鼠、天葬台和色达喇荣五明佛学院，还有马尔康卓克基土司官寨。可能是长期坚持快走运动、需氧量增加的缘故，这次甘青川之行，高原反应明显，夜里又发烧，游览五明佛学院时，一般人至少坐一次交通车上山，我仍然坚持徒步上山和下山，如果没有一点精神，恐怕是很难支撑到底的。

距色达县城东南方20多千米有一条山沟叫喇荣沟，顺沟上行3千米左右，蔚蓝苍穹之下，银岭碧草之间，上千座绛红色的木屋，分布在山坡之上，延绵起伏，如众星拱月般簇拥着几座金碧辉煌的大殿，她就是藏于深山中的喇荣五明佛学院，海拔3700米。色达喇荣五明佛学院是在党的民族宗教政策落实后，凭借自力更生、艰苦奋斗的精神，为了继承、发展藏学和佛教传统文化而创建的，时任全国人大常委会副委员长阿沛阿旺晋美和全国政协副主席、中国佛教协会会长赵朴初分别题写了藏、汉文门牌。

在重重的群山环绕之中，沟里的绛红色木屋，以佛学院的大经堂为中心，密密麻麻地搭满了四面的山坡。这些绛红色木屋，是在家和出家僧俗的住所。出家的男子叫扎巴，出家的女子称觉姆，在喇荣五明佛学院修行和居住的在家出家的僧众有五千人。佛学院戒律十分严格，男女僧舍泾渭分明。佛学院内游人如鲫，身披绛红色僧袍的喇嘛

和尼姑来来往往，还有提供生活必需品的商店和商贩，祥和而充满生活气息。

在佛学院最高的山峰上，有一个金碧辉煌的建筑，梵文名叫曼荼罗，意思是按照佛教密宗仪规进行某种祭供活动的道场，平时是人们转经的场所。晌午的阳光，身体被炙烤得都要冒烟，陡峭的台阶，需要仰起头才能看到尽头，许多人望而却步。我咬咬牙，拾级而上，以均匀的速度，一口气登顶，气喘吁吁地跟在信众的后面，一边转经，一边聆听转经筒发出一串串悠长的嘎吱嘎吱的响声。在山巅走上一圈，从不同的角度俯瞰，整个佛学院就是一幅唯美的画卷。

参观的时间到了，无限眷念地下山，买好一袋酸奶，匆匆地告别。迈出的是大步流星，满脑子回放的却是那些匍匐朝拜者的虔诚和每一件红色僧袍里纯净的脸庞，看着层层叠叠的红色木屋，听着悠扬的诵经声，记忆向着深处越走越远。

（甘青川藏区行日记1，2019年8月12日至19日游览，9月15日写于南京）

资料来源：①携程旅行网；②百度百科。

黄河之水天上来

　　黄河是中华民族的母亲河，发源于青海省巴颜喀拉山脉，流经青海、四川、甘肃、宁夏、内蒙古、陕西、山西、河南、山东九个省区，有"九曲黄河"之称。"色达＋甘南＋夏河＋莲宝叶则风景区＋若尔盖＋扎尕那＋碌曲"八日七晚行程中，有四次与黄河亲密接触的机会。8月13日我们在甘肃碌曲游览黄河第一弯和第一桥，16日上午到访黄河与长江的分水岭，晌午在河滩戏弄河水，最重要的是下午登上巴颜喀拉台，感悟"黄河之水天上来"。

　　藏语称河为曲，藏族人民根据黄河上游的地形和景观，给上游各个河段起了更有特色的名字，如卡日曲、约古宗列曲、扎曲、星宿海、玛曲、析（赐）支、河曲、九曲、逢留大河等。玛曲，藏语即黄河，玛曲县是整个黄河流域唯一一个以黄河命名的县，位于青藏高原东端，与青海九治县、四川若尔盖县交界。很多地方都有黄河第一弯，如山西与陕西交界有个"天下黄河第一弯"，四川与甘肃交界有个"九曲黄河第一弯"，而更接近黄河源头的"黄河第一弯"就在甘肃甘南州的玛曲县。

　　玛曲县境内河流纵横，湖泊星罗棋布，有四大泉、四大湖泊和300多条河流注入黄河，被誉为黄河母亲的"蓄水池"和"中华水塔"。黄河自青海流入甘肃玛曲县，迂回 433 千米后又流回青海，形成了"天下黄河第一弯"。玛曲县也是世界上最完整的原始生态湿地，境内草原广袤，珍稀野生动物繁多，名贵药材资源丰富，被称为"亚洲第一天然草场"。玛曲黄河桥是黄河上游的第一座桥。

甘川交界的九曲黄河第一弯

九曲是唐时对贵德以上黄河段的称呼，黄河在四川若尔盖县唐克乡与白河汇合，形成了壮美的"九曲黄河第一弯"。黄河在这里成为甘肃与四川的界河，河东是四川，河西是甘肃，黄河由甘肃而来，白河从黄河第一弯弯顶汇入，形如"S"，黄河之水犹如仙女的飘带自天边缓缓飘来，在四川轻轻地抚了一下，又转身飘回青海。

8 月的九曲，蓝天白云，绿草繁花，帐篷炊烟，牛羊骏马，清清的河流水势平缓，河中有岛，岛中有湖，浮于水中的小岛，红柳成林，婆娑多姿，锦鸡、黄鸭、野兔隐遁其中。正午时分，阳光灿烂，顾不得炙热，走下汽车，迫不及待地走向观景台的入口。

最高观景台设在山顶的巴颜喀拉台，有自动扶梯和木栈道可以到达。绿色顶棚的自动扶梯，虽然方便了游客，但与周围的自然环境显得格格不入。相比之下，依山而建的木栈道，用一块块规则的木板铺接起来，足有两三米宽，起点在山下，一路弯弯曲曲地伸向山巅，宛如一条素雅的飘带，缠绕在青山绿野中。

按照指示牌，从山脚到巴颜喀拉台，木栈道共有 925 级，778 米，中间设有四个观景台，从下向上依次为佛缘台、佛光台、联心台和阿尼玛卿台。量化而论，木栈道并不远，但是一眼看不到顶的气势，以

及陡峭的地方每一级较大的落差，能够走完上下全程并非易事。由于天气太热，我们5个人中，有2位女生不得不中间折返。

巴颜喀拉台不大，是一个圆柱形建筑，共有三层楼，里面微风徐徐，阴凉而舒适，挤满了赏景、休憩的游人。沿着楼梯，拾级而上，分别在二、三层外的观景台上绕行一圈，凉爽的山风，吹拂着汗流浃背的身躯，迷人的景致蒙住了一双眼睛。白河逶迤直达天际，黄河蜿蜒折北而逝，草连水，水连天，苍苍茫茫，两条河流优雅别致，似哈达，似玉带，似长龙，似飞天，风姿绰约，从天之尽头飘然而至；又像一对情侣，在唐克交汇后，携手款款而去。

巴颜喀拉观景台

有朋友说，九曲黄河最美的景致在日出和日落。雄浑厚重的朝（夕）阳，把草原上的黄河映照得就像一条金色的玉带，扭动着柔软如玉的腰肢，从青藏高原的白云和大山深处逶迤而来，在广阔的草原上缓缓流淌，将草原勾画出一道曼妙的曲线以后，转身一路北上，消失在崇山峻岭间。巴颜喀拉台就是看日出、日落的最佳位置，有

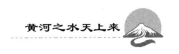

团友提出等到日落，但时不我待，跟团游和自由行的区别恐怕就在这里。

沿着栈道，原路返回到停车场时，还不到集合的时间，又顺着停车场到河边的栈道，经过守望台，到近水台来到黄河岸边，最后绕行观鹤台和合江台，从友爱台回到停车场。在足踏景区木栈道的每一级台阶的同时，享受九曲黄河的另一番景致。烈日下的黄河，水流平缓，宛如银色的缎带，波鳞片片，河边有成片的经幡，河岸有一座唐克索克藏寺和一个藏族村寨，白塔藏寨，相伴黄河，更显自然之悠远博大，不能不让人有膜拜之感。

（甘青川藏区行日记2，2019年8月13日至16日游览，9月17日写于南京）

资料来源：①携程旅行网；②百度百科。

若诗若画若尔盖草原

　　"色达＋甘南＋夏河＋莲宝叶则风景区＋若尔盖＋扎尕那＋碌曲"八日七晚行程，我们足踏甘肃的玛曲、碌曲，青海的久治，四川的红原、阿坝和若尔盖，这些地方虽隶属不同的省地管辖，却有一个共同的特点——碉房、帐篷、牧歌、白塔、经幡，还有一望无际的草原和蓝天白云下的牛羊，因而有了一个共同的名字。我们远道而来，只为高原藏区的你，若尔盖草原。

　　若尔盖地处青藏高原东北边缘，海拔高度 3300 ～ 3600 米，是四川通往西北省份的北大门，享有"中国最美的高寒湿地草原"和"中国黑颈鹤之乡"的美誉，素有"川西北高原绿洲"和"云端天堂"之称。从 2019 年 8 月 13 日踏足，到 8 月 18 日告别，我们在若尔盖草原骋驰、驻足，在草地上追赶牛羊，等待着日落、日出，尽情地享受草原的阳光、雨露。

　　记得 2017 年 6 月满怀期待地去呼伦贝尔大草原时，不知是时候未到，还是运气不佳，既没有看到"风吹草低见牛羊"的壮美，也没有见到漫山遍野、牛羊成群的壮观。若尔盖草原虽然在面积上不比呼伦贝尔大草原，但却处于群山环抱之中，水源充足，河流蜿蜒曲折，牛轭湖星罗棋布，把草原、湖泊、河流连缀成一体，刚烈与温柔相济，成就了高原草原如诗如画的壮丽。

我们是从马尔康进入红原，再从红原进入若尔盖。红原县地处四川省西北部、阿坝藏族羌族自治州中部，南部为山原，北部为丘状高原，境域分属长江、黄河两大水系，海拔4300多米的查针梁子就是长江、黄河的分水岭。红原是当年中国工农红军长征经过的雪山草地，自然景观多为草原湿地和雪山、森林湿地。从九曲黄河第一弯唐克进入草原腹地以后，映入眼帘的才是高原盆地上的一片辽阔、苍茫、雄浑的土地和无边无际蔓延的绿意，视线所及，天地相接。

8月17日凌晨，一缕晨光划破黎明的天际，初升的朝阳唤醒了沉睡中的草地。成群结队的牛羊，在辽阔无垠的草原上，像是洒落在绿毯上的黑、白珍珠。它们千姿百态，有的站着吃草，有的走着品香，有的跑着嬉戏，有的大摇大摆地横穿马路，从一个

洒落在绿毯上的珍珠

草地涌向另一个草地，旁若无人，根本不把飞驰的汽车当回事，只有它们身上涂抹的颜色，才是野生和放养的标记。

遍地牛羊

郝师傅表现出非凡的诚恳和耐心，一次又一次地停车，我们迫不及待地涌进草地，跑向牛羊。可能是人类打扰了它们的平静，我们越是想接近，它们跑得就越远。我们只好停下脚步，远远地观赏。不经意时，露水浸湿了鞋袜，这才想起弯下腰来。绿

色的草地，还有许多小花衬托，草叶上，花瓣间，凝结着一颗颗晶莹的露珠，洁净、透明，在旭日阳光下，草原显得格外柔美。

从唐克到花湖有100多千米，我们走走停停，不知不觉就到了花湖景区。郝师傅买好门票，破例地陪同我们先搭观光车，再沿着伸向湖区一角的栈道，途经花湖夕照、鱼戏情波、雪域舞者、急雨飞虹和湖浣霞衣五个观景台，走走拍拍，绕行一圈，不到7千米，接近2小时。花湖很大，湖畔五彩缤纷，好像云霞委地，湖中的植物看起来平淡无奇，却把纯蓝的湖水染成了淡淡的藕色，晴天时蓝天、白云、碧草、珍禽相映成趣，阴雨时湖面好像打碎的镜子，细细的雨丝成了一面晶莹剔透的水帘，掩映于湖面。

我们来的时间不巧，既没有见到日出时胭脂般红与碧玉般绿交融的美，也没有见到"东边日出西边雨"所呈现的急雨飞虹的奇。花湖掩映在蓝天之下，草地之中。湖面辽阔，湖水清澈见底，游鱼可数。水下是深不可测的沼泽地，在阳光的照耀下，水面反射出不同的光彩，摄人心魄。湖岸芦苇丰茂，湖中杂草丛生，黄鸭、溪鸥嬉水自乐，旱獭、灰兔穿梭出没，天鹅、黑颈鹤成群结队，身临其境，如入梦幻。

（甘青川藏区行日记3，2019年8月13日至18日游览，9月18日写于南京）

资料来源：①若尔盖草原景区官网；②携程旅行网。

红色赤水

赤水位于贵州西北部，赤水河中下游，东南与习水接壤，西北与四川交界，地势起伏而呈东南高、西北低，南部山大坡陡，河流切割强烈，落差大，东南部山峦重叠，峡谷幽深，西北河谷开阔平缓，丘陵起伏，多为浑圆山丘或河流阶地。独特的地质地形，每遭雨涨，流卷泥沙，水色浑赤，赤水因此得名。遵义人以赤水河为轴线，把世界民族品牌茅台酒的起源地茅台镇和世界级丹霞地貌自然遗产地赤水市连接起来，串联起红色文化和世界自然遗产，形成一个滨水、山地、乡村、古镇和地域度假为一体的综合性旅游度假区。

我们在携程网预订了产品，2019年9月26日从南京飞抵贵阳，参加5天的旅行，先后访问了遵义会议会址、四渡赤水纪念馆、四渡赤水渡口土城古镇和茅台镇，游览了赤水丹霞佛光岩、大瀑布和四洞沟景区，参观了三茅之源荣和烧房，造访了怀赐酒窖，了解了酱酒的历史和生产过程，品鉴了不同等级的酱香酒。一路上红旗招展，酱酒飘香，革命遗址及文物进一步激发了我们对毛主席、周总理等老一辈革命者的无限怀念和对更加美好生活的向往。

遵义会议是1935年1月在红军第五次反"围剿"失败和长征初期严重受挫的情况下，为了纠正博古"左"倾领导在军事指挥上的错误

四渡赤水纪念馆

而召开的。会议结束了"左"倾教条主义在党中央的统治，确立了以毛泽东为代表的新的中央正确领导，中国革命从此走上了胜利发展的道路。在遵义会议会址，我们跟随讲解员的节奏，参观了会议室、革命文物、历史资料和历史照片，又一次聆听了艰苦卓绝的两万五千里长征中毛泽东"四渡赤水出奇兵"的历史故事。红军纵横驰骋于川、黔、滇边境广大地区，迂回穿插于敌人数十万重兵之间，积极寻找战机，有效地歼灭敌人，从而摆脱敌人的围追堵截，粉碎了敌人妄图围歼红军于川黔滇边境的计划，使中央红军在长征的危急关头，从被动走向主动，从失败走胜利。

遵义会议是伟大的历史转折，毛泽东把马克思主义的普遍真理与中国的实际情况结合起来，创造性地将阵地战转变为运动战，既保存了红军的有生力量，有效地消灭了敌人，又奠定了毛泽东在党中央的领导地位。各种历史图片和资料既再现了历史真实场景，又凸显了毛泽东和周恩来两位伟人的革命友谊与亲密无间的合作。在政治局扩大会议上，博古极力为"左"倾冒险主义错误辩护，周恩来则分析了第五次反"围剿"和红军长征中战略战术及军事指挥上的错误，做了自我批评，主动承担了责任，并支持毛泽东的正确意见。

四渡赤水从 1935 年 1 月 19 日红军离开遵义开始，到 1935 年 5 月 9 日胜利渡过金沙江为止，历时三个多月。1 月 29 日从贵州土城、元厚渡口过河，进入川南古蔺，集结扎西，待机歼敌；2 月 18～20 日从太平渡、二郎滩和九溪口过河，回师遵义，大量歼敌；3 月 16～17 日在茅台渡口过河，再次进入古蔺，突破天险，摆脱敌人；3 月 22 日从

太平渡、二郎滩和九溪口过河，从此长驱北上。土城和茅台是一渡、三渡赤水的主要渡口，留下了大量的遗址和文物。我们 27 日入住土城，29 日抵达茅台，主要参观了四渡赤水纪念馆和纪念碑。

土城古镇位于习水县西部，由于用泥土建房筑城墙基而得名，距今有 2000 多年的历史。土城因盐而生，因航而兴，是"川盐入黔"的主要码头和集散地，盐帮、船帮、马帮、铁帮、糖帮、茶帮、布帮、油帮、酒帮、丐帮和袍哥等 18 帮汇聚，曾经的繁华依稀可见。土城因水而灵，因战而名，一渡赤水在土城，青杆坡战役是四渡赤水的发端之战，红一军团司令部、红军总参谋部、总政治部、总供给部设于土城，张闻天、毛泽东、朱德、陈云都曾居住在土城，红色文化特别浓郁。红日西斜时，我们流连于土城的大街小巷，找寻红军当年在古城留下的足迹，感悟毛主席四渡赤水的"得意之作"。

土城位于赤水河古盐道上，远眺古镇，东、西、南三面临水，北面靠山，镇依山而建，水绕镇而流，绿色骑道穿城而过，省道和高速公路夹水而行，公路桥和铁索桥连接一河两岸，山、水、路、桥、城交相辉映。传统建筑依山就势，在高低不一的赤水河岸坡地上，或悬虚构屋，临坎吊脚，取天平地不平之势；或依附悬崖，陡壁悬挑，借天不借地，有凌空飞绝壁之惑，自然形成了层楼叠宇的群体风貌，造型轮廓高低错落，纵向空间丰富，天际轮廓优美，形成一幅"高低俯首皆成画，前后顾盼景自移"的美妙画卷。一线天的窄巷，青石板的小道，迎风摇曳的旗幡，漫步其间，耳濡目染红色遗址和故事，如沐历史之河。

赤水河谷绿道是遵义人沿赤水河精心打造的一条旅游公路，起于茅台镇，止于赤水市，包含 160 千米自行车慢行绿道和 154 千米汽车快行道路。慢行绿道采用红色沥青铺设，全线有 12 个驿站，10 多个智能租车点，并设有土城旅游集散中心和房车露营地。我们下榻的月

亮台客栈，就位于绿道两侧，俯瞰着赤水河。早餐时偶遇几位内蒙古骑友，一男三女，他们把自行车托运到赤水，由低到高，逆流而骑，令我感佩。凌晨4点多走出客栈，沿着绿道，先顺流而下，再逆流而上，快走运动8千米。土城的夜还在持续，由于坡陡树密，天色更黑，对岸高速公路上飞驰而过的汽车，两道光束如同射向黑夜的利剑。路边蝉鸣，和着脚下的涛声，仿佛伴奏的音乐；空气清新，荡漾桂花的幽香，沁人心脾，行走于慢行绿道，周道如砥，心如止水，有一种忘却时间的快感。

茅台镇地处赤水河畔，是连接川黔的重要枢纽，也是连接历史名城遵义和国家级风景区赤水的通道。1935年3月16日，红军先头部队由茅台第三次胜利渡过赤水河，红军将士在茅台镇用茅台酒解乏疗伤，军民鱼水，毛泽东再出奇兵，鼎定乾坤。为了纪念长征胜利，茅台镇建有四渡赤水纪念园，由红军四渡赤水纪念塔、茅台渡口纪念碑、红军铁索桥和红军长征过茅台陈列馆等景点组成。位于朱砂堡山顶的红军四渡赤水纪念塔，由江泽民题写塔名，塔高2500厘米，寓意二万五千里长征，塔身由四片形似浪柱的建筑依序错落而成，凸显四渡赤水主题。国庆前的茅台，阳光灿烂，红旗飘扬，不到两天时间，我们"八渡赤水"。凌晨4点多，走出国台大酒店，沿着赤水河两岸快走运动；8点多往返铁索桥，攀登朱砂堡山，致敬纪念塔和茅台渡口纪念碑。

茅台镇坐落在寒婆岭下，马鞍山斜坡上，依山势筑就的房屋，从山岭到河谷，层层叠叠，蔚为壮观。赤水河周围的大娄山海拔都在1000米以上，茅台河谷一带只有400多米，酱酒似花雾，笼罩喧嚣古镇。独特的低凹地势，成就了国酒茅台。29日下午甫一抵达，放下行李，我们就来到赤水西岸边的观景平台。正在等待拍摄日落时，几个当地口音的人主动向我们介绍茅台镇和茅台镇酒，其中一位女士还让她老公开车来接我们去他们家酒厂参观。正在河边溜达并对茅台了如指掌的安徽籍先生，也同车前往。我们参观了酒厂和酒窖后，每人面前1瓶矿泉水和1只酒杯，先闻后尝，一一品鉴不同年份和客户定制的不同等级的酱香酒，获得了不少知识和体验。

茅台镇具备独特的水文、地理和气候条件，是生产酱香酒的黄金之地。赤水河两岸红色沙壤贫瘠，生长出的红缨高粱和山地小麦是酿酒的最好原料；入口微甜、可以直接饮用的赤水河水，富含矿物质元素，蒸馏酿出的白酒具有一种独特的甘甜；茅台镇

酱酒飘香

的地理环境不可复制，空气湿度和温度提供了酿酒所需微生物群繁衍生息最适宜的条件。正由于相同的条件和酿造工艺，茅台镇酿出的酱酒都有同质性，在茅台酒价格高企的情况下，长期生活在茅台镇的人，大多只喝对的，不喝贵的。可能就是这个原因，行程中特地安排参观了三茅之源。在这里，我们浏览了茅台酒的历史和酿造过程，见证了真假酱酒的鉴别方法，进一步品鉴了不同年份的酱香酒，对酱酒的酸苦辣和甘甜回味有了一种全新的认知。

赤水大瀑布

赤水既有美酒飘香的英雄河，又有丹霞绝壁和赤水瀑布。在追寻红色足迹之余，我们还游览了佛光岩、四洞沟和赤水大瀑布。28日阳光灿烂，午饭以后，我们沿着树林荫庇的石径，拾级而上。道路两侧，山地溪旁，见

到了不少桫椤，导游介绍这是恐龙的食物，是已经发现唯一的木本蕨类植物，被许多国家列为一级保护的濒危植物，有"活化石"之称。半个多小时的攀登后，一片巨大的红色弧形岩石呈现在眼前。佛光岩弧长1000余米，高300余米，早在侏罗纪白垩纪时代就已形成，像是恐龙灭绝前用生命和鲜血书写的一部无字天书，摊开在半天云海中，在阳光的照射下，丹霞似火。瀑水不多，却被山风吹拂得漫天飞舞，犹似雨雾。

六日五晚旅行，轻松而悠闲，每天最早8点多出发，最晚四五点，通常两三点就能入住酒店，有充裕的时间逛街、漫步和美食。29日是最累的一天，上午游览四洞沟，下午徒步大瀑布。这两个景点分布在不同的区域，都以瀑布见长。四洞沟景区，在4千米的河道上分布着4幅"神情各异"的瀑布，两旁沟谷近20个山涧流泉，飞珠展玉，河谷万竹拥溪，奇石峰俊，奇花异草，形成一个仪态万千的瀑布群落。与四洞沟瀑布不同，高76米宽80米的赤水大瀑布，位于山谷之中，我们先下行近2千米观赏，然后搭电梯回到山峰。空谷周围树木繁茂，四季葱茏。大瀑布从悬崖绝壁上倾泻而下，似万马奔腾，气势磅礴，几里之外声如雷鸣，周边水雾弥漫，阳光照射之下，彩虹五彩缤纷，美不胜收。

（2019年9月26日至10月1日游览，10月10日写于贵阳）

资料来源：①携程旅行网；②百度百科。

上苍的玩笑

太太赴美，在未来六个月时间里，外孙赋予姥姥晨兴夜寐的同时，必将赐予她无与伦比的快乐和幸福。送别太太我即飞往新疆，开启高原、高寒、高难景区的旅行。新疆是我国陆地面积最大的省级行政区，占我国土总面积的1/6，过去因工作或旅行到访过几次，大多以北疆活动为主。这次新疆之行，从乌鲁木齐开始，分别参加7日出团的吐鲁番＋库木塔格沙漠2日1晚和9日发团的"温宿＋乌鲁木齐＋库尔勒＋罗布人村寨＋塔里木胡杨林公园＋阿克苏＋和田＋喀什"11日10晚跟团游，19日散团后即从喀什飞往西安，利用中转的便利，参加"西安城墙＋法门寺＋乾陵＋延安＋壶口瀑布＋黄帝陵"5日4晚跟团游，24日从西安飞抵珠海，一次出行兑现了沙漠、胡杨林、帕米尔高原和黄河壶口瀑布之愿。

11月6日和太太告别于禄口机场后，为了减少往返机场的麻烦，就直接飞抵乌鲁木齐。由于相距9日成行的11日10晚跟团游还有2天时间，只能随遇而安，在可选目的地和团期中，临时安排了"吐鲁番＋库木塔格沙漠"2日1晚行程。7日早上6点多出发，到乌鲁木齐高铁站搭乘8点多出发的D56次列车，9点多抵达吐鲁番北站下车，司导老李接齐同车的四位旅客后，直接开始行程。宁夏的两位年轻人

出差到乌鲁木齐，忙中偷闲，参加吐鲁番"1日游"；汕头的1位年轻人游完北疆后，吐鲁番跟团"1日游"，自己安排1日自由行。时值吐鲁番旅游淡季，我的两日行程被迫拆分成2个"1日游"，7日4个人的团游，由老板李先生亲自引领，8日我一个人的别克商务专车行，老李安排他的外孙担任司导。

7日的行程比较集中，主要游览坎儿井、交河故城、苏公塔、火焰山地质公园和葡萄沟，8日只有库木塔格沙漠和吐鲁番博物馆，两个景点却相距很远。7日结束行程前造访一户维吾尔族人家，品尝他们自己种植和风干的葡萄，以每千克40～70元、高于市场1～2倍的价格，买了6千克葡萄干，自费快递到南京老家。葡萄沟因景区关闭而不能入内参观，工作人员特允许我们绕过大门进入拍照。再访故地，20多年前8～9月我们一群同行在葡萄架下召开学术会议的情景历历在目。茂密的枝叶向四面展开，相互连接，就像搭起的凉棚；一串串葡萄垂挂在藤条上，晶莹剔透，绿的若翡翠，红的似宝石，亮的如珍珠，艳的像玛瑙，吹着扑面而来的凉风，吃着垂涎欲滴的葡萄，听着新鲜出炉的报告，弥久如新。

新疆与内地有2个小时时差，冬季9点多日出，10点才上班。7日晚上被安排在比邻吐鲁番北站的闽台假日酒店。8日凌晨6点起床，沿着新丝路、坎儿井北路、火洲路和交河大道快走运动1个小时，不到8千米，然后回酒店冲凉、早餐，迎接新的一天的行程。由于对新疆冬季气候缺乏感性认知，即便是初冬的凌晨，无情的寒风刮过，吹在脸上就像刀割一般。快走起来，虽然身体不冷，双手却冻得僵硬，回到酒店好久才恢复知觉。比寒冷更可怕的是干燥，吐鲁番年降水量约16毫米，蒸发量高达3000毫米。生活在温暖湿润的南方人，本来就很难适应，如果每天再冲凉洗澡，不用两三天，皮肤就奇痒难耐。

吐鲁番地势特殊，四面群山环抱，北面横亘着博格达山，高耸入云，终年白雪皑皑，南边是库鲁塔格山，西面有喀拉乌成山，东南有库姆塔格山。博格达山的主峰海拔5445米，与盆地中艾丁湖海拔－154米高差达5600米，堪称自然界中的一绝。上苍开了一个天大的玩笑，吐鲁番是我国最低、也是世界第二低地，最低之地最缺水。由于盆地气压低，吸引气流流入，吐鲁番也是我国有名的"风库"。8日参观完吐鲁番博物馆，在去吐鲁番北站途中，突然风卷尘沙，灰蒙蒙一片，几十米之外什么也看不见，吓得我生怕误了动车，司导却见怪不怪。据说，达坂城吹下的春季风暴，每秒达50米；七角井吹下的大风，曾经吹翻过车辆；沙尘暴来临时，公路关闭，铁路停运。

面对恶劣的自然环境和独特的自然条件，聪明智慧的吐鲁番人与天地抗争，创造了不少奇迹，留下许多宝贵的遗产，坎儿井和交河故城就是最典型的代表。在广袤的戈壁绿洲上面，可以看到许多隆起的沙土小丘，排列有序，向南延伸，它们就是坎儿井的竖井口，下面是坎儿井暗渠。天山上的座座雪峰和道道冰川，蕴藏着无穷无尽的水利资源，可是当它融化成条条大河冲下山谷，进入山前戈壁沙砾地带之后，由于烈日蒸发和地表渗漏，只有很少一点水流到下游绿洲。坎儿井就是用暗渠引水的办法，不用任何动力，把渗入地下的潜水流引出浇灌的一种方式。它由竖井、暗渠、明渠、涝坝四个部分组成，共有1000多条，总长度3000多千米，竖井最深的有几十米，地下流水潺潺，地表绿植成荫，规模浩大，叹为观止，无愧于"我国古代三大水利工程之一"的称号。

交河故城位于吐鲁番城西10千米的柳叶形台地上，长约1650米，最宽处300米，左右两侧峡谷幽深，四周崖岸壁立，地势险要，易守难攻，建于公元前2世纪，14世纪毁于战火。两河流域孕育出交河文明，交河故城曾是古西域三十六国之一车师前国的都城，现存遗址属唐代时期建筑群落，它是世界上最大、最古老、保存最完好的生土建

筑城市，是研究古代城市建筑布局与建筑艺术的绝佳标本。1961 年被国务院列为第一批全国重点文物保护单位，也是吐鲁番的王牌旅游景点之一。秋去冬来，游客寥若晨星，故城尽显苍凉之美。两位宁夏的旅友匆匆而过，早早地回到景区大门等候，我和汕头的朋友不约而同地沿着指示牌，时而驻足拍照，时而急速前行，时而顾盼流连，想象鼎盛时的热闹繁华，置身其中，仿佛穿越千年。

生活在新疆维吾尔自治区的民族有 56 个，其中人口最多的三大民族分别是汉族、维吾尔族和哈萨克族。到新疆旅行，参观博物馆是不可或缺的项目。"吐鲁番 + 库木塔格沙漠" 2 日 1 晚的最后一个行程，就是吐鲁番博物馆；"温宿 + 乌鲁木齐 + 库尔勒 + 罗布人村寨 + 塔里木胡杨林公园 + 阿克苏 + 和田 + 喀什" 11 日 10 晚跟团游的第一日，自行参观新疆维吾尔自治区博物馆。两个博物馆规模不同，展品有别，归属有异，披露和揭示的历史真实却是一致的。汉武帝即位后，采取一系列军事和政治措施反击匈奴，直至匈奴日逐王降汉。西汉统一西域以来，历代中央王朝都对新疆行使着管辖权，中原文化和西域文化不断地交流交融，既推动了新疆各民族文化的发展，也促进了多元一体的中华文化发展，新疆自古以来就是中国领土不可分割的一部分，新疆各民族都是中华民族的组成部分。

维吾尔族是经过长期迁徙融合形成的，维吾尔族先民最初信仰原始宗教和萨满教，后来相继信仰过祆教、佛教、摩尼教、景教、伊斯兰教等。唐宋时期，在高昌回鹘王国和于阗王国，上至王公贵族、下到底层民众普遍信仰佛教。元代，有大量回鹘人改信景教。直到今天，仍有一些维吾尔族群众信奉其他宗教，也有许多人不信仰宗教。伊斯兰教传入新疆，与阿拉伯帝国兴起和伊斯兰教由西向东扩张有关。伊斯兰教既不是维吾尔族天生信仰的宗教，也不是唯一信仰的宗教。

历史上，中央王朝对新疆行使管辖权及其新疆各民族在融合过程中，留下了许多可歌可泣的故事，额敏塔就是历史见证之一。额敏塔又称"苏公塔"，是新疆境内现存最大的古塔，位于吐鲁番东郊2千米处的葡萄乡木纳格村的台地上，是一座塔形伊斯兰教建筑，建成于1777年，迄今

额敏塔

已有232年的历史。它是清朝时期维吾尔族著名爱国人士吐鲁番郡王额敏和卓83岁时率领儿子扎萨克公苏赉满修建的。以额敏和卓为始祖的吐鲁番郡王家族，王爵"世袭罔替"，从额敏和卓受封到清末，传位六代九人152年。额敏和卓一生忠于清王朝，为祖国统一屡建功劳，晚年时自出白银7000两，修塔建寺，就是为了恭报清王朝的恩遇，表达自己对真主的虔诚，并使自己的业绩流芳后世。额敏塔除了使用少量木材外，主要使用青灰色条砖砌成，造型别致，美观大方；塔身呈圆台状，高37米，底部直径10米；塔内有螺旋形阶梯72级通达顶部，外表分层叠加出三角纹、四瓣花纹、水波纹、菱格纹等十几种平行的几何图案，具有浓郁的维吾尔族艺术风格。

火焰山

吐鲁番景点大多与大陆荒漠性气候及沙土有关，高台上生土建城，地下开渠筑井，横亘在吐鲁番盆地的火焰山寸草不生。火焰山形成于7500万年前的中生代，成因主要是地壳由横向皱褶运动而隆起，岩层主要由白垩纪、侏罗纪时期的沙砾岩及红泥岩构成。由于年平均降水量低，蒸发量高，夏季太阳长时间照射，地

表平均温度高达 70 度，最高可达 83 度，远而观之，热气腾腾，烟雾缭绕，恰似火焰在燃烧。火焰山东西长 98 千米，南北宽 6 ~ 10 千米，东起鄯善兰干流沙河，西到吐鲁番桃子沟，山体呈红色和青褐色，平均高 500 米，最高主峰 851 米。火焰山景区位于吐鲁番市以东 32 千米处，312 国道从景区旁穿过，所处的这段山体在整个火焰山山脉中最为壮观和雄奇。景区以火焰山自然景观为依托，以西游记故事情节为主线打造，最有特点的当属火焰山温度计。它不仅创造了温度计之最，而且刻度随气温的升降而变化。不过，作为一个景区，有游客惊呼不值，因为不用进景区，同样可以观赏火焰山。

干旱、少雨、日照时间长，是吐鲁番的气候特征。走进吐鲁番，首先映入眼帘的就是大片的葡萄园，土坯砌垒用于晾制葡萄干的荫房。葡萄点缀着吐鲁番人的生活，人们的生活离不开葡萄。有人说葡萄是吐鲁番人的图腾，是吐鲁番的灵魂；也有人说，干旱、少雨的吐鲁番并不缺水，水不是以通常的形态存在，而是以葡萄的形式出现。吐鲁番以色、香、味俱全的葡萄而名扬天下。这里的葡萄品种多，大约有 100 多种，有长圆浑实、丰腴娇艳的马奶子；细腰婀娜、爽口脆嫩的贝加干；像少女明媚眸子似的黑葡萄；如沉甸甸高粱一般的索索葡萄；还有紫玛瑙似的玫瑰香，绿宝石的喀什哈尔，姹紫嫣红、争奇斗艳、鲜亮碧绿、香甜可口的无核白、红葡萄等，构成了一番水土独有的葡萄大观园。千里迢迢来到吐鲁番，岂有不尝不品的道理，只是碍于血糖高，买一些发给家人，让他们去分享。

（新陕冬行日记 1，2019 年 11 月 7 日至 8 日游览，11 月 26 日成稿于珠海）

资料来源：①携程旅行网；②百度百科。

千里迢迢只为你

　　"大漠戈壁，一棵棵胡杨举起一把把火炬，把苍凉的边塞烘热照亮。"这就是胡杨镌刻在一个少年心中的印记，每每想起，拂之即来，挥之不散，去新疆看胡杨，成了如水的思念。10月底，偶然从CCTV上看到新疆胡杨黄的画面时，激动不已，震撼之余，立即从携程网上预订产品和机票，11月9日从乌鲁木齐出发，开始一次流行于年轻人口中的"说走就走"的南疆之旅。

　　天山山脉将新疆分为南北两大部分，习惯上称天山以南为南疆，天山以北为北疆。最北部的阿尔泰山与天山之间的是准噶尔盆地，天山和最南部昆仑山之间的是塔里木盆地，"三山夹两盆"是新疆的主要地理特征。在游人眼里，南疆与北疆截然不同，北疆意味着高山和草原，哈萨克和卫拉特蒙古；南疆则意味着沙漠和戈壁，维吾尔和塔吉克。11日10晚行程经历的库尔勒、轮台、温宿、阿克苏、和田、泽普、喀什及塔什库尔干均分布在南疆，踏足的塔里木盆地、温宿大峡谷、塔克拉玛干沙漠、帕米尔高原和胡杨林，都是南疆自然景观中最壮美的诗篇。

　　可能是季节和气候的原因，有幸同行的只有三人。司导马先生是回族人，国家二级运动员，辞去公职后从事向往的自由职业，人生积

极、从善，开着自己的座驾，单程 3500 千米，还陪同我们进峡谷，上雪山，逛景点。旅友小赖生长于赣州，学成于镇江，发展在广州，工作繁忙，年假一直推到无法再推时来新疆旅行。他年龄最小，前途无量，被我们称为"主席"，是我们长途跋涉的"话题风暴"。马导一直戏称"三剑客"，直到一个交通检查站，我们准备下车通过人行通道时，年轻的维吾尔族警察指着小赖说"你要，老汉不要"，"三剑客"就此成为历史。

中国胡杨看新疆，新疆胡杨在南疆。南疆的胡杨从库尔勒、轮台、温宿、阿克苏、和田、泽普，一直延伸到沙漠尽头的喀什和帕米尔高原，河湖湿地上胡杨成林，大漠戈壁中胡杨傲立孤芳，南疆胡杨尤以罗布人村寨、塔里木胡杨林国家森林公园和金湖杨国家森林公园最为集中与壮观。10 日凌晨 7 点半从乌鲁木齐出发，车行 550 千米，大约8 个小时，参访的第一站就是罗布人村寨。

罗布人是新疆最古老的民族之一，他们从遥远的罗布泊走来，在与世隔离的沙漠中，以胡杨做舟，以鱼为粮，以捕鱼和狩猎为生，靠着罗布泊水域、湿地和原始胡杨林繁衍生息，过着原始部落般的生活。这里，塔克拉玛干沙漠一望无际，塔里木河与渭干河交相辉映，最大的内流河与最大的沙漠碰撞出一片梦境般的世界，大漠、河流、草原、湖泊、胡杨、罗布人村寨……

罗布人村寨位于库尔勒市南 85 千米处，20 余户人家，只有一条旅游公路进出。步入村寨，正门是鱼的图腾，立于左右两侧的分别是象征生殖的男人和女人。罗布人认为鱼是人类的祖先，男根充满生命力，女殖赋予神圣感，他们崇尚爱情，坚贞不移。村寨复制了太阳墓和兴地岩画命运转轮遗迹，修建了吊桥、木屋、茶园、长廊、民居和奥尔德克纪念馆。奥尔德克当属历史上最有名的罗布人，作为瑞典探险家斯文·赫定的向导，先后带领科考探险队发现了楼兰古城和小河墓地，令整个世界震惊。

罗布人村寨最引人注目的，还是弯弯曲曲的两河岸边及湿地上自由生长、姿态各异的原始胡杨林。它们有的出水而立，有的临水而长，有的苍劲，有的秀美，有的像百年佛塔昂然挺立，有的如妙龄女子妩媚多姿。一夜秋风，胡杨林仿佛染上了油画般的金黄，初冬时节色彩更浓烈，每一片叶子都镀上了金色，像黄色绸缎，在蓝天白云下，绚丽耀眼，璀璨夺目。我们穿梭在胡杨林，自由地呼吸，忘情地拍照，日落西山时，天空喷射出道道彩霞，整个村寨被一片醉人的金色所笼罩。日落、河流、胡杨、村寨，成了人们心中的诗、梦中的画。

南疆胡杨，轮台是故乡。不到轮台，不知胡杨之壮美；不见胡杨，不知生命之辉煌。塔里木胡杨林国家森林公园位于轮台县城南沙漠公路 70 千米处，地处塔里木保护区的核心部位，总面积 100 平方千米。塔里木河流域的原始胡杨林是我国六大原始森林之一，集中了我国 90% 以上的胡杨林，而塔里木河下游的胡杨林则被誉为世界最古老、面积最大、保存最完整的原始胡杨林。11 日上午 9 点从库尔勒出发，耗时 4 个多小时，驱车近 300 千米，特地来到塔里木胡杨林国家森林公园。

秀色可餐，下午 2 点前抵达景区时，顾不得吃饭，迫不及待地入园参观。我们搭乘景区大巴，沿着蜿蜒的观光路，一路走一路看，时而上车疾行，时而下车徒步，全程 40 千米，用时 3 个多小时。景区内胡杨、红柳、芦苇交织，恰阳河穿流而过，袖珍湖泊散落其间。道路旁，河岸边，满目沧桑，高大粗壮的胡杨，或

临水而立的胡杨

弯曲倒伏、静默无语，或仰天长啸、豪气冲天。深邃的天空下，身披铠甲的英雄，或屹立在大漠，或扎根于水中，用执着的生命守望相助，在塔克拉玛干沙漠边缘筑起了一道坚不可摧的城墙。穿行在无边无际的金色海洋，除了惊叹和高歌，有的就是对生命的敬畏。

塞外边陲的莽莽昆仑，冰川雪原喷涌出万涓雪水，形成蜿蜒曲折、生生不息的叶尔羌河。叶尔羌河滔滔奔腾，一泻千里，在广袤无限的连绵大漠、宽广无际的戈壁旷野间冲积孕育了一片神奇的绿洲，维吾尔语称之为"波斯喀木"，汉语称之为"泽普"。南疆首个国家 5A 级旅游景区——金湖杨国家森林公园就坐落在叶尔羌河冲积扇上缘，天然胡杨林面积多达 1.8 万亩。景区处于昆仑山北麓，叶尔羌河出山口，南出昆仑，北育绿洲，胡杨常年享受昆仑雪水，显得婀娜多姿，素有贵族胡杨和水乡胡杨的美誉。

14 日上午 6 点起床，沿着和田的屯垦东路、屯垦路、塔乃依南路和北京西路快走运动 8 千米，储备好充分的精神后，回酒店洗漱、喝茶、早餐，9 点出发，车行 330 多千米，用时 5 个小时，到达金胡杨国家森林公园。一路上，挂满树枝、落叶待摘的红枣，铺天盖地，相当诱人。说来很神奇，作为高血糖症者，平时吃饭迟一点，都会大汗淋漓，双手发抖。这次南疆之行，每天基本上是早晚两餐，即便不吃午饭，也没有饿得走不动路，出现习惯性症状。原来，秀色还可以充饥。

下午 2 点甫一到达，立即入园游览。登高远眺，金湖杨国家森林公园以戈壁、雪山为背景，叶尔羌河及其分支环绕，三面临水，茂盛的天然胡杨林与荒芜的

胡杨树下忘年之握

戈壁滩形成独特的自然风貌。胡杨林黄叶如染，一望无际，如诗如画，金黄的胡杨与清冽的湖水相映成趣，金湖杨因此而名。公园内设有观光的电瓶车和马车，我们舍车保马，赶车的是一位维吾尔族长者，年高 91 岁，精神矍铄，神采奕奕，许多游人争相与他合影时，他总是笑容可掬，令你满意。

林场东北部约 200 米处，有一棵直径 3.8 米的雄性胡杨，已有 1400 年的生长历史，树龄之悠长，躯干之伟岸，生命之旺盛，在叶尔羌河流域乃至西北地区实属罕见。坚忍不拔的品质，让它在经历千年风雨后仍然屹立天地；顽强不屈的精神，让它在走过漫长岁月后仍然枝繁叶茂，印证了胡杨"生而千年不死、死而千年不倒、倒而千年不朽"的传奇，被当地尊称为"胡杨王"。事实上，无论在金湖杨国家森林公园，还是在塔里木国家森林公园，抑或是胡杨林罗布人村寨，上百年甚至数百年的胡杨比比皆是。

如果说生长在水源之地的胡杨还不足为奇的话，茫茫戈壁荒漠，寸草不生的峡谷，三几棵胡杨突兀而立，一定会令人惊心动魄，喜出望外。位于天山山脉南麓的温宿大峡谷，绝壁高耸、奇峰兀立、千姿百态、嶙峋怪异，峡谷出入口有两棵胡杨，近在咫尺却不能相会，妹妹枝繁叶茂"站着等你三千年"，哥哥枝枯叶落，在等待中睡着了。穿越"死亡之海"的阿和沙漠公路，"千山鸟飞绝，万径人踪灭"，偶偶所见只有一个个在沙堆上向我们展示生命奇迹的胡杨。它在沙漠中成了一座永恒的雕像，独自承受荒漠的风剑刀霜，用无悔的守望，执着地追求生命的渴望。

生长在戈壁沙漠的胡杨，有的挺拔傲立，有的承压弯曲，有的匍匐回首，它们只有盐碱相伴，没有绿色相依。仔细观察，胡杨树干粗壮以耐风吹沙打，树冠不大以防高温蒸发，唯有根系发达，只要地下水位不低于四米，就能存活生长。奇特、古劲、沧桑，应该是对"活

化石"胡杨最简单的概括。胡杨最可贵之处，就是它们在落叶前把最美的"胡杨黄"献给大地，即便落叶后也静静地躺在树下，等待着风卷沙土将自己埋葬在母亲身旁。

（新陕冬行日记2，2019年11月10日至14日游览，26日成稿于珠海）

资料来源：①塔里木胡杨林国家森林公园官网；②金湖杨国家森林公园官网；③罗布人村寨景区官网；④携程旅行网。

穿越"死亡之海"

　　去新疆旅行，绕不开沙漠话题。2019 年 11 月 6 日开始的两段新疆之旅，都有沙漠行程。7～8 日第一段行程，专门从第二天中腾出半天多时间，司导开车带着我 1 个人，单向行车 80 千米，前往库木塔格沙漠；9 日开始第二段行程，多次与沙漠为伍，印象最深的是 13 日，几乎用了一整天时间，沿着阿拉尔到和田的公路，穿越塔克拉玛干沙漠。沙漠之行，弥补了花甲之人走过"死亡之海"的空白。

　　库木塔格沙漠位于鄯善县城最南端，东西长 62 千米，南北最宽处 40 千米，总面积约 1880 平方千米，屹立在世界海拔最低的吐鲁番盆地。库木塔格汇聚了世界各大沙漠类型，是世界上唯一与城市"零距离"的沙漠，城市与沙漠紧密相伴，黄沙与绿树千年厮守，演绎着生与死瞬间经历的千古奇迹，承载着古楼兰文明遗存的灵犀，千百年来沙不进、绿不退、人不迁，沙子、绿色和城市默契相依，谱写了人和自然和谐相处的壮美篇章。

　　库木塔格，维吾尔语是"沙山"之意。库木塔格沙漠的形成，主要是因为来自天山七角井风口和达坂城风口的狂风，沿途挟带着大量沙子，在库木塔格地区相遇、碰撞而沉积，形成有沙山的沙漠这一独特的自然景观。立于鄯善老城，放眼向南望去，金色的大漠雄浑壮观，绿色的草木落英缤纷，沙漠与绿洲默默对视，犹如忠诚的恋人，给人无尽的遐思。

库木塔格沙漠风景区是国家4A级景区，上午10点多抵达时，就分秒必争地入园游玩。景区入口距离2号线落车点不远，步行可以轻松到达。司导低估了我的徒步能力，担心时间紧张，执意为我代买了30元的观光车票。付款后，揣着门票，走路往返。入口不远处，有一个沙湖，位于沙山脚下，湖边色彩斑斓，湖上亭台阁榭，湖水与沙山相映成趣，乘车极容易错过。

沙漠行者之足

沙漠不同于其他的自然景观，根本不需要人工雕琢，一阵风，一场雨，都可以缔造出不一样的景致，来到沙山必须游玩兼备。以前体验过沙车兜风、骆驼漫步和木板滑沙，这次孤身一人，只能登山观景。库木塔格沙山坡陡，沙子细腻，一脚下去，深陷沙中，如果抽脚不快，就有可能退回原地，每迈一步都不容易。爬上山顶，俯瞰北面，一路为界，一边是连绵不绝的沙漠，寸草不生，叫人绝望；一边是生机盎然的城市，楼宇林立，草木葱茏，沙漠和绿洲无缝衔接。远眺南面，沙山形态各异，一派金黄，无数道沙石涌起的皱褶如凝固的浪涛，一直延伸到视线之外。

山顶上有了不少游人，有的吞云吐雾，平息攀爬途中劳累；有的仰面朝天，安享冬日沙漠阳光；有的追赶嬉戏，打滚撒泼，任性如孩童；有的手握流沙，谈情说爱，细数流年。心灵与大自然的融合，使成年人的矜持、成熟和练达变得单纯而天真；尘世的虚荣和猥琐得到了超脱，孤傲和忧伤渐渐被放逐。人群不远处，有两座弯弯如月的沙山，越过人多的山头，来到这里漫步。风平沙静，山上丘脊线平滑流畅，一面沙坡似水，一面流沙如泻，脚下柔沙如棉，一步一个脚印；身上阳光照耀，温暖入心，置身沙漠之中，有一种说不清、道不明的忘我。

塔克拉玛干沙漠位于塔里木盆地中心，东西长约 1000 千米，南北宽约 400 千米，面积达 33 万平方千米，分布在巴音郭楞、阿克苏、喀什、和田四个地区界内。沙漠四面高山环绕，天山在北面，昆仑山在南面，帕米尔高原在西面，东面逐渐过渡，直到罗布泊沼盆。沙漠地表是由几百米厚的松散冲积物形成的，受风影响，为风所移动的沙盖达 300 米，风形成的地形特征多种多样，各种形状与大小的沙丘都可以见到。沙漠四周有叶尔羌河、塔里木河、和田河和车尔臣河贯穿两岸，由于塔里木盆地是一个内流水系盆地，从周围山脉而来的全部径流都集聚在盆地自身之中，为河流和地下水层供水。

塔克拉玛干沙漠是我国最大的沙漠，也是世界第二大的流动沙漠，流沙面积位居世界第一。在维吾尔语中，塔克拉玛干意为"走得进，出不来"，英国探险家斯坦因在百年前将其称为"死亡之海"。据说，立于塔克拉玛干腹地海拔 1413 米的乔喀塔格山上眺望，苍茫的天穹之下，塔克拉玛干无边无际，能于缥缈间产生一种震撼人心的奇异力量，令面对此景的每一个人都感慨人生得失的微不足道。可能正是这种神奇，吸引着成千上万的游人一定要穿越塔克拉玛干沙漠。

对于探险旅行来说，穿越塔克拉玛干是以于田或墨玉为起点（或终点）、阿拉尔为终点（起点）的两条线路作为探险意义的穿越，两条线路中以于田大河沿路难度最大。有朋友向我推荐自驾穿越时，没有为其所动。我们不是探险家，缺乏专业的训练，穿越自然是坐车途经阿拉尔到和田的沙漠公路而已。即便如此，425 千米的阿和公路，加上途中绕访热瓦克佛教遗址，整整用去了我们一天时间。

20 多年前来新疆旅行，那时经济普遍不发达，基础设施比较落

后。记得我们一行两车同事，先行的车子赶在天黑之前到达了目的地，另一台车子因为没有今天的道路而迷失了方向，又无法电话联系，被迫停在戈壁滩上过夜。如今，新疆发展很快，以乌鲁木齐为中心，伊宁、阿勒泰、吐鲁番、哈密、喀什、和田等十几个地区已经通航；公路交通基本上形成了以乌鲁木齐为中心，以高速公路为骨架，以国省道干线为骨干，环绕两大盆地，沟通天山南北，辐射主要地州和兵团，东联内地，西出中亚，通达全疆的大交通网；铁路线路虽然不算多，但普遍里程比较长，重要城市都可乘火车抵达。

用芦苇草方格在公路两侧建立的防沙措施

塔克拉玛干里有两条沙漠公路，一条是轮台—民丰沙漠公路，经轮南油田、塔里木河、肖塘、塔中四个油田，1995 年贯通，共 566 千米，是目前世界上最长的贯穿流动沙漠的等级公路；另一条是阿拉尔到和田沙漠公路，沿和田河修建，按一级公路标准设计，其中沙漠地段 407 千米，2007 年贯通。公路路面采用强基薄面理论，路基采用风积沙填筑、土工编织布强基，并用新技术新工艺施工。由于塔克拉玛干是流动性沙漠，为了防护流沙侵蚀路基、路面和沙丘压埋公路等危害，公路建设时用芦苇草方格在公路两侧建立机械防护措施，让沙漠公路看起来与一般公路有些不同。

阿和沙漠公路宛如一条飘逸的彩练，南北纵穿塔克拉玛干沙漠腹地。路况很好，车辆不多，汽车飞驰在一望无际的沙漠上，非常惬意。车外，沙垄宛若憩息在大地上的条条巨龙，蜂窝状、羽毛状、鱼鳞状等各种沙丘变幻莫测，天是蓝的，地是黄的，非黄即蓝，将极简主义演绎到了极致。广袤的大漠，沉寂的沙海，雄浑、静穆，绵绵的黄沙与天际相接，根本想象不出哪里才是沙漠的尽头。刚刚进入时，兴奋不已，深入之后，杳无人烟，连一点绿色都没有，就会陡生厌倦，激情不再。

为了防止驾乘人员的视觉疲劳，沙漠公路两侧不仅每隔100千米设置一处服务区，还结合自然环境分布，在合适的地点设置观景台，方便游客观看沙海和沿途风景。不过，这些服务区和观景台不能与内地高速公路相比，它既没有加油、加水的设施，又没有任何建筑和服务人员，仅仅是在路边建有停车的地方而已。即便如此，每每出现一两棵胡杨时，我们都要停车拍照。一棵棵枯死的胡杨，忧伤地指向天空，虽然给沙漠陡增了不少苍凉和悲壮，但来年发芽开枝时，一定会给沉寂的沙海注入生命的活力。

穿越塔克拉玛干，除了沙漠，最有意义的就是造访热瓦克佛教遗址了。遗址位于洛浦县城西北50千米的沙漠中，是一处以佛塔为中心的寺院建筑遗址，其建筑形式和壁画风格深受犍陀罗文化的影响，建于南北朝时期，唐代后期逐渐废弃，曾出土大量壁画和塑像，具有很高的研究价值。自20世纪初被斯坦因发现之后，在国内外考古界和史学界引起了很大反响，2001年被国务院列为第五批全国重点文物保护单位。在往返热瓦克佛教遗址的途中，两次见到野生的骆驼，由于惧怕人类，我们很难接近。这是我们在无边的沙漠中，见到的唯一一只大型野生动物，既激动，又意外，它是告别前塔克拉玛干沙漠献给我们的最好礼物。

（新陕冬行日记3，2019年11月13日游览，12月1日成稿于珠海）

资料来源：①携程旅行网；②阿和沙漠公路官网。

漫步帕米尔

帕米尔高原是汉武帝以来开辟丝绸之路的必经之地，位于我国西端、中亚东南部，地跨我国、塔吉克斯坦和阿富汗三国。目前除东部倾斜坡为我国管辖、瓦罕帕米尔归阿富汗外，大部分已属塔吉克斯坦，因而帕米尔高原不在我国"四大高原"之列。我国与塔吉克斯坦和阿富汗接壤的，是塔什库尔干塔吉克自治县。从喀什到塔什库尔干，有中巴友谊公路即 314 国道通达，全程 288 千米，需要一天时间。

16 日上午 9 点半，太阳刚刚起床，我们就从喀什出发。首先去喀什公安局服务大厅，办理边防通行证。上了中巴友谊公路，先是一路向西，转而向南，沿着蜿蜒的盖孜河谷行进。车行一个多小时后，道路两边崇山峻岭拔地而起，山体呈现铅灰色、铁灰色和褐色，盖孜河奔腾咆哮，将昆仑山切出深深的裂缝，这就是盖孜大峡谷。中巴友谊公路就像一条美丽的绸带，穿行在峡谷中，飘舞在帕米尔高原上。

盖孜大峡谷是帕米尔的西南门户，去帕米尔境内的盖孜边防检查站，就设在峡谷由宽收窄的咽喉部位。到达检查站，人车分流，除了司机，所有人都要下车，进入检查大厅，通过安检，持身份证和边防通行证，验证通过。出了检查站，大约再行一个小时的车程，经过一个叫布伦口的公格尔水电站，很快就到达行程中的第一个景点，位于

阿克陶县布伦口乡境内的白沙山和白沙湖。

白沙湖是一个面积 44 平方千米的高原平湖，据说这里就是《西游记》沙和尚出现的那条流沙河。湖的两侧遥遥矗立着公格尔九别峰，临湖的是白沙山，由大小十余座山冈组成，山上相拥着大片洁白而细腻的沙子。在蓝天白云下，白色的沙山与湛蓝的湖水相依相偎，沙随水动，水流沙走。雪山和白沙如同披在新娘身上的婚纱，把白沙湖打扮得恬静而妖艳。

白沙山和白沙湖海拔 3300 米，车子一停稳，我们即冲出车外，奔向湖边。寒气凛冽，穿透衣服，打在身上，如同针扎。来到湖边，绝不止于拍照。湖边水清见底，湖面薄雾轻渺，沙山静止如画，沙湖翩翩舞蹈，沙山和沙湖影映出一个静谧而圣洁的世界。情不自禁地将手伸进水中去触摸，在岸边拣起一块扁平的石块抛向湖面，直到确认这不是梦境。

恋恋不舍地告别白沙湖，继续前行半个多小时，慕士塔格峰横亘天际。慕士塔格峰位于阿克陶县与塔什库尔干县交界处，海拔 7509 米，是西昆仑山脉第三高峰，它与其北海拔 7719 米的公格尔峰、海拔 7759 米的公格尔九别峰三山耸立，如同擎天玉柱，屹立在帕米尔高原上，成为帕米尔高原的标志。在塔吉克语中，慕士塔格意为"冰山之父"，山上终年积雪不化，冰珠闪耀，被塔吉克人视作纯洁爱情的化身。

慕士塔格雪山与公格尔雪山的西侧，分布着十数条冰川，融化的冰水汇聚成清秀的喀拉库勒湖。喀拉库勒湖地处冰山之父慕士塔格、公格尔和公格尔九别峰三座大雪山怀抱中，因湖水深邃幽暗，在柯尔克孜语中意为"黑湖"，当年高僧玄奘取经途经这里。

帕米尔是塔吉克语"世界屋脊"之意。帕米尔高原是我国的西疆极地，平均海拔 5000 米以上，属高寒气候，约有 1000 多条山地冰川。

因一时不能确认慕士塔格峰，道路又正在维修，从喀什前往塔什库尔干途中经过时，只是临时停车拍照。抵达塔什库尔干后，百思不得其解。返程时，请求马导在景区门口停车。售票处大门紧闭，我们在海拔 3600 多米的高地，如饥似渴地跑向喀拉库勒湖。

被白雪覆盖、白云笼罩的慕士塔格峰

　　轻歌曼舞的粉雪，洒满大地，喀拉库勒湖畔，慕士塔格峰上下，成了白色的世界。天空出奇的蓝，一大片白云，仿佛帽子似的扣在慕士塔格峰顶，风吹不散。湖边结起了冰，湖心却微波荡漾。远山静默，湖水如镜，我们在雪地漫步，在湖中取景，美中不足的是强光逆袭。

　　从喀拉库勒湖到塔什库尔干，只有 100 千米的路程，要行驶 2 个小时。可能是途中疲劳，抑或是高原奔跑，下午五六点到达并入住永鸿酒店，冲凉更衣后就不想动荡了。沏一杯太平猴魁，慢慢品味。不知是轻微的高原反应，还是浓茶的兴奋，晚上虽然睡得很早，却通宵未眠。17 日凌晨 6 点起来，沿着乔戈里路、塔什库尔干路、建设路、

慕士塔格路、帕米尔路和中巴友谊路快走运动 8 千米。塔什库尔干县城不大，几条主要干道几乎都走到了。

红旗拉甫国门距塔什库尔干县城还有 100 多千米，因故关闭，计划行程被迫取消。9 点出发，在一对浙江夫妇的餐厅里吃完早餐，沿着中巴友谊公路行驶大约 20 千米后，转向瓦恰乡的山间道路，马导带我们去找寻网红的盘龙古道。

瓦恰乡地处塔什库尔干县东部，距县城 75 千米，盘龙古道就是瓦恰乡通往县城的主要道路。它盘旋于昆仑山脉，山高、弯急、坡陡、蜿蜒曲折，最高海拔为 4100 米。天空粉雪飘飘洒洒，很多路面只有路基，坑坑洼洼，不少地段只能开二三十码的

宛如银蛇的盘龙古道

速度，又没有路标，将信将疑，开开停停，颇耗时间。

山重水复疑无路时，一幅以雪域、高山、峡谷、村寨为背景，山体作底色，柏油作颜料的宏图巨画映入眼帘。黑的玄英，白的耀眼，黄中带褐，动静结合。仰望长空，云朵飘逸，天际湛蓝；俯瞰脚下，雪后的公路，披上一层薄薄的羽衣，宛如一条巨龙，从高山腾空而出，笔直的身躯已经游向峡谷，直指村落，长长的尾巴还弯曲在山中。

龙脊的留影

马导说这段路今年竣工不久即已成为网红，估计明年就会成为旅客打卡的景点，我听了以

221

后，陡生一种隐忧。在雪域高原修筑这样一条路，抛开巨额投资不说，需要付出多少人的艰辛劳动，甚至生命的代价。如果旅游能给村民带来实际收益，自然是一件好事；如果只是打卡而无实际消费，大量的汽车和游人涌入，必将打扰村民的生活，让这条建设标准不高的公路不堪重负，因为这是一条村民脱贫致富的路。

从盘龙古道回到县城，马不停蹄地走进唐代遗址石头城。在海路开通之前，帕米尔是东西之间来往交流的必经之路。古代丝绸之路在进入塔里木盆地以后，分为南北两道，向着不同的目的地延伸，到了帕米尔又交会一处，直达石头城。从石头城起，再分南北两道，到中亚细亚、小亚细亚、南亚次大陆以及欧洲大陆等更远的地方，石头城成了东路的终点和西路的起点。

石头城总面积 10 万平方米，建在塔什库尔干县辕北、塔什库尔干河左岸的高丘上，形势极为险峻。城外建有多层或断或续的城垣，隔墙之间石丘重叠，乱石成堆。城基是石头垒砌，城墙用泥石混合，还有几处以土坯修筑的哨所和炮台，规模依稀可见。这里有过繁华，有过战争，虽然现在只剩下残垣断壁，但风光优美。周围有雪峰，脚下是阿拉尔金草滩，塔什库尔干河在这里蜿蜒而过，立于石头城，雪山、河流、草地和县城一览无遗，尽收眼底。

走下石头城，就是一片宽能见边、长不能见底的草滩，分布在塔什库尔干河两岸，占地 20 平方千米。草滩一片金黄，又与石头城下的阿拉尔乡村为伴，阿拉尔金草滩因此而得名。一眼望不到头的草滩上，牧草如毯，水车、毡房、小桥、牛羊点缀其间，河水安静地流淌，在一个个低洼的地方积水成蓝宝石般散落在草滩上，在阳光的照射下，发出钻石般的光芒。沿着木栈道，漫步其上，心无旁骛，神情怡然。一对塔吉克族青年的婚礼流动到演艺广场，我们正追着羊群拍照，错失了宝贵的时光。

可能是高原不适，抑或是一路奔跑，赖主席回到酒店就躺下睡觉。我和马导在酒店一楼餐厅，点了当地有名的牦牛火锅。一时兴起，马导又拿来此前没有喝完的白酒，一杯下肚，当时虽然没有什么反应，却整夜难眠。午夜 12 点起来，沿着帕米尔路、中巴友谊路、幕士塔格路、戈乔里路，用脚步丈量 8 千米。两天下来，把整个县城走了一个往返。除了高原特有的蓝天、白云和清新的空气，帕米尔的夜静谧而美妙。星星挤满了银河，眨巴着眼睛，月亮斜挂在天空，轻轻地微笑，街上灯火通明，行人屈指可数，行走在寒冷的夜空下，一种莫名的惬意飘荡在心中。

（新陕冬行日记 4，2019 年 11 月 9 日至 10 日游览，12 月 3 日成稿于珠海）

资料来源：①携程旅行网；②百度百科。

流连喀什

喀什位于塔里木盆地西部，东临塔克拉玛干沙漠，南依喀喇昆仑山与西藏阿里地区，西靠帕米尔高原，既是我国最西部的边陲城市，南疆政治、经济、文化、交通中心和农牧产品最大集散地，也是古丝绸之路上的商埠重镇，东西方经济、文化和文明的重要交汇点，我国历史文化名城。南疆旅行，不能不去喀什。

11 月 15 日从泽普县城出发，车行 200 多千米，到达喀什参观香妃墓，远观高台民居，近赏艾提尕尔清真寺，闲逛喀什古城；18 日从塔什库尔干回到喀什，漫游东湖公园，等待日落高台民居，并再次夜游喀什古城。先后两天，沿着建设路、班超路、滨河南路、滨河北路和人民路，从银瑞林国际大酒店往返喀什古城，五个单程，总里程超过 30 千米。我把足迹留在了喀什，老城则把美好献给了我。

香妃墓源于一个美丽的传说。乾隆皇帝有一个妃子，本名买木热·艾孜姆，自幼体香，被称为"伊帕尔罕"，维吾尔语意"香姑娘"，27 岁被选为妃子后赐名"香妃"，因不服京城水土 55 岁病故，由 124 人抬运棺木，历时三年运尸回乡，安葬于阿帕克霍加墓中。阿帕克霍加墓是新疆著名的伊斯兰教圣裔家族的陵墓，墓内葬有 5 代 72 人，阿帕克霍加是墓中第二代人，明末清初喀什著名伊斯兰教"依禅

派"大师，曾一度夺得叶儿羌王朝的世袭政权，更成为17世纪"依禅派"伊斯兰教的首领，名望远远超过传教大师的父亲。香妃是阿帕克霍加的重侄孙女，霍加家族因阿帕克霍加而得名，又因香妃而闻名天下，因而人们又将阿帕克霍加墓称为"香妃墓"。

香妃墓是一座典型的伊斯兰教古建筑群，位于喀什东郊的浩罕村，由门楼、大礼拜寺、小礼拜寺、教经堂和主墓室五部分组成。小礼拜寺和门楼是一组最外面的建筑物，彩绘和砖雕图案极为精美；主墓室是一座长方形拱顶建筑，圆拱直径达17米，无任何梁柱，外墙和屋顶全部用绿色琉璃砖贴面，有花纹的黄色或蓝色瓷砖，显得格外富丽堂皇、庄严肃穆；大礼拜寺在陵园的西半部，名"艾依提甲衣"，节日期间供教徒们礼拜用；寺外有一池清水，林木参天，白桦树和古建筑交相辉映。陵墓厅堂高大宽敞，一侧存有驼轿一乘，据说是当年从北京运回香妃尸体的原物；平台上排列着坟丘，用白底蓝花琉璃砖砌成，晶莹素洁，香妃排在最后一排霍加家族第一代和第二代的旁边，盖以黄绸椁布，说明地位显著。

整个陵园是一组构筑得十分精美的古建筑，四角各建一座半嵌在墙内的巨大砖砌圆柱，柱顶建一座精致的圆筒形"邦克楼"，整体设计与印度的泰姬陵很相似，主要是色调不同，泰姬陵是白色，香妃墓是绿色。香妃墓成为旅游景点后，人们又在景区扩建了香妃园，包括香妃故居、霍加家史馆、手工艺品展示区等，定时上演香妃入宫和身着维吾尔民族华服的歌舞，向游人展现维吾尔人热情好客、歌颂维汉各族自古以来团结友爱的同时，增加了浓浓的商业氛围，与泰姬陵内不准带包、饮食截然不同。

高台民居位于喀什老城东北端，原是一处维吾尔民族聚居区，距今已有600多年历史，因建在高40多米、长800多米黄土高崖上而得名。维吾尔族人世代聚居，房屋依崖而建，家族人口增多一代，便在

喀什古城街道

祖辈的房上加盖一层楼，这样一代一代，房连房，楼连楼，层层叠叠。这些随意建造的楼上楼、楼外楼之间，形成了曲曲弯弯、纵横交错、忽上忽下的许多条小巷，成了喀什展示维吾尔古民居建筑和民俗风情的一大景观。

11月7日在吐鲁番游览交河故城遗址时，由于无法进入生土建造的房屋内部参观，就把愿望寄托在了喀什。高台民居虽然有不少新建的砖房，但是更多的还是用生土和杨木搭建而成的土房。11月15日下午到达时，高台民居已被列为危房，居民全部迁移，景区封闭，正在维修。赶在喀什老城6点开城仪式之前，绕围栏一圈，寻找入口和机会进去逛一逛，未能如愿。18日从塔什库尔干回到喀什，放下行李，再次来到位于人民东路的吐曼桥，等待高台民居日落。

高台民居几乎三面临水，与东湖公园隔吐曼桥相望，克孜勒河从东北边缘静静地流过。小桥流水，碧波荡漾，河岸边，湿地上，柳叶墨中有翠，银杏一顶金黄，在夕阳的映衬下，高台民居熠熠生辉，格外迷人。

喀什老城分布在解放北路左右两侧，临街而望。东城有民居、学校，商贾林立，主要售卖喀什特色产品和旅游纪念品，每天东门定时举行开城仪式，又靠近夜市，商业气息浓厚；西城保留了比较原始的状态，有广场、艾提尕尔清真寺、百年老茶馆、古丽茶坊等，除了售卖地方特色产品外，休闲、娱乐、餐饮似乎多一点，相对安静。

"北疆看风景，南疆看风情。"喀什是南疆风情的集中体现，老城又是喀什的灵魂，承载着喀什的厚重和风情，是喀什和维吾尔族文化最经典的代表。老城街道纵横交错，木雕精美绝伦，着色艳丽，流光溢彩。漫步于老城，迎面而来的都是一个个衣着、容颜、语言迥异的人，有种莫名的穿越感，仿佛进入了中亚异域世界。

高台民居

看完开城仪式，在沿着东城的街道闲逛的同时，买了三样东西：1斤花生、1袋瓜子和1块馕。最早从中亚传入的馕，作为一种古老的主食，在新疆已有两千多年的历史。喀什的馕花样很多，每家添加的辅料各不相同，有用玫瑰酱做馅的玫瑰馕，有撒了牛羊肉粒的肉馕，最常见的就是芝麻和洋葱馕。馕冷了以后很坚硬，却很有咬劲，吃起来也津津有味；喀什的瓜子和花生，特别香脆，陪伴我度过了不少空闲的时光。

马导隆重推荐的缸子肉，在喀什很有名气。15日下午逛完东街，来到西城，百年老茶馆楼下就是一家专营缸子肉的小吃店，一杯杯热腾腾的缸子肉，就炖在门前的火炉上。小店门面不大，食客大都是当地人，通常每人一缸子肉，用汤泡馕。我们找了一张空桌坐下来，如法炮制。用瓷缸和新鲜羊肉炖出来的缸子肉，每缸20元，价廉物美，肉嫩汤鲜，相当可口。

百年老茶馆就在缸子肉的二楼，蓝色的墙上镶嵌着精美的木质雕花门窗，本身就是一道风景。茶馆里特别热闹，除了游客，清一色的维吾尔族老先生，岁月在他们身上留下了抹不去的痕迹。他们喝着砖茶，吃着烤馕，看着歌舞，安享属于自己的生活。第一次我们三个人一起来时，正值晚餐时间，除了露台，几乎座无虚席，离去时耿耿于怀。18日晚上，拍完日落，独自来到百年老茶馆，先在楼下享用缸子

肉，然后上楼要了一杯老茶，置身其中，感悟维吾尔族老人的生活。流逝的时光，改变不了生活的信仰。

老城居民普遍友善，大多会说一些汉语，向他们问路，跟他们聊天，都会热情相待。在缸子肉用餐时，与邻桌的长者拉家常，自然、流畅、温馨；一个人夜游老城时，导航找不着方向，一位维吾尔族老汉送我到路口；东城漫步时，恰遇学校放学，一群小学生嬉闹着走出校园，看着我们背着相机，迎面而来的一个小姑娘，主动把我们领到一组雕像前，摆出 Pose，让我们拍照。人之初，性本善，各民族的信仰可以不同，却是同一片蓝天下的兄弟姐妹。

（新疆冬行日记5，2019 年 11 月 15 日游览，12 月 5 日写于珠海）

资料来源：①携程旅行网；②百度百科。

千里黄河一壶收

    结束 13 天的新疆之行后，11 月 19 日从喀什飞抵西安，利用转机的便利，参加"西安城墙 + 法门寺 + 乾陵 + 延安 + 壶口瀑布 + 黄帝陵"五日四晚跟团游。

    西安与开罗、雅典、罗马并称为"世界四大文明古都"，她有 3100 多年的建城史和 1100 多年的建都史，是中华文明的重要发源地之一。千年的文化积淀赋予西安独有的地上、地下文物遗存，数不尽的名胜古迹和稀世文物默默地诉说着这座中华人文之都的辉煌与沧桑，高度发展的旅游业又让历史文化名城成为吸金无数的"聚宝盆"。

    以前因工作和旅行多次造访西安，华山的雄浑粗犷、险峻陡峭，兵马俑的神采奕奕、栩栩如生，古城墙的稳固如山、顶可跑车，华清池的环山趋雾、滑洗凝脂，钟鼓楼的四角飞翘、蔚为壮观，大雁塔的气魄宏大、凭栏远眺，回民街的青石铺路、绿树成荫，还有长安的流光溢彩、国风秦韵，都是意惹情牵，刻骨铭心。但是，这次 5 日 4 晚跟团游却出乎意料，足以颠覆过去对西安旅游的认知。

    5 日 4 晚的行程，扣除第一天集合和最后半天的散团，实际旅游的时间只有三天半。如果说这还是旅游业界不成文惯例的话，三天半的行程被分割成三段，分别拼入三个团，由三个导游领队，好像是早

已被人诟病的云南旅游模式。这种模式基于旅游业者的立场，把游客当"猪仔"买来卖去，根本上无视以人为本。在这种思维定式下，旅游车每天一早一晚都要满城接送客人，看起来是为游客考虑，殊不知每天在外时间长达 10 个小时以上，扣除 3~4 个小时接送时间，用于游览的时间少得可怜。

"卖猪仔式旅游"的核心是低价揽客，无序竞争，在无形中降低从业门槛和服务能力的同时，通过自费或购物把负担转嫁给游客。游客最终既没有少掏腰包，又没有获得应有的服务。三天半的行程中，几乎每天都有自费或购物，有时为了确保自费项目，不得不压缩正常景点的游览时间，甚至有些景点就干脆去不了。最后半天虽然没有自费项目，游完景点后的途中一直都在推销土特产。预订的行程包含接送机，电话服务很好，行程中午结束却要在回民街等到下午 3 点多。拖着行李很不方便，就自己坐车去机场，回访的电话不断，不是歉意，而是强调不送机不退款，听了电话如同吃了苍蝇。

与美好的行程相比，这些只是插曲。五日四晚行程先后到访了西安、咸阳、宝鸡、延安四座城市的 17 个景点，包括始祖轩辕黄帝陵、轩辕庙、茂陵、霍去病将军墓、卫青墓、乾陵和懿德太子墓；西安城墙、钟鼓楼、大雁塔、回民街和宝鸡法门寺；红色圣地王家坪革命旧址、枣园革命旧址、杨家岭革命旧址和南泥湾，以及自然景观壶口瀑布。

有一句旅游顺口溜，凸显了各个城市旅游景点的特点。"北京看墙头，西安看坟头，上海看人头，杭州看粉头，桂林看山头。"懂了这句话的意思，就不难理解五日四晚行程中六个陵墓安排的必要了。陵、林、冢、坟都是死者的墓葬，在讲究礼制与等级的古代社会，却有着特定的含义。陵即高山，秦始皇以后专指帝王的墓葬，直到近代人们出于对一些伟人或烈士的敬仰和怀念，才使用陵来代替其墓，如中山陵、烈士陵园。林主要是圣人的墓葬如孔林、关林，冢主要是皇亲国戚、公孙王爷的墓葬，坟则是普通百姓的墓葬。随着现代汉语的普及，坟、墓的使用频率远高于林、冢，并常常连用，逐渐淡化了彼此间的差别。

在参访的六个陵墓中，黄帝陵位于陕西黄陵县城北的桥山上，沮水河畔。桥山巍巍，沮水长长，为了寻根问祖，海内外炎黄子孙每年都要汇聚于轩辕庙，公祭人文初祖黄帝。轩辕庙就建在桥山之麓，坐北朝南，依山傍水。庙内有一座大理石黄帝浮雕像和纪念碑文，以天圆地方为创意，屋顶上透空一个圆形穹顶，让阳光照进来。院内有16棵古柏，最珍贵的当属"黄帝手植柏"，树龄4000余年，仍然生机盎然，还有一个巨大的石脚印，相传是黄帝的脚印。事先获得导游同意，一路小跑，往返四五千米，全团唯一登山，向黄帝陵深深三鞠躬。

西汉王朝214年，历经11位皇帝，建陵11座，有9座位于关中腹地、泾渭之交的咸阳原，其中最为显贵的有五陵，即高祖长陵、惠帝安陵、景帝阳陵、武帝茂陵和昭帝平陵。茂陵是汉武帝刘彻的陵墓，位于兴平市内，北面远依九嵕山，南面遥屏终南山，东西为横亘百里的五陵原。汉武帝文韬武略，拓疆扩土，为西汉王朝建立了不朽功勋。茂陵是汉代帝王陵墓中规模最大、修造工期最长、随葬品最丰富的一座，被称为"中国的金字塔"。马踏匈奴是汉武帝留在茂陵的珍贵文化遗产，空前启后的国之瑰宝。卫青墓、霍去病墓、李夫人墓等，是茂陵的陪葬墓。

乾陵位于乾县境内的梁山上，为唐高宗李治与武则天的合葬墓。梁山是圆锥形石灰岩山体，共有三峰，北峰最高，泔河环其东，漠水绕其西，乾陵玄宫就在北峰之上。南面两峰比较低，东西对峙，中间为司马道，因而东西两峰取名叫"乳峰"。闻名于世的无字碑和述圣纪碑隔路相对，耸立在司马道的东西两侧。述圣纪碑由武则天亲撰，

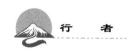

唐中宗李显书丹，记述高宗文治武功，开创了帝王陵前立功德碑之先河。无字碑通身取材于一块完整的巨石，给人以凝重厚实浑然一体的美感，巍峨壮观，为历代群碑之冠。

无字碑未题碑名，碑额阳面正中一条螭龙，左右两侧各四条，亦称"九龙碑"。碑两侧有升龙图，各有一条线刻而成腾空飞舞的巨龙，栩栩如生。碑座阳面还有线刻的狮马相斗图，马屈蹄俯首，雄狮昂首怒目。宋金以后，开始有人题字于碑，使无字碑成了有字碑。现在可以见到许多镌刻的文字，在内容上自然形成了评价武则天的碑文，在书法上真、草、隶、篆、行五体具备，或许这正符合武则天当初立碑的本意。

乾陵是唐十八陵中主墓保存最完好的一座，也是唐陵中唯一一座没有被盗的陵墓，采用"因山为陵"的建造方式，陵区仿长安城建制，除主墓外，还有17个小型陪葬墓，安葬其他皇室成员和功臣，懿德太子墓就是距乾陵最近的一座陪葬墓。唐高宗李治与武则天的孙子、唐中宗李显的爱子李重润，因在后宫议论武则天的私生活，被乱棍打死，原本埋在洛阳，李显登基后将其迁回咸阳的皇家陵园，并为儿子办理了冥婚。沿着墓道进入地宫，墓室有天井，墙上有唐代壁画，地宫内安放着当年的棺椁，还可以近距离地看到盗墓的痕迹。

西安城墙、钟鼓楼、大雁塔和回民街都是西安的标志性景观，以前来西安多次到访钟鼓楼和回民街，这次下榻的酒店在"鸡拐弯"，快走运动时几次路经这两个景点。钟楼和鼓楼位于市中心，两座明代建筑遥相呼应，蔚为壮观，每当夜幕降临，广场、钟楼、鼓楼的灯光相继亮起，色彩缤纷，美轮美奂。回民街就在钟楼和鼓楼的附近，青砖红顶，除了穆斯林风格外，整条街都被浓厚的市井气息所笼罩。凉皮、烩羊杂、粉蒸羊肉、腊牛羊肉、牛羊肉泡馍，几乎集中了西安所有小吃，无论什么时间，都是人头攒动，热闹非凡。

西安城墙全长 13.7 千米，建于明朝初年，如今已有六百多年历史，是我国保存最完整的古代城垣。原有城门有东、南、西、北四座，每座城门分别有正楼、箭楼、闸楼三重城楼，闸楼在最外，用以升降吊桥；箭楼在中间，正面和侧面设有方形窗口，供射箭用；正楼在最里，楼下是城的正门。箭楼与正楼之间用围墙连接，叫瓮城，是屯兵的地方。从长乐门登上西安城墙，十三朝古城尽收眼底。漫步于西安城墙，遥望金陵，南京明城墙据岗垄之脊，依山傍水而建，高坚甲于海内，经历数百年沧桑，宫城、皇城、外廊三圈城墙已毁坏殆尽，唯有高大的京城墙依然屹立。

大雁塔位于西安南郊绿荫环抱的大慈恩寺内，是玄奘法师为供奉从天竺带回的佛像舍利和梵文经典，在长安慈恩寺的西塔院建造的一座五层砖塔，后来加建并有数次变化，最后固定为现在的七层塔身。以前来西安，携朋友一起登临，这次行程只有大雁

大雁塔

塔北广场，自费进入慈恩寺后，先是步讲解员后尘，边听边看，再漫步寺内，边观边赏。树木葱郁，曲径幽深，香烟缭绕，建筑古雅，七层大雁塔拔地而起，气势雄伟，巍然屹立。仰望嵯峨雁塔，抚今追昔，难怪乎雁塔诗会蔚然成风。

法门寺位于陕西宝鸡市，是唐代皇家寺院，以安置释迦牟尼佛指骨舍利而成为信徒仰望的佛教圣地。导游带领团友们搭乘景区观光车去合十舍利塔，我一个人徒步前往。进入佛光门后，映入眼帘的是两个莲花池，水面上气雾缭绕，代表权贵的六牙象和代表智慧的狮子分列左右两边。穿过金刚守卫的般若门，来到只有两个门柱、象征着天

地相连的空门，才是佛光大道。地藏菩萨、观音菩萨共 10 尊佛像，形态各异，金光闪闪，道路两侧还分布着十几组雕像，讲述"太子诞生、出游感苦、夜度凡尘、六年苦行、菩提悟道、初转法轮、普度众生、双林灭度、王舍城结集和阿育王弘法"等佛教故事。

法门寺景区占地很大，气势恢宏，合十舍利塔高高地矗立在佛光大道的尽头。塔内陈列着顶骨舍利，每逢初一、十五或节假日开放给信众朝拜。法门寺地宫是迄今所见最大的塔下地宫，出土了释迦牟尼佛指骨舍利，铜浮屠，八重宝函，银花双轮真身锡杖等佛教至高宝物，珍宝馆展出了出土于地宫的两千多件大唐国宝重器，为世界之最。沿着人流，先下地宫，再进珍宝馆，佛指舍利清晰可见，展品精美，弥足珍贵。

延安是红色圣地，杨家岭、王家坪、枣园革命旧址和南泥湾是延安旅游的名胜景点。杨家岭、王家坪、枣园革命旧址相距不远，南泥湾则地处壶口瀑布前往延安的途中。为了在一天内参观完成，并从延安返回西安，22 日凌晨五点半从宜川出发，经过南泥湾时天才蒙蒙亮，天寒地冻，景点还没有开门，只能下车拍几张照片，继续出发。到达延安后，还要安排一个多小时自费看演出，实际行程只参观了王家坪和枣园革命旧址两个景点。由于导游收入来自自费提成，付了 50 元小费后，徒步四五千米去杨家岭革命旧址，对于花甲之人而言，每去一个地方或景点，都可能是今生最后一次。

中共中央于 1937 年 1 月迁入延安，王家坪就是中央军委和八路军总部所在地，八路军、新四军在这里进行了艰苦卓绝的八

王家坪革命旧址

年抗战，日寇投降后，又粉碎了国民党反动派的全面进攻。旧址规模不大，设施简陋，现在对外开放的有军委礼堂，政治部会议室，军委会议室，毛泽东、朱德、彭德怀旧居等。杨家岭是 1938 年 11 月至 1947 年 3 月中共中央所在地，毛泽东、周恩来、刘少奇、朱德等中央领导在这里居住。在这里中共中央领导了大生产运动，召开了党的"七大"和著名的延安文艺座谈会。1943 年 7 月中共中央书记处由杨家岭迁往枣园，中央其他单位仍然住在杨家岭。现在开放参观的有中央大礼堂、中央办公厅和毛泽东、周恩来、刘少奇、朱德旧居。

枣园原是陕北军阀高双成的庄园，土地革命时期归人民所有。中共中央来延安后，于 1941 年开始修建，共修窑洞二十余孔，平瓦房八十余间，礼堂一座。1943 年竣工后，毛泽东、张闻天、刘少奇等先后迁居枣园，1944 年至 1947 年 3 月中共中央由杨家岭迁驻到枣园。1947 年中央撤出延安后，枣园遭到严重破坏，现存建筑都是中华人民共和国成立后重建的，目前开放有中央书记处小礼堂、伟人旧居、"为人民服务"讲话台、中央医务所、幸福渠等。漫步于领袖们曾经走过的道路，看着一排排、一座座在半山上挖建而成并带有围院的土窑洞，以及窑洞里简陋得不能再简陋的床和家具，睹物思人，更加缅怀一代伟人。

五日四晚行程中最壮美的自然景观，就是壶口瀑布了，它被印在 50 元人民币的背面，为每一个中国人所熟知。下午 5 点多到达宜川县壶口乡景区时，正在西沉的太阳给大地披上一层金装。河滩上，瀑布边，挤满了游人，一路跑向瀑布，从下游逆流

枣园革命旧址

而上，再顺流而下，或静静地伫立在瀑布的围栏边，默默注视脚下汹涌的激流，或傻傻地置身于飘飞的水雾下，深深感受"乱石穿空、惊涛拍岸、卷起千堆雪"的震撼和壮美。直到一位同行的大姐让我帮她拍照时，才幡然醒悟，迫不及待地举起相机。

壶口瀑布是黄河流域唯一的大瀑布，世界上独一无二的黄色瀑布，东濒山西省吉县壶口镇，西临陕西省宜川县壶口乡，既是晋陕两省的天然分界线，又是两地共有的旅游景区。黄河从青藏高原奔腾而下，一路浩浩荡荡，汹涌澎湃，气势磅礴，滚滚东去，流经晋陕大峡谷时，两岸石壁峭立，河面猛然由400多米压缩不到30米，狭如壶口，浩大的河水仿佛一条狂飞乱舞的巨龙骤然被束缚，从壶口跌落深潭，翻腾倾轧于几十米的落差之中，卷起团团水雾，激起层层浪花，搅得天惊地动，声威震天。

高音喇叭里滚动地播放着《黄河大合唱》，"风在吼，马在叫，黄河在咆哮"，许多人情不自禁、激情飞扬地跟着唱起来。置身于飞瀑激浪的天地，看到的是白浪滔天，听到的是涛声如雷，那气吞山河的气势，那振聋发聩的怒吼，不要说在那风雨飘摇、民族召唤的时期，即便在国泰民安、温饱无忧的今天，也让人血脉贲张，无往而不前。如果说壶口瀑布是一道风景，莫如说是一种象征，中华民族自强不息，威武不屈，百折不挠精神的象征。

壶口瀑布

壶口瀑布景色丰富，水瀑冲击岩石激起的浪花远看似"水里冒烟"，阳光反射则成"霓虹戏水"；每到冰霜时节，北部黄河冰封霜冻，往日欢腾喧嚣的激流瞬间成冻，顿失滔滔，就像一条巨大的银蛇静卧大地，冰清玉洁

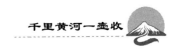

的冰层似无语对苍天，层叠相加的形象仍显桀骜不驯的傲骨；一旦春回大地，冰雪消融，凌汛咆哮，大河再舞，复苏的黄河犹如脱缰的野马，腾空的飞龙，飞流直下，巨浪排空，声势浩大，如雷贯耳。夜幕降临，不得不告别，"千里黄河一壶收"的气度和气势成了永恒的记忆。

（新陕冬行日记6，2019年11月19日至23日游览，12月9日写于珠海）

资料来源：①携程旅行网；②百度百科。

无奈之旅

　　因新冠病毒导致的肺炎疫情滞留美国数月，千辛万苦回到国内，在上海酒店集中隔离期满，回家又自我封闭两周。即便如此，还是瞻前顾后，左右为难。久未会面的亲朋，近在咫尺，相见恨难。旅行就成了无奈的选择。

　　新疆是无奈之旅的首选。她占据我国 1/6 的国土面积，与八个国家接壤，陆地边界线长达 5600 多千米，是第二座亚欧大陆桥的必经之地。以前有过多次去新疆旅行的经历，但仍然兴致盎然。

　　在旅行网上选好了行程，预订产品时获悉，从境外回国人员，需要六个月时间才能获准入疆。幸亏没有去成，时隔不久，新疆暴发了新冠肺炎疫情。无助之时，退而求其次，西藏成全了我的"逃避之旅"。以前去过西藏，高原反应诱发过带状疱疹，一直心存不甘。

　　太太也一直想去西藏，碍于高原反应不敢贸然成行。这次入藏，肩负一项特别的任务，为太太的西藏之旅打前站。在查阅目的地参团的旅游产品以后，为避免重复，确定以拉萨为起始点、阿里和林芝两地为主要方向，7 月 22 日出发，经成都飞往拉萨，前后衔接两个行程，8 月 10 日飞抵成都，小住几日后返回珠海。

　　第一个产品，除专职司导外，组成"霸道四人小团"，"西藏阿

里+冈仁波齐+古格王国遗址+
珠峰大本营+班公错+玛旁雍
错+纳木错+纳木错圣象天门+
扎西半岛+羊卓雍错"13 日 12
晚跟团游。7 月 24 日从拉萨始
发，8 月 5 日回到拉萨。

巍峨壮观的布达拉宫

司导小冯是 1996 年出生的
阜阳小伙，哥哥的突然离世，给
父母留下了无尽的哀思。他早早地成婚并育有孩子，让孙辈打发祖辈
的时间，转移父母的注意力，自己专司赚钱养家，是一位富孝心、少
言语、精车技、值得信赖的人。

四位游客是散拼的三男一女，另三位分别来自云南、四川和上海，
有两位"80 后"，一位"60 后"，他们都是第一次进入藏区，除云南
的小崔外，我们都有不同程度的高原反应。特别是上海的金女士，刚
刚退休不久，高原反应强烈，前几天几乎吃不好、睡不香，靠着塔尔
钦小诊所开出的几块钱药片，顽强地走完全程，令人佩服。

团友中有一位小学教师，15 岁开始上大学，专长于历史和地理，
又有川西藏区扶贫的经历，途中每每经历一个城镇、湖泊、高山、寺
庙，甚至一个藏族风俗习惯，他都头头是道，如数家珍，且如小学生
上课一样不容置疑。

开始我还为有一位侃侃而谈的旅友而高兴，有了他的介绍和点评，
似乎可以省却不少功课，起到事半功倍的效果，直到这种"省事"干
扰你用脚、眼、耳、心真正感悟旅行的意义时为止。我不止一次地观
察到，不少人不是攻略的景点就怨天尤人，除了网红的照片就胡乱拍
摄，如果出现更美的景色时，不是心不在焉，就是不知所以。

可能是职业使然，小学教给学生的大多是确定的知识、定律和方

法，大学则更加注重传道、授业和解惑。长期的职业熏陶，自己在旅行中也养成了一种孤僻的习惯。不为谈资和打卡去旅行，不为攀比和炫耀而劳心，出行前不做攻略，排除框框和写手的引导；游览中用脚丈量，眼耳分工，靠心体会，把旅行当成生活的一部分。

没有事前攻略，一切都是未知，无论气候条件和天气状况如何演变，都是帝景天成，同样收获满满。有些人每到一个地方，急于打卡网红，在写有景点名称的石碑前，排队、拍照，人多拥挤时不惜插队、争吵，把有限的时间浪费掉，让愉快的旅行怨声载道。

我的旅行，除了江海河山，就是平常生活。每到一地，快走、喝茶和美食，相伴而行。即使西藏高原，每天早上八九点出发，晚上九十点才能下榻，万步慢跑和一杯绿茶从不缺席。途中没有时间停下来，就随身携带干切的牛肉和干粮。每次旅行，从不吝啬请聊得来的人一起吃饭、喝酒。此前没有吃过红烧牦牛蹄，到了拉萨，不论价格贵贱，盛邀几个同行的旅友一起品尝。

"13 日 12 晚"的阿里大北线，剔除高原反应，最难的就是汽车和道路。从现有的旅游产品和自驾游来看，大多使用越野车，以丰田霸道居多，旅游中巴和大巴根本无法通行。在一些不堪的路段，"霸道"也无可奈何，颠簸的让行李箱高高地抛起，又重重地甩下。

起于上海人民广场、
终于西藏中尼友谊桥的 318 国道

13 天行程里，走过国道、省道、县道和乡道，其中最好的就是国道 318 线和 219 线。318 国道起于上海人民广场，终于西藏中尼友谊桥，全程 5476 千米，几乎就是沿着北纬 30 度线前行。它横跨我国东中西部八个省份，其中四川—西藏的部分是这条景

观大道最美、最精彩的一段，沿途风景千变万化，多姿多彩，驰骋之上，可以体验"隔山不同天，一天有四季"的奇妙。

老国道219线北起新疆喀什，南至西藏日喀则，全程2140千米，经过新疆、西藏两个自治区，连接我国西北和西南地区。它穿越举世闻名的昆仑山、喀喇昆仑山、冈底斯山和喜马拉雅山，全线经过的大部分地段为无人区，平均海拔4500米以上，是世界上海拔最高、条件最险、路况极差和环境最恶劣的高原公路。行走其间，才能体会什么叫"朝圣者般的孤独"，为何是"心灵在天堂，身体在地狱"。

国道如此，省道、县道和乡道可想而知，糟糕的还是许多时候无路可驶。从狮泉河出发，到达海拔4800米的雄巴后，折而向南，途经海拔5300米的亚热，前往海拔5000米的仁多乡，车行的是戈壁滩涂和碎石搓板路，经历的是广漠无垠的旷野和荒原。这里才是阿里大北线的精华所在，在这片人迹罕至的土地上藏着无数个"一错再错"，无穷无尽的山峰和白云，偶尔出现的绿洲和羊群，与霸道赛跑的野驴和羚羊，真可谓颠簸不止，惊艳不断。

8月1日，不同旅行社的"五台霸道"相约而行，威风凛凛地从仁多乡前往措勤县。在游历海拔4700米的仁青休布错和海拔4566米的塔若措后，中午到达海拔4421米的扎布耶茶卡，简单地野餐和休整，下午在一望无际的戈壁上狂飙时，领头车深

越野车在戈壁沙滩

陷泥沼，其余四台迅即汇聚营救，最后还是路过的牧马人发力，才脱离险境。飙车的震撼，施救的温馨，成了意外的收获。

第二个产品，"西藏林芝＋巴松错＋鲁朗林海＋雅鲁藏布大峡谷＋

南迦巴瓦峰＋拉姆拉错＋达古峡谷＋桑耶寺＋羊卓雍错"四日三晚跟团游。全团 16 位游客，8 月 6 日出发，8 月 9 日回到拉萨。羊卓雍错在两个产品中重复，司导康司傅很友善，途经机场高速时，绕道送我到贡嘎，为我赢得了旅行途中难得的半天悠闲时光。

西藏的 6~8 月是雨季，通常情况下，白昼蓝天白云，早晚或细雨霏霏，或大雨倾盆。在阿里大北线 13 天行程中，除了 7 月 25 日下午到达珠穆朗玛峰观景台时，雨雾连绵，无法仰望卓立万山之巅的雄姿外，一路上还算风调雨顺。

林芝古称工布，位于西藏东南部，雅鲁藏布江中下游，平均海拔 3100 米。喜马拉雅山脉和念青唐古拉山脉由西向东平行伸展，东部与横断山脉对接。东南低处正好面向印度洋开了一个大缺口，顺江而上的印度洋暖流与北方寒流在念青唐古拉山脉东段一带汇合驻留，两大洋流常年鱼贯而入，形成了林芝热带湿润和半湿润气候。林芝集中了西藏森林的 80%，为我国第三大林区，风景秀丽，被誉为"西藏的江南"。

阿里海拔高企，人烟稀少，用荒凉、神秘而寂寥形容那里的条件和环境，一点不为过。如果不去林芝，很容易以偏概全，以为阿里就是西藏的缩影。四日三晚林芝之行，完全颠覆了这种认识。林芝海拔不高，山清水秀，气候宜居，生活闲雅，景点上游人如鲫，一片高原江南的繁忙景象。美中不足的是雨雾连天，只能观赏林芝的一个侧面，希望下次陪太太来时，换一个季节，从林芝开始，把行程延伸到昌都和墨脱。

西藏旅行不能不提的，还有餐饮和住宿。林芝海拔低，自然环境优越，发展旅游业起步早，游人多，餐饮和住宿条件成熟，各种旅游产品齐备，一般都提供吃、住安排。阿里空间距离远，行程长，产品单一，由于人口密度低，常常还要穿越无人区，旅游业还处在发展初

期，有时不得不落足藏民家，男女混居，睡通铺，吃糌粑，喝酥油茶。从这个意义上说，没有藏民家旅居经历的，就不能算真正到过西藏。

在疫情和中印边境对峙期间出游西藏，边防通行证和防疫用品是必备的。阿里大北线多次检查边防通行证，一路非常顺利，日土县边防检查例外。我们四位旅友，只有金女士在上海办理了纸质边防通行证，旅行社代办的三位边防通行证存放在司导小冯的手机里。为了远程验证，警察让我们在停车场足足等待了 1 个小时。

防疫方面，主要是坚持戴口罩，提前做好健康码或动态行程卡，随时备查。林芝旅友中有两位北京援藏的老师，从未离开拉萨，也不知道如何获取健康码，出发前特地开了没有离开藏区的书面证明。社会发展得太快了，如今的红头书面文件没有手机好使，每每经过防疫检查时，北京身份证的旅友都要重新扫码验证通过，才获放行。

夏天戴口罩是一件不爽的事情，特别是在高原地区，空气稀薄，行走起来，呼吸急促，戴着口罩更不方便。考虑到自己从境外回国时间不久，出于对己对人负责的精神，西藏之行从头至尾坚持戴口罩。高原地区湿度低，许多人口鼻干结，不得不用唇膏和鼻通，我戴口罩却保护了口鼻湿润，收到了意想不到的效果。

这次西藏之旅，前后两个行程，近 20 天时间，虽然没有带状疱疹的袭扰，高原反应仍然不同程度地影响着出行和睡眠。尤其是高海拔地区，经过一天长达十几个小时的长途跋涉，入夜后特别想睡觉时，头部就像是上了紧箍咒，如针扎似的刺痛。如果这个时候睡不着，起身慢跑一会，通过运动增加呼吸量，头部缺氧的

西藏是牦牛的乐园

症状就很快得到缓解。

千山之巅，万水之源，西藏是藏羚羊的摇篮，牦牛的乐园。雪域高原，蓝天白云，既为这些天之生灵创造了栖息地，又孕育了世世代代的藏族牧民，造就了独特的异域风情。辽阔的高原牧地，危耸的皑皑雪峰，纯净而安详的圣湖，还有奔腾的河流，不期而遇的野生动物……无奈之旅，称心快意。

（西藏旅行日记 1，2020 年 7 月 23 日至 8 月 10 日游览，8 月 19 日写于珠海）

资料来源：①携程旅行网；②百度百科。

驻足圣湖

一个人前往信仰圣地的旅程就是朝圣，例如基督徒朝拜耶路撒冷，佛教徒朝拜菩提伽耶等。朝圣地通常是创立者、圣人的诞生地或去世地，这些地方直接与神性连结，或者有呼唤灵性，朝圣可以祈福赎罪、感恩还愿或者被疗愈。我崇尚山水自然，怀念青山绿水、蓝天白云。从这个意义上说，千里迢迢，去往一个少人烟、无污染、原生态的地方，就是我心中的朝圣。

13 日 12 晚阿里大北线和 4 日 3 晚林芝环线，一条向西北，最远到日土县的中印分界湖，一条向东南，至米林县折返，两个行程都从拉萨始发，足踏拉萨、日喀则、阿里、那曲、林芝和山南六个地区，自然风景除了戈壁、高原，最美的就是雪山和碧水。

西藏河流密布，流域面积大于 1 万平方千米的河流有 20 多条，著名的有金沙江、怒江、澜沧江和雅鲁藏布江。雅鲁藏布江是西藏的第一大河，发源于喜马拉雅山北麓杰马央宗冰川，经珞瑜地区流入印度，称为布拉马普特拉河。亚洲著名的恒河、印度河、湄公河、萨尔温江和伊洛瓦底河的上源都在西藏。

雅鲁藏布江有五大支流，流域面积最大的一条支流就是拉萨河，藏语称吉曲，意为"快乐河""幸福河"，发源于念青唐古拉山南麓，

在拉萨曲水县汇入雅鲁藏布江，全长551千米，总落差1620米。拉萨河两岸山峰多在3600～5500米，是世界上最高的河流之一。拉萨河特大桥是青藏铁路的标志性工程，通体白色，连续的拱形犹如一条飞扬的哈达，与金色的布达拉宫遥遥相望。

发源于米拉山西侧错木梁拉的尼洋河，全长300多千米，由西向东流，在林芝汇入雅鲁藏布江，是工布地区的母亲河，当地人称"娘曲"，藏语意为"神女的眼泪"。尼洋河水清澈而喘急，雅鲁藏布江水浊而流速缓慢，尼洋河水汇入雅江后，逆流而上，形成江水倒流奇观。8月7日暮夜无扰，一个人来到林芝大桥，桥下流水哗哗，桥上孤芳自赏，一边徒步，一边听涛，独自陶醉。

广袤的西藏高原上点缀着大小湖泊1500多个，其中面积超过1000平方千米的有色林错、纳木错和扎西南木错；面积超过100平方千米的有47个，湖泊总面积24000平方千米左右，约占我国湖泊总面积的1/3。西藏高原不仅是我国最大的湖泊密集区，也是世界上湖面最高、范围最大、数量最多的高原湖区。这里的湖泊咸水湖多，淡水湖少，湖面海拔超过5000米的有17个。

在藏语中，称河为曲，把湖叫错（或措）。在219国道和301省道间，阿里腹地藏北羌塘，分布着许多湖泊的野生路线，"13日12晚阿里大北线"载着我们，自然不会错过。霸道车沿着这些几乎没有路的路线，引领我们去探寻一个又一个大大小小的湖泊，被形象地称为"一错再错"。

两个产品共17天行程，游览了多少湖泊，已经无法一一呈现。但是，一些大的湖泊，例如藏民心中的圣湖或鬼湖，它们不仅如一颗颗翡翠点缀着高原大地，而且许多还有惊心动魄的传说，让人过目不忘，记忆犹新。

羊卓雍错、玛旁雍错和纳木错是西藏著名的"三大圣湖"，我们

首先到访的是羊卓雍错，最后游览的是纳木错。

羊卓雍错简称羊湖，藏语意为"碧玉湖"，是喜马拉雅山北麓最大的内陆湖泊，面积675平方千米，湖面海拔4441米。羊湖位于山南地区浪卡子县，7月24日西出拉萨，经过曲水县雅鲁藏布江大桥，沿着349国道南行100多千米，如愿到达。

立于4998米拉山口观景台，羊卓雍错的身躯蜿蜒在群山之中，形如耳坠，镶嵌在山的耳轮之上。远远望去，湖面平静，一片翠蓝，犹如山南高原上的蓝宝石，碧水在蓝天、白云和阳光的映照下，呈现出碧绿、浅蓝、湛蓝等不同的色彩，好似梦幻一般。

蜿蜒在群山之中的羊卓雍错

传说羊湖由仙女变化而来。很久以前，这里有一只泉眼，住着一户富人。有一天，佣人达娃在泉边救了一条小金鱼，金鱼变成美丽的姑娘，送给他一件宝贝。主人发现后，要他带自己去泉边找宝贝，没有达到目的就将他推进泉眼淹死。姑娘这时出现了，变成无边的波涛，袭向富人，从此这里就成了一泓碧蓝清澈、妖娆无比的湖泊。

游人不多，移步来到湖边。用手点蘸湖水，品鉴一下，微咸。徐徐微风，碧波浩渺，湖边水清见底，水面鱼鹰游弋，湖岸垒满了玛尼堆。羊湖浮生物众多，鱼类从不缺乏食物，藏民从不吃鱼，也不捕鱼，因而鱼类蕴藏量特别高，素有"西藏鱼库"之称。

7月27日下午抵达普兰县塔尔钦，一个团友去冈仁波齐转山，我们稍做休整后，第二天去玛旁雍错转湖。玛旁雍错位于冈仁波齐峰和喜马拉雅山纳木那尼峰之间，普兰县城东35千米处，是亚洲四大河流

的发源地。东为马泉河、南为孔雀河、西为象泉河、北为狮泉河，周围自然风景优美。司导小冯引领我们去景区对岸，不仅为了逃票，而且人少，可与圣湖自由自在地亲密接触。

藏语里"玛旁"就是不败、无不胜的意思，玛旁雍错藏语意为"不可战胜的碧玉之湖"。她形如鸭梨，南窄北宽，湖面海拔4588米，面积412平方千米，湖水清澈碧透，能见度14米，是我国蓄水量第二大、透明度最大的淡水湖，被佛教信徒看作圣地"世界中心"，有"圣湖之母"的美誉。据说，玛旁雍错是胜乐大尊赐给人间的甘露，圣水可以清洗人心灵中的烦恼和孽障，喝了能洗脱"百世罪孽"。印度教徒在转湖途中通常会下湖洗浴，而藏民一般只是步行或磕长头、转湖、喝水而不下湖。

玛旁雍错湖水蔚蓝，碧波轻荡，天气云卷云舒，乍晴还阴，两岸远山隐约可见，白云雪峰倒映其间。徒步转湖需要四五天时间，我们只能沿湖漫步。南岸坡缓水清，风浪把湖生植物和死鱼吹积在湖岸，形成不同于其他圣湖的独特景观。湖边远足，虽没有转山上下坡那样艰辛，但多是松软的细沙路，走起来也很费力。没有时间限制，走远了就驻足湖边，近赏碧水；走累了就落座湖畔，远观纳姆那尼峰发呆。走走停停，我们用自己的方式致敬圣湖。

"圣湖之母"玛旁雍错

玛旁雍错旁有一个咸水湖，藏语叫"拉昂错"，意为"有毒的黑湖"，湖水呈深蓝色，周围没有植物，没有牛羊，死气沉沉，人称"鬼湖"。鬼湖与圣湖一堤之隔，水质完全不同，圣湖的水清爽甘甜，鬼湖的水苦涩难咽。两湖之间的地带是进出普兰县的必经之路，从山丘上俯瞰，远方的群山高低错落，若隐若现；鬼湖岸线弯弯曲曲，勾勒出迷人的轮廓；湖边暗红色的小山，古怪迷离；深邃的湖水与银色的卵石相映成趣，鬼湖和圣湖生存在同一座雪山下，相互厮守着苍凉的岁月。

纳木错藏语意为"天湖"，是我国仅次于青海湖和色林措的第三大咸水湖，也是世界上海拔最高的咸水湖，位于拉萨当雄县和那曲班戈县之间，形状近似长方形，东西长 70 多千米，南北宽 30 多千米，面积 1920 平方千米，湖面海拔 4718 米。东南部

高原宝镜纳木错

是直插云霄、终年积雪的念青唐古拉主峰，北面依偎着和缓连绵的高原丘陵，绕湖四周的是广袤的草原，天湖就像一面巨大的宝镜，镶嵌在藏北草原上，我们尤为期待。

8 月 4 日上午从班戈出发时，天气正在下雨。霸道车载着我们，一路颠簸，抵达三圣石时，还是乌云密布。我们不抱怨，不放弃，到了圣象天门不久，太阳慢慢地驱散乌云，蓝天、白云逐渐呈现。湖水清澈透明，深浅不一，宽窄有异，在不同天象的映衬下，时而浅蓝，时而深蓝，时而蔚蓝，时而湛蓝，湖光山色，美轮美奂。我们寻着岩石，一会儿走到水边，目不转睛地探寻，一会儿又攀上峰顶，情不自禁地高呼，天湖就是这样抓住我们的眼球，左右我们的心绪，让我们身不由己，情难自控。

除了三大圣湖，我们还先后游览了班公错、当惹雍错、扎日南木错、色林错和巴松错等。这些湖泊，有的以规模、海拔和湖深见长，有的以历史、环境和国界见著，因而留下许多难忘的印记。

7月30日早上8点从札达县出发，车行3个多小时，来到日土县城西北部的班公错。这是我国与印控克什米尔地区的国际湖泊，湖面狭长，呈东西走向，长约155千米，宽约15千米，面积604平方千米，湖面海拔4241米，我国控制东部约2/3，印度控制西部约1/3。湖水东淡西咸，日土县境内的为淡水，西部与印控克什米尔地区交界的为咸水。班公错明媚而狭长，四周群山环绕，远处皑皑雪山，湖水至蓝至清，湿地上水草丰茂，牛羊散落其间。由于日土县地处我国最西部，山高路远，交通不便，游人很少到访，自然环境保护完好。置身于绿水蓝天和湖光山色中，观鱼儿水中遨游，赏鸟儿空中飞翔，追牛羊于山野，放飞心境，是一种久违的享受。

8月2日上午从错勤县城出发，沿着错勤藏布下游宽敞的河谷，五台"霸道车"并驾齐驱，风尘仆仆来到县城东北部的扎日南木错。发源于冈底斯山错勤藏布的扎日南木错，属东西构造断陷湖，东西长54千米，南北宽26千米，面积1023平方千米，湖面海拔4613米，是阿里地区第一大湖，西藏第三大湖。远观湖面浩瀚如海，水天相接，好似镶嵌于羌塘大地一颗巨大的蓝宝石，瑰丽无比；近看湖水清澈透底，波涛起伏，岸边浅水急流，铮淙可听。濒湖而立的木诺山孤峰高出湖面500多米，攀上山崖，扎日南木错波澜不惊地在草原上勾勒出的曼妙曲线尽收眼底。

当惹雍错位于那曲尼玛县文布乡，海拔4530米，既是西藏雍仲本教崇拜的最大圣湖，也是西藏第四大湖，最大水深超210米，是目前已知西藏最深的湖。当惹雍错形如鞋底，南北走向，三面环山，南岸达尔果山一列七峰，山体黝黑，顶覆白雪，形状酷似七座整齐排列的金字塔，它与当惹雍错一起被雍仲本教徒奉为神山圣湖。青藏高原曾经存在一个有自己的语言和文字、文明高度发达的古象雄王国，这里因为易守难攻的地势和良好的气候，曾是象雄王朝的王宫所在地。

8月2日上午游览完扎日南木错后，沿着当惹雍错北岸，一路由西向东，藏民当热如家宾馆就坐落在南岸。宾馆是藏式两层小楼，背山而居，临湖而立。说是宾馆，仅仅比一般的藏居多几间房而已，就连厕所都在几十米的野外。我们住在二楼，放下行李，沏一杯毛尖茶，坐在走廊里，一边品茶，一边凭栏远眺。蓝天白云，湖天一色，山川突兀，牛羊肥美。空谷幽兰，这个人迹罕至之地，竟如此美不胜收。凌晨5点起来，沿着湖边慢跑运动。月色朦胧，繁星点点，远山黢黑，大地沉寂，月光把湖面映照得一平如镜，除了脚步和心跳，没有一点声音，这才是真正的大地之静！

色林错位于冈底斯山北麓的班戈县和申扎县境内，湖体东西长72千米，南北宽22.8千米，面积2391平方千米，湖面海拔4530米，是我国第二大咸水湖，西藏第一大湖泊。据说，色林是一种魔鬼，每天要吞食成千上万的生命，人和动物都不能幸免。有一天，一位叫莲花生的大师找到色林，把它追到一个大湖，让它在湖里永生忏悔，为那些因它而失去的生命赎罪，这个湖就被命名为色林错，藏语意为"威光映复的魔鬼湖"。

色林错四面群山环抱，湖盆面积广阔，湖滨水草丰美，既是藏北重要的牧业基地之一，也是申扎湿地自然保护区。湖水清澈透明，被阳光折射出深浅不一的蓝色和绿色，虽然没有大海般的波涛汹涌，却一样的波光粼粼，壮阔浩渺。不远处矗立着一座覆盖着白雪的山峰，峰顶上缭绕着层层白云，如入梦境。色林错是一个湖泊的王国，周围有23座卫星湖，如同翡翠项链一样缭绕。与色林错一路之隔的是错鄂，内陆淡水湖，湖面海拔4562米，湖水清澈，湖岸曲折，湖内有一个鸟岛，鸟巢密布，主要鸟类有海鸥、黑头鸥、斑头雁和赤麻鸭。

巴松错也叫措高湖，藏语意为绿色的水，形似一轮新月，长约18千米，湖面面积27平方千米，海拔3480米，是西藏首个国家5A级旅游风景区。巴松错位于工布江达县巴河上游的高峡深谷里，是藏传佛教宁玛派红教有名的圣湖。8月6日上午从拉萨出发，旅游中巴载着我们16位客人，沿着林拉公路，翻越米拉山口，行驶300多千米，到达售票处后换乘景区大巴，自行游览。门票加交通费用170元，半价110元，70岁以上老人全免，是全程收费最高也是对70岁老人全免费用的圣湖。

与西藏其他湖泊不同，巴松错的湖水呈现出玉石般的绿色，四周群山环绕，雪峰阵列，林木繁茂。湖中有一座扎西岛，岛上有唐代的建筑错宗工巴寺，是西藏红教宁玛派寺庙，距今已有1500多年历史。寺南有一株桃和松的连理树，煞是好看。景区道路的尽头是工布风情的结巴村，据说村内还有少数一妻多夫和一夫多妻的家庭。漫步自然古朴的村落，随处可见工布人善良的笑容。景中有村，村亦是景，雪山、湖泊、森林、瀑布、村庄与文物古迹、名胜古刹交相辉映，一幅人间世外桃源的图画。

"天空之镜"扎布耶茶卡盐湖

各种圣湖和鬼湖之外，扎布耶茶卡不能不提。它是世界第三大锂矿产地、世界上唯一以天然碳酸锂形式存在的盐湖，"镁锂比"全球最低。8月1日从仁多乡出发，"霸道车"威风凛凛，在经历仁青休布错、昂拉仁错和达瓦错的一路惊喜后，风尘仆仆地来到盐湖。与一般湖泊不同，扎布耶茶卡不是以碧蓝的湖水，而是以一片白茫茫的大地形态登场，然后绵延不绝地伸向远方。远远地望去，盐湖就像上天撒落在荒原上的"调色盘"，把藏北大地点缀得雍容华贵；走近细看，更像是天空之镜，日出、日落时湖面映着金色的

阳光，波光粼粼，一片粉红，湖水映影的蓝天白云与天际如出一辙。除了拍照，有人捧起盐巴仔细端详，有人在湖面上飘飞石块，也有人赤脚走进湖中，仿佛包场，让我们流连忘返。

这次西藏之行，还有游览拉姆拉错的计划。藏语"拉姆"意为仙女、女神，"拉姆拉错"就是"吉祥天姆湖""圣姆湖"。她是被莲花捧起来的圣湖，是西藏最具传奇色彩的湖泊，位于山南加查县曲科杰丛山之中，面积不大，但每年寻访达赖喇嘛和班禅大活佛的转世灵童前，都要到此观湖下相，在藏传佛教转世制度中有着特殊的地位，因而备受教徒们信仰。由于 8 月 8 日有重要人物到访，拉姆拉错闭门谢客，我们的行程被迫调整，是此行一个不小的遗憾。

（西藏旅行日记 2，2020 年 7 月 23 日至 8 月 10 日游览，8 月 23 日写于珠海）

资料来源：①携程旅行网；②百度百科。

仰止神山

　　西藏高山多于湖泊。湖水有咸有淡，湖泊就有了圣湖和鬼湖之分；山虽高矮不齐，却无神山和鬼山之别。西藏之行，那一排排高山连绵起伏，千峰万仞，一座座奇峰拔地而起，直插云霄，它们或伟岸挺拔，傲雪凌霜，或白雪皑皑，傲立天地，无不让人叹为观止。

　　7月24日是西藏17天行程的第一天，下午从羊卓雍错出来后，跨越4330米的斯米拉山口，来到了卡若拉冰川的冰舌下。卡若拉冰川位于山南浪卡子县和江孜县交界处，是乃钦康桑大雪山的组成部分。乃钦康桑山体雄伟，危岩嵯峨，周围耸立着10余座6000米以上的山峰，是西藏四大雪山之一。顶部尖锥突兀，形如鹰嘴，坡岭沟壑间的终年积雪发育了条条冰川，卡若拉冰川是其中面积最大的一条冰川。它背靠7191米乃钦康桑峰南坡，上部是一坡度较缓的冰帽，下部是两个呈悬冰川形式的冰舌。巨大的冰川从山顶云雾飘渺处，一直延伸到离S307公路只有几百米的路边。

　　卡若拉冰川晶莹幽蓝，就像沉睡的冰美人，电影《红河谷》《江孜之战》《云水谣》曾在这里拍摄外景。汽车在5020米的景区停下后，两个体魄健壮的年轻人一路小跑，迫不及待地走向观景台。我忘却了高原反应，紧随其后，到达时已是上气难接下气。冰川的壮丽和

大自然的魅力，竟然如此让人浑然忘我。站在观景台上，一边急促地呼吸带有几许凉嗖的空气，一边慢慢地观赏，仔细地品鉴。冰川在阳光的照耀下，犹如一幅巨型唐卡悬挂在山壁，熠熠生辉。由于长年受公路上灰尘的影响，冰川整体呈黑白分层形态，雪尘相间显示出各种云卷状的奇异褶曲，仿佛能工巧匠精雕细琢的美丽。

珠穆朗玛峰是喜马拉雅山脉的主峰，同时是世界海拔最高的山峰，位于中尼边境线上，北部在日喀则定日县境内，南部在尼泊尔境内。藏语"珠穆"是"女神"的意思，"朗玛"是"母象"的意思，"珠穆朗玛"意为"大地之母"。珠穆朗玛峰有两种高度，尼泊尔等国采用的是雪盖高 8848 米，登山者登上的就是这个高度，我国采用的是2005 年中国国家测绘局测量的岩面高即地质高度 8844.43 米。珠峰周围，群峰林立，层峦叠嶂，8000 米以上的山峰有 4 座、7000 米以上的山峰有 40 多座，是南极和北极之外，当之无愧的地球第三极。

去年 8 月在尼泊尔旅行时，特地去了被誉为喜马拉雅山观景台的纳加阔特，住在一座正对着喜马拉雅山的山脊上，以最为广美的视角观赏世界第一高峰。日出时，整个天空被燃烧起来，山谷中的云雾开始在山间升腾、飘荡，远处群山的峰顶随之在云雾间或隐或显，像一幅淡淡的水墨画。此情此景，拳拳在念，历久弥新。

7 月 25 日是西藏两个行程的第二天，天气阴雨连绵。我们在雨中参访了尼色日山下，历代班禅驻地、藏南地区规模最大、影响最广的藏传佛教寺庙扎什伦布寺后，来到心驰神往的加吾拉山口。这里是前往珠峰大本营的必经之处，观赏和拍摄珠峰的第一个景点，海拔 5198米。立于珠峰观景台，远方耸立着喜马拉雅山脉五座海拔超过 8000 米的高峰，从左往右分别是世界第五高峰马卡鲁峰、第四高峰洛子峰、珠穆朗玛峰和世界第六高峰卓奥友峰、第14 高峰希夏邦玛峰，五座高峰中只有希夏邦玛峰完全位于我国境内。

乌云翻腾，遮天蔽日，加吾拉山口可以向下拍摄镶嵌在半山腰上蜿蜒盘旋的山路，五座高峰却冲破云层，消失在能见度之外。珠峰大本营是观赏和拍摄珠峰的第二个景点，为观看珠峰核心区环境而设立的生活地带，是登山队从我国一侧攀登珠峰时的大本营，海拔5200米。每人门票160元，环保车120元，还要分摊汽车入园费用，负担不小，因雨雾锁天，既没有看到日照金山的壮丽，也无缘见识如生命之火般飘荡的珠峰旗云。大本营由于新冠肺炎疫情关闭住宿，下榻巴松村后又失去了第二天观赏日出的机会，是这次西藏之行最大的遗憾。

冈仁波齐屹立于普兰县圣湖玛旁雍错以北，是冈底斯山的主峰，海拔6721米，素有"阿里之巅"盛誉，是世界公认的神山。山峰四壁对称，形似圆冠金字塔，峰顶常常白云缭绕，四季冰雪覆盖。它的神秘之处在于，山的向阳面终年积雪不化，白雪皑皑，山的背面长年没雪，即使被白雪覆盖，太阳一出，随即融化。迥异于周围山峰的独特山形，反常于大自然惯例的融雪现象，让人对神山更加充满了宗教般的虔诚和惊叹。

冈仁波齐绵延于中、印、尼三国边境，藏语意为"神灵之山"，是恒河、印度河和雅鲁藏布江等大江大河的发源地。相传西藏原生宗教苯教发源于这里，印度教说是湿婆的居所，耆那教讲是祖师瑞斯哈巴那刹的得道之处，藏传佛教认为是胜乐金刚的住所，冈仁波齐因此成为印度教、佛教、苯教和耆那教认定的"世界的中心"，与圣湖玛旁雍错一起组成阿里最美的风景，每年都有中国、印度和尼泊尔的信徒来这里朝拜转山。我们不转山，7月27日和28日有两天时间在塔尔钦，从不同的角度仰望神山。

27日下午前往塔尔钦途中，冈仁波齐就以巍峨挺拔的雄姿进入我们的眼帘。当时因急于送一位团友去转山，错失了拍摄的最佳时机。28日转湖途经时，虽然停了车，终因不是时候，白云绕顶，未能如愿。27 日晚上早早地吃好晚饭，来到下榻的城堡酒店楼顶，等待日落。天气晴好，太阳西落时被一块黑云不偏不倚地遮挡，从下午 7 点多等到 10 点，只能领略神山的缥缈仙境。28 日早上乌云密布，晚上如法炮制时，除了拍几张日落的照片外，收获甚微。

冈仁波齐

令人惊喜的是，与冈仁波齐遥遥相望、海拔 7694 米的纳木那尼峰，给了我们灿烂的笑容。纳木那尼山脊线上有几十座 6000 米以上的山头，高低错落，呈扇状排列，白雪披身，巍巍壮丽。

8 月 3 日，汽车沿着当惹雍错湖边行驶 5 个小时后，抵达文布南村，我们下榻在南岸临湖而建的当热如家宾馆。这是一座与世隔绝的村庄，被雪山湖泊环绕的桃花源，是这片藏北大地的灵魂，被旅行者称为"真正西藏"的地方。天气晴好，达果雪山近在村庄的西侧，山顶积雪终年不化，是观日落的机会。放下行李，在当热家点了几个菜，一边喝着地道的酥油茶，一边享受女主人烹调的美味，茶足饭饱，走出餐厅的一瞬间，落日把雪山尖顶映照得美轮美奂。三步并作两步，跑回房间，取出相机，找准位置，前后不过几分钟时间，日照金山的胜境就已消失。

在藏民心目中，冈仁波齐和玛旁雍错、达果雪山和当惹雍错、念青唐古拉山和纳木错，并列为西藏的三大神山圣湖。念青唐古拉山横贯西藏中东部，西接冈底斯山，向南延伸与横断山脉相连，是雅鲁藏布江和怒江的分水岭。藏语"念青"意为"次于"，念青唐古拉山就是次于唐古拉山，主峰念青唐古拉峰位于纳木错南，海拔 7111 米。从纳木错回拉萨的路上，会经过念青唐古拉峰观景台，这里是观赏的最

念青唐古拉峰

佳位置，放眼望去，念青唐古拉峰格外清晰。它如同头缠锦缎、身披铠甲的英武之神，高高地矗立在雪山、草地和重重峡谷之上；五彩经幡随着打旋的山风起舞，空中飘逸悠扬的吟咏，就像云中的灵异和苍茫的念青唐古拉山契合在一起。

南迦巴瓦峰地处喜马拉雅山脉、念青唐古拉山脉和横断山脉的交会处，海拔7782米，既是林芝最高的山，也是雍仲本教的圣地，有"西藏众山之父"之称。它和对岸海拔7294米的加拉白垒峰夹持着雅鲁藏布江，形成了世界第一大峡谷雅鲁藏布江大峡谷。藏语"南迦巴瓦"有多种解释，一为"雷电如火燃烧"，一为"直刺天空的长矛"。巨大的三角形峰体终年积雪，云雾缭绕，从不轻易露出真面目，又被称为"羞女峰"。8月6日下午，在游览了雅鲁藏布江大峡谷后，我们来到索松村。这是一个非常安静的村落，位于雅鲁藏布江大峡谷的北岸，山上冰川高耸，形状俏丽，山下植被茂密，景色迷人。云雾时浓时淡，或隐或现，南迦巴瓦峰给了我们一个充满期待的日落。

（西藏旅行日记3，2020年7月23日至8月10日游览，8月26日写于珠海）

资料来源：①携程旅行网；②百度百科。

感知藏民

　　高山、峡谷、行云、流水都是大自然的产物，神山、圣湖则是藏民心中对雪山、大湖的赞誉和期许。到西藏旅行，既要跋山涉水，驻足圣湖，仰止神山，又要深入藏区，访寺庙，住藏居，吃藏餐，了解藏俗，感知藏民。

　　两个旅程共 17 天行程，我们先后拜访了扎什伦布寺、绒布寺、吉吾寺和桑耶寺，造访了古格王国遗址和皮央洞窟遗址，走访了巴松村、文布南村、结巴村和索松村，在藏民及其民居开设的民宿巴松桑吉旅馆、仁多心悦客栈、当热如家宾馆和南风庄园酒店下榻、用餐，既有和衣而睡的不堪，也有美好难忘的回忆。

　　扎什伦布寺藏语意为"吉祥须弥寺"，位于日喀则的尼色日山下，既是格鲁派六大寺院之一，也是日喀则最大的寺庙。公元 1447 年由格鲁派祖师宗喀巴大师的弟子根敦珠巴主持创建，历时 12 年建成。自四世班禅之后，扎什伦布寺成为历代班禅驻锡之地，寺内供奉了四世至十世班禅的灵塔。7 月 25 日上午，如丝的小雨从空中降落，雨丝很细，雨帘很密，给扎什伦布寺披上蝉翼般的白纱。整个寺庙依山而筑，蜿蜒迤逦，殿宇依次递接，疏密和谐，以白色和红色为主色调，楼台醒目，殿堂叠耸，香炉紫烟升腾，贡台灯火闪烁，大殿里僧侣井然诵经，佛像前信徒顶

礼膜拜，白塔下仍有藏民雨中手持佛珠或经筒，顺时针转经祈福。

　　绒布寺是宁玛派寺庙，是一个富有地方特色的僧侣混居寺，坐落在珠峰北麓绒布沟的卓玛山顶，海拔 4980 米，是世界上海拔最高的寺庙。依山而建，脚下的绒布河由珠峰北坡的绒布冰川泉水汇聚而成的冰水河流，地势高峻寒冷，景观绝妙。这里距珠峰峰顶约 20 千米，向南眺望，可见珠峰山体像一座巨大的金字塔，巍然屹立在群峰之间。天气晴朗时，还能见到山顶有一团乳白色的烟云，被称为世界上最高的"旗云"，许多人千里迢迢就是为了目睹这一世界奇观。令人失望的是，7 月 25 日下午千辛万苦来到绒布寺时，云雾笼罩，阴雨连绵，除了绒布河轰鸣的流水声和观景台密布的玛尼石堆外，一身雨雾，别无他获。

　　7 月 28 日，苍穹的天空像一只大鸟丰满的翅膀，全是白色羽毛般的浮云。在信游玛旁雍错后，我们兴致勃勃地来到吉吾寺。它坐落在玛旁雍错西岸一座形状突兀、地势陡峭的小石山上，规模不大，只是在山丘上有几间佛舍，传说莲花大师晚年在这里修行了七天，在寺内洞穴中打坐，降妖伏魔。气喘吁吁地登上山顶，绕寺一周，玛旁雍错湖水蔚蓝，碧波轻荡，湖周远山如黛，隐约可见，连接玛旁雍错与拉昂错之间的湖水，细长而安静，从吉吾村前蜿蜒流过。山坡上有几座白色的平安塔，成排的转经筒，最让人震撼的是那些层层叠叠几乎望不到边的玛尼堆。每一块石头都被涂成藏黄色或藏红色，上面刻着白色的六字真言。每天都有僧人和信徒来这里，围绕玛尼堆和平安塔转经祈福。

　　在藏民聚居地区的山间、路口、湖边、江畔，常常能看到一座座以石块、卵石垒成的石堆，通常上小下大，有的呈阶梯状垒砌，有的没有阶梯，形如圆锥。这些用石块、卵石垒成一堆，布上经幡，每次路过时再加垒一些，然后绕石堆顺时针转三圈，祈求上天保佑，这种独特的祭祀方式就叫玛尼堆。玛尼堆的石头、卵石上一般都刻有文字、图像，内容多是经文、佛尊、动物保护神、六字真言和各种吉祥图案。

每逢吉日良辰，人们一边煨桑，一边往玛尼堆上加石子，虔诚地用额头触碰，口中不停地祷告。日久天长，一座座玛尼堆拔地而起，越垒越高。玛尼石的产生，让自然的石头开始形象化，并在漫长的历史进程中，涌现出浩如烟海的玛尼石刻，凡人迹所至，随处可见，成为藏族刻在石头上的理想、追求、情感和希望。

桑耶寺位于山南扎囊县桑耶镇境内、雅鲁藏布江北岸的哈布山下，是西藏第一座剃度僧人出家的寺庙，也是藏传佛教史上首座佛、法、僧俱全的寺庙，被称为西藏第一座寺庙。寺内建筑按佛经中的大千世界结构布局，中心主殿坐西朝东，高三层，底层前为经堂，后为佛殿，采用藏族建筑形式；中层有佛殿和达赖喇嘛寝宫，是汉族经堂式建筑；上层有双排回字形立柱，供奉大日如来佛和八大菩萨，均按印度人外形塑造，每层的壁画、塑像也都按照各自的法式进行绘制和雕塑，这种藏、汉、印合璧的建筑风格，在建筑史上是非常罕见的，桑耶寺因此也被称为三样寺。

寺庙建筑东呈白水晶色，南为蓝琉璃色，西是红玛瑙色，北如天然黄金色，主殿四周建有白、红、黑、绿四塔，以镇服一切凶神邪魔，防止天灾人祸的发生。围墙四面各设一座大门，东大门是正门。8月9日上午抵达时，天空正在飘着蒙蒙细雨，为

转经的藏民

避开集中的人流，先攀爬白、红两塔，再进入中心主殿，最后徒步一圈，观察藏民在寺内的活动。桑耶寺门票40元，老人没有优惠，但对藏民免费。塔的楼道很窄，登塔的多是游人，藏民集中于转经筒和大殿，有的手握佛珠，边走边拨珠；有的手持转经筒，一手转动大的，

一手摇转小的；有的于大殿门廊内外，匍匐在地，等身长头；还有的拖家带口，结伴而行，虔诚朝拜。他们衣着朴素，和善淳朴，偶有目光相遇，不是微微一笑，就是害羞颔首。藏民的信仰不因自身解放和经济发展而改变，令人感佩。

阿里作为"世界屋脊的屋脊"，有着最美的神山圣湖，同时还奉献给了人类另一个奇观，那就是著名的扎达土林。土林是远古受造山运动影响，湖底沉积的地层长期受流水切割，并逐渐风化剥蚀，从而形成的特殊地貌。扎达土林位于冈底斯山和喜马拉雅山之间的札达县，沿象泉河谷一路蜿蜒数十里，千姿百态，气势恢宏，大者如山，巍峨壮观，环者如城，坚不可摧。在高而平的山脊之下，严整的山体有的宛若一字排开的罗汉，在七月火热的阳光映照下，山形高低错落，山纹明暗有致，色调金黄，生动富丽。消失了的古格王国宫殿和寺院遗址，就在扎达土林内。

7月29日下午来到札达县托林镇，古格王国遗址就在象泉河南岸、扎布让村附近的一座高山上。遗址分上、中、下三层，依次为王宫、寺庙和民居，房屋建筑、佛塔和洞窟密布全山，形成一座庞大的古建筑群。从山麓到山顶高300多米，到处都是和泥土颜色一样的建筑群和洞窟，除几间寺庙，全部房舍均已塌顶，只剩下一道道土墙。遗址的外围建有城墙，四角设有碉楼，周围全是悬崖。通往山顶王宫的路只有一条，我们于烈日炎炎之下，沿着高低不一的石阶，艰难地攀爬，由下而上，再自上而下，几乎到访了开放的每一个洞窟和房屋，思考着同一个未解之谜。古格王朝是吐蕃没落以后在阿里崛起的一个强大王朝，距今一千多年，曾拥有过灿烂的文明，盛极一时，为什么在三百多年前突然瞬间消失于茫茫沙海，留下的只是在札达土林中倔强刺向苍穹的残垣断壁。世间轮回，令人唏嘘。

围绕古格都城周围的重要遗址，还有东嘎、达巴、皮央、香孜等，

均有大量文物遗存。29 日上午，我们在游览古格王国遗址前，首先到访皮央石窟群。皮央石窟群位于札达县皮央村，是一处由寺院建筑、城堡遗址与石窟群组成的规模宏大的佛教遗迹，依土山而建，共有石窟八百多座，包括礼佛窟、禅窟与僧房窟、仓库窟与厨房窟等不同类型的石窟。礼佛窟内绘制有壁画，内容包括佛、菩萨、比丘、飞天、供养人像、佛传故事、说法图、礼佛图、各种密宗曼荼罗以及动物、植物和不同种类的装饰图案。其中数量可观的密宗曼荼罗图形常常绘制于石窟中心部位，是皮央壁画的精华所在。欣赏这些壁画，在寻访扎大土林历经千年风霜侵蚀留下的自然奇观的同时，可以一探神秘消失的古格文明和西藏历史。

巴松村、文布南村、结巴村和索松村是 17 天西藏之行中亲身经历的自然村落。它们或因独特的地理区位，或因特殊的高原环境，在我们旅行中担负着重要的角色，让人难以忘怀。

巴松村地处珠峰脚下，有珠峰脚下第一村之称，原始、乡土，房屋低矮、陈旧，院墙大多是用土坯垒成的，墙头整齐地码放着厚厚的干牛粪，以备烧火使用。村落不大，人家不多，又散落在宽阔的河滩上，安静得有些凄凉。祖祖辈辈生活在这片土地上的人们，要不是珠峰的原因，恐怕很少跟外界接触。随着去珠峰的人多了，村里办起了藏家民宿。我们下榻的巴松桑吉旅馆，是一家新盖的两层藏居，屋内还散发着浓浓的水泥味，楼梯扶手都没来得及安装。几个不大的房间住着十几位游客，家里人不少，只有女主人提供餐饮和热水服务。

文布南村位于当惹雍措湖畔，被一条沟壑分成南、北两部分，只有南村才是精华所在。湖边是一座安详的藏族村寨，所有的房子都是临湖而立，大小有别，错落有致。石头和黄土建造的房子，被红、黑、白三色所描画，在二楼露台上可以俯瞰圣湖，仰望雪山，那深邃静止的蓝与闪亮耀眼的白，摄人心魄。当惹雍措是西藏三大圣湖之一，最为偏僻、神秘，也最为令人产生莫名的悸动。此景此情，只有置身其间，才能领略行者对当惹雍措难以言语的情怀。我们入住的当热如家宾馆，老板是一家三代人，大女儿已是三个孩子的妈妈，只有小学文化，协助父母经营酒店餐厅。我们围坐一席，享用牦牛佳肴，无论她如何地道的烹调，餐桌上的美味依然逊色于村前的美景。

巴松村和文布南村的海拔高，自然环境恶劣，与地处"西藏江南"林芝的索松村和结巴村不可同日而语。索松村就在雅鲁藏布江大峡谷景区内，要居雅江北岸的半山腰上，面向南迦巴瓦峰，脚下是川流不息的雅鲁藏布江。雪山、峡谷、桃林是索松村的基本背景，如遇桃花盛开的季节，索松村犹如被雪山和桃花包裹的桃源世界，宛如仙境。结巴村是巴松错5A景区的核心村落，南靠大山，北邻碧湖，高处与雪山相望，周围被绿树环绕，青山绿水，生机盎然。日照下的田园，桃树下的村舍，鸡鸣犬吠，袅袅炊烟，随着工布人勤奋劳动的倩影，如梦如幻，如痴如醉。

藏族民居

西藏社会的进步，藏族民居得到了发展。许多藏民特别是藏北牧民，已经从帐房搬进了碉房。碉房是常见的藏族人居住的建筑形式，多为石木结构，外部风格雄健，内部精细隽永；墙体下厚上薄，外形下大上小。外墙向上收缩，内壁垂直。一般分为两层，以柱计算房间，底层为牧畜圈和贮藏室，层高比较低；二层为居住层，大间作堂屋、卧室和厨房，小间为储藏室或楼梯间。若有第三层，多作经堂和晒台之用。民居一般多为方形平面，也有曲尺形平面。藏南自然环境优于藏北，经济发展快于藏北，藏南的民居无论建

筑规模还是建筑标准，明显好于藏北，应该是不争的事实。

西藏之行，所见藏民不少，直接接触的不多，加上语言因素，能够交流沟通的少之又少。所以每每下榻藏民家时，都会创造机会，与他们勤接触，多交流，以期走近他们。除了城市，大多数藏民受制于自然环境和经济条件，很少出远门，与外界交往甚少，学历不高，见识有限，对外面的世界充满憧憬。林芝旅行时，与两位北京援藏的老师同行。据他们介绍，在西藏比高考更重要的是小学考试，因为考好的学生才能被送入内地学校藏族班学习，这在一定程度上反映了藏民的愿望。很多藏民厚道质朴，与人为善。城市超市一袋方便面卖7元，而"上不着天、下不着地"的皮央村藏民只收5元，还免费帮你用开水泡好。在文布南村付款时，几个村民看见钱包里的美元和港币，好奇地一一传看，那份久违的纯真，让我记忆犹新，念念难忘。

西藏之行还有一个突出的印象，那就是西藏的道路，特别是拉萨到阿里的道路，没有新疆的建设好，高山阻隔、高原冻土和人烟稀少可能都是不可忽略的因素。有人会想，边境地区人口密度很低，修筑高等公路成本太高，经济上不如把那些分散的藏民迁居到人口密度高的地区或城镇，这样会更合算。实际上，这是一种缺乏全局的狭隘性观点。"四日三晚林芝环线旅行"中，两位北京援藏的老师给我们上了一堂"国土安全课"。在中印争执地区，土著藏民后撤一米，印度边民就前占三尺。从这个意义上说，守家就是卫国，边境藏民守护祖祖辈辈生息与共的土地，就是对国家和民族的贡献。

（西藏旅行日记4，2020年7月23日至8月10日游览，8月29日写于珠海）

资料来源：①携程旅行网；②百度百科。

三、穿越古巴

红色丹佛

　　9月8日飞抵哥伦布时，一连几天下雨，为我们洗尘。经过一个星期的调整，天气开始晴朗，时差也倒得差不多了，第一个七天行程，以红岩公园、疯马巨石、总统巨石、魔鬼峰、洛基山脉、黄石公园、大提顿国家公园、盐湖城和拱门国家公园为主要景点的旅行，在女儿、女婿的精心安排下正式启航。

　　可能是出游的兴奋，抑或是第一次异国他乡语言不通旅行的担忧，这一天醒得特别早。凌晨4点起床，沿着GLEN OAK社区南面的步道，快走运动1小时8千米。哥伦布的夜，繁星高悬，闪亮发光，社区外的道路没有路灯，漆黑一片。连接东西两个社区的步道，长约3千米，宽不到3米，用沥青浇筑。道路两旁树荫婆娑，绿草连片，几乎成了我每天快走运动的专用道路。远方社区的灯光帮我指明方向，草丛中的萤火虫，星星点点，照亮我脚下的路，刚刚修剪过的草坪，清香四溢，此起彼落的蝉声，伴我一路前行。气候宜人，挥汗如雨，一不留意，创造了我快走的最好步速。

　　7点，女儿开车送我们夫妇去哥伦布机场，在帮我们办理执机时，幸运地获得了礼遇通道的安检。10点多飞抵丹佛国际机场后，错过了跟出的时机，根本找不到旅行团在行李提取处的集合地点。这时看到

一位亚裔面孔的小伙子，太太上去问路。他是韩国人，虽然听不懂汉语，却热情地拿出手机，录下我们的讲话，再自动翻译成中文让我们确认，明白我们的问题后，亲自把我们送到扶梯口，指明方向，让我们搭地下小火车，到终点站下车。异国朋友的无私帮助，犹如黑暗中的灯光，让我们心里透亮光明。

旅行团今天集合的共 29 人，明天还有几个人参团。30 多人的团有 6 日游、7 日游和 8 日游几种团期，入住的酒店房型有 2 人间、3 人间和 4 人间，旅友有美国、德国、马来西亚、越南、泰国、外国华裔和从中国大陆来的华人，导游要用英语和汉语两种语言带团。为了公平，座位每天轮换一次，65 岁的导游要不厌其烦地每天重新编排一次座序，让我这个被别人视为行者的人，也耳目一新。

对于许多旅友来说，第一个景点应该就是我们抵达的丹佛国际机场（Denver International Airport）。它位于美国科罗拉多州（Colorado）丹佛市东北面，1995 年启用，是美国占地面积最大、除了迪拜机场的世界面积第二大机场，拥有六条跑道，跑道长度 12000 英尺（3658 米），是美国最长的跑道。

丹佛国际机场有三个特别之处，一是阔达 54 平方英里（140 平方千米）的机场用地，是纽约曼哈顿岛的 2 倍，比旧金山还大。丹佛国际机场有三个大厅，经由步行天桥可直接从航厦抵达 A 大厅，另有地下火车抵达其余大厅。旅客进入 B、C 大厅必须搭乘地下火车，A 大厅是唯一不必搭乘地下火车即可到达的大厅，三个大厅共有登机口 152 个。二是大厅屋顶采用张力结构设计，并用特殊布料覆盖，远远地望去，就像冬天被冰雪覆盖的洛基山脉。三是同样负有盛名的是连接各航厦和 A 大堂的行人天桥，都能让旅客看到飞机从空中掠过。17 个帐篷型屋顶的候机楼，是建筑史上的里程碑，已经成为丹佛的重要标志。

丹佛的重要标志：17 个帐篷型屋顶的候机楼

当天的旅友到齐后，旅游大巴直奔红岩公园。红岩公园（Red Rocks）位于丹佛西边不到 20 千米的山地，海拔 6000 多英尺，占地 860 多公顷，以高达 300 英尺的巨大红砂岩石而得名。随着旅游大巴沿着山路盘旋而上，公路两旁不时显现出一座座光秃秃的红砂岩来，或山崖壁立，或奇石峥嵘。红岩公园里有一个能容纳 9450 人的红岩露天剧场（Red Rock Amphitheatre），它是世界上唯一一个利用天然山体修建的剧场，世界各地的著名乐队都以能在红岩剧场表演为荣。剧场舞台的后面耸立着两块巨石，亦称舞台石，一块岩石层层叠叠、像一艘高高耸起船头的战舰，被称为船石（Ship Rock）；另一块巨石被称为创造之石（Creation Rock），两块巨石把舞台和观众席夹在中间，一排排座位随山势倾斜而下，环绕着舞台，使其成为世界上唯一的有着天然景色和天然音响效果的剧场。平时，这里就是一个运动场，热爱跑步的人，沿着一排排的阶梯座位汗流浃背地奔跑，成了另一道风景。

丹佛位于一片紧邻洛基山脉的平原上，是科罗拉多州的首府和最大城市。从红岩公园出来，就直接进入丹佛市区。坐落于市中心的州

议会大厦，以金顶闻名。1908 年为纪念科罗拉多州淘金热，大厦的圆形屋顶用了 200 盎司黄金镨成，又被称为"金顶大楼"。议会大厦最引游客驻足的，是大厦正门第十五个台阶正好是海拔一英里，台阶上有一个圆形的铜制标记，上面刻着"One Mile Above Sea Level"。大厦外面有一尊印第安人和牦牛的雕塑，印第安人曾是这片土地的主人；里面有许多壁画，墙上悬挂着手绘的历届美国总统的油画像。由于星期六休息，我们不能进入内部，只能观赏熠熠生辉的议会外景。

到丹佛，不能不去知名的十六街（16th Street Mall），那里是丹佛城市公共管理的一大亮点。作为丹佛主要的商业艺术步行街，从联合车站到市政中心两千米多长，除集中了丹佛的商业艺术精华外，还有丹佛公共图书馆、丹佛艺术博物馆、美国国家铸币局、美联储货币博物馆等多个重要文化、金融机构。十六街给人印象最深的是与这里整体氛围配套的免费公交系统，免费公交每周服务 7 天，每天早上 6 点到深夜，不到 2 分钟就发一班，平均每天载客 4 万多人，仅此就减少了市中心 50% 的交通拥堵，还能降低空气污染。逛累了，坐一坐免费公交，既是一种体验，也是一种享受。

六点早餐以后，几乎没有吃饭时间和地点的安排，饥肠辘辘。到了十六街，看到一个人手持牛肉面的广告牌，就沿着指示走进店里，手势加言语比画了好半天，都无法交流。尴尬之时，巧遇一位用餐的中国台湾女士，她告诉我们那是越南餐馆，并为我们点了一大碗牛肉汤面，足够我们两个人吃饱肚子。含税价格不到 12 美元，付了 15 美元，乐得服务生直用生硬的中文说"谢谢，谢谢"。

在结束景点游览时突然想到一个问题，如果要用一种颜色来代表丹佛印象的话，自然而然的应该是红色。丹佛红岩公园红砂岩是红色的，科罗拉多州以西班牙语 Colorado 命名，也是"带点红色的"意思。丹佛与中国也有渊源，1911 年 10 月 10 日辛亥革命爆发之日，孙中山

入住在丹佛市布朗宫殿酒店，1911 年 10 月 14 日《科罗拉多丹佛日报》刊登了孙中山为革命筹款的演讲广告和从事革命演讲筹款活动的消息。就连今天州议会大厦门前，有人演讲指责中国管制网络、没有言论自由时，还有一批美国朋友反对和抵制这个演讲呢。

下榻酒店前，旅游大巴把我们载到沃尔玛超市，有经验的华人采买了不少食物，并建议我们也买一些。这是一个很好的主意，带着丰盛的食品，入住 Couriyard Marrott 酒店后，就不用折腾出去吃饭了。一天下来，运动加游览 20000 步，放下行李，冲了凉，什么也不想吃，就呼呼入睡了。

（美墨古旅行日记 1，2018 年 9 月 15 日摄影，16 日凌晨成稿于丹佛 Couriyard Marrott 酒店）

资料来源：①途风旅游网；②百度百科。

疯马巨石 vs 总统巨石

9月16日行程要跨越科罗拉多和怀俄明两个州，车行600千米，主要参观疯马巨石、总统巨石和熊国三个景点。由于行程远，15日入住的 Couriyard Marrott 酒店不提供早餐，5点半 Morning call，6点出发，经过近2个小时行使，8点前到达香岩城，在麦当劳用早餐，并稍做休整。

香岩城前往吉列城（Gillette）的途中，大巴在广袤的草原上，沿着蜿蜒的公路匀速前行。窗外飘过的风景如诗如画，秋色浸染了大地，蓝天白云，牛羊成群，有野花，有草甸，有沟壑，有坡地，有河流，也有森林，目不转睛，应接不暇。飞机上俯瞰时曾经疑惑过，大地上一个个绿圆圈是什么，穿越草原之后，获得了清晰的答案。那是勤劳智慧的牧民在少雨缺水的沙地上，用水浇灌而成的青青牧草。

疯马巨石（Crazy Horse Memorial）位于南达科他州西南部，是由整座山体雕凿而成的巨石雕像。1948年动工，到1998年50周年时头像才完工揭幕，以纪念民族英雄、印第安人酋长拉科达族酋长疯马。雕像高达170多米，长200多米，目前已完工的人物头像就有9层楼高，全部完成后将是世界最大的雕像。

印第安人在离总统巨石不远的山头开凿疯马雕像，就是为了和总统巨石对着干，以纪念抵抗白人入侵、为印第安人自主而战的民族英雄。波兰裔雕刻家 Korczay 倾其一生雕凿疯马巨石雕像，其十个子女也有 7 人传其衣钵继续完成他们父亲的遗愿。由于印第安人抵制美国政府的资金支持，完全依靠民间筹款一点一点地开

疯马巨石雕像

凿，全面完工变得遥遥无期。据悉还要 40 年，最快也要 30 年才能全面雕凿完成。

离开疯马巨石后，大巴沿着黑山树林里的 244 号公路东行 20 多分钟车程，就来到了南达科他州最著名的拉什莫尔山国家纪念公园（Mount Rushmore National Memorial）。车行中就能远远地看见，光秃秃的山峰上鬼斧神工地雕刻着美国四位最杰出的总统华盛顿、杰弗逊、罗斯福和林肯的头像。他们随山势并排而立，仿佛怀着不同的表情，仍然关注山下这片他们曾经为之奋斗过的土地。下午 2 点多到达时，我们先在景区的自助餐厅吃饭，然后参观。

总统巨石

走进公园，正对着总统巨石的是一条旗帜大道，两侧的水泥柱上插着美国 50 个州和 6 个特区的旗帜，并镶嵌着她们加入联邦的年代，五颜六色，迎风飘扬，许多游人都在这里留下自己的倩影。大道尽头的观景平台是仰望总统雕像最好的地方。远远望去，立于海拔 1829 米山巅的

四位总统半身头像，与花岗岩山石浑然一体，在蓝天白云的衬托和苍翠松林的簇拥下，气势恢宏，雄伟磅礴。

四位总统雕像开凿于 1927 年，是以波格伦父子为首，有 200 多名雕刻家参加的浩大工程。每尊 18～21 米，相当于六层楼高，从左至右依次是华盛顿、杰弗逊、罗斯福和林肯。他们一位位表情生动、栩栩如生。华盛顿举目远视，神态端庄；杰弗逊专注而神情凝重；罗斯福就像眯着眼睛，连眼镜都清晰可见；最右边的林肯略为侧向一边，紧锁的眉头带着坚毅。总统巨石是美国最具标志性的景点之一，拉什莫尔山也因此被称为总统山。

四位总统是美国诞生、扩充、维护和发展四个阶段的最杰出总统。华盛顿是美国首任总统，领导美国人民赢得了独立，制定了宪法，创建了国家，人称美国国父；杰弗逊是参与起草《独立宣言》的开国功勋，美国第三任总统，以坚持民主政治、崇尚个人权利和自由而著称；林肯是美国第 16 任总统，在美国人民心目中享有崇高声誉，因 1863 年颁布的"解放黑奴宣言"而被称颂为伟大的解放者；罗斯福，人称老罗斯福，在美西战争中战功显著而获圣胡安山英雄称号，因总统麦金莱被刺继任美国第 26 任总统，时年 42 岁，是美国历史上最年轻的总统。中国人印象最深的，就是他用清政府支付八国联军侵华的庚子赔款，作为留学美国的基金，创办了清华大学。

观景平台前是一个正对山麓的露天剧场，晚上会播放有关四位总统的历史纪录片，每年的二月还会举办总统节，因华盛顿和林肯分别生于 2 月 22 日和 2 月 12 日，又称华盛顿节和林肯节，届时更是人山人海。在观景平台下方还设有林肯博物馆，陈列着当年开凿雕像时雕塑家们构思的 1/12 比例模型，以及开凿的过程、工具等；旁边有一条小路，被称为总统路径，是一条近距离观赏雕像的上山之路。

南达科他州西南部的黑山地区山地连绵，林木葱郁，溪水潺潺，历史上竟是土著印第安人与白人血拼的战场。美国政府决定，在花岗岩山体非常结实的黑山地区雕凿总统巨像时，印第安人就相时而动，在总统巨石必经之路前雕凿更高更大、手指远方的疯马巨石，并拒绝美国政府财政资金的支持。用疯马巨石抗衡总统巨石，既彰显了印第安人的民族气节，也凸显了美国社会民主自由的精神。

下午四点多走出拉什莫尔山国家纪念公园，又顺便自费游览了被称为熊国（Bear Country）的野生动物园。园内除了 200 多头黑熊、灰熊和小熊外，还有不少难得一见的落基山大角鹿（又叫麋鹿）、北美驯鹿、北极狼、大角盘羊、北美山狮和北美野牛。大巴缓缓穿过公园，我们只能在车里隔窗体验近距离观赏和拍照野生动物的乐趣。晚上 8 点抵达吉列小镇，夜宿 Ramada Plaza Gillette 酒店，结束全天行程。

（美墨古旅行日记 2，2018 年 9 月 16 日摄影，18 日凌晨成稿于科迪 Best Western Cordyjiud 酒店）

资料来源：①途风旅游网；②百度百科。

突兀魔鬼峰

　　科迪牛仔城是距离黄石公园1小时车程的一个牛仔小镇，从东门进入黄石公园的旅行团，一般大多在此逗留和下榻。我们七日六晚行程，有2个晚上住在这个小镇。9月17日凌晨5点多morning call，6点多早餐，7点出发，长途跋涉，抵达科迪牛仔城入住Best Western Cody酒店时，已是晚上6点。途中只有魔鬼峰一个景点，停留1个小时参观游览。

魔鬼峰游客中心

　　魔鬼峰全称魔鬼塔国家纪念碑（Devils Tower National Monument），位于美国怀俄明州东北角的克鲁克县，在一片几乎平坦的土地上，不寻常地矗立一擎天巨柱，傲视着周围的大地。它与拉什莫尔国家纪念公园虽然分属两个州，但相距不到两个小时车程。1906年，热衷野外生活的年轻美国总统西奥多·罗斯福通过引用古迹保存法案，把魔鬼峰设立为全美国第一座国家纪念碑。远远地望去，魔鬼峰就像一个拔地而起的大树桩，直上直下，海拔1558米，地

面高度 270 米，犹如大地的王者，气势非凡。

怀俄明州曾经是牛仔们放牧的天堂，在印第安人眼中，魔鬼峰是一座神山，不时可以看到他们绑在树上祈求平安的彩条。生活在这里的印第安人流传着这样一个故事，七个印第安小公主出来游玩时，突然遇到一只黑熊，她们爬上一根巨大的树桩向神祈祷，树桩开始往上长了起来，等黑熊追上来时已经够不着她们了。后来七个小公主成了天上的仙女座，巨大的树桩成了熊的居所，魔鬼峰也因此成了当地印第安人的圣地。

魔鬼峰是五六千万年前熔岩喷出地表冷凝后形成的一个特大平顶、多边形柱体，平顶面积达 6000 多平方米，约有一个足球场大。由于周围是广袤的平原，魔鬼峰由平地拔起几十层楼高，耸入云霄，成为旷世奇观。著名影片《第三类接触》就取材于魔鬼峰，外星人巨大的飞碟也降落在魔鬼峰峰顶上。影片的巨大成功，使得魔鬼峰更加盛名远扬。

魔鬼峰因为年代久远，遭受风化侵袭，山脚下堆积着因风化而崩塌下来的块状岩石。峰基周围林木葱郁，在茂密的树林里有一条长约 2 千米的人行小道，我们沿路环绕魔鬼峰一圈，一边观赏一边拍照，耗时近一个小时。从不同的角度仰望魔鬼峰，会有不一样的震撼。在阳光的照耀下，高耸的魔鬼峰流光溢彩，一条条竖立着的节理状棱角石柱，鬼斧神工，就像熊爪扒落的痕迹；背阳直上直下裸露的岩体，通体显现铜锈绿色，熠熠生辉，蔚为壮观。

魔鬼峰作为罕见的地质奇观，因为它的高度和直上直下陡峭的线条，成为许多人攀岩攻顶的对象。据说，每年都有超过 5000 人次特地来到魔鬼峰攀岩，相关的攀岩路径也已达到 200 多条，成功登顶最小的只有 6 岁，最大的 80 岁。由于冬春季时魔鬼峰有积雪，峰顶气候多变，夏秋时是攀岩的最佳季节。我们游览时，好几个人正在半腰以上

魔鬼峰上一条条竖立着的节理状棱角石柱

奋力攀登，一个个悬在空中，亲眼看见，既惊险又刺激。

在魔鬼峰南面的山脚下，有一片土拨鼠保护区，这里有很多土拨鼠。方圆一平方千米的草地上，一个个小土包就是土拨鼠的家。土拨鼠，也叫旱獭，属于啮齿目松鼠科，平均体重 4 ~ 6 千克，身长为 50 多厘米，它们非常有灵气，总是站在洞口张望，发出警惕的叫声，只要一看见人接近，便立即钻进洞里，等你一走开，它又探出了圆圆的脑袋，因而游客只能在车内驻足观看。有一个旅友身受其害，别看样子可爱，真要是在你们家后院有一个土拨鼠，你恨不得将它毒死，因为它到处挖洞，你的院子会一片狼藉。

（美墨古旅行日记 3，2018 年 9 月 17 日摄影，21 日凌晨写于盐湖城 Ramada Grand Junction 酒店）

资料来源：①途风旅游网；②百度百科。

美国第一国家公园

开始于 9 月 15 日、结束于 9 月 21 日的七日六晚行程中，前后有三天时间，我们分别游览了黄石国家公园、大提顿国家公园和拱门国家公园，被这三个国家公园的美丽景色所迷惑，为这三个国家公园的诱人景致而陶醉，以至于一向守时的我，在游览这些公园时，因流连忘返而迟到团队集合的时间，众目睽睽之下被导游和太太批评。为了节约篇幅，特地将三个国家公园放在一篇日记里，以比较美国国家公园的一些特质。

群山环绕中的黄石公园（Yellowstone National Park），地处素有"美洲脊梁"之称的落基山脉，位于西部北落基山和中落基山之间的熔岩高原上，绝大部分在怀俄明州的西北部，海拔 2134 米，面积 8956平方千米，被美国人自豪地称为"地球上最独一无二的神奇乐园"。园内交通方便，环山公路长达 500 多千米，将各景区的主要景点连在一起，徒步路径达 1500 多千米。

黄石公园共分五个区，西北的贸斯温泉区、东北的罗斯福区、中间的峡谷区、东南的黄石湖区、西及西南的间歇喷泉区，全部游览需要四五天时间。我们的行程只有 18～19 日 1 天半时间，从东门进、南门出，先后游历了隆隆巨声的火山口、雄伟秀丽的大峡谷、万马奔腾的黄石瀑布、举世闻名的老忠实喷泉、浪漫迷人的黄石湖和屹立湖山间的钓鱼桥，在穿越神秘静谧的森林时，凤毛麟角地与自由栖息的野生动物，如觅食的羚羊、奔跑的马鹿、憨态可掬的萌熊、横穿公路的大牦牛，机灵俏皮的红狐和优雅狡黠的野狼，不期而遇，成了导游眼中最幸运的旅游团。

黄石公园是世界上最大的火山口之一，很多电影如《2012》，总是用黄石火山爆发来开启地球毁灭的序幕。穿行在黄石公园内，除了峡谷、瀑布、湖光山色和野生动物外，看到最多的就是遍布的间歇喷泉、温泉、蒸气、热水潭、泥地和喷气孔等地热景观，数量之多、规律之清，世界罕见。其中，最有名的分别是老忠实间歇泉和大棱镜温泉。

美国最大、世界第三大的大棱镜温泉

位于中喷泉盆地的大棱镜温泉（Grand Prismatic Spring），池面直径达 115 米，水温高达 86℃，是黄石公园面积最大的温泉池。由于水温不同，不同颜色的细菌生息，温泉颜色也呈现同心圆的变化，色彩缤纷，有如彩虹般的红、黄、橙、绿、青、蓝、紫色，远远望去十分壮观。这个美国最大、世界第三大的温泉，每年吸引着无数的游客不远万里来到黄石公园一睹她深邃的眼眸。附近的木丝间歇喷泉（Excelsior Geyser），是黄石公园内喷水最高的喷泉，其纪录是 90 米，上一次喷出时间是 1983 年。

位于上喷泉盆地的老忠实喷泉（Old Faithful），既是间歇泉的代表，也是世界最有名的间歇泉，自 1870 年被发现后，历经 148 年，不管是严寒酷暑，还是雨雪风霜，从不让期待的游客失望，每 40～126 分钟喷发一次，每天准时喷发 18～22 次，故被称为"老忠实"。下午

4点10分，在数百双眼睛的注目下，老忠实如同一个老而弥坚的舞者，用行动诠释着壮美的真谛。先是泉水翻滚热身，继而水汽烟柱变粗变高，瞬时形成一个几十米高的大水柱，几分钟后水柱消失在泉眼中，一切又恢复常态。另一个有名的景点晨晖潭

每天准时喷发 18～22 次的老忠实喷泉

（Morning Glory Pool），如牵牛花一样的美丽，往返一个小时，绝对"景有所值"。

比老忠实喷泉更具威力的当算蒸汽船喷泉（Steamboat Geyser），曾是世界上喷发最高的间歇泉，喷发水柱高达 116 米，喷发后仍会释放滋滋作响的大量蒸气。它所在的诺里斯喷泉盆地，既是黄石公园内最热的区域，也是世界上少数的酸性喷泉，科学家曾在此探测，在地下约 320 米处，温度高达 237℃。此外，彩色锅喷泉（Fountain Paint Pot），如泥沼般的泉水，受地热沸腾而冒着滚烫的泥泡，美轮美奂。

怀俄明州西北部有两个著名的国家公园，出了黄石公园南门，紧连着的就是大提顿国家公园（Grand Teton National Park）。公园以连绵的雪山山峰著名，山连山，峰连峰，高峻挺拔，巍峨雄秀。最高的山峰是大提顿峰，海拔 4198 米，高耸入云的山巅，覆盖着千年的冰河，有存留至今的冰川。蛇河（Snake River）上用水坝拦堵形成的杰克逊湖为当地最大的水域，大提顿山峰群是以近似天主教教堂尖顶型的角度，由湖面直插云霄。逼人的峰峦、广阔的草原、纯净的湖水以及丰富的野生动物，共同构成一幅美丽的画卷。

犹他州的拱门国家公园（Arches National Park），位于盐层上方，加上不同程度的侵蚀，形成了许多不同的拱门，至今保存着包括世界

知名的精致拱门在内的超过 2000 座天然岩石拱门，最小的只有 3 尺宽，最大的 Landscape Arch 则长达 306 尺，是世界上最大的自然砂岩拱门集中地之一。公园内最高处象峰海拔 1753 米，最低处游客中心海拔 1245 米，除了拱门，还有为数众多的大小尖塔、基座和平衡石等奇特的地质特征，更有着颜色对比非常强烈的纹理。园里有来回七八十千米的景观道路，连结所有壮丽的风景及各主要的拱门。由于时间有限，我们只观赏了三女斗嘴、四法官判案、平衡石、南窗和北窗等。南窗和北窗两个拱门连成一线，看起来就像一对眼睛。

黄石公园、大提顿公园和拱门公园，都是美国国家公园。黄石公园位于火山口上，因为独特的喷泉和地热现象而成为美国第一个国家公园。1872 年被正式命名为保护野生动物和自然资源的国家公园，1978 年被列入世界自然遗产名录，它也是世界上第一个最大的国家公园。大提顿公园以连绵的雪山山峰和冰湖著名，公园东部有一系列冰川形成的湖泊，冰川偎依着峡谷，湖泊倒映着蓝天，飞瀑倾泻，溪水长流，是登山者的乐园。拱门公园以盐床上的岩石经地壳隆起变动和风化侵蚀，形成一个个新的拱形石门，老的拱形石门也在逐渐走向毁灭，而弥足珍贵。

三个国家公园里，秋阳高照，游人如鲫，既消耗了我们最多的体力，也留住了许多美好的瞬间。如果要用一张照片来纪念

拱门国家公园，眼里只有你

的话，当属大提顿公园的南窗和北窗。在丹凤的左眼下，为美籍华裔旅友拍了一张照片，送给她老公，取名为"情人眼里出西施"；也为太太拍了一张，名叫"眼里只有你"。她们高兴得乐不思蜀，我也表达了依靠太太照顾自己后半生的愿望。乐得其所，这恐怕就是我的得意之作了。

（美墨古旅行日记4，2018年9月18日至21日游览，23日晚成稿于哥伦布）

资料来源：①携程旅行网；②途风旅游网。

意犹未尽

时值 9 月，美国西部秋色正浓。七日六晚丹佛—黄石经典游，我们从哥伦布飞抵丹佛，从科罗拉多州沿着美国分水岭落基山脉，进入怀俄明州、爱达荷州和犹他州，最后，从盐湖城经韦尔回到丹佛，形成一个环线，行程几千千米，地域上跨越俄亥俄、科罗拉多、怀俄明、爱达荷和犹他五个州，走过草原，越过山丘，访问过丹佛和盐湖城两个城市，下榻过吉列、科迪和大路口三个小镇，游览了黄石公园、大提顿公园、拱门公园、疯马巨石、总统巨石、魔鬼峰和大盐湖等著名景点，所见所闻，无不有秋天的影子。

怀俄明州（Wyoming）是此行的主要目的地，位于美国西部落基山区，州名来自印第安语，意思是大草原或山与谷相间，面积 25 万多平方千米，在 50 州内排第 9 位；人口 5 万多人，是全美国人口最少、印第安人比例最高的州，至今仍保留着早期游牧民族遗留下来的特征和西部精神，故有边疆州和牛仔州的昵称。怀俄明州地域辽阔，人烟稀少，广袤的草原上，深峡蜿蜒的峭壁、浓密的黄松林和错综复杂的石灰岩洞，奇伟壮阔。一夜秋风起，满地草原黄。驰骋在起伏的公路上，人们会被那气势磅礴不事雕琢的自然美深深打动，它的原始、纯净、苍茫与悠远，有一种大美不言的深沉韵味。

盐湖城（Salt Lake City），是美国犹他州首府和最大城市，以紧靠大盐湖而得名，市内人口20万左右，仅次于丹佛和凤凰城而名列美国西部内陆城市第三位。盐湖城是犹他公园城、Snowbird滑雪度假村和拱门国家公园的入口，进入21世纪后大力发展滑雪和自行车等户外活动旅游，并举办了2002年冬季奥运会。这座坐落于内陆海和顶部覆雪、高达3300米山峰之间的城市，秋高气爽，清新宜人，是一个可以忘却烦嚣、令人心旷神怡的地方。

1847年杨百翰（Brigham Young）率领一批摩门教信徒，为逃离在东部所受的迫害，穿过大半个美国，来到这个与世隔绝的地方，实践他们的宗教，并在此拓荒建城。以坦普尔广场为中心，有建于1853～1893年的摩门圣殿，它是盐湖城的标志，有建于1864～1867年的圆形大礼拜堂，有八千个座位，可容纳一万多人，以及新落成的全市最高建筑，28层的摩门教堂办公大楼等。围绕着摩门圣殿四周的建筑物，约瑟夫史密斯纪念大楼、狮屋、蜂巢屋、教堂历史艺术博物馆、教堂广场等，都有着代表性的摩门意涵与纪念性价值，显示了这个美国摩门教中心的城市特色。

为了繁衍和壮大，摩门教以一夫多妻制为宗旨。狮屋是摩门教祖杨百翰与19名妻子及56个儿女的住所兼办公室，这里1918年改为主教馆。目前全城超过半数的当地人口是摩门教徒，按照摩门教规，教徒每年收入的10%要上缴给教会。整个城市不仅市容整洁，甚至连犯罪率都相当低，1870年随铁路的到达而兴起，1896年成为州府。如今，摩门教徒占总人口不足一半，但在建设这座城市过程中，仍充当主要角色。

宛若宫殿般的犹他州政府大楼，采用新古典主义建筑的风格，整座大楼外部由花岗岩建造，楼顶用青铜铸造，内部一色灰白天然大理石，穹顶画有早期开发者来此拓荒的壁画，不经意间流露出些许的摩

犹他州政府大楼

门教色彩。整座大楼恢宏壮观，精致华丽，是犹他州的显著地标，美国最壮观的州政府大楼。州长自豪地说他们没有敌人，游客不用安检即可进入州政府大楼参观，是美国少有的几处不需要安检即可入内参观的州政府大楼。除圣诞和新年外，全年对外开放。

大盐湖（Great Salt Lake）是盐湖城最具吸引力的旅游胜地，位于市区西北部，它是世界上仅次于死海盐分最高的地区，湖水含盐量高达25%，浮力特强，就是不会游泳的人跳到湖里也不会下沉，吸引着许多游人每年夏季到这里来戏水。湖里没有鱼，只有一些可耐高盐性的藻类和小虾可以生存。湖水清澈，凭湖闭目，飞虫肆虐，腥味甚浓。盐湖城西南40千米处的宾厄姆是世界著名铜矿区之一，远远地望去，山岩壁清晰可见，也是秋天浅黄的色彩。

美国传统的西部小镇，人口不多，通常只有几千上万人，却个性突出，特色鲜明。科迪牛仔城（Cody）是以著名人物水牛比尔的名字William Frederick Cody而命名的小镇。它不仅是游客前往黄石公园东门的驿站，喜爱西部文化的人更是热爱科迪到疯狂。这里可以体验实弹射击的乐趣，每年6~8月更可实地观赏正宗的西部牛仔竞技表演。

杰克逊小镇（Jackson Hole）镶嵌在落基山深处，被称为"怀俄明州一颗璀璨的明珠"。小镇的风格从外部装饰到内部装修，到处都体现着美国西部牛仔的风情，人口不到1万人，却有一个飞机场，街两边是林立的各式商店和艺术展馆，许多明星富豪在这里置业安家。小镇是进入大提顿公园和黄石公园的必经之地，四面环山，风景优美，夏天坡绿树翠，有蛇河漂流，冬天银装素裹，有世界著名的天然滑雪场，

还有一个名扬四海的鹿角公园，公园东西南北四面都有以公鹿自然脱落的鹿角为材料，堆成的巨型拱门，是全美最大的鹿角拱门。

韦尔（Vail）是位于落基山脉金三角的小镇，在科罗拉多州首府丹佛（Denver）以西 156 千米处，人口不到 5000 人。颇具传奇色彩的韦尔长久以来一直定位于美国最佳度假村，冬季银装素裹，是户外活动的天堂；夏天生机盎然，是世界闻名的度假胜地。韦尔拥有美国最大一块单片滑雪场地，提供了将近 5300 英亩的可滑雪区域；韦尔的坡道就是上帝为了滑雪而创造的，拥有一种近乎超自然的吸引力，让无数滑雪爱好者魂牵梦绕。除了滑雪，韦尔还有画廊、博物馆、热气球俱乐部、雪地摩托车和国际美食盛宴等。秋季的韦尔小镇，色彩斑斓，云高气爽，行走其间，流连忘返。

位于落基山脉金三角的韦尔小镇

科罗拉多河（Colorado River）是北美洲主要河流之一，发源于科罗拉多州中北部落基山脉，由大面积厚雪融化提供水源，流向西南，开辟一条 2330 千米曲折蜿蜒的水道，注入加利福尼亚湾，是西南美国

人民的母亲河。旅游大巴在穿越北美大陆屋脊、海拔接近 12000 英尺的落基山脉前停顿下来，恩赐我们一次亲水时间。波光粼粼，流水潺潺，我迫不及待地奔向河滩，一不小心，脚从一块大石头上滑了下来，扭伤了右脚，擦破了右臂和左膝盖，即便如此，也抵抗不了美景的诱惑，疼痛成了行程结束以后的事。

旅行的意义很神奇，每天天不亮出发，昼夜兼程，行车几百千米，不仅没有人抱怨累，每每新景点出现时，又都精神倍增，乐而忘返，无论是二三十岁年轻人，还是七八十岁老者，几乎没有例外。我还是一个糖友，除了汽车颠簸，还要每天坚持快走运动，有时写日记到深夜，比常人付出更多。无欲无求，累并舒坦着，这就是旅行带给我们的快乐。

（美墨古旅行日记 5，2018 年 9 月 19 日至 22 日游览，26 日成稿于哥伦布）

资料来源：①途风旅游网；②百度百科。

点水墨西哥

结束黄石总统经典七日游行程后，经过一个星期的休息调整，9月29日凌晨4点出发，女儿女婿开车送我们去哥伦布机场，搭乘6点起飞的 Spirit 445 次航班，8点多抵达佛罗里达后，换乘10:35起飞的 Spirit 521 次航班，墨西哥时间12点前飞抵坎昆（Cancun），开始为期八天七晚的墨西哥、古巴全天人文交流活动（full day people‐to‐people activities）。

按照墨西哥法律规定，持有美国六个月以上有效签证者，可合法免签在墨西哥停留180天。我们从美国进入墨西哥虽然不要单独签证，但要事先填写墨西哥入境单和海关申报卡，抵达后持护照通过入境官核准，然后提取行李，排队通过海关。飞机上空乘人员只让我们填写海关申报卡，抵达入境大厅时，不得不补填入境单。排队入境的人很多，我们补填入境单后，被安排在一个专门的通道，反而减少了排队入境的时间。入关前，还会遇到一个类似交通红绿灯的按钮，一个家庭按一次，如果是绿色就可以直接出关，如果是红色就需要抽检行李。我们按出的是绿灯，仍然接受了背包检查。

走出入境大厅，举着印有我们姓名接机牌的柚柚派接机人瑞根，是1995年出生的智利人，他一眼就认出了我们，并热情地迎上前，帮

我们拉行李。小伙子长得很帅，像新疆维吾尔族人，汉语讲得也不错。一见面就幽默地说，"你们是从广东来，我也是中国人"，并历数中山、珠海、深圳、香港、澳门、新疆和西藏，等我们迷惑不解时，才说跟我们开了一个玩笑。一路上，他除了介绍墨西哥的情况外，大多是说如何跟福建籍的老板娘和 CCTV 学习中国话，他爱中国，认为中国发展好，有工作机会，准备明年 4 月去中国找工作，还要娶一个中国老婆。他的健谈，一下子拉近了距离，半个小时的车程好像不一会儿就到了。

到达坎昆柯斯达酒店（Barcelo Costa Cancun）后，他协助我们办理入住手续，先用西班牙语问清我们关心的几个餐厅的位置及如何预订等问题后，再翻译成汉语并指引给我们看。等酒店办好了手续，为我们带上全包标志的手环以后，收了 10 美元小费，他回公司，我们先去自助餐厅，一边吃饭，一边等待下午 3 点入住房间。

柯斯达酒店是一间舒适型的全包酒店，享有位于加勒比沿海的位置，能方便地前往当地的景点。全包式酒店（All－lnclusive Resorts）兴起于 20 世纪 50 年代，是一种为了给游客提供更好的一站式度假体验，将住宿、餐饮、娱乐项目结合在一起，让游客尽情地享受美食美景，而不必为随时随地支付不同账单而贴心设计的度假酒店。酒店除了提供宽敞的住宿、专用沙滩和诸多设施以及友好的服务外，店内可以享用包括国际自助餐、经典墨西哥菜肴、传统西班牙餐点以及快速小吃等各类餐饮选择。

在柯斯达酒店的三天两晚中，除了早餐，我们在国际自助餐厅和墨西哥餐厅享用了中餐、晚餐。自助餐厅临海而立，白天在品尝各种美食风味的同时，还可以观赏海景和沙滩上的激情舞蹈；晚上坐在露天，听着海涛，吹着海风，轻斟墨西哥的龙舌兰酒，不能不说是一种美妙的享受。由于语言不通，在墨西哥餐厅点菜成了一件难忘的事情。

女儿在我的手机上装了有道翻译官软件，我们借助它用录音翻译与餐厅服务员交流，其间因口误和翻译错误闹出了不少啼笑皆非的事情，我们也因此成为他们重点的服务对象。他们耐心地用自己不熟悉的软件跟我们沟通，热情地指导我们品鉴各种鸡尾酒，并拿出牛仔帽和仿制枪与我们合照留念。他们的热情、体恤、周到和对每一个人自始至终都充满微笑的服务，让我们度过了愉快的夜晚，留下了美好的印象。

吃过午饭并入住房间以后，放下行李，我们沿着坎昆海滨酒店度假区（Hotel Zone）酒店大道观光游览。坎昆是墨西哥著名国际旅游城市，位于加勒比海北部，墨西哥尤卡坦半岛东北端，过去它只是加勒比海中靠近大陆的一座长21千米、宽仅400米的狭长蛇形小岛。1972年墨西哥政府斥资3.5亿美元把它建成"7"字形海滨酒店度假区，西北端和西南端有大桥与尤卡坦半岛相连。酒店大道由西北端向西南端蜿蜒延伸，道路左面是加勒比海，右面是内湖，140多家酒店鳞次栉比。北纬18°的加勒比海岸，绝美的白色海滩，碧蓝色的清澈海水，加之世界顶级的奢华全包式度假酒店，让坎昆成了真正无忧放松之旅的最佳目的地。

坎昆隔尤卡坦海峡与古巴岛遥遥相望，三面环海，风光旖旎，是世界公认的十大海滩之一。在洁白的海岸上享受加勒比的阳光，是人们休闲假期的最高境界。在玛雅语中，坎昆意为"挂在彩虹一端的瓦罐"，被认为是欢乐和幸福的象征。这里的海

加勒比海岸的坎昆

面平静清澈，因其深浅、海底生物情况和阳光照射等原因，呈现出白色、天蓝、深蓝、黑色等多种颜色。

30 日我们跟随柚柚派 10 个人的小包团，在华裔导游盖小姐的引导下，早上 8 点从柯斯达酒店出发，一路接齐其他团友后，途中往返五六个小时，去参观坎昆两个著名的景点——奇琴伊察玛雅遗迹和天然溶井"圣井"（Cenote）。从坎昆到奇琴伊察 200 多千米，车行 2 个多小时，如果开通高铁只要半个多小时。据说，中墨高铁谈判一路顺利，就要签约之际，一批人走上街头，抗议示威，理由是高铁将导致一批汽车司机失业。高铁被迫泡汤，表面上是项目合作事项，暗中蕴含着大国之间的博弈。

奇琴伊察是古玛雅城市遗址，位于墨西哥东南部尤卡坦半岛东部，半岛属石灰岩层地带，没有河流湖泊，但有许多因岩层塌陷而形成的天然地下水池或水井，玛雅人能在这里定居建城，靠的就是这些地下水池或水井供水。在玛雅语中，"奇"为口，"琴"为井，"伊"为这个地方，"察"为水，奇琴伊察就是"伊察人的水井口"之意，城市因此得名。古城初建于 5 世纪，后随着玛雅帝国的衰亡而被遗弃。南北长 3 千米，东西宽 2 千米，有建筑物数百座。南侧老奇琴伊察建于公元 7 ~ 10 世纪，具玛雅文化特色，有金字塔神庙、柱厅殿堂、球场、市场和天文观象台，以石雕刻装饰为主；北侧新奇琴伊察为灰色建筑物，具托尔特克文化特色，有库库尔坎金字塔、勇士庙等，以朴素的线条装饰和羽蛇神灰泥雕刻为主，是著名的世界文化遗产旅游地，也是探访玛雅文明的必到之地。

库库尔坎在玛雅语中意为"带羽毛的蛇神"，被当地人认为是风调雨顺的象征。库库尔坎金字塔（一说"卡斯蒂略"）金字塔成为这座宗教中心的核心。为祭祀羽蛇神而存在的金字塔，同时也具有部分的天文学功用。一件羽蛇神的头部雕刻被镶嵌在金字塔北部的台阶上，只有在每年春分和秋分时，北部台阶墙面会在阳光照射下形成几段等腰三角形，与底部雕刻的蛇头一起，就像一条巨蛇从塔顶游来，象征着羽蛇神的苏醒。

这座用于祭祀的金字塔，为正方形，共十层，向上逐层缩小，四面各是91级的台阶，再加上顶端方形的羽蛇神庙，一共365阶，正好象征了一年中的365天；露台的52块石板则对应着玛雅人以52年为一个历法周期。最让人惊奇的还是每年春分和秋分两日的落日时分，光影在北面的台阶上形成弯曲的三角形，加上底部的蛇头雕刻，仿佛一条巨蛇在游动。这光影蛇形的现象每次都持续整整3分22秒。玛雅人认为这是羽蛇神的降临，意味着播种或者收获季节的到来。此外，如果你站在金字塔前的西或北面拍手，可以听到从塔身传来的回音。古奇琴伊察人说这是圣鸟绿咬鹃的叫声，并把它当成是和天神的沟通。

古中美洲城市中，在老金字塔之上加盖更大更雄伟的金字塔是一种惯例，库库尔坎金字塔就是实例。考古学家在库库尔坎金字塔北面阶梯上发现一个入口通往一个隧道，人们在隧道内可以沿着掩盖在金字塔内部的老金字塔台阶向上攀登，直到顶端，并能见到刻在石头中，漆成红色镶着玉点的羽蛇神的美洲虎王冠。内部金字塔的设计据说是按照月亮历，而外面的金字塔则是太阳历。最早，金字塔是允许人登顶祈福的，但从2013年开始就禁止攀登了，出于安全，也出于保护遗迹考虑。

羽蛇神庙建在金字塔顶平台上，平顶，有五个门，走廊上有壁画和浮雕，庙的四壁都是雕刻的碑文。由于一直未破译这些玛雅象形文字，至今无人知晓这些碑文的真正含义。金字塔的台阶象征通往宇宙的阶梯，这是玛雅建筑的典型特征。墨西哥金字塔

库库尔坎金字塔和塔顶平台上的羽蛇神庙

与埃及金字塔虽然形状相似，但有所不同。现已发现的墨西哥金字塔绝大多数都是供古代印第安人各部落祭祀神明的祭坛，而不是陵墓。只有帕伦克的金字塔却是一个例外，它是公元前 7 世纪时帕伦克统治者巴卡尔的陵墓。据说这座金字塔是巴卡尔出生后不久就开始建造的，历时几十年，全部用巨石建造，在巴卡尔 76 岁去世时才建成。

在金字塔的西北部，是一处非常开阔的古球场遗址，球场呈规则的长方形，正面入口处是一个城堡似的垒墙，上面的建筑称美洲虎庙。进入球场之后可以见到左右长墙，长墙内侧下部分雕有球员雄赳赳的形象，不过现在已经斑驳陆离，很难辨识了。长墙中央上部各筑有一石环，球员需以肘、腰及膝把蹴球送进对方的石环。如果蹴球射入对方石环，比赛结束，赢球一方的队长会被斩首，由祭司取出他的心脏作为活的祭品献给神明，头骨被用来制作新蹴球的球心。

这看起来有些不可思议，其实根据中美洲文明对于宗教的热诚，向神献纳的祭品应该是神圣的、最好的，即最后的胜利者。在古玛雅人看来，人生有三个层次，最低为地狱，中间为人世，最高为天堂。大多数人有幸摆脱了地狱而生活在人世，如果再有幸把自己献祭于神，那就是升入天堂了。正因为这样，蹴球既是古玛雅人的一种休闲活动，也具有宗教的意义，现在发现的许多艺术作品中就有大量的玩蹴球的场景，"人祭球场"和"人祭球赛"的存在就是最好的例证。

在古玛雅现存的最后一座石头城中，有一口益吉天然井，圣井是石灰岩形成的天然石井，深达 23 米，世界著名的岩溶塌陷坑。井口周围覆盖着葱郁的植被，井上垂着热带植物的藤须，传说这是玛雅人的祭奠圣井。由于干旱少雨，玛雅人对雨神（chac－mool）极为崇拜，每到春季都要举行盛大的祭献仪式，国王将挑选出来的一名 14 岁美少女投入一口通往"雨神宫殿"的圣井，让她去做雨神的新娘。同时还将各种珠宝等撒入圣井，向雨神乞求风调雨顺。可能是避讳的缘故吧，

按照导游们的一致说法，圣井是远古时玛雅国王和王妃们沐浴的私密场所。不论何种说法是真，现在的圣井已变成备受游客青睐的天然泳池了。随波逐流，我也换上泳衣，跳入清澈的水中，游上一圈。阳光透过井口，洒落在水面，为我们带来一种超凡脱俗的感受。

孩子们担心墨西哥的社会治安问题，墨西哥之旅只安排了比较安全的旅游城市坎昆。游兴正浓，戛然而止。事实上，"小偷小摸"是任何国家都有可能发生的事情，仅就坎昆而言，我们所见所闻，环境优美，人很热情，未见偷盗抢劫之案。有团友继续游览墨西哥城，我们只能临渊羡鱼，10月1日搭乘下午1∶50起飞的 Inter Jet 40 - 904 次航班，飞离坎昆。

（美墨古旅行日记6，2018年9月29日至10月1日游览，10月1日成稿于坎昆柯斯达酒店）

资料来源：①途风旅游网；②百度百科。

从哈瓦那到巴拉德罗

昨天 7 点起床，沿着使馆区的第 13 街，一路向西快走运动 1 小时近 8 千米；今天 6 点多起床，一路向东快走运动 1 小时 8 分钟 8 千米多，两次下来，把第 13 街从头至尾走了一个来回。哈瓦那（Havana）虽然 7 点多天才亮，但是不少爱运动的哈瓦那人已经早早地在街道上跑步了。太太和导游从安全角度考量，建议不要在天黑以后出去。事实上，哈瓦那很安全，第 13 街每隔两个路口就有一名女警察夜间值守。

7 点多回到酒店冲凉以后，简单地收拾好行李，开始享用早餐。都说古巴物资匮乏，实行供给制。街头商店不多是不争的事实，酒店自助早餐从饮料、水果到食物品种却很丰富。在哈瓦那旅行的几天里，除了酒店用餐，我们还去了好几家餐厅吃饭，大多是家庭或个人开的；今天早上运动时，天还没有亮，就见到了一个推着小车卖小吃的古巴人。即便不能以偏概全，也可以说明古巴已经开始经济改革，放松一部分私营经济发展了。

9 点从 Memories Miramar 酒店出发，经过 2 个多小时车程，11 点多抵达关玛（Guama）湿地公园。首先参观古巴最著名的鳄鱼养殖场 Crocodile Farm。古巴最大的鳄鱼农庄生长着各个时期的古巴鳄，从鳄鱼宝宝到 5 米长的成年大鳄鱼，有用于科普教育的鳄鱼骨骼，也有沼泽中处于自然状态下真实的鳄鱼；你可以触摸这些想象中非常危险的动物，还可以抱着它们，和它们拍照；如果你想试一下鳄鱼肉的滋味，旁边餐厅也可以点到农场里的鳄鱼做成的美

古巴最著名的鳄鱼养殖场

味。此外，鳄鱼农庄还是 16 种珍稀动物的庇护所。农场院子里，硬毛鼠、珍珠鸡、鸭子走来走去，天然农庄，萌力无限。

关玛湿地公园位于古巴最大的淡水湖多宝湖，湖中有若干小岛，是古巴著名的游览圣地。多宝湖碧波盈盈，四周被层层茂密的热带丛林环抱，碧缘苍翠，干湿季长青，湖水因植物的浸腐而呈淡淡的茶色。湖西侧有条 1 千米长的水道，汽船可通往湖中湿地。这个水草茂盛的湿地，是古巴印第安人最后的避难地。1537 年西班牙殖民者屠杀了这里的印第安人，从此古巴 30 万土著人全部被杀绝，现在古巴人是西班牙人和非洲黑奴的后裔。1961 年 4 月 17 ~ 19 日美国中情局组织 1400 名古巴雇佣军准备在这里登陆，然后进攻哈瓦那，颠覆卡斯特罗政权。由于情报错误，绝大部分人都被卡斯特罗的军队俘虏，后被称为"猪湾事件"。

萨帕坦半岛是古巴最重要的生态系统，也是世界级生态保护区。整个半岛几乎都被湿地沼泽覆盖，拥有原始的特有景观和丰富的生物多样性，美丽的珊瑚礁隐藏在这里，珍稀的鸟类栖息在这里，野生动物观测者也爱上这里。中午 12 点半，烈日炎炎，我们搭乘快艇，在 Hatiguanico River 穿行，进入萨帕坦半岛心脏地区，这里有淙淙的河流，波光粼粼的湖泊，被淹没的洞穴，沼泽地上典型的草原，高大的

杉木，还可以不时听到林间传来愉悦的鸟鸣。快艇停下后，我们沿着生态栈道徒步，观赏各种各样的野生动物，享受湿地日光浴。

乘船大约 10 分钟，通过一道狭长的水上通道，就可进入关玛聚宝湖（西班牙语"Laguna del Tesoro"，英文"Treasure Lake"）。相传当地土著 Taino 在西班牙殖民者入侵之前，将他们的宝藏倾倒入水中，引得后代渔人纷纷聚集在湖旁淘宝，由此得名聚宝湖。湖的尽头有几处散落的小岛，组成一个神秘的印第安水上村庄，这里与陆地隔绝，只有通过快船才能进入。整个小村被精心打理着，苍翠繁茂，种植着高大的棕榈树。岛上有 32 个真人大小的雕塑，或在钓鱼，或在织网，或在捕鳄，或在煮饭，形态各异，栩栩如生地展示着印第安土著的生活场景。此外，还有一个印第安风情度假村，修建了很多茅草顶的棚屋，虽然外表看起来非常粗狂简陋，但设计却十分舒适，还有空调。只是工程进度慢，何时完工不得而知。

我们旅行团只有五个人，结束游览时，聪明的快艇员突然拿出四朵玫瑰，分送给四位女士，另外送给我一支雪茄。掩藏之隐秘，行动之迅速，在我们意犹未尽时，出乎我们所有人的意料。游览结束后，前往达依鲁城（Taino Town），在一个农民自己家开设的餐厅里，享用有罗宋汤和龙虾、元贝、鱼排、猪排在内的传统古巴午餐。食材非常新鲜，口味有些厚重。在点餐等待的时间里，我又独自走进乡村拍照，向热情的古巴人示意。古巴餐厅一般不提供热水，我持塑料杯去碰碰运气，热情的服务员一下子将开水灌进去，塑料杯立即改变形状，引得大家一顿大笑。

午饭以后稍做休息，2 点多继续出发，又行驶近 2 个小时，于下午 4 点多到达巴拉德罗（Varadero）。从哈瓦那到巴拉德罗，一路植被完好，郁郁葱葱，蓝天映衬，村庄散落，一群群白色的牛，如同朵朵白云，撒落在田野，非常壮观。一天下来，车行近 5 个小时，行程数

百千米。

　　下榻的酒店叫 Memories Varadero，是一座四星级全包式酒店，规模比坎昆柯斯达酒店大，比哈瓦那 Memories Miramar 酒店更现代，管理得更好。由于没有提前订餐，只能在自助餐厅里吃晚餐。自助餐厅是一个可以容纳几百人用餐的敞开式餐厅，没有空调，却很凉爽，蔬菜、水果、鱼排、肉排应有尽有。选择一个桌子，临窗而坐，取了一些蔬菜、水果和鱼排，要了两杯白葡萄酒，又沏了一杯绿茶，一边欣赏鸟儿在餐厅里飞来走去的生态景致，一边享用异国的美味佳肴。晚餐以后，再去开放式的大堂吧，点了两杯朗姆酒加冰，在晕晕乎乎中结束全天行程。

　　（美墨古旅行日记7，2018 年10 月1 日至3 日游览，10 月3 日成稿于巴拉德罗 Memories Miramar 酒店）

　　资料来源：①途风旅游网；②百度百科。

穿越古巴

　　可能是我们 20 世纪 50 年代生人的社会主义情结吧，我对苏联、阿尔巴利亚、越南、古巴、朝鲜等社会主义国家，一直有着一种说不清道不明的向往，总希望有机会去走一走，看一看，亲身感受一下这些国家的变化和进步。1994 年有幸去了苏联解体后的俄罗斯，2004 年因业务关系去了越南，2012 年到达迈阿密的西礁岛（Key West）时，远眺只有 90 英里的古巴，心里就有"漂洋过海去古巴"的冲动。今年来美国探亲，孩子为我们夫妇安排了六天五晚的古巴全天人文交流活动（full day people－to－people activities），圆了我们心里的古巴梦。

　　古巴（Cuba）是加勒比海北部的群岛国家，却是美洲大陆上唯一的社会主义国家。据说 20 世纪 50 年代古巴经济在加勒比海各国中名列第三，因为环境优美、社会稳定和物价低廉，曾是美国人的"度假天堂"。后来美国对古巴实行制裁，美古断交 54 年，古巴因经济局限性和封闭仿佛静止了一样，一切都是五六十年前的模样，而 78.3 岁的平均寿命和 99% 的识字率又让古巴毫不逊色于美洲其他国家，整个国家的艺术氛围更是让人怀疑自己置身在欧洲，使这个神秘的国度更加迷人。我们 10 月 1 日从坎昆飞抵何塞·马蒂国际机场，6 日告别哈瓦那飞往亚特兰大，在古巴逗留的六天时间里，走城市，进乡村，游历

了哈瓦那、关玛珍珠岛聚宝湖、达依鲁城、巴拉德罗和位于蒙坦沙市全美洲最大、最著名的钟乳石洞等景点，行程构成了一个"大三角"。除了广袤的乡村田野和巴拉德罗度假，古巴厚重的历史和文化的精髓还是在哈瓦那。在穿越古巴城市、乡村和主要旅游景区的同时，仿佛回到了我们熟悉的改革开放前期。

哈瓦那，西班牙语"La Habana"，英语"Havana"，是古巴共和国的首都和最大城市，位于古巴岛西北哈瓦那湾阿尔门达雷斯河畔，与美国佛罗里达半岛隔海相望，扼守着墨西哥湾通往大西洋的大门，地处热带，气候温和，四季宜人，有"加勒比海明珠"之称，是著名的旅游胜地。在哈瓦那度过的三天三夜里，每天凌晨沿着使馆区的第13街晨运，置身黎明前后的静谧和喧嚣；白天走进旧城新区，访问古迹名胜，见证古巴过去的辉煌和今天的荣耀；傍晚落座餐厅食府，品尝哈瓦那美食，或者漫步街头、海边，亲眼看见椰风轻抚、日月映照下孩子般灿烂无邪的笑靥，切身感悟一个可以放慢脚步、洗涤心灵的国度。

古巴岛于 1492 年被哥伦布发现，1510 年开始殖民化进程。哈瓦那建于 1519 年，1550 年成为古巴的主要城市，1898 年成为古巴首都。现在的哈瓦那是一座拥有 400 多年历史、人口 200 多万的城市，是古巴政治、经济、文化和交通中心。哈瓦那分为老城和新城两部分，老城是建筑艺术的宝库，拥有各个时期不同风格的建筑，至今还留有许多西班牙式的古老建筑。新城是拉丁美洲著名的现代化城市之一，临加勒比海，街道宽阔整齐，高楼鳞次栉比，拥有豪华的宾馆、饭店、公寓、政府大厦等，花坛草坪点缀其间，充满现代化气息和繁荣景象。

导游是哈瓦那大学（Havana University）西班牙语一位大四留学生，1996 年出生的北京人小吕，非常热情和健谈。烈日炎炎，在吕导的安排和引导下，我们在哈瓦那因时制宜地游览了老城的国会大厦、

大剧院、古城堡、兵器广场、大教堂、手工艺品市场、赋予大文豪海明威创作灵感的五分钱酒吧，参观了哈瓦那大学、革命广场、古巴共产党大楼、内政部大楼、国家图书馆和海明威故居等。

老城位于哈瓦那湾西侧的一个半岛上，包括城墙旧址与哈瓦那湾之间的整个地区，占地面积不大，街道狭窄曲折，是当年西班牙殖民统治时期征服新大陆的重要基地，四周工事环绕，具有很高建筑学价值的古老建筑物大多集中在城区的兵器广场、大教堂广场、圣弗朗西斯科广场以及日月广场附近，废弃不用的旧炮筒成了街口的隔离桩。老城的古建筑布局整齐和谐，外观古色古香，迄今保存完好，1982年被联合国教育、科学及文化组织列入世界文化及自然遗产保护名录。

哈瓦那老城街道

哈瓦那老城分布着一系列城堡，坐落在市区的拉富埃尔萨城堡建于1538年，是古巴最古老的城堡，也是美洲第二座最古老的城堡。城堡建筑呈方形，四周围墙环绕，顶部塔楼高耸，塔顶安放的一尊印第安少女"哈瓦那"铜像格外引人注目，哈瓦那城因此而得名。建于1587~1597年的莫罗城堡，高耸在哈瓦那湾入口处的峭壁上，城墙高大宽厚，外有宽宽的护城河，内有条条幽深的隧道，这里曾是哈瓦那城防止海盗袭击的要塞，是哈瓦那城的重要古迹之一。莫罗城堡历史上曾先后遭到法国、荷兰、

英国列强的洗劫，已变得面目全非，但遗留下来的断壁残垣仍可以显示城堡当年的英姿。西班牙统治时期，海盗横行，为了城市安全，每晚都要举行鸣炮仪式，关闭城门。如今海盗已不复存在，闭城仪式却沿袭下来，300多年，一年365天，风雨无阻，成为重要的旅游项目。

在海滨大道上，竖立着19世纪下半叶古巴独立运动的著名将领安东尼奥·马赛奥、马克西莫·戈麦斯和卡里斯托·加西亚的青铜雕像。在市中心的革命广场上有古巴民族英雄、著名诗人何塞·马蒂的巨大铜像和纪念碑，纪念碑高109米，是哈瓦那最高点之一。在市区九号街的广场上，有1931年为表彰在古巴独立战争中建立了丰功伟绩的华侨而建的纪念碑，在高18米的红色圆柱形纪念碑的底座上刻有"在古巴的中国人没有一个是逃兵，没有一个是叛徒"的文字。

国会大厦建成于1929年，整体采用新古典主义建筑风格，外形酷似美国国会大厦，1959年以前一直是古巴政府的办公大楼，现在是古巴科学院（Cuban Academy of Sciences）所在地。国会大厦是古巴最宏伟的建筑之一，高92米，20世纪50年代之前一直是哈瓦那最高的建筑。大厦圆顶采用钢架构造，再辅以石头建造而成，建于美国，后由古巴进口；内部装饰高雅华丽，尽显气派，内部的雕像是世界上第三个最高的室内雕像；外部有几个漂亮的法式花园，花园内绿草如茵，鲜花盛开，大厦映衬着花园，花园装点着大厦，构成一幅美妙的风景画。紧邻国会大厦的是哈瓦那大剧院，亦称加利西亚宫，其结构参照脚跟剧院，后来成为国家剧院，现在是国家芭蕾舞大剧院。

主教大街（Obispo）是最具有殖民风韵的特色街道，很多窄巷都与这条道路相交，它的东端就是老城区的四大广场，武器广场、教堂广场、圣弗朗西斯科广场和岁月广场。武器广场是四个广场中，历史最悠久建成时间最早的一个广场。兵器广场中央竖立着古巴1868～1878年起义领袖、战时共和国总统塞斯佩德斯的雕像；东北角有一座特姆普莱特神庙，庙前有一棵木棉树，1777年曾将哥伦布遗骨埋葬在木棉树下，后转移到大教堂；西侧的哈瓦那历史博物馆，有别具一格的连拱廊、木雕的阳台和雅致的庭院，是殖民时期的一座建筑杰作；广场的炮塔坐落在一个博物馆的顶上，馆内存放着一些西班牙殖民时期留下的古董，我们误闯误入参观，吕导则在行程之外购买了门票。广场附近的大教堂建于1704年，巍然耸立在蓝天白云下，是一座西班牙和美洲风格的绚丽多彩的古老建筑。教堂的塔楼高耸入云，站在塔上，哈瓦那城和哈瓦那港湾的美景尽收眼底。哈瓦那市区有众多的雕像和纪念碑，给这座古城更增添了迷人的魅力。

革命广场和广场上的何塞·马蒂纪念碑

革命广场原名公民广场，1959年古巴革命后改为革命广场，是世界最大的广场之一，面积72000平方米。广场上最耀眼的是何塞·马蒂纪念碑，纪念碑后面是古巴前总统菲德尔·卡斯特罗的办公室，对面是著名的切·格瓦拉的画像，伴有指示着内政部楼的"永远向胜利前进"标语，四周建有国家图书馆和许多政府机构。革命广场是古巴许多政治游行的重要场地，同时，菲德尔·卡斯特罗曾多次在此对多于100万人次的古巴人发表过演讲，演讲时间通常为每年5月1日或7月26日。1953年7月26日，菲德尔·卡斯特罗率领一批进步青年武装攻打蒙卡达兵营，失败后被捕入狱，1955年流亡墨西哥。游完哈瓦那和古巴许多地方，甚至在哈瓦那街头都有阿拉法特的雕像，却不见菲德尔·卡斯特罗的一座雕像，不能不令人思考和敬意。

在我们这一代眼睛里，古巴除了菲德尔·卡斯特罗，不能不提海

明威。我们遵循海明威的足迹，重点参观了海明威故居和五分钱小酒馆。海明威故居位于哈瓦那老城东南方向 15 千米左右的圣弗朗西斯科·德帕拉郊区，庄园的名字叫维西亚小庄园（La Villa Vigía），始建于 1887 年，海明威在这里从 1940 年一直居住到了 1961 年，不朽名著《老人与海》和很多重要作品都是在这里撰写而成的。庄园里有海明威的起居室、卧室、餐厅、厨房、卫生间，他的两间书房，以及他孩子的卧室。目前故居还保留着海明威居住时的样子，包括随处可见的书籍和杂志，随时准备接待朋友的起居室，以及打猎时的战利品。园中有一个附带更衣室的游泳池，海明威出海所用的游艇也完好地保存在这里，游泳池旁是海明威四只爱猫的墓。这位诺贝尔文学奖获得者吸引了许多慕名而来的参观者。

五分钱小酒馆天蓝色的外墙十分抢眼，墙上有海明威的画像，空白处是密密麻麻的游客签名，如今已经变成了"网红墙"。几乎每一位来这里的人都会在网红墙前和海明威合影留念。五分钱小酒馆有海明威最喜欢的莫吉托（Mojito），之所以叫五分钱小酒馆是因为曾经这里的莫吉托一杯只要 5 分钱。海明威留给酒吧的一句话，"我的莫吉托在小杂货铺，我的邯吉利在小佛罗里达"，酒吧至今还保留着这幅真迹。大多数人来这里都会点一杯莫吉托，和来自世界各地的海明威粉丝一起感受古巴的浪漫，体会海明威亲手写下的"生活能伤害你但你要从受伤处开始生活得更坚强"名句背后的情绪。进去喝酒的人太多，我们虽然没有在这里和年轻人凑热闹，但是我们还是在巴拉德罗认真地品尝了海明威最爱之一——莫吉托。它是用朗姆酒、薄荷、柠檬、碎冰和苏打水调制而成的鸡尾酒，酒不浓烈，味道很清新，有一点青涩，像青柠般的初恋。

哈瓦那大学，位于哈瓦那维达度（Vedado）区，建成于 1721 年。它是古巴最古老、规模最大的一所大学，也是拉丁美洲历史最悠久的

大学之一。菲德尔·卡斯特罗 1950 年毕业于哈瓦那大学，获法学博士学位，不久即引导人民开展了一系列抵制巴蒂斯塔暴政的武装起义。哈瓦那大学大门是整体校园建筑的亮点，中心位置有一座阿玛·玛德尔雕像，她张开双臂欢迎各地学生。Alma Mater 是拉丁文，直译为"有营养的母亲"，起源于古罗马指称母亲之神，后在中世纪代表基督教的圣母玛利亚，在现代欧洲语言中是学术、大学的同义词。校园面积不大，总共十多个建筑。校园内有一辆坦克，那是巴蒂斯塔暴政时镇压学校师生的铁证。

古巴长期的政治和经济封锁，让这里保存下来了一股独特的旧时代气息，除了色彩斑斓的古建筑，还有老爷车。大街上跑的有四五十年代的，或者是苏联引进的车子，更多的是不知是何年代的改装破车，车上有各种著名品牌标记，但究竟是不是原产不得而知，仿佛全世界的老爷车都聚集在了哈瓦那。老爷车工坊里停着破旧的车子，经过技师们的修理，都会焕然一新成五颜六色的炫酷跑车。满大街的老爷车俨然一个移动的古董车博物馆，在哈瓦那的大街小巷，在巴拉德罗，在乡村，都能看到老爷车的身影，与一般的古董车不同，古巴的老爷车更讲究实用性。街上的老爷车几乎都是出租车，随手一辆的士都能让收藏控爱不释手，招手即停，价格不等。乘坐着古董级老爷车穿梭在被称为建筑艺术的宝库的哈瓦那老城，简直就是一场行为艺术。除了已经是哈瓦那城市一景的那些光鲜的敞篷老爷车外，发动机貌似和卡车或拖拉机类似，跑在街上喷出浓浓的尾气。《速度与激情 8》开场的镜头里，破旧色彩的小楼房，不宽的街道，目不暇接的老爷车，火辣热情的古巴男女，这就是许多人第一次认识的哈瓦那。

哈瓦那有故事，也有朗姆酒。朗姆酒（Rum）是世界上消费量最多的酒品之一，主要产区集中在盛产甘蔗及蔗糖的地区，如牙买加、古巴、海地、圭亚那、多米尼加、波多黎各等加勒比海国家，其中以

牙买加和古巴出产的朗姆酒最具盛名。朗姆酒素来就有"海盗之酒"的美誉，那些极富冒险精神的人视之为"圣酒"。海盗的形象大都是独眼、木腿、鹿皮靴、再配上一顶达达尼昂式的帽子或是一只鹦鹉什么的，当然还有一样东西少不了，那就是他们最爱喝的朗姆酒。古巴还有另一大特产——雪茄。古巴雪茄以其醇香浓厚享誉世界，因为只有古巴肥沃的红土，才能种植出质量这么好的烟草，所以来古巴一定要品品雪茄，或者买几盒带回去。老爷车、朗姆酒和雪茄，成了许多游人抹不去的古巴印记。

作为美洲唯一的社会主义国家，古巴给全世界的印象就是"穷"。哈瓦那老城几乎没有什么新建筑，都是各个时期的旧建筑，繁复的巴洛克风格，富丽堂皇的二层小楼，或者留有残破色彩的残垣断壁。这些西班牙殖民时期建筑的精美，过分鲜明的色彩，却难掩它的破败凋敝。这些老建筑才是哈瓦那城市的精华，它们凝聚着历史印迹和建筑的智慧，也正是这些老建筑才支撑着这座城市的形象，赋予这个城市格外的风情和珍贵。维达度是哈瓦那的新城，它是哈瓦那的商业中心和典型居住区。新城有哈瓦那大学，供外籍学生住的高层公寓楼，条件设施完善的酒店，还坐落着哈瓦那第一高楼。比起老城的纷繁，新城的规整，哈瓦那的中部则显得有些破乱。这里是哈瓦那人口最密集、最穷破的地区，漆黑的街道，来来往往的人穿着随意甚至是邋遢，二楼以上几乎每户都晾晒着长短不一的衣服，却是哈瓦那最真实的写照。

据说，美国人控制了古巴周边全部光缆，古巴人只能借助卫星上网，既慢又贵。在古巴能上网的地方少之又少，公共 Wi-Fi 点更是屈指可数。买上网卡需要排队，上网需要到固定地点反复尝试，日用品需要等国营商店开卖，货币区分为 CUC 和 CUP，CUC 相当于我们过去的外汇券。在西班牙殖民时期赶尽杀绝印第安人的惨痛历史阴影和长期闭塞的环境下，古巴人逆势萌生了一种特殊的性格，习惯了等待，

更容易知足。大街小巷保留着殖民时期老建筑的传统样式，日落时岁月广场坐满了人，看民间艺人的各类精彩演出，场面十分热闹。哈瓦那中部有条著名的 Malecon 滨海大道，绵延 8 千米的大道上，钓鱼、漫步、恋爱、嬉笑、吹风、听涛，几乎成了哈瓦那人业余生活的一切，被誉为古巴最动人、最有风情的大道。在这里，古典与现代、新与旧、白与黑、美与丑，一切充满碰撞的元素，都有迹可循，并和谐地统一起来。

古巴雨水充沛，植被完美。从空中俯瞰，大地绵延起伏，翠绿一片；驰骋在高速路上，道路两旁郁郁葱葱，村落点点，白色的牛群就像云朵一样散落人间。途中停车休息时，我走进村庄，马车穿梭乡间小路，成了乡村的主要交通工具，热情的古巴人不时地挥起手，绽放灿烂的笑容，和我打招呼，有的还摆出 Pose 让我拍照，一下子缩短了陌路的距离。据说，古巴人收入不高，酒店现场煎饼的服务员边唱边跳，眼尖手快，面前排起了长队；跟随我们的汽车司机总是笑意盈盈，好像不知道疲倦；阳台上叼着雪茄的老人，海边垂钓和街道路边纳凉的古巴人，似乎都很悠然自得，轻松淡定。古巴和我们之间的差距可能不是物质生活条件，而是信仰和生活态度。经济封锁停滞了古巴的发展时间，却无法毁灭古巴的生机勃勃；物资短缺的苦难没有压垮古巴人，他们照样生活平和，精神富足，这可能就是我喜欢古巴的原因。

（美墨古旅行日记 8，2018 年 10 月 1 日至 6 日游览，6 日写于哈瓦那 Memories Miramar 酒店）

资料来源：①途风旅游网；②百度百科。

体验东欧和巴尔干定制之旅

欧洲是世界第六大洲，有近50个国家和地区，7亿多人口，是人类生活水平、环境、发展指数较高和宜居的大洲之一。20世纪90年代，由于工作关系，先后到访过俄罗斯、德国、法国、英国、瑞士等几个国家。退休以后一直想去欧洲旅行，几次动议，都因旅行社推出的产品与期待的目的地不吻合，一拖就是一年多。五月初从美国回来后，即与携程、途牛、途风等多家旅行社沟通，虽然他们推出了不少20多天的产品，都是很难成团。

无奈之余，我想起了许多朋友口中的私人定制旅游，就在携程网上固定的格式中点了几点需求。携程很快就有了网络回应和电话回访，并派了两名设计师给我做方案。不知道两名设计师之间有分工还是工作责任心差异，一个设计师先跟我微信聊天、电话沟通，把脉我的需求和想法以后，才开始设计；另一个设计师则直接按照订单给我提供方案，不仅没有报价，就连电话都不愿意打。即便通了电话，也不是了解我的想法，而是给我上课，私人定制如何如何贵，以及它与跟团游的区别。

无论是固执，还是无知，我是不轻言放弃的人。尽管事前没有做什么功课，但在设计师呈现的方案面前，我还是发现了许多问题。例

如，20多天的行程，到访几个国家城市和乡村，在同一个酒店一住就是三四天，不仅酒店没有变化，就连景点都是城堡和小镇，缺乏定制的个性和特点。我们反复沟通，不断磨合，最困难的时候，设计师已经没有信心修改方案，我也失去了对私人定制的期待。感谢小韩设计师的真诚，由于签证问题，我们想去的国家不能一次性满足；由于资源问题，巴尔干地区可选择性很小。在这种情况下设计出来的方案，不是与我们的愿望南辕北辙，就是价格高企，无法接受。

为了让这次定制成行，我不断地放低要求。由于全程定制只有9座奔驰，还要分为成两段实施，不仅很浪费，价格也超出我们的预算。我把全程定制退让为东欧定制加巴尔干参团，设计师提出的是从国内参团，显然不合理。我向途风咨询境外参团并提供几个产品给设计师后，有两点出乎意料，一是途风虽是携程麾下的企业，它们之间似乎很少业务上的对接；二是设计师看了途风的产品和报价，担心两者价格悬殊太大，让我直接找途风安排全程旅行。事实上，途风在国内的机构主动联系、热情为我提供全程方案，并代办签证服务。为了尊重设计师已经付出的劳动，也为了体验不一样的定制之旅，我还是请设计师出一个东欧定制加巴尔干途风参团的方案，再一次拿出我的诚意，做出我的让步。

经过几次调整，以布拉格开始和结束的东欧六国大环线与布达佩斯参团的迷失在巴尔干半岛方案出炉了。一波几折，设计师进一步核实往返机票时，一万多元的价格突然涨到了三万多元。如果不是看重信誉，完全可以就此打住，终止订单。关键时刻，我反复查核低价机票的时间，看好了即预订下来，然后再让设计师调增2天在布拉格的逗留时间，以衔接全程方案。说实话，当时我都没有时间看方案，直到付了全款，去广州按完指纹回来，才腾出时间。

这次东欧六国和巴尔干10国之行，前后将近一个月时间，出行前需要回南京老家看看。为了衔接海南航空公司的班机，特地选择从上海出发，6 月 26 日经北京飞布拉格。在布拉格开启为期 14 天的东欧六国大环线之旅。7 月 9 日在布达佩斯结束第一段行程后，7 月 10 日无缝对接迷失在巴尔干半岛的七天行程。7 月 17 日

飞机上俯视欧洲小镇

回到布达佩斯结束第二段行程后，在布达佩斯机场住一晚，7 月 18 日先飞布拉格，再从布拉格乘海南航空公司班机回国。东欧和巴尔干之行，将先后到访捷克、德国、波兰、奥地利、斯洛伐克、匈牙利、克罗地亚、黑山、波黑和塞尔维亚 10 个国家、8 个首都、28 个城镇。其中，捷克和斯洛伐克属于原捷克斯洛伐克社会主义共和国，塞尔维亚、克罗地亚、黑山和波黑属于原南斯拉夫社会主义联邦共和国。

虽然没有时间深入研究，拼接的方案可能不经济，一定还有遗憾，但至少有五个方面的特点，一是在行程和景点安排上尽量避免重复与雷同，定制行程不含门票，可以避开同质化的景点；二是定制和境外参团相结合，行程零距离对接，既可以体验定制之旅的悠游与舒适，又可以感受境外参团打卡的紧张与疲惫，还可以权衡两者的利弊；三是自己预订往返机票，为以后境外旅行做一些探索；四是定制之旅不含餐食，可以根据我们的习惯和需要，丰简由己，把看风景、尝美食有机地结合起来；五是社会主义情结使然，这次旅行的国家中有不少实行过社会主义，希望我们的行程能够见证它们的变化。

退休之后的路还长，含饴弄孙不是生活的全部，与衰老和疾病长期斗争应早做思想准备。我欣赏这样的态度，把生活和旅行结合起来，不为活着而苟且，不为打卡而旅行，做一个生活中的行者，让生活充

载着梦想启航

满旅行，在旅行中悠闲地生活。东欧和巴尔干之行，是一次体验，更是一次尝试，寄托着一名退休者的期望、期待和期许。25日7点从南京家里出发，搭高铁去上海，再乘海南航空的班机到北京。海南航空中转台工作人员的热情安排，我们又到 Asia Hotel 休息了几个小时，然后一身轻松地继续搭乘 HU7937 次航班，飞往布拉格。一路上有设计师微信陪伴，我们出行顺利，即便午夜在休息室候机时，还不忘小酌一杯。

（东欧和巴尔干10国旅行日记1，2019年6月26日至7月10日游览，6月27日写于布拉格）

漫行布拉格

我们20多天的东欧和巴尔干之旅，从布拉格开始。6月26日早晨5点多，随着一阵颠簸，HU7937次航班平稳地着陆在瓦茨拉夫—哈维尔国际机场，持申根多次签证入境捷克，非常顺利。入境后等待司导李先生的时间里，我们按照朋友的指引，在机场兑换了500欧元的克朗。进城才发现机场比市区少兑了3000多元，让我们交出了不做功课的学费。李导接上我们时不过6点多，许多景点还没有开门，我们的游览就从没有门槛的查理大桥和列侬墙开始。在布拉格逗留的三天时间里，第一天打卡布拉格景点，第二天游览卡罗维发利和玛利亚温泉小镇，第三天没有司导的布拉格自由行。

布拉格原来是捷克斯洛伐克的首都，1993年1月1日捷克和斯洛伐克各自独立，布拉格成为捷克的首都。地处欧洲大陆的中心，介于柏林与维也纳这两个德语国家的首都中间，依山傍水，伏尔塔瓦河穿城而过。由于有着横跨千年历史的厚重，又幸免于

伏尔塔瓦河

"二战"战火的涂炭，整个城市到处都是波希米亚古老的建筑，风格上是巴洛克和哥特式特别多见，观感上是建筑顶部变化丰富，色彩绚丽夺目，号称欧洲最美丽的城市之一，也是全球第一个整座城市被指定为世界文化遗产的城市。

从国内出发前，下载了蔡依林的《布拉格广场》。漫步在老城广场，一边听着歌，一边寻找歌中的意境。六月的布拉格，阳光灿烂，气温宜人。游览以查理大桥为中心，桥西有圣尼古拉斯教堂、列侬墙、坎帕公园、斯特拉霍夫修道院、布拉格城堡，桥东有老城广场、旧市政厅、高堡城堡、布拉格广场。布拉格以广场、城堡名闻天下，但广场、城堡只是城市的背景，往来于标志性景点之间的还有数不胜数的教堂、音乐厅、美术馆、博物馆，以及各种各样的酒吧、咖啡厅和餐厅。汽车在街巷中行驶，街道两旁尽是风格各异的建筑，一幢接一幢，流光溢彩般地从车窗闪过。布拉格的美是立体的，她是艺术创作的源泉，绝不是一首歌、一部作品所能包容。

始建于 14 世纪的查理大桥，是布拉格在伏尔塔瓦河上修建的十八座桥梁之一，连接着布拉格老城和小城，是捷克历代国王加冕游行的必经之路。桥上有 30 尊出自 17～18 世纪艺术大师的圣者雕像，造型栩栩如生，是典型哥特式建桥艺术与巴洛克雕塑的结合，被誉为"欧洲的露天巴洛克塑像美术馆"。最著名的要数桥右侧的第 8 尊圣约翰雕像，圣约翰是红衣大主教，因政教斗争得罪了国王，被处以极刑并抛入河中。围栏中间刻有一金色十字架的位置，就是当年圣约翰从桥上被扔下的地点。人们经过圣约翰雕像时，都会摸一摸他的浮雕祈福。桥下伏尔塔瓦河波光粼粼，桥上游人熙熙攘攘。晴空之下，布拉格城堡、红顶建筑、伏尔塔瓦河与查理大桥交相辉映，美不胜收。难怪有人说走过这座桥才算来过布拉格，就连卡夫卡生命中的最后一句话都是"我的生命和灵感全部来自于伟大的查理大桥"。

布拉格城堡是一大片建筑区域，始建于 9 世纪，形成了集教堂、宫殿、庭院于一体的庞大建筑群，其中包括圣维特大教堂、旧皇宫和黄金小巷等建筑，曾经是捷克历史上统治者的居住和办公地，现在是总统官邸所在地。游人很多，我们 9 点到达时，先看门口的士兵换岗仪式，再排队安检，安检以后跟随排队的人群进入教堂参观，等李导停好车与我们会合后，协助我们购买 250 克朗的套票，依次游览旧皇宫、圣乔治修道院和黄金巷。原计划游完黄金巷，再进入圣维特大教堂参观需要门票的部分。由于不熟悉路径，随人流从葡萄园下山后，错过了进一步观赏圣维特大教堂的机会，留下一点小小的遗憾。

圣维特大教堂是布拉格城堡重要的地标建筑，位于布拉格城堡第三中庭内，始建于 14 世纪，历经三次扩建，1929 年正式完工。几个世纪的工程荟萃了建筑艺术的精髓，是布拉格城堡王室加冕和辞世后的长眠之所，捷克国宝级建筑，欧洲著名的哥特式教堂之一。尖塔、尖拱顶与飞浮雕是教堂的三大特色，消瘦的塔尖，漆黑的墙面，更符合出现在布拉格的建筑，天然地自带神秘和哀伤感。这里的玫瑰之窗尤为精致，曼妙的阳光散落其上，如同万花筒一般折射出美丽的光晕。正如《布拉格广场》歌词所言："琴键上透着光，彩绘的玻璃窗，装饰着哥特式教堂。"由于买票在后，没有来得及参观圣约翰之墓和圣温塞斯拉斯礼拜堂。

旧皇宫是以往波西米亚国王的住所，位于布拉格城堡的中庭，与圣维特大教堂毗邻。整个建筑分为三层，入口进去是维拉迪斯拉夫大厅，高挑的大厅没有廊柱支撑，是一座在原有古罗马建筑基础上历经增建和修整，结合了哥特式和文艺复兴式的建筑，称得上是一座见证了欧洲建筑风格演绎的活化石。与精美华丽的圣维特大教堂相比，旧皇宫显得简洁古朴，既没有华丽的鎏金装饰，也没有太多的浮雕壁画。旧皇宫入口位于布拉格城堡庭院，每个整点会举行士兵换岗仪式。从

老皇宫的小阳台上可以看布拉格全景，一片红色的房屋顶，在碧蓝的天空映衬下，显得无比美丽。

在圣乔治教堂与玩具博物馆之间，有一排五颜六色小房子的窄巷子，这就是黄金巷，布拉格城堡中最著名的景点之一。黄金巷原本是仆人工匠居住的地方，后因聚集不少为国王炼金的术士而得名，房子都很矮小，游人却很多，像童话森林里小矮人的家，是布拉格较具诗情画意的中世纪风格小巷。西方现代主义文学先驱、奥匈帝国作家卡夫卡曾经居住过这里，当时只是一名保险业职员的他，以每月20克朗租住黄金巷22号作为工作室，以布拉格城堡为背景，创作了当时不为人知的文学作品《城堡》。黄金巷除了一部分用作商店外，还陈列一些工匠工具，地下有一间牢房，刑具凄惨。据说每天下午五点以后黄金巷免收门票，此时游人如织，到了六点左右，这里的小店铺就会陆续关门。

从黄金巷走下山，来到了老城广场，正值中午，热浪滚滚，却少见空调。我们走进一家百年地窖餐厅，点一份黑啤和双人烤猪蹄，一边午餐，一边享用地窖的宁静、阴凉和美味。下午2点前来到旧市政厅前，等待天文钟报时。这是一座中世纪的天文钟，安装在旧市政厅南墙上，分为上下两座，精美别致而又颇具古韵，历经千年，至今仍然走时准确。每逢正点，12尊耶稣门徒就会从钟旁蓝色小窗内依次现身，6个向左转，6个向右转，随着雄鸡的一声鸣叫，窗子关闭，报时钟声响起。虽然每个整点都会上演同样的节目，来自不同国界的游人仍然不约而同地聚集在天文钟下。感受时间一点一滴地流逝，不觉遗憾还很兴奋，或许这就是来自远古历史时光的魅力。

在查理大桥西侧，伏尔塔瓦河畔，密集成排的建筑物尖顶、塔楼和宫殿宛如童话中的堡垒一样，汇聚了各式各样、引人入胜的历史建筑、博物馆和美术馆。列侬墙位于修道院大广场，原本是一面普通的

墙，80 年代起人们开始在墙上涂写列侬风格的涂鸦以及披头士乐队歌词，并逐步演变成青年表达理想的一个象征性符号。坎帕公园位于市中心，沿着河畔走向公园，可以欣赏到颇为美丽的布拉格市容。圣尼古拉斯教堂是布拉格最美的巴洛克式教堂，伫立在小城广场上，外观极为抢眼，高耸的钟楼，壮美的穹顶，白色建筑配上青铜屋顶，无疑是伏尔塔瓦河左岸的地标。令人惊奇的是教堂内的管风琴音色极佳，莫扎特曾在教堂内演奏过管风琴。

感谢非常用心的李导，从玛利亚小镇返回布拉格的途中，特地绕道布拉格西北 20 千米的利迪策惨案遗址，我们得以在行程之外，有机会去凭吊在惨案中罹难的儿童。海德里希是希特勒的理想继承人，1942 年 5 月 27 日，名叫库比什和加布契克的两名捷克伞兵从英国空降而来，成功地在海德里希从郊区别墅驶往市中心的途中将他刺杀。希特勒亲自主持他的葬礼，咆哮着要采取报复行动。纳粹利用一封来历不明的信件，一口咬定利迪策村民支持了暗杀活动。1942 年 6 月 4 日，盖世太保包围了村子并开始大肆搜捕。五天后的 6 月 9 日傍晚，利迪策村遭到血洗。16 岁以上的成年男人全部被枪杀，妇女和 16 岁以上的少女被送往集中营，婴儿被支持纳粹的德国家庭收养。屠杀后，纳粹还放火烧毁整座村庄，企图让利迪策从地图和实地上消失殆尽，以掩盖滥杀无辜的罪迹。

惨案发生后三天即 6 月 12 日，"利迪策惨案"的消息还是传了出去，美国伊利诺伊州的一个小镇当即宣布改名为利迪策；一个月后，墨西哥的圣何罗尼莫也改名为利迪策，巴西、委内瑞拉、以色列、南非的一些村庄、广场、街道甚至女孩的名字，都相继改名利迪策。战后的 1948 年，来自世界各国的志愿者在这片废墟旁重建利迪策村。150 名妇女和少数儿童重返家园。除了纪念的墙基，新塑的雕像，为了永志不忘，村里人以利迪策给新出生的孩子取名，近七十年里一直

延续着这个习惯。1949 年 11 月，国际民主妇女联合会在莫斯科召开执委会，把每年 6 月 1 日定为国际儿童节。

布拉格不大，从伏尔塔瓦河畔到佩任特山巅，从老城堡到会跳舞的房子，从布拉格广场到一个个叫不出名字的交汇中心，我们穿街走巷，自由神往。布拉格是迷人的，太阳升起时，橘红色的阳光把整座城市映照得美轮美奂；黄昏中，落日余晖为布拉格增添了童话般梦幻的色彩；华灯初上后，她在夜幕中褪去了白日艳丽的色彩，变成了美丽的剪影。我们下榻的克劳斯特尔酒店，离查理大桥和布拉格广场都不远。每天凌晨快走运动时，沿着伏尔塔瓦河，经过或绕道去桥上走一圈，一对对新人沐浴着晨阳，查理大桥成了婚纱照的专场。晚餐以后踏着路灯去查理大桥散步，夜幕下的老城仿佛千年光阴在眼前流转，多少风雨沧桑和动人的故事在这里娓娓道来。布拉格还是购物的天堂，从查理大桥到老城广场的街道两旁，布满了各式各样商店，自由行时随意逛一逛，仿佛置身自己居住的城市一样惬意。逛累了，落座一家餐厅，要一杯名啤，点几道小菜，融入本地人的平常生活。

青年表达理想的象征性符号列侬墙

在离开布拉格前一天，悠闲地睡完午觉之后，我陪太太去坎帕公园闲逛。一路走到共产主义战士雕像时，巧遇一对北京来的老年夫妇，先生 76 岁，夫人 73 岁。他们是 20 世纪 80 年代公派法国人员，这次持多次申根签证来欧洲自由行。由于签证是 180 天，可以在欧洲逗留的时间不超过 90 天，因而准备完成这次行程后，先回国休息调整一下，接着继续欧洲之行。此前我规划用三到四年时间走完欧洲，太太脱口而出"还要来？"显然，他们的行动对我们的

启发和留给我们的影响都很大。我们立在路边，不问姓名，不留号码，就像久别重逢的老朋友，漫无目的地交流着旅行途中的快乐和遗憾。我很崇尚他们的生活态度，他们则赞赏我"不为生活而苟且、不为打卡而旅行"的理念。这就是旅行的魅力，带给我们的除了自然和人文景观之外，还有许多无法规划和复制的快乐与偶遇。

（东欧和巴尔干10国旅行日记2，2019年6月26日至28日游览，29日写于布拉格）

资料来源：携程旅行网。

历久弥新的温泉小镇

6月27日，布拉格阳光灿烂，气温热而不燥。凌晨5点走出酒店，通过查理大桥，沿着布拉格城堡、佩任特山方向快走运动，到佩任特瞭望台折返，完成8千米任务后回到酒店冲凉、早餐。8点15分出发，一路向西，10点多抵达卡罗维发利，循着彼得大帝、马克思、贝多芬、瓦格纳、勃拉姆斯等名人的足迹，开启轻松的温泉之旅。

卡罗维发利距离布拉格200多千米，靠近德国，是捷克规模最大的温泉疗养地，也是欧洲历史最悠久的温泉小镇，简称 KV 小镇。这里曾是查理四世的狩猎场，相传1316年他在打猎时，一只小鹿被射伤，跛着腿逃去，紧追小鹿的猎狗跑入山下泉中，国王看到有温热的泉水涌出，就命御医对泉水进行化验，发现泉水对治疗多种疾病有奇效。为此，人们在山上为温泉的第一个受益者小鹿竖起了一座雕像，小城也有了卡罗维发利的名字，卡罗维发利就是"查理温泉"的意思。卡罗维发利已有600多年的历史，18世纪成为欧洲闻名遐迩的社交场所，受到了众多贵族名流的青睐。

KV 小镇坐落在泰普拉河和奥德热河交汇的山谷中，依山傍水，风景秀丽。泰普拉河自东而西从小镇中央穿城而过，蜿蜒流淌，清澈见底。街道沿河修建，两岸是鳞次栉比的建筑长廊，巴洛克式建筑古色古香，点缀在小河两侧的绿荫丛中，色彩斑斓，宛如人间仙境。小镇不大，温泉回廊、旅馆大多集中在特普拉河畔，步行即可到达各大景点和知名温泉疗养院。周围环境优雅，建筑色彩艳丽，置身小镇之中，或行或歇，都很舒服，遗憾的是没有住一晚。

KV 小镇的温泉资源十分丰富，矿泉水从地下 2000 多米深处喷出，有几十个泉眼，每个泉眼喷出的泉水温度都不一样，有 70℃、50℃、30℃ 等不同的出水口。与一般"泡汤"温泉不同，卡罗维发利以"饮疗"出名，温泉水中含有 30 多种矿物质，可以治疗消化器官和新陈代谢紊乱等疾病。为了便于人们饮用温泉水，小镇精心建造了各种独一无二的温泉回廊，其中最出名的当属市场温泉回廊、磨坊温泉回廊、弗热德洛温泉回廊和德沃夏克公园温泉回廊。市场温泉回廊与公园温泉回廊的建筑风格相似，以白色为基调，采用瑞士木造风格，点缀着无数星芒状的雕饰。

饮用的温泉水都是免费的，只要有一个杯子，在街边任意一个泉眼，都可以小饮一杯。每个泉眼都有标牌，上面标有号码和温度。周围小亭子有温泉杯售卖，温泉杯美观实用、款式多样，饮水口均在杯把上方，以此来延长入口通道，避免游人烫

饮水口在杯把上方的温泉杯

伤。我们自带了茶杯，品饮了不同温度的泉水，温泉的味道称不上好喝，有点淡淡的咸，还混合着铁锈和硫黄的味道。

为了吸引全世界的目光，从 1950 年开始，捷克每两年都要在 KV 小镇举办一次"国际电影节"，据说卡罗维发利国际电影节是排位第五的世界 A 类电影节，"007 电影"曾以卡罗维发利为背景拍摄了系列

影片。1988年荣获第26届卡罗维发利电影节最高奖的，就是谢晋导演的中国电影《芙蓉镇》。第54届卡罗维发利国际电影节正在积极筹备之中，7月初即将鸣锣。

卡罗维发利最令我难忘的，是找寻小鹿的雕像。李导先用导航陪我们一起上山，走了大部分路程后，我让太太和李导不要再攀爬了，自己一个人去。我用李导发给我的地址和帮我下载的谷歌地图，在山顶和山腰之间颠来倒去，硬是找不着。无奈之下，求救于外国游客，他们热情地引领我到导航的目的地，原来是山顶一个喝咖啡的小屋。登上观景台，卡罗维发利小镇尽收眼底。就在我以为登高望远就是一种补偿时，小鹿雕像赫然出现在我下山的途中。

高尔基、托尔斯泰、肖邦、
歌德都曾疗养过的玛利亚小镇

卡罗维发利与玛丽亚小镇相距五六十千米，中午12点告别KV小镇，前往玛利亚小镇继续游览。玛利亚小镇又名玛利亚温泉城，西距德国仅20千米，是捷克卡罗维发利州的一个镇，以捷克第二大温泉小镇著称。静卧在神秘波西米亚森林中的玛丽亚小镇，紧邻伏尔塔瓦河支流特普拉河，华丽的巴洛克建筑与精致的温泉回廊散发出柔美迷人的气息。市内有多种矿泉水，既可沐浴，又能饮用，现在是欧洲风景最优美的温泉疗养胜地之一。历史上，高尔基、托尔斯泰、果戈理、肖邦、易卜生和英国女王等众多名人都曾前往疗养，浪漫音乐家华格纳和德国文豪歌德更为此着迷。玛利亚安然宁静，每家每户门前摆放着色彩鲜艳的植物，镇中心有一个音乐喷泉，还有一个巴顿将军纪念碑，小镇不大，一个小时逛完后，在一家东北人开的中国园餐厅，每人吃了一碗汤面。说是碗，实际上是盆，味道清淡，很合我们口味，面条没有吃完，汤被喝光了。老板很热情，临别时还送我们一些杏子和香蕉，让我们感动不已。

如果说卡罗维发利与玛利亚小镇是一个风景点的话，往返于布拉格到小镇沿途的就是一道风景线。道路两旁都是丘陵地带，高低错落，麦浪翻滚，菜籽飘香，橘红的房舍掩映在翠绿之中，美不胜收。

（东欧和巴尔干10国旅行日记3，2019年6月27日游览，30日写于德累斯顿）

资料来源：携程旅行网。

浴火重生德累斯顿

德国是中欧国家，北邻丹麦，西连荷兰、比利时、卢森堡和法国，南部与瑞士和奥地利为邻，东部与捷克和波兰接壤，是欧洲联盟中人口最多、资本主义高度发达的国家，也是欧洲第一大经济体、北约、申根公约、八国集团、联合国等国际组织的重要成员国。祖先为日耳曼人的德国人，历史上曾先后挑起两次世界大战并战败，1945 年分裂为东西两部分。1990 年 10 月 3 日，德意志民主共和国正式加入联邦德国，实现两德统一。约 20 年前，因工作关系到访过德国，参观过宝马公司。这次旅行，从捷克进入德东，游览德累斯顿、波茨坦和柏林后，再从德南进入奥地利，前后逗留三天时间。

从布拉格到德累斯顿不到 200 千米，行车两个小时即可到达。德累斯顿意为河边森林的人们，是德国萨克森州首府和第一大城市，德国东部仅次于首都柏林的第二大城市，是"文化的代言词"。29 日上午抵达时，天空湛蓝，阳光灿烂，日均气温不过 20 多度，舒适宜人。我们游览的第一个景点是德累斯顿大花园，一个处处充满巴洛克建筑风格特色的公园，占地面积达 2 平方千米，是德累斯顿最大、最漂亮的花园。园内的小径和林荫大道都以相互对称的格局分布在整个园区，一幢建造年代久远的宫殿建筑位于园区的正中央，还有一条迷你铁路，可以乘坐小火车观赏整个园区。公园很大，游人不多，除了一些运动的市民，还有两对拍婚纱照的新人。如果不是时间有限，在林荫路上漫步，一定是不错的选择。

易北河从德累斯顿自东而西穿城而过，南岸是老城区，北岸为新城区。历史上，德累斯顿曾是萨克森王国的首都，拥有数百年的繁荣史和灿烂的文化艺术，有众多精美的巴洛克建筑，为欧洲绿化最好的城市，被称为"易北河上的佛罗伦萨"。"二战"时期由于是德国重要的军事基地，1945 年 2 月 13 ~ 15 日遭到英美空军大规模地毯式的轰炸，德累斯顿只剩下残垣断壁。现在德累斯顿的大部分建筑是 1945 年以后建设的，对古迹及古建筑物的重建在原来的废墟上进行，尽可能地利用被炸毁后残留下来的砖块，以竭力恢复原样。

德累斯顿的核心景点比较集中，司导小谭把车子存在停车场，领着我们穿越布吕尔长廊，经过德累斯顿最高法院去吃饭，午餐后先去圣母教堂，途经交通博物馆就到了王侯队列图，穿过剧院广场来到茨温格宫，最后绕回萨克森王宫，进入绿穹珍宝馆

穿城而过的易北河

参观。入住的德雷斯顿 NH 酒店坐落在新城区，距离吕尔长廊不过 3 千米左右，早晨快走运动时，我又一次造访。睹物溯源，一边欣赏恢宏的建筑，一边追问曾经的沉浮，成了摆脱不了的纠缠。

德累斯顿不是很大，却有圣母教堂、德累斯顿圣十字教堂和圣三一大教堂三个各具特色的教堂。圣母教堂坐落在新集市广场上，被所有建筑众星捧月地围绕着，巴洛克式的建筑风格成为基督教艺术的典范，被誉为世界上最美的建筑物之一。这座差不多可以说是从城市废

墟中站立起来的教堂，在 1945 年的盟军轰炸中轰然倒塌，民主德国将残留的瓦砾作为战争的纪念保留下来。德国统一后，人们从废墟中捡起可以重新使用的砖块，在历经 11 年之后，恢复了历史原貌，再现了往日的光辉。圣母教堂的修复，不仅是为了德累斯顿，也是为了抚平战争带给欧洲的创伤，因而成为德国与世界近代史上一个和平的象征。广场上有一块矮墙似的纪念碑，其实是"二战"后圣母教堂残骸的一部分。

德累斯顿圣十字教堂位于老集市市场东南角，其前身是圣古尼古拉斯教堂，于 12 世纪初创建，1388 年 6 月 10 日正式献给圣十字，1491 年以后被烧毁五次，1955 年重新开放，教堂内有很多照片对比被毁前和被炸毁城市的照片。这座同样是巴洛克晚期风格，还夹杂一些初期古典主义风格的教堂，外表古朴低调，内部也没有其他教堂那样精致的装饰，只是简简单单的很朴素，却是德累斯顿最大的教堂，每天晚上都会开放给信众祈祷。教堂的二楼有个很大的管风琴，每周三、周日还有童声合唱团演唱。德累斯顿圣十字童声合唱团有着 700 多年历史，是世界上最古老的童声合唱团之一。

圣三一大教堂也称天主教宫廷教堂，地处剧院广场的右侧，森珀歌剧院的对面，它是德累斯顿最年轻的巴洛克风格建筑，近 4800 平方米的占地面积，让它当之无愧地成为萨克森州最大的天主教教堂。圣三一大教堂是易北河边一定不会遗漏的建筑，一直信奉新教的萨克森选帝侯奥古斯特二世为了成为波兰国王而改信了天主教，于是决定在德累斯顿建立一座宫廷教堂。据说，奥古斯特二世死后遗体被葬在波兰，他的心脏却存放在这间教堂的地窖里，可见他对德累斯顿的留恋。

剧院广场位于古城西部边缘，平民建筑很少。剧院广场的另一边，是始建于 1816 年的森珀歌剧院，是用建筑师的名字森珀来命名的，曾被选为世界十大歌剧院之一。它在西方音乐史上有一定地位，瓦格纳、施特劳斯、韦伯等音乐巨匠都曾是这里演奏厅的常客。这座歌剧院落成后，不幸两次遭到灭顶之灾，现在我们所见的是 1985 年重新开幕时的模样。歌剧院广场上矗立着骑马的萨克森国王约翰塑像，他英姿勃发、帅气十足，是建造森珀剧场的发起者。

剧院广场的南边是茨温格宫，萨克森王国的府邸，建造于 1709年，是一件举世闻名的巴洛克式建筑艺术作品。奥古斯特二世在德累斯顿大兴土木，就是要把德累斯顿打造成一个璀璨的文化之都，以践行"君王通过他的建筑而使自己不朽"。茨温格宫不仅是德累斯顿最恢宏的建筑，也是德国主要的标志之一，在"二战"期间也没有躲过被轰炸的命运。在被夷为平地后的 18 年里，德累斯顿人执着谨慎、稳重精确的性格，让茨温格宫重建成为现实。重建过程中，人们尽最大可能地从茨温格宫的废墟中挑选建筑材料，重新拼接，再加上根据照片和设计图纸等资料进行精确的复制，终于 1963 年基本上恢复了茨温格宫的原貌。壮观华丽的造型，浮夸的建筑风格，精美绝伦的雕刻，无不见证它的美轮美奂，唯有灰黑色的外墙记录着德累斯顿战火侵袭的痕迹。

德累斯顿王宫是德累斯顿古老的建筑之一，是一个庞大而相连的建筑群，原来萨克森国王的宫殿，位于剧院广场东侧。建造的历史可追溯至 12 世纪，经多次改造、增建，混合了哥特、文艺复兴、巴洛克等建筑特色。原宫殿在"二战"时毁于战火，战后又照原样重新复建。巴洛克建筑尽显雍容华贵，绿色穹顶、鹅黄色宫墙和红色屋顶则是至高无上权力的象征。王宫内有好几个博物馆，最为著名的就是绿穹珍宝馆，我们特地以每人 12 欧元的门票，成了绿穹珍宝馆的刘姥姥。

王侯队列图位于德累斯顿皇宫的东侧，穿过宫廷教堂，在一条狭长的小巷中，一幅百米长的瓷器壁画吸引着众多游人驻足观看，黄底

百米瓷器壁画王侯队列图

黑色线条，94 个人物色彩艳丽，栩栩如生，逼真地展现了韦廷王朝历代 35 位君主骑马列队出行的场景，每位君主雕像的下端都标有他们的姓名。王侯队列图是世界上最大的瓷壁画，画于 1871 ~ 1876 年，为庆祝韦廷王朝 800 周年纪念而绘。为了防水，1904 ~ 1907 年，工匠们又在壁画上镶嵌了手工细作的瓷砖 27000 片。"二战"时为了保护这幅巨画，德累斯顿人将其一片一片从墙上拆下来，标上记号，收藏起来，战后再按原样一片片贴上去，才让世界上最长的王侯队列图幸免于难。队列图中最重要的两位国王就是奥古斯特二世和三世，队列末尾蓄胡须的老人就是壁画作者瓦尔塔。

布吕尔长廊原是易北河滩上旧城垣的一部分，18 世纪建成滨河林荫大道，供贵族游乐，19 世纪初开始向公众开放，现已成为德累斯顿最受欢迎的休闲游览之地，因而有"欧洲阳台"之称。布吕尔长廊因其宏伟的露天台阶而闻名，台阶两侧立有四个雕塑群，象征着一天内的四段时间。平台上可以远观宫廷教堂和森帕歌剧院等主要城市建筑，还可以欣赏易北河两岸风光。平台上有谈情说爱的青年男女，遛狗散步的中年夫妇，还有闲坐长椅的老者和嬉戏欢闹的孩童。在平台上走一走，找一个遮阳休憩的长椅上坐一坐，一边轻呷浓醇四溢的咖啡，一边鉴赏波光粼粼的小河，此时此刻，不能不是最唯美的享受。

奥古斯特桥横跨易北河，是德累斯顿易北河上最知名的大桥，连接德累斯顿的老城和新城，建于 13 世纪，1945 年被炸毁，1949 年重建。古朴的外形，黑色的桥体和石头，证明大部分石头还是原来的。桥的两侧隔一段距离就有一个半圆形的阳台，可以近观易北河两岸美景，远眺布吕尔平台上的建筑，累了还有石凳歇一歇。在布吕尔平台眺望大桥，朝阳掩映下，更显古朴高雅，美如油画。奥古斯特桥南端不远处，就是新城广场。德累斯顿最著名的雕塑金色骑士，就矗立在这个广场上。骑士就是奥古斯特二世，雕塑表现的是奥古斯特二世从德累斯顿大街出发前往华沙兼任波兰国王的场景。

曾经被誉为"百塔之都"的德累斯顿，在中世纪时就利用易北河的水路发展成为商业都市。行走在德累斯顿的大街小巷里，整个城市处处都散发着文艺复兴、古典主义的迷人气息和魅力。"二战"将这个被誉为"巴洛克明珠"的城市夷为平地，战后重建如旧，几乎完全恢复了昔日的辉煌，从废墟中重新站立起来，放射出璀璨光芒，再度成为德国文化经济及旅游的重要城市之一。德累斯顿是一座让人心酸的城市，重建时，原来的砖石被重新利用，那些斑驳的砖石还在诉说着战争留下来的伤痛。德累斯顿又是一座让人欣慰的城市，德国人在对战争进行反省后，以巨大的勇气和精湛的复古建筑技术，让这个古老的城市在经历了巨大的灾难之后浴火重生，恢复了昔日的荣耀。

（东欧和巴尔干10国旅行日记4，2019年6月29日游览，当日写于柏林）

资料来源：①携程旅行网；②途风旅游网。

不凡的柏林

　　6月30日天气晴朗，凌晨5点走出德累斯顿NH酒店，朝着布吕尔长廊方向快走运动近10千米，同时拍摄朝阳映照下的布吕尔长廊、奥古斯特桥和金色骑士，7点前回到酒店冲凉、更衣、早餐，储足了一天的精神和能量以后，首先前往波茨坦观光。设计师原先的方案，是从布拉格去慕尼黑，由于我已到访过，才调整为波茨坦。对波茨坦的最初印记，来源于"二战"的《波茨坦协定》和《波茨坦公告》。1945年5月德国无条件投降，7月17日至8月2日，苏、美、英三国首脑斯大林、杜鲁门和丘吉尔，在波茨坦的塞西利安宫举行"波茨坦会议"，签订了有关处理德国的《波茨坦协定》，中、美、英三国发表了促令日本投降的《波茨坦公告》或《波茨坦宣言》，敲定了战后的世界政治格局。

　　波茨坦是勃兰登堡州的首府，德国著名的文化旅游休闲城市，被人誉为柏林的后花园。波茨坦的景点很集中，高77米的圣尼古拉教堂是波茨坦老城的地标，建成于1850年；教堂旁边的是新、老市政厅，老市政厅屋顶上是闪闪发光的金色塑像，现在是波茨坦的历史博物馆，介绍波茨坦一千年来的演变；荷兰街区共有134间红砖房屋，建于1735～1742年，为了吸引紧缺的荷兰工匠，采用荷兰式山形墙和半木结构而建，这些红砖房屋曾被遗弃，甚至濒临拆毁，如今已变成各色庭院式餐馆、咖啡馆、酒吧和艺廊。"二战"的炮火几乎将历史悠久的市中心变成瓦砾，但郊区的无忧宫、桔园宫、新宫、塞西利安宫等保存完好。我们到访波茨坦的目的，主要是参观18世纪德意志帝国的王宫无忧宫。

无忧宫位于波茨坦北郊，为普鲁士国王腓特烈二世模仿法国凡尔赛宫所建，柏林周围最著名的宫殿，有"普鲁士的凡尔赛宫"之称。1990年联合国教科文组织将无忧宫宫殿建筑与其宽广的公园列为世界文化遗产。宫殿正殿中部为半圆球形顶，两翼为长条锥脊建筑。宫殿前有平行的弓形六级台阶，两侧和周围由翠绿丛林烘托。正对大殿门廊的喷泉采用圆形花瓣石雕，四周有火、水、风、土四个圆形花坛陪衬，花坛内塑有维纳斯、墨丘利、阿波罗和狄安娜等神像。外墙侧雕梁画栋，气势雄伟，室内多用壁画和明镜装饰，辉煌璀璨。门票12欧元加3欧元照相，即可入内参观、拍照。共开放11个房间，在中文语音器上输入房间号并确认，几乎所见都有文化和故事。无忧宫中央的部分往前突起，成圆弧状，圆顶屋檐上刻着"SANS SOUCI"，取自法文的"无忧"。

无忧宫花园内有一座六角凉亭，采用中国传统的碧绿筒瓦、金黄色柱、伞状盖顶、落地圆柱结构，被称为"中国茶亭"。亭内桌椅完全仿造东方式样制造，亭前矗立着中国式香鼎，周围站立有各种亚洲形态的人物雕像，顶部有根据中国传说想象制作的

普鲁士国王腓特烈二世所建无忧宫

猴王雕像，整个亭楼外壁都用镀金装饰。腓特烈二世喜好各种文化，

对东方古国中国也充满了好奇和向往，因而尽力搜集各种来自东方的物品如丝绸和瓷器，建造和装饰，在布置上力求奢华以对应自己心目中那个富裕华丽的东方世界。遗憾的是，他本人一生从未真正离开过欧洲，同期的欧洲人对当时中国的相互交流又相当有限，因此在设计和布置时，都大量掺杂了西方人对东方的想象成分。

　　无忧宫的吸引人之处，是顺坡而下的葡萄山，中轴线上六层共132 级的八字形台阶和两边的六个坡道，历久弥新，过目不忘。无忧宫的右前方，葡萄园最高一级的台阶上，一小块绿地上有一块长方形的小墓碑，那就是腓特烈二世之墓，左边 11 块无字石板是他的爱犬墓。这位被称为"德意志之父"的腓特烈大帝，墓地不足一平方米，连生卒年月都没有。立于碑前，想着他说的话，令人肃然起敬。"我曾经像一个哲学家那样活在世上，也希望像一个哲学家那样被埋葬，没有浮华显赫的场面，不要很多人在场。将我埋在无忧宫葡萄园的台阶上我的爱犬旁边吧，那里有我 10 个最好的朋友。一旦我住进那里，我就真的无忧无虑了"。

　　无忧宫门外数十米，有座高高的风车磨坊。据说 1736 年已矗立在那儿，1945 年毁于战火，1991 年波茨坦建市 1000 年时重建。对于这个与整个景区格调极不协调的大风车，身世非比寻常。著名作家朱自清早就在《柏林》一文中写道："宫西边有一架大风车，据说大帝不喜欢那风车日夜转动的声音，派人跟那产主说要买它。出乎意外，产主愣不肯。大帝恼了，又派人去说，不卖便要拆。产主也恼了，说他会拆，我会告他。大帝想不到乡下人这么倔强，大加赏识，那风车只好由它响了。因此现在便叫它做历史的风车。"风车磨坊与无忧宫一路之隔，一下车，迎面看到的是这座古老的磨坊风车。据记载这座风车建于 1736 年，比无忧宫还要古老。

　　波茨坦距离首都柏林约 30 千米，半个小时车程。12 点多告别波茨坦，进入柏林，参观犹太人纪念碑后，穿过勃兰登堡门和使馆群，在菩提树下大街露天餐厅吃完快餐，继续游览查理检查站、普丹胜利纪念碑、国会大厦和柏林墙遗址。7月1日凌晨快走运动时，重游勃兰登堡门、国会大厦和总理府，并沿途游览了柏林

国会大厦

电视塔、柏林教堂、圣母教堂、德国历史博物馆和洪堡大学，拍了不少照片。回到下榻的希尔顿酒店前才发现，相机里根本没有卡，不能不让人伤心。柏林就是一座充满伤痛的历史名城，战争的炮火曾经让这里的各种建筑变为一片废墟，几十万犹太人和吉普赛人被屠杀。说到历史，柏林的那道伤疤，代表了德国的过去。然而，在这片废墟之上，却重建出了一座充满自由、人文和艺术的城市。柏林气质独特，一个热情奔放又严谨的都市，大教堂的建筑，柏林墙的历史，勃兰登堡广场的阳光，波茨坦无忧宫的奢华，引人入胜，让人着迷。

勃兰登堡门位于柏林最核心的地段，周围环绕着俄罗斯和美国大使馆，菩提树下大街的西端，最初是柏林城墙的一道城门，因通往勃兰登堡而得名。六根古罗马立柱支撑起这座城门，门顶上矗立着象征和平的战车和女神铜像尤为耀眼。重建的勃兰登堡门是冷战时期分裂的象征，如今却成了德国重新统一的见证。它是柏林的地标，在欧元硬币上有这个图案，当然也成了现在德国著名的旅游景点之一。这里离其他景点很近，西面是著名的胜利纪念柱，西北侧是国会大厦和德国总理府。巴黎广场就在勃兰登堡门内，自18世纪开始就深受游客欢迎，一度被称为"国王的接待室"。战争夷平了巴黎广场的大部分，只有勃兰登堡门幸免于难。

走出勃兰登堡大门，向西北步行不到 2 千米，就能到达国会大厦。这里是德国议会选举和做出重大决策的地方，建筑天圆地方，四个角楼分别代表德国普鲁士、萨克森、巴伐利亚、符腾堡四个联邦王国，大门上写着"为了德意志人民"。顶楼在"二战"中被严重破坏，政府重建了这座全透明的玻璃穹顶，成了 360 度俯瞰柏林全景的最佳场所。由于免费参观，游人很多，没有提前预约，又没有时间排队，不能不是一件遗憾的事。政府区内，联邦总理府尤为醒目，每年 9 月，总理府都会举办开放日活动，公众可以进到总理府内部参观。

查理检查站地处东西柏林分界线上，是 1961～1990 年东西柏林间三个边境检查站之一，当时盟军、非德国人和外交人员在东西柏林之间通行的关口。查理检查站是冷战时期的标志建筑，如今已经成了一个著名的景点。尽管现在周边高楼林立，但查理检查站仍然保留着原来的面貌。在这个小小的检查站，一面悬着美国士兵的画像，一面挂着苏联士兵的画像，象征着东西两德的统治。位于路中央的检查站是免费的，有一个复制的岗亭，亭前堆着半人高的沙袋，一如冷战时的模样。有一些人装扮成美国大兵的样子，吸引眼球，招揽游客合影时收费。旁边还有一个博物馆，收藏、记录一些与柏林墙、检查站有关的历史，入内参观要收费。

柏林墙是东西德分裂期间的边界线，是冷战期间的产物之一，也是德国曾经分裂的标志。如今大部分柏林墙已经被拆除，只保留了城市北侧和东侧一部分的墙体与曾经防御工事下的空地，成为纪念公园。柏林墙的涂鸦是世界闻名的，艺术家们在这道残留的墙面上，留下了大量的涂鸦作品，或具体，或抽象，都充满着创意与智慧，幽默与思想，看了以后不能不惊叹艺术所能体现的无限思想的力量。其中最著名的一幅涂鸦，号称"世纪之吻"，苏联老大哥勃列日涅夫在热吻他们的小兄弟。柏林墙博物馆还保留了内、外墙和当时的瞭望台，我们

沿着柏林墙边走边看，亲手触摸历史实物，感慨万千，曾经的无人区和死亡地，如今绿草茵茵，游人如鲫。走出战争重创的柏林，没有超高的建筑，没有拥挤的交通，道路横平竖直，城市清新迷人。

普丹胜利纪念碑位于六月十七日大街，是柏林的一座著名纪念性建筑，1864 年为庆祝普鲁士在普丹战争中获胜而兴建，到 1873 年 9 月 2 日举行揭幕仪式时，普鲁士又在 1866 年普奥战争和 1870～1871 年普法战争中击败了奥地利与法国，给予纪念碑以新的含义。圆柱顶端矗立着一尊高 8.3 米，重 35 吨的胜利女神维多利亚镀金像，头顶神鹰，背有翅膀，象征自由，左手持有金色花环神杖，花环内有一枚铁十字勋章，右手握着一个金色的橡树花环，做召唤状，展示胜利的姿态。纪念碑有 12 层楼高，很想爬上去，却因钱包留在车上，不得不无功而返。

亚历山大广场是前东柏林的政治中心，在广场上有一个最显眼的地标，它就是高 368 米的柏林电视塔，建于 1969 年。在电视塔的背后，是红砖结构的圣母教堂，建于 1270 年，为柏林第二老的教堂。广场边还有一个民主德国博物馆，广场四周是传统和新建的各个百货商场。听说市中心还有一个公园，得名于 1848 年《共产党宣言》作者、现代社会主义创始人马克思和恩格斯，两位伟人一坐一站，用深邃的眼神无声地注视着前方，关注着当今世界的变化，可惜时间太短，没能如愿到访。

（东欧和巴尔干 10 国旅行日记 5，2019 年 6 月 30 日游览，7 月 2 日写于弗罗茨瓦夫）

资料来源：①携程旅行网；②途风旅游网。

今日之波兰

　　参观完柏林预定的景点，7 月 1 日上午，我们开始波兰两天之行。从德国进入波兰后，道路有些颠簸，很容易让人昏昏入睡，恰好弥补一点觉。在波兰，我们先后游览了弗罗茨瓦夫、克拉科夫和奥斯维辛集中营 2 市 1 镇，1 日入住加弗罗茨瓦夫 Q 酒店，2 日下榻克拉科夫科拉得酒店。加弗罗茨瓦夫 Q 酒店距离座堂岛大约 4 千米，途经中央广场，往返快走运动刚好 1 小时出头；科拉得酒店偏离主要景点，距亚盖沃大学约 5 千米，3 日凌晨专程去大学呼吸一下"书卷气"，往返 1 个多小时共 12 千米，身体虽然有点疲倦，却气定神闲。

　　波兰地势平坦，属波罗的海流域，国土大部分是平原，维斯瓦河和奥得河流经境内，其中维斯瓦河是波兰的母亲河。波兰历史上曾是欧洲强国，后因国力衰退，先后三次被俄普奥瓜分，亡国几个世纪，"一战"后复国不久，又在"二战"中被苏联和德国瓜分，冷战时期处于苏联势力范围之下，苏联解体后，加入欧盟和北约，近年来无论欧盟还是国际舞台的地位与日俱增，波兰在欧洲的重要性越来越引人重视。2 天之行给我们最深刻的印象是她独特的魅力，孕育了哥白尼和肖邦，建立了第一所大学，创造了第一部民主宪法，曾三次灭国，却又能三次浴火重生。正是这种不屈不挠和坚韧不拔，才使波兰立于

今天的世界。

7月1日下午，首先抵达的是下西里西亚省省会城市弗罗茨瓦夫，位于波兰西南部的奥得河河谷平原，是波兰第四大城市，同时也是仅次于首都华沙的第二大金融中心。奥得河流经市区的河段形成数座小岛，其中坐堂岛是城市最早形成的街区，后来以此为核心发展到奥得河两岸。座堂岛曾是一座独立小岛，由 Tumski 桥与陆地相连，如今已修建了通车的道路。岛上有两座古老的大教堂，红砖建筑和各种中世纪小楼随处可见。Tumski 桥并不长，被当地人称作情人桥，桥两侧挂满了五彩缤纷的爱情锁，恋人们把锁锁在桥栏杆上，把钥匙扔进河里，期待一场浪漫、美丽而永恒的爱情。

弗罗茨瓦夫在城市发展史上是一个以多种民族和多元文化为特色的城市，德意志、波兰、捷克、犹太等民族均扮演过重要角色，"二战"以前曾是德国重要的工商业与文化名城之一，城市规模居全德国第六位。"二战"以后，德国将包括布雷斯劳在内的西里西亚，割让给波兰，作为对波兰东部割让给苏联领土的补偿，原有的德国居民被迫西迁，同时迁来波兰东部割让给苏联领土上的大批波兰人，这样，弗罗茨瓦夫在人口构成上基本上成为一个纯粹的波兰城市，但由于保留下来和战后重建的大量普鲁士、奥地利以及波希米亚风格的建筑，弗罗茨瓦夫在波兰境内仍是一个颇为独特的城市。

弗罗茨瓦夫散布着许多"小精灵"，它们是神态各异、栩栩如生的小矮人塑像，又被称作"小矮人之城"。传说很久以前的欧洲森林深处，有一群善良的小矮人，个子只有 1 米左右，他们正义勇敢，不畏惧恶势力，团结有爱，与恶势力做斗争，这种形象铭刻在当地人心中。1991 年政府首批用铜铸造了 11 个小矮人，安放在弗罗茨瓦夫各个角落，后来民间对小矮人的热爱一发不可收拾，有些商家和个人开始自发地铸造小矮人，放在自家门前，形色各异，走在城市中，不经

意间就会发现它们的身影。如今小矮人的数量已累计300多个，很快便成为弗罗茨瓦夫的标志。行走于中央广场，寻找造型各异的小矮人，成为一件乐事。

弗罗茨瓦夫在千年的历史中，经历过罗马、蒙古、德国、普鲁士和波兰的统治，建筑很有特色，拥有为数众多的哥特式、文艺复兴式、巴洛克式、古典主义、现代主义和后现代主义各种风格的精美建筑。座堂岛上高大双塔的圣母主教座堂和公爵礼拜堂属于哥特风格，弗罗茨瓦夫大学和座堂岛上的圣伊丽莎白教堂就是巴洛克风格，弗罗茨瓦夫百年厅则是现代派建筑的里程碑。百年厅建于1911～1913年，中心是一个直径35米、高42米的圆形空间，可以容纳6000多人。因其建筑原料和技术的使用，被认为是世界建筑史上极具开创性的建筑，它是世界上第一个使用钢筋混凝土的公共会场，也是迄今为止使用钢筋混凝土建造的最大建筑之一，不仅颠覆了现代建筑，更是影响了日后住宅建筑的设计与方法。百年厅作为当时的市政厅，是德意志帝国用于庆祝对抗拿破仑的百年解放战争的工程之一，2006年被列为世界文化遗产。

弗罗茨瓦夫现有11所国立大学，约有15万学生，其中最著名的就是弗罗茨瓦夫大学和雅盖隆大学。弗罗茨瓦夫大学前身是位于德国天主教法兰克福奥德大学，如今发展成波兰最顶尖的公立研究型大学之一，20世纪初以来培养出九位诺贝尔奖得主，校友在波兰乃至欧洲的政治、学术、文化等各领域成果显著，是波兰最受国际认可、国际化程度较高的传统大学之一。雅盖隆大学由波兰国王大卡齐米日建于1364年，已经走过650多年的风雨历程，是波兰历史最悠久的大学，也是波兰唯一、欧洲仅有的几所被美国教育部完全承认的大学。著名的校友有天文学家哥白尼、诺贝尔文学奖得主安德里奇和辛波丝卡、罗马天主教教宗保禄二世、波兰国王约翰三世等，辛波斯卡的诺贝尔奖杯就存放在大学图书馆中，两所大学的建筑古朴、庄重，琅琅书声，行于校园，仿佛回到了自己如饥似渴的年代。

波兰之行最沉重的就是奥斯维辛集中营了。从加弗罗茨瓦夫Q酒店去奥斯维辛集中营，200多千米、3小时车程。2日一大早，尽管快走运动了8千米，想象了集中营残酷的情景，做好了一些体力和精神方面的准备，但是一下车，从近一个小时排队买

奥斯维辛集中营

票、两次安检、持手铐警察巡逻到铁丝网内参观，始终被阴森的气息和肃穆的氛围所笼罩。波兰南部的这个小镇，因纳粹德国在这里建立的集中营而闻名于世。大门处悬挂的标语"劳动代表自由"，臭名昭著，很有讽刺意味；老照片中抵达的大多数犹太人都没能活过一周，铁丝网和死亡标示是他们的标准照；一条阴冷的铁路，曾经将一百多万人从人间送进地狱，他们的头发被剪去编织毛毯。1945年1月27日，苏联红军解放奥斯维辛集中营时，就发现有1.4万条人发毛毯；一望无际的铁丝网，毒气室焚烧炉的残骸，毒气罐，小小的毒气浴室，遇难者的遗物，其中儿童的鞋尤为刺眼，泯灭人性……尽管没有中文语音器解说，看了都压抑得让人喘不过气来。

走出令人窒息的奥斯维辛集中营，我们做了一次深呼吸，连午饭都没有吃，就直奔维利奇卡盐矿。奥斯维辛集中营到维利奇卡盐矿大约60千米，1小时的车程，下午4点多到达时，53美元买了两张5点游览的门票。由于正值旅游旺季，游客要在讲解员的引领下，排队分批下矿。华人游客不多，目前还没有中文语音器，只能眼看，无法听讲解。即便如此，每一位游客都必须统一行动，不能脱团，直到讲解

员宣布结束，我们才急急忙忙找出口。到了升降机大厅排队时发现，脱离领队的游客如同"没娘的孩子"，上到地面才获悉一个团必须齐聚后才放行出来。

维利奇卡盐矿是一个从13世纪起就开采的盐矿，地下挖掘开发了九层，最浅在地下64米处，最深在地下327米处，有长达100多千米的隧道。在深深的地下隧洞中，建有房间、礼拜堂、盐雕和地下湖泊等，通风、照明、排水、运输系统一应俱全，宛如一座地下城市。最壮观的教堂是位于地下101米处的圣金嘉公主礼拜堂，高10~12米，长54米，最宽的地方达18米，地面上布满精美花纹，天顶上有水晶盐灯，教堂内有祭坛和许多神像。盐矿内的隧道大多用原木搭建，相当整齐，蔚为壮观，最有名的盐雕是矿工向金嘉公主献盐的群雕和根据达·芬奇名画创作的盐制浮雕《最后的晚餐》。维利奇卡盐矿在1976年被列为波兰国家级古迹，1978年被联合国教科文组织列为世界文化遗产。盐矿的门票虽然有点贵，却是我见过的最大最美地下矿井，没有之一。

从盐矿到克拉科夫市区大约十来千米，抵达酒店已经是晚上七八点了，游览被安排在3日上午进行。克拉科夫是波兰第三大城市，克拉科夫省首府，位于波兰南部维斯瓦河上游左岸，"二战"期间，波兰全境陷入战火，唯有克拉科夫幸免。历史上，克拉科夫自1038年起成为波兰的首都，直至1596年迁都华沙为止；波兰王朝全盛时期的14~16世纪，克拉科夫与布拉格和维也纳鼎足而立，是中欧三大文化中心；在1795~1918年亡国，波兰曾以克拉科夫为中心先后建立了克拉科夫自由市和克拉科夫大公国。由于克拉科夫在"二战"中几乎没有受到什么损毁，大多保留原来的模样，使古城完整保存了中世纪的古老光华，1978年被列入世界文化遗产，2000年被命名为欧洲文化之都。行走在克拉科夫大街小巷，轻盈了脚步，愉悦了身心。

老城以古城广场为中心，四周环绕着教堂、修道院、钟楼和方塔；城市周围是17~18世纪建造的一系列富人宅院；城市的其他地段，教堂尖塔掩映下的是中产阶级建造的哥特式、文艺复兴式和巴洛克式住宅。广场中央是建于16世纪的纺织会馆市场，

克拉科夫古城广场上的小教堂

市场下层经营各式纪念品，以木制品、刺绣、皮革为主，楼上是国立博物馆。广场东面是圣玛丽教堂，其钟楼每小时都有喇叭吹号；广场南面经Grodzka街，可一直行往山上的华威城堡，城堡是波兰历代国王的宫室，其中的大教堂就是他们加冕及死葬之地。古城广场是弗罗茨瓦夫的中心所在地，是欧洲最大的城市广场之一。

克拉科夫市政厅是老城广场上的标志性建筑之一，塔楼的地窖曾经是监狱，里面有中世纪的酷刑室。砖石建造的哥特式塔楼，高70米，建于13世纪，是1820年被拆毁的老市政厅仅存的部分，1703年由于暴风雨而倾斜了55厘米。塔楼的入口处有两座19世纪初雕刻的石狮镇守，大门上方装饰有城市的盾形纹章和波兰的象征，攀爬100级狭窄陡峭的台阶可以到达顶层观光露台，欣赏到克拉科夫迷人的风景。

巨型雕像是为了纪念波兰最伟大的浪漫主义爱国诗人亚当－米茨科维奇而立的。亚当－米茨科维奇尽管成长在贵族家庭，但他所经历的是波兰遭遇沙俄侵略、社会动荡、国土分离的惨痛阶段。通过文学创作抨击沙俄统治集团的残酷无情，歌颂爱国青年的勇敢无畏。他于1820年写成的《青春颂》标志着浪漫主义文学的兴起，其代表作品《先人祭》《塔杜诗先生》则以历史事件为背景，由小见大，鼓舞波兰

爱国人士积极反抗压迫，也寄托了他对祖国的无限热爱与伤痛。亚当于 1823 年被沙皇当局逮捕流放，此后数次流亡海外，最终客死他乡。这座雕像建成于亚当 100 周年诞辰纪念时，下方东南西北四面的雕像分别代表祖国、诗歌、勇气和科学。

　　弗洛瑞安城门是波兰著名的哥特式塔楼，建于 14 世纪，长方形，是克拉科夫在 1241 年鞑靼人攻击之后建立的防御系统的一部分，也是克拉科夫老城的标志性建筑之一。这座以圣 - 弗洛瑞安命名的城门，通过一座桥和护城河对面的圆形瓮城巴比肯相连，成为进出老城的主要通道。弗洛瑞安城门高 33.5 米，巴洛克风格的尖顶像城门的皇冠，建于 1660 年并于 1694 年进行翻新，使城门增高了一米。城门南面装饰有 18 世纪圣 - 弗洛瑞安的浅浮雕，北面是一个 Zygmunt Langman 于 1882 年依据画家 Jan Matejko 的设计雕刻的石鹰，城门内部还有一座后巴洛克风格的祭坛。

　　圣母圣殿是一座砖砌哥特式教堂，高 80 米，兴建于 14 世纪，因其不对称的外观在旧城区市集广场扮演重要角色。教堂内部装饰为哥特式、文艺复兴式和巴洛克式的完美结合，但是最珍贵的应该是 15 世纪时雕刻家法伊特 - 施托斯打造的木质祭坛。每隔 1 个小时，从钟楼顶部都会响起号角声。哀怨的曲调在中途中断，以纪念 13 世纪的著名号手，他在蒙古人袭击城市时，发出警报，而被弓箭射中喉咙。中午，号角声由波兰国家电台 1 台向波兰国内外现场直播。

　　（东欧和巴尔干 10 国旅行日记 6，2019 年 7 月 1 日游览，3 日写于布尔诺）

　　资料来源：①携程旅行网；②百度百科。

童话小镇

科拉得酒店离克拉科夫市区主要景点比较远，7月3日凌晨5点起床后，我用手机导航直接去亚盖沃大学逛了一圈，往返近12千米。回到酒店冲凉，不急不忙地用完早餐后，9点出发，先游览克拉科夫中央广场、弗洛瑞安城门和克拉科夫纺织会馆等主要景观，10点多前往捷克，游览以自由广场和圣保禄主教堂为主要景点的布尔诺市容，晚上下榻维罗纳2欧莱酒店。7月4日早上5点半，快走去自由广场拍几张照片，由于手机导航出了问题，不敢乱跑；回酒店早餐后，9点出发，先去参观赫鲁波卡城堡，午餐后访问CK小镇，下午5点入住布杰约维采望大酒店，先沏茶、休息，再观赏参孙喷泉和黑塔，在老城广场享用晚餐。7月5日晨运时去百威啤酒厂，观光和运动一举两得。

布尔诺是捷克南摩拉维亚省首府，位于捷克－摩拉维亚高地东麓，斯夫拉特卡河和斯维塔瓦河汇合处，是捷克仅次于布拉格的第二大都市和工业中心，最重要的工业城市和重要的交通枢纽，数条铁路和公路干线在此交会。公元5～6世纪，克尔特人定居于此，克尔特语"布尔诺"就是小丘之城的意思。布尔诺拥有许多珍贵文化遗迹，其中最著名的有建于14世纪的圣杰克教堂、建于15世纪的圣彼得和圣保罗教堂、建于17世纪的圣托马斯教堂，在靠近什波尔别尔克城堡的德尼

美丽的布尔诺

索维－萨迪公园内，竖有拿破仑战争结束纪念碑，18世纪所建的鼠疫纪念柱也是这里的古迹之一。著名作家昆德拉、数学家哥德尔、建筑师阿洛斯在这里出生，遗传学奠基人孟德尔名留青史的豌豆遗传实验就是在布尔诺进行的。

圣彼得和圣保罗教堂位于市中心的彼得罗夫山上，是布尔诺最显著的地标，从城内任一角落都可看见两个高耸的尖塔。教堂的尖塔是新哥特式建筑的最佳标记，而内部主要是巴洛克风格。每天上午11点，教堂的钟声就会敲响12下，这一传统起源于1618～1648年的"三十年战争"。当时瑞典军队围攻布尔诺，久攻不破，一名将军夸下海口，能在正午12点攻陷布尔诺，否则退兵。布尔诺市民获悉后，就在11点提前敲响了午时钟，由于将军不察而退兵。从那一天起，圣彼得和圣保罗教堂每天上午11时都报时为正午。30克朗就可登上教堂的塔顶，居高临下地观赏布尔诺全景。

从圣彼得和圣保罗教堂顺坡下来就是自由广场，广场周围是古建筑荟萃之地，摩拉维亚博物馆和布尔诺剧院都是典型的古代建筑。两个尖塔前面的建筑就是摩拉维亚博物馆，它不仅是捷克最大最古老的摩拉维亚博物馆，也是整个捷克第二大博物馆，博物馆完整保存了摩拉维亚王国首都数百年的文化遗产和历史遗迹，展现了所有摩拉维亚地区的发展历史和发展过程。东边的建筑就是布尔诺剧院，也称堡垒剧场，是中欧地区最古老的剧场，建于1600年前后。剧场门前有一个立在高高柱子上、背上长着翅膀的雕像，它是为了纪念1767年圣诞节11岁时在这里演出的莫扎特。布尔诺老市政厅建于1240年，现已改

建为布尔诺历史博物馆。大厅的拱门上方有 5 条精美雕饰，柱子上的神像精巧别致，只是当初建筑师与政府因价格没有谈拢，中间一根被故意弄弯了，走廊上悬挂的鳄鱼模型则是布尔诺市的象征。

自由广场又称绿色广场、卷心菜市场，既是市民散步聊天、休闲聚会的地方，还是一个露天的农贸市场。广场有一些坡度，铺满石头，围绕着广场中心的喷泉，横平竖直地摆放着很多摊位，每天开设早市，新鲜的水果、蔬菜、花卉在这里都有出售。广场中心的喷泉是建于 17 世纪的帕尔纳斯喷泉，采用了巴洛克风格，它描绘了寓言里的形象，三角形假山之上、右手持权杖的人代表神圣的罗马帝国，旁边的三位女性分别代表巴比伦（皇冠）、波斯（聚宝盆）和希腊（箭袋）。自由广场上大型的黑死病纪念柱雕塑很显眼，柱顶上是圣母玛利亚的雕像。纪念柱的对角放置了一个非常有争议性的艺术品，黑色子弹头大钟，用于纪念当年大教堂 11 点敲响 12 下的传奇故事。

赫鲁波卡城堡是计划外谭导赠送的项目，位于伏尔塔瓦河畔的赫鲁波卡山上，距离布杰约维采不远，从布尔诺去克鲁姆洛夫恰好经过。城堡始建于 1285 年，最早是属于国王的财产，后来因融资典押给贵族或富商，拥有时间最长的人是来自德国的 Schwarzenberg 公爵。他于 1661 年购买，Schwarzenberg 家族持续维持长达 300 年之久，其最后的传承人是 Adolf 博士，他在希特勒上台之前流亡美国，并于 1950 年在美国逝世，城堡于 1947 年被没收为国家所有。赫鲁波卡德语为"深深的"意思，这是由于城堡里井水深达 90 米，所以把城堡命名为赫鲁波卡，它所在的城市也很荣幸地称赫鲁波卡市。

赫鲁波卡城堡向游客开放的房间或厅房，包括前厅、公爵夫人卧室、更衣室、工作室、晨厅、阅览室、小餐厅、烟厅、客厅、宴会厅、图书馆、小教堂及通往教堂的走廊、武器展厅和公爵夫人侍女住房等。内部装修属于 19 世纪流行的浪漫主义英国哥特式，从设计、材料、雕

刻工艺到家具和饰品摆设，极具奢侈，比我们参观的无忧宫有过之而无不及。游览时有讲解员领队，参观一间开放一间，不允许拍照，也不让触摸任何展品。不识英语的中国游客，可以持中文说明书边看边对照。门票价格近 30 欧元，虽然不便宜，但绝对物有所值。

克鲁姆洛夫是捷克南部波西米亚的小镇，俗称 CK 小镇，位于伏尔塔瓦河的上游，因在 13 世纪时成为一条重要的贸易通道而逐渐繁盛。大部分建筑建于 14 世纪到 17 世纪，多为哥特式和巴洛克式风格。克鲁姆洛夫是"弯曲的河边草地"之意，整个小镇被马蹄弯形的伏尔塔瓦河环抱着，蜿蜒流淌的河流、纵横交错的石路、橙黄满城的房屋，勾勒出景致迷人的小城风貌。进入小镇前，看到的古堡，就是小镇最高的建筑，也是克鲁姆洛夫最明显的坐标，它是仅次于布拉格古堡的捷克第二大古堡。城堡拔地而起，拱卫着克鲁姆洛夫内城，城堡的城墙很高，从伏尔塔瓦河畔仰望，有一种震撼的美感。克鲁姆洛夫灵动飘逸，是世界上最美的几座城市之一，1992 年联合国教科文组织授予它"世界文化和自然双重遗产"的头衔。

小镇临河而筑，狭长的道路与古色古香的房屋星罗棋布，教堂、城堡、花园、广场点缀其间，既充满了波西米亚风情，又保留着中世纪文艺复兴时期的建筑风格和欧洲乡镇宁静纯朴的气息。立于克鲁姆洛夫城堡，极目迥望，远方是无边无际的青山绿水；咫尺之间，蜿蜒起伏的小河，将波西米亚古老的房子连成一片片红色的海洋；街道上络绎不绝的游客，以及漫步而走的波西米亚人，带给这座古朴的小镇以盎然生机。小镇不大，也没有太高的建筑，不用担心迷路，更不用匆匆忙忙，如画一般的景致，需要用诗一样的心情去品读。时间充裕的话，完全可以沉浸在童话般的小镇，漫无目的地走，漫不经心地拍，偶遇每一个景点，这才是打开克鲁姆洛夫最好的方式。

拉塞勃尼茨基桥是连接伏尔塔瓦河两岸、穿过古堡大门进入老城的交通要塞，当年是一个战略要点。原先曾是吊桥，只要吊桥收起，或北岸的城墙门一关，内城便是一座铜墙铁壁，任凭外面千军万马也插翅难进的城池。后来经过扩建，仿照布拉格查理大桥，在两侧修建了十几个柱子，雕着《圣经》里的人物故事，栩栩如生，很有意境。从桥上眺望四周，北侧层层叠起的塔楼、城堡与南岸纵横交错的街道、教堂绿顶交相辉映，一如置身油画之中。高大、漂亮的彩绘城堡塔楼，糅合了歌特和文艺复兴式风格，是城堡的精华所在，也是小镇的标志性建筑，从城中几乎任何一个角度都能见到它的身影。城堡后面还有一个小花园，瀑布与喷泉媲美，鲜花和绿植争艳，游人不多，静谧得可以让整个身心都轻松下来。

布杰约维采是南波西米亚州的首府和最大城市，位于南捷克盆地中心，伏尔塔瓦河和马尔谢河汇流处。布杰约维采德语称为Budweis，这里出产的啤酒以Budweiser命名，和美国的百威同名，因此布杰约维采是百威啤酒的故乡，又被称为"百威小

百威啤酒工厂

镇"。说是小镇，却拥有捷克两个全国之最。普瑞米斯－欧塔卡拉二世广场是捷克最大的广场，各边长为133米的正方形广场，一楼建有哥特式拱柱走廊，二楼以上用文艺复兴、巴洛克等风格重新整修过，四周是捷克特色的古建筑群。西北侧是老城内风格保留最完整的地带，那里可以看到带有巴洛克和洛可可元素的献圣母天主教堂；圣尼古拉主教堂位于东北角，毗邻地标性黑塔。广场中央20多米高的参孙喷泉，是捷克最高的喷泉，巴洛克式，根据参孙降狮神话设计，塑像顶部的大力士参孙，双手撑开狮子的上下颚，泉水从狮子口中直喷而出。

市政厅、盐仓屋和百威啤酒厂分布在广场的四周。

百威小镇在 13 世纪就以酿造啤酒而知名，拥有数百年酿造啤酒的历史，这里出产的"百威"啤酒在整个欧洲都非常有名，据说是世界上最好的啤酒。实际上，美国啤酒制造商安海斯－布希公司的创始人，之所以在 1876 年为自己的啤酒选择"百威"这个名字，就因为它是"优质啤酒"的同义词。自 19 世纪末以来，两家啤酒酿造商就一直在使用同一个名字，而关于这个品牌的商标权官司也打了一个世纪之久。尽管我们不喜欢喝啤酒，既然来到了百威啤酒的鼻祖地，就不能不品尝。

百威小镇是一座迷人的中世纪老城，风景优美，宁静古朴。下午六七点时太阳西垂，天空高远洁净，片片白云飘浮在蓝天之下，蓝天、白云、阳光把小镇映照得美轮美奂。十天下来，看了太多的城堡和教堂，即便双眼没有困盹，也有审美疲劳。我们入住的望大酒店就在中心广场旁，放下行李，冲好凉，一身轻松地来到老城广场，选择一家露天酒吧坐下来，要了一杯百威啤酒，一边慢慢地品味，一边愣愣地发呆。色彩鲜艳的房屋，绘画装饰的墙壁，石板铺砌的街道，还有冷冷清清的小店，我们就是这样呼吸小镇的空气，感受小镇的气息。小镇夜景很美，华灯初上时，在广场周边散散步，安静得都可以听到自己的心跳。百威小镇和 CK 小镇都是我们向往的欧洲小镇，这一天我们生活得最充实，睡得也最香甜。

（东欧和巴尔干 10 国旅行日记 7，2019 年 7 月 3 日至 5 日游览，5 日记于萨尔茨堡）

资料来源：①携程旅行网；②百度百科。

音乐与建筑艺术之都——奥地利

　　奥地利是欧洲中部的内陆国家，分别与匈牙利、斯洛伐克、意大利、斯洛文尼亚、列支敦士登、瑞士、德国和捷克等国接壤。奥地利是一个高度发达的资本主义国家，从中世纪开始到"一战"结束前曾是欧洲列强之一，更是统治中欧650年哈布斯堡王朝的所在地。奥地利在历史上产生了众多名扬世界的音乐家，如海顿、莫扎特、舒伯特、约翰－施特劳斯，还有出生于德国但长期在奥地利生活的贝多芬等。这些音乐大师在两个多世纪中，为奥地利留下了极其丰厚的文化遗产，形成了独特的民族文化传统。首都维也纳是除纽约和日内瓦外的第三个联合国城市，也是欧洲古典音乐的摇篮和世界著名的音乐之都。从7月5日到8日逗留三天多时间，先后游览了萨尔茨堡、维也纳两座城市和著名的湖区哈尔施塔特，是此行除了捷克耗时最多的国家。

　　5日早上5点起床，沿着中心广场和百威啤酒厂周边快走运动8千米，边逛边拍，依依不舍地回到望大酒店冲凉、早餐。9点告别布杰约维采，车行200多千米，12点左右抵达萨尔茨堡。萨尔茨堡是奥地利第四大城市，萨尔茨堡州首府，濒临多瑙河支流萨尔察赫河，奥地利北部交通、工业及旅游中心。阿尔卑斯山的秀丽风光与丰富多彩的建筑艺术浑然一体，不管是白天还是黑夜，萨尔茨堡都有着神秘浪漫

的氛围。建在僧侣山悬崖上的萨尔茨堡城堡，是萨尔茨堡标志性建筑，在老城的任何一个角度可以都看到。穿过老城，步行来到城堡要塞，放眼望去，一座座历史久远、各具特色的尖塔教堂，千姿百态的喷泉和绿树成荫的园林，把萨尔茨堡装扮得格外美丽，远处的阿尔卑斯雪山与近处的萨尔茨堡城市隔空对望，大片的草地和错落有致的房屋构成了最经典的阿尔卑斯山区风光。

萨尔茨堡城市风光

城堡脚下就是著名的莫扎特广场，位于广场中心的是莫扎特的青铜雕像。萨尔茨堡是一座属于莫扎特的城市，在老城可以随处看到莫扎特的元素，明信片、巧克力和各种各样的纪念品都与莫扎特有关。18世纪著名音乐大师莫扎特就出生在萨尔茨堡粮食胡同9号，这是一座金黄色的6层楼，1756年1月27日莫扎特就诞生在这里，并在此度过了他的童年。莫扎特一生活了36岁，创作了无数名曲，虽然才华横溢，却一生穷困潦倒，颠沛流离。1917年把这里作为莫扎特故居博物馆。馆内陈列着莫扎特生前使用过的小提琴、木琴、钢琴、亲笔写的乐谱、书信和设计的舞台剧蓝图等，并珍藏着他的一缕金色头发。

粮食胡同因以前开展粮食交易而得名，如今要算萨尔茨堡老城最繁华、最具魅力的购物街了。石板路铺就的街道十分狭窄，中世纪保留下来的房子装修得焕然一新，每座房子的立面上都清楚地写着建造的年代，最为醒目的是每家商号都有自己的招牌。招牌是用金属打造的，传统的铁艺，造型生动，争奇斗艳，为粮食胡同增添了不少风采。老街的另一个特色就是串联无数条小巷，转身一拐，眼前又是一个迷人的所在。胡同两边都是商店，精品店、咖啡店、巧克力店、冰激凌店、酒店、餐厅林立，住宿、吃饭、购物应有尽有，古色古香的建筑与现代商店、幽静的宅院与熙攘的人群形成鲜明的对照。中午时在麦当劳找一个位置坐下来，点了一份汉堡和一杯咖啡，巧遇一对上海的中年夫妇，边吃边聊，不知不觉地度过了漫漫的午后时光。

与萨尔茨堡城堡隔河相望的是米拉贝尔宫殿和花园，它是电影《音乐之声》的外景地之一。"米拉贝尔"是个意大利女名，意思是"惊人的美丽"。米拉贝尔宫是一座白色小楼，1606 年由大主教沃尔夫－迪特里希为他的情人莎乐美建造的宫殿，是萨尔茨堡的主要名胜之一。沃尔夫－迪特里希贵为大主教，却尘缘未了，一生情人无数，莎乐美是主教最宠幸的一个，一生为主教生了 15 个孩子。米拉贝尔花园作为莎乐美和孩子们的私家园林，集聚了罗马雕塑、喷泉、花园、迷宫的巴洛克风格。花园里的鲜花色彩艳丽，平整的草坪鲜花呈几何图形点缀其间，任何一个角度看都是一幅隽美的图画。踏着"Do－Re－Mi"欢快的音符，漫步于绿草如茵的花园，仿佛就置身在《音乐之声》的意境中。

6 日，是三天奥地利之行最令人难忘的一天。萨尔茨堡米特时尚酒店距离老城 5 千米，早上 5 点起床，快走前一天的主要景点，拍几张旭日初升时的景点照片，往返 13 千米运动，精神饱满地迎接哈尔施

塔特之旅。哈尔施塔特是位于上奥地利萨尔茨卡默古特湖区的一个村庄，坐落在哈尔施塔特湖畔。高低起伏的阿尔卑斯山地貌，造就了这里无与伦比的山地美景，湖光山色，依山傍水，哈尔施塔特就像一条精美的丝带飘落在翁郁苍翠的青山和波光粼粼的碧水之间，不仅是奥地利最美的小镇，也是世界上最美的小镇之一，1997 年被联合国教科文组织列为世界文化遗产名录。

哈尔施塔特湖与哈尔施塔特村

哈尔施塔特临湖而建，湖的四周树木翁郁苍翠，湖面上时而游弋的是一只只优雅高贵的白天鹅，岸边是花团锦簇的餐厅和咖啡屋，一幢幢色彩斑斓的尖顶小木屋隐于层峦环抱中，这座镶嵌在险峻的斜坡和翡翠般湖泊之间的乡村小镇，以其旖旎的自然风光，吸引游人从世界各地纷至沓来。庆幸的是游人来了又去，没能影响小镇本身淡泊静雅的气质。小镇不大，只有一条主路，我们顺着人流，时而穿行于湖边的道路，追逐明信片似的风景，时而漫步于街头巷尾，感受哈尔施塔特的宁静和淳朴，时而静靠观景台栏杆歇息，欣赏被风吹皱的湖面，无论我们做什么努力，都无法让时间凝固。

从布拉格、德累斯顿、柏林、布尔诺一路而来，如画般的小镇比比皆是，但哈尔施塔特称得上是最具代表性的一个。这里有着欧洲小镇必备的元素，山、水、教堂、广场和标志物，哈尔施塔特不同于其他小镇的，湖泊显得更袖珍，小镇与村落更接近。小镇上有许多这样的房子，枝叶顺着墙一直攀到屋顶，门前的树木已然是房子的一部分。小镇只有1100 多人，幽雅的自然环境和童话般的人文氛围，赋予了居民悠闲自得的生活节奏，没有车水马龙的喧嚣，少有红尘凡世的纷扰。

原本是一个世外桃源的地方，摇身一变成了世界旅游胜地，许多当地人还有一些不适应。所以来到这里，只有观赏，没有喧嚣，恐怕才是对哈尔施塔特最基本的尊重。

哈尔施塔特教堂有一个人骨屋，里面整齐地排列着人的遗骨。人死土葬10～15年，墓地就会被打开，取出头骨和股骨，清洗干净并自然风干，直到黑朽色蜕变成象牙色，再由艺术家用象征墓地装饰的花环进行描绘，以表达人们对逝去亲人的敬爱，据说这个传统从1720年就开始了。人骨屋内共存放1200具人骨，它们以家庭单位排列，而且全部标有死亡日期，其中610具绘有图案，最近存放的一具遗骨是一位女士，死于1983年，1995年存放，一颗金色的牙齿还清晰可见。在布拉格时错过了人骨教堂，哈尔施塔特偶遇了，就交了1欧元进去看看。屋子不高，也不大，不仅没有阴森的感觉，怀有的却是满目的敬意。

哈尔施塔特不远处就是沙夫山，20欧元的火车票，大约半个小时可以直达海拔3200米的山顶。山坡陡峭，蒸汽式小火车沿着锯齿式蜿蜒向上的轨道，发出哐当哐当的响声，一路颠簸，不失为一种怀旧式的体验。登上山巅，360度俯瞰，六个形状各异的湖泊，翡翠般地镶嵌在阿尔卑斯山麓的土地上，远山近水，尽收眼底。山顶有两家店，很想坐下来休息一下，喝杯啤酒，吃个汉堡，因不愿意把时间耗在排队上而提前下山。由于每张票是有确定的上下山乘车时间的，提前下山需要到山顶售票处改签时间，凭借有道翻译官，我很顺利地改签了车票。倒是有两位来自西班牙的中国女孩，由于错过了下山时间，磨蹭了好半天才允许她们上车。按照规定，自身原因而延误下山的，需要重新买票才能乘车。

5日、6日两天每天都有三四百千米的车程，7日是三天奥地利之行最轻松的一天。位于多瑙岛的NH多瑙河城市酒店，离维也纳电视

塔和维也纳国际中心很近。早上5点起床，带着手机，在多瑙河公园和老多瑙河边晨运，边走边拍。天空白云飘逸，地面凉风送爽，绿草如毯，鸟语花香，行走于多瑙岛，锦簇的花坛似凝固的音符，摇曳的树枝像委婉的吟唱，一位老先生牵着一条小狗正在散步，他远远地挥手跟我示意，那气质，那做派，怎么看都像一位艺术家。

完成运动任务后，回到酒店冲凉、早餐，9点开始游览维也纳以美泉宫、斯蒂芬大教堂、英雄广场、国家博物馆、议会大厦、维也纳市政厅、金色大厅、克恩顿大街和环城大道为主要景点的市容市貌。维也纳坐落在阿尔卑斯山北麓的一个盆地里，是奥地利唯一一个不同其他国家相邻的联邦州，是"一战"前除德意志以外的中东欧大部分地区的奥匈帝国首都，欧盟第七大城市，也是仅次于柏林第二大德语城市。维也纳环境优美，景色迷人，素有"多瑙河的女神"之称。多瑙河紧贴内城穿流而过，著名的维也纳森林从西、北、南三面环绕着城市，辽阔的东欧平原从东面与其相对，到处郁郁葱葱，生机勃勃。2011年11月30日，维也纳以其华丽的建筑、公园与广阔的自行车网络登上全球最宜人居城市冠军。

维也纳城市布局，从内城向外城分三层依次展开。内城街道狭窄，卵石铺路，两旁多为巴洛克式、哥特式和罗马式建筑；中间层大多是密集的商业区和住宅区，外城道路一直延伸到森林的边缘。环城大道就是维也纳市中心的一条环形道路，全长5.3千米。1857年弗兰茨皇帝下令拆除原中世纪的城墙，扩展城市，修建了环城大道。如今，环城大道绿树成荫，云集了各种风格的建筑物，维也纳大学、维也纳市政厅、国会大厦、国家歌剧院、城市公园，目不暇接，从中世纪、巴洛克时期到现代主义，浓缩了维也纳的文化和艺术，简直就是一场视觉盛宴。其中，位于环城大道中心路段的玛丽亚特蕾莎广场和英雄广场则是众多世界级知名博物馆的所在地。

罗马帝国和奥匈帝国时代的辉煌为维也纳留下了不计其数的雄伟建筑，位于老城中心的斯蒂芬大教堂是维也纳的标志，巴洛克艺术建筑美泉宫于1996年被列入世界文化遗产。美泉宫是仅次于法国凡尔赛宫的欧洲第二大宫殿，神圣罗马帝国、奥地利帝国、奥匈帝国和哈布斯堡王朝家族的皇宫，如今是维也纳最负盛名的旅游景点。美泉宫外墙是原创性赭色，它是奥匈帝国和哈布斯堡王朝皇家建筑标志性颜色；宫内有1400个房间，大部分装饰采用洛可可艺术，这在奥地利极其罕见。从中央大厅进去，有40个房间对游客开放，门票19.9欧元。1830年弗朗茨－约瑟夫一世出生在美泉宫，1848年继任奥地利皇帝兼匈牙利国王后，美泉宫是他最喜欢和居住时间最长的住所，直到1916年在美泉宫走完最后的人生旅程。弗朗茨－约瑟夫一世的妻子就是著名的茜茜公主，所以美泉宫是影片《茜茜公主》的主要取景地。

与繁复精美的宫殿主体相比，我们更喜欢巴洛克艺术的花园。花园正面是一座硕大的花坛，植物对称地种植在彩色的石头上，花坛两侧则是经过严格修剪的树篱，花园中的雕塑大部分是德国艺术家威廉－拜尔的作品，它们出自希腊神话、罗马神话和古罗马历史。花园的林荫路被设计成星状，各条林荫路在美泉宫中心的中轴交会，巴洛克艺术的花园代表了皇家由内向外的统治。我们行进在星状道路上，妄想着统治者活着的感受。一边是美泉宫最高点建造的凯旋门，用来纪念带来和平的正义战争；另一边是壮观的人造罗马废墟，象征着罗马共和国的衰落，废墟旁还矗立着一座方尖碑，方尖碑用来象征法老，国王法老是神的化身。如今，无论国王法老，还是帝国王朝，都已成为历史，美丽绝伦的皇宫已经成为平民百姓的天下。

维也纳老城就是一个建筑艺术博物馆，哥特、巴洛克、罗马式建筑随处可见，并因此被联合国教科文组织列入"世界文化遗产"名录。斯蒂芬大教堂是维也纳的心脏，高耸的塔尖是它的标志。这座教

堂可谓是建筑艺术的集大成者，哥特式尖塔、巴洛克式圣坛和罗马式正门，这正是奥地利人折中主义的体现。从大教堂到霍夫堡皇宫大约一刻钟的路程，霍夫堡是哈布斯堡王朝的皇宫，如今是奥地利总统的办公地点。穿过霍夫堡，就是英雄广场，与英雄广场隔街相望的是玛丽亚特蕾莎广场。议会大厦和维也纳市政厅位于维也纳环城大道，正在装修。市政厅是一座新哥特式风格的建筑，市政广场林荫树下布满了长椅，是市民和游人休憩的好地方。

　　维也纳到处都流动着美妙的音乐，潺潺小溪，葱葱绿意，引来各国音乐家聚集于此，有"世界音乐之都"美誉。罗马式宏伟建筑维也纳国家歌剧院，建于1869年，观众席共有六层，可容有座观众1600多人，是世界上一流的大型歌剧院，是音乐之都维也纳的主要象征，素有"世界歌剧中心"之称。意大利文艺复兴式金色大厅，始建于1867年，外墙黄红两色相间，屋顶上竖立着许多音乐女神雕像，古雅别致，是维也纳最古老、最现代化的音乐厅，是每年举行维也纳新年音乐会的法定场所，金碧辉煌的建筑风格和华丽璀璨的音响效果使其无愧于金色的美称。在每年维也纳新年音乐会的电视转播中，全世界爱乐者都可以在聆听音乐的同时，一睹金色大厅的风采。自大厅落成那天起，维也纳爱乐乐团就在这里安营扎寨，世界第一乐团与世界首席音乐厅交相辉映，相得益彰。

　　克恩顿大街是维也纳最著名的一条商业步行区，这条被誉为"世界十大著名步行街"之一的"U"形大街，除了有鳞次栉比的商店，还有维也纳代表性的地标，著名的国家歌剧院和斯蒂芬大教堂就坐落在这里。克恩顿大街交融着传统建筑和现代建筑两种风格，国际名牌与典型的维也纳家庭企业融洽地共同存在着，所有国际的、国家的以及地区的知名品牌，都可以在这里找到，在游览了维也纳众多古迹和艺术殿堂后，来这条同样闻名遐迩的步行街逛一逛，看看老的传统被尊重，现代的发展被超越，感受一下多样的文化色彩，一定会有不同的感悟。只是休息日商店关门，只有咖啡厅、啤酒吧和快餐店正常营业，只好打卡而已。

出发前计划去金色大厅听一场音乐会，7月6日到达维也纳时已是晚上8点多，一天下来，行走了24000步，21千米多，有些疲倦的感觉；7月7日是星期天，金色大厅闭馆，没有演出。维也纳每天都有各种各样的音乐会，街头售卖音乐会门票的不仅随处可见，还能用流利的汉语拉单。据说只有国家歌剧院的演出，才是国家级的，即便是金色大厅平常的音乐会，也大多是包场商演。由于每天要写旅行日记，时间很紧，主要是自己没有音乐的细胞，缺乏欣赏水平，干脆就不附庸风雅了。

（东欧和巴尔干10国旅行日记8，2019年7月5日至8日游览，8日写于布达佩斯）

资料来源：①携程旅行网；②百度百科。

初见斯洛伐克

　　2018 年 7 月 8 日是东欧定制之旅中经历国家最多的一天，也是此行在一个国家逗留时间最短的一天。早上 5 点起床，在多瑙岛上快走运动 8 千米后，回到 NH 多瑙河城市酒店冲凉、早餐，9 点出发，告别维也纳，前往布拉迪斯拉发，游览以布拉迪斯拉发老城、罗兰喷泉和老市政厅为主要景点的市容市貌，下午 5 点入住布达佩斯班克兹酒店。全天行走奥地利、斯洛伐克和匈牙利三个国家，车行 300 多千米，从进入到离开，在斯洛伐克的时间不到 6 小时。

　　斯洛伐克是中欧的一个内陆国家，南、北、东三面分别与匈牙利、波兰和乌克兰为邻，西南、西北分别与奥地利和捷克接壤，多瑙河流经南部边境，是斯洛伐克与匈牙利和奥地利的界河。斯洛伐克是原捷克斯洛伐克社会主义共和国的东部，自 1993 年 1 月 1 日起，成为独立主权国家。斯洛伐克是世界上城堡数量最多的国家之一，首都布拉迪斯拉发位于多瑙河畔小喀尔巴阡山麓，由新、老两个城区组成，旧城区名胜古迹众多，其中最古老和最具有代表性的建筑当属布拉迪斯拉发城堡。这里原是古罗马人建造的要塞。新城区，横跨多瑙河的铁索大桥飞架南北。2006 年斯洛伐克进入发达国家行列，2007 年成为申根公约会员国，2009 年加入欧元区，是北大西洋公约组织和欧洲联盟的

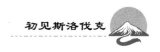

一员。

布拉迪斯拉发距离维也纳只有 60 千米，车行 1 个小时，是欧洲除梵蒂冈城与罗马以外，两个国家首都之间的最短距离。上午 10 点甫一到达，立即以行军的速度开始游览。作为曾经奥匈帝国的首都，布拉迪斯拉发的古代建筑保存完好，有中世纪城市的原貌，一座座饱经沧桑的历史遗迹都在对人们无声地讲述着它们经历过的时光与故事。

布拉迪斯拉发城堡是最显著的建筑物之一，矗立在多瑙河岸边翠绿的小山丘上，四四方方，白墙橘顶。这里曾是古罗马城堡的一部分，直到匈牙利王国时期，建造了一座石头城堡成为军事要塞。1635 年，为了抵挡土耳其帝国的侵略，又增建了四角上

布拉迪斯拉发城堡

的塔楼，并曾一度成为城市的象征。直到 1811 年的一场大火将其变成一片废墟，"二战"后才得以重建。城堡内有历史博物馆和音乐博物馆，城堡所在的丘陵也被装扮一新。

走着走着，来到了位于老城著名的迈克尔大门。这是布拉迪斯拉发现存最古老的城门，也是唯一的一座得到保留的中世纪防御工事建筑。进入老城区，这里是必经之地。这座哥特式的塔楼约建于 14 世纪中叶，共有 51 米高，登上塔楼顶端的露台，是俯瞰多瑙河和老城美景的绝佳之地。塔的顶部是大天使迈克尔杀死龙的雕像，也是这个景点名称的由来。大门地面上有一个被游客踩踏发亮的巨大罗盘，上面刻画着世界上各大著名城市相对这个点的方位和距离。站在上面，朝着7433 千米外的北京，对祖国的敬意油然而起。

老城的河岸长廊是大多数外国大使馆和斯洛伐克重要机构的所在

地，包括斯洛伐克国务委员会、大主教宫、斯洛伐克政府和许多著名的教堂等。广场是布拉迪斯拉发的中心所在地，当地人和游客的聚集地。广场上有一个罗兰喷泉，雕刻精湛，喷水时尤为壮观，是布拉迪斯拉发的著名地标之一。罗兰是中世纪法国国王、神圣罗马帝国皇帝查理曼身边的 12 名骑士之一，遇害时把自己的爱剑砸碎，绝不让象征信仰的骑士剑落入异教徒手中。喷泉附近有拿破仑士兵雕像和法国大使馆，沿着喷泉一圈的座椅上，是休闲聊天的游客和市民。

广场旁边是华丽的老市政厅和一排颜色各异的建筑，看着十分赏心悦目。老市政厅是斯洛伐克非常古老的市政厅，同时也是布拉迪斯拉发存在的古老石制建筑之一，由 14 世纪陆续建成的老建筑群组成，建筑造型普通，内部拱廊式阳台颇有特点，老市政厅连同它的钟塔是老城区的地标。这里现在已经不是政府办公机构，而是用作城市博物馆的展览场地，展出布拉迪斯拉发的历史进程，并收藏了许多当时的器皿、武器等。

老城区随处可见富有创意、生活在普通人中间的人物雕塑，管道工楚米尔是最著名，也最受欢迎的雕像，他趴在街头下水道中的井盖旁，见证着这个城市的变化。传说想要实现一个愿望，摸摸他的头并把秘密告诉他，之后就一定会实现。立在日本大使馆前面的男人，是一个当年拿破仑军队中掉队的法国士兵，他永远留在了斯洛伐克。位于主广场拐角上的银先生雕像，身着西装，围着围巾，手持举起的礼帽，微笑着迎接来自世界各地的游人。这些人物雕塑很接地气，都会让人情不自禁地俯下身来抚摸。这就是布拉迪斯拉发的低调，也是她有别于欧洲其他城市而闻名于世的魅力。

布拉迪斯拉发在多瑙河上建起了一座外形酷似飞碟的观景台，被称为 UFO。北岸是千年历史老城，建筑古雅精致，浓缩了城市的历史与故事；对岸就是现代化城市。UFO 观景台建在 SNP 大桥上，横跨多瑙河。单臂斜拉的 SNP 桥，即是布拉迪斯拉发的标志性建筑。UFO 观景台高 95 米，从底部可乘坐高速电梯到顶楼，是一个超现代化的建筑。登上观景台，俯瞰全城，等待布拉迪斯拉发的黄昏和日落，是一种令人难忘的体验。

圣马丁大教堂位于老城区西部边缘，离布拉迪斯拉发城堡不远。从 1563 年至 1830 年的两百多年，匈牙利曾经有 10 位国王、8 位王后和玛丽亚 - 特蕾西亚女王在这里举行加冕典礼，教堂北墙上有加冕人员名单。教堂修建于 14 世纪，经典哥特式建筑，拱形穹顶给人以肃穆感，内设三个大小相等的通廊，为前来礼拜的人提供广阔的空间和明亮的灯光，既是布拉迪斯拉发最大、最好的教堂，也是最古老的教堂之一。

布拉迪斯拉发城市不大，节奏很慢，是一个来了就让人流连的小城。这是一座古老的城市，旧城区古建筑之上，写满了饱经沧桑的历史；这是一座年轻的城市，街头巷尾的民众，总是充满活力与童趣。这里的一切保存得尽善尽美，这里的人们低调而又乐于助人，很多欧洲人将它称为"东欧的最后一片净土"。时间匆匆，意犹未尽，我们只能把所有的遇见留给回忆。

欧洲的许多城市，似乎都有一个共同特点，不经意间，拐角处就是一个露天餐厅、咖啡厅或者酒吧，一杯啤酒或咖啡，一边晒太阳，一边聊着天，慢悠悠地一坐就是小半天。中午时间宽裕，我们落座一家背阳的露天酒吧，买了两片披萨，点了一杯鲜啤，无论如何轻斟慢酌，都无法像当地人那样自如、洒脱，只好自我嘲笑，活脱脱地东施效颦。

灿烂的笑容成了永远的记忆

（东欧和巴尔干10国旅行日记9，2019年7月8日游览，9日写于布达佩斯）

资料来源：①携程旅行网；②百度百科。

迷人的布达佩斯

匈牙利是欧洲中部的内陆国家，东邻罗马尼亚，南接塞尔维亚，西与奥地利接壤，北与捷克、斯洛伐克、乌克兰为邻，山河秀美，建筑壮丽。西部是阿尔卑斯山脉，东北部是喀尔巴阡山，著名的多瑙河从斯洛伐克南部流入匈牙利，把匈牙利分为东、西两部分。首都布达佩斯是东欧定制之旅的最后一站，也是迷失在巴尔干半岛七天行程的起始站，前后两个行程在这里无缝对接。在布达佩斯逗留一天三晚，7月8日下午抵达，游览城堡山的自由女神像，9日开始以皇宫、渔人堡、马家什教堂、链子桥和匈牙利国会大厦为主要景点的布达佩斯行程。前两个晚上住在英雄广场附近的班克兹酒店，迷失在巴尔干半岛七天行程的集合地点就在英雄广场的胜利纪念柱下。七天行程结束后，16日回到布达佩斯，入住机场酒店。

布达佩斯是匈牙利的首都，坐落在多瑙河中游两岸，是匈牙利最大的城市，也是欧洲著名古城，被联合国教科文组织列为珍贵的世界遗产之一。滔滔的多瑙河水进入匈牙利后骤然转弯，然后从容不迫地从北向南静静流淌，将布达佩斯分为布达和佩斯两部分，西岸是布达，东岸是佩斯。渔人堡、马加什教堂和皇宫，位于布达的城堡山上；国会大厦和众多博物馆则分布在佩斯，大厦林立，许多建筑更为现代化。

布达与佩斯之间以九座桥梁相连，使这个匈牙利首都成为世界上少有的美丽的双子城市。

美丽的多瑙河

城堡山是布达佩斯最早的旧城，位于多瑙河岸的一座山岗上，地势险要，易守难攻，贝拉四世用了几十年时间才使其初具规模，这就是最早的布达佩斯。城堡很大，设计精妙，以布达皇宫为主，皇宫始建于13世纪，18～19世纪重建时，才将城区扩展到山下。由于经历扩建、战火、重修，现在拥有860间宫室，以历史博物馆、画廊、图书馆的形式向公众和游人开放。茜茜公主曾经长年居住在这里，建筑、拱门、花园、雕塑，童话般的风情吸引着南来北往的游人；卖画、拉琴和街头艺人让这里充满了欧洲特有的人文风情。

渔人堡是一个新哥特式和新罗曼风格的建筑，四周环境优美，景色秀丽，是布达佩斯最著名的景点，是为纪念昔日防御多瑙河渔夫而命名的城塞。渔人堡伫立于多瑙河畔，毗邻马加什教堂，始建于1895年，是庆祝匈牙利建国1000周年建造的几个地标之一。这座双层灰白色建筑，以新罗马式白色尖塔为中心，和周围六座圆塔一起，代表着建立匈牙利的七个马亚尔部落，塔与塔之间用回廊连接，像迷宫一样。从渔人堡俯瞰下去，蓝天上悠闲地飘荡着白色的云朵，河面上造型各异的桥梁横跨其上，辉煌的皇宫和雄伟的国会大厦遥相呼应。

马加什教堂位于渔人堡一侧，属于新哥特式建筑，是布达佩斯的象征之一。13世纪时，贝拉四世下令在建设皇宫的同时兴建这座教堂。15世纪时，国王马加什一世在南侧新修了标志性的尖塔钟楼，此后教堂就被称为马加什教堂。建筑格局呈不对称分布，独具匠心地将高高的钟楼修建在教堂的一角，使整座建筑一下子变得轻盈，少了传统哥特式教堂对称结构的沉重与拘谨。由于历代匈牙利国王在这里加冕，所以又有"加冕教堂"之称。

在16世纪土耳其占领期间，马加什教堂被改建成了清真寺，之后几经重建，形成了现在多元的风格。教堂西立面镶有哥特式标志性的玫瑰花窗，南立面是马加什教堂的主入口，设有两重大门，靠近塔楼的玛利亚门上雕刻着沉睡中的圣母玛利亚形象，这也是教堂中保存较完整的中世纪建筑部分。教堂的拱顶有马赛克镶嵌的图案，在阳光下格外耀眼。教堂顶上还有一只乌鸦雕像，传说，马加什国王在执政期间曾有人想用毒戒指暗算他，可这枚毒戒指被飞来的乌鸦叼走。从此，乌鸦在匈牙利就成了吉祥的象征。

马加什教堂的拱顶由彩色玻璃镶嵌而成，拼成美丽的图案，在阳光下熠熠生辉，蔚为壮观。教堂两侧高耸若干尖塔，最高的一个呈圆柱形，下半部分的四周布有三层拱顶长窗，往上犹如一段经过雕镂的象牙塔，直指蓝天。教堂外看规模不大，里面彩绘之绚丽，色彩之丰富，线条之细腻，令人咋舌。购买教堂门票可以入内参观，二楼陈列有许多珍贵的文物和茜茜公主雕像，其中最耀眼的是加冕皇冠。

链子桥连接布达与佩斯，是城市合并后的象征和地标，也是连接

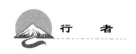

布达与佩斯九座大桥中最古老、最著名、最壮美的桥梁。因其赞助人得名塞切尼大桥，又因铁链牵引的建造方式而被人们称为"链子桥"。该桥始建于1839年，于1849年完成，全长380米。矗立在两岸的桥头堡是两座高大雄伟的石砌凯旋门，雕饰精美，缘线层叠，配以稳重的基座，颇有王者之风。巨大的钢索从桥头堡引出，悬拉起舒展的桥面，勾勒出遒劲的曲线轮廓。桥头和桥尾四座石狮，目光坚毅，守望着两岸的人平安地过桥；四只狮子的爪子牢牢抓住两岸，象征布达佩斯紧紧相连。

连接布达与佩斯的链子桥

链子桥横跨多瑙河，桥面两侧设有人行通道，中间可通行车辆。白天漫步桥上，宁静的多瑙河，华丽的国会大厦，梦幻的渔人堡，恍如步入凝固的历史画卷；华灯初上时，链子桥又像魅力四射的贵妇，散发出迷人的气息，让多瑙河披挂上金碧辉煌的大幕。一对对情侣，络绎不绝的游人，深情款款地走过，把象征爱的铜锁锁在桥链上，期盼永恒的爱情。无怪乎这里一直被誉为布达佩斯最浪漫的地方之一，著名的《布达佩斯之恋》也多次在这里取景。

国会大厦坐落于多瑙河畔的自由广场，是典型的新哥特式建筑，建于20世纪初，是匈牙利国会的所在地，欧洲最古老的立法机构建筑之一，也是布达佩斯的标志。匈牙利国会大厦曾经一度是世界上最大的国会大厦，楼高96米，拥有691个房间以及绵延超过20千米的台阶，建筑顶部是高达69米的穹顶，有两座用白石建筑的镂空高塔，内部随处可见匈牙利历史名人的肖像以及描绘匈牙利历史事件的巨幅壁画。红色拱顶下是圆顶大厅，重大的会议和庆典都在这里举行。相比国会大厦，匈牙利总统府显得有些简朴，卫兵虽然威武，游人却可以和他们随意合影，只要不触碰他们的身体。

布达佩斯温婉而宁静，黄昏将整个城市染成了金黄色，徜徉于布达佩斯的大街小巷，叩开一扇扇虚掩的橡木门，空气中弥漫着浪漫和安静的气息。单纯而幸福的人们，在城市的各个角落慢慢地喝着咖啡、饮着啤酒，悠闲地遛着狗、散着步。布达佩斯人或许不是为了看重什么，而是一种令人着迷的浪漫，无怪乎茜茜公主一生钟情于布达佩斯。夜幕降临了，多瑙河沿岸的霓虹灯将波光粼粼的河水映照得色彩斑斓，迷人的夜晚，令人无法释怀。

7月9日凌晨5点，沿着安德拉什大街，去伊丽莎白大桥和链子桥两岸快走运动。此时的安德拉什大街，宁静得可以听到自己的心跳，在林荫之下，鳞次栉比的品牌商店还在沉睡中。国家歌剧院就坐落在安德拉什大街上，这是匈牙利最负盛名的歌剧院，整个歌剧院内饰富丽堂皇，还保留有茜茜公主的包厢，可以窥见当年皇室和上层贵族的奢华生活。7月10日凌晨在英雄广场和城市公园快走运动。穿行在大街小巷，漫步于布达和佩斯两岸，或近观，或遥望，布达佩斯建筑气势磅礴，从古罗马的遗迹，到文艺复兴建筑，像史诗般有着壮阔的脉络。这座中世纪的历史古城，有着更多衰败的神色，像是一位没落的贵族，曾风华绝代，冠绝一世，岁月抹去了亮眼的光芒，却无法抹去融于血液的优雅。

New York Cafe 是布达佩斯最美的百年咖啡厅，很少历史沧桑感。谭导特地在结束东欧行程之前，陪同我们过去。1894 年就华丽登场的 New York Cafe，因位于当时的纽约保险公司大楼而得名，与其说是咖啡厅，更像华丽至极的皇宫。据说，置身于金碧辉煌的穹顶之下，作家、诗人、画家、作曲家们就会文思泉涌。正是午后时间，我很想坐下来，优雅地喝一杯，沾沾艺术家的仙气，可惜排队的人太多，又不

想耽搁谭导连夜赶回布拉格的时间，只好忍痛割舍。

布达佩斯是一个可以感知，引人思考的城市，广场、公园和街头矗立着许多雕像。立于盖勒特山顶的自由女神像，英雄广场的胜利纪念柱，以及数不胜数的人物雕像等，都有其特定的历史背景和故事，而让我印象深刻的是铁鞋子雕塑。链子桥和马格丽特桥之间的多瑙河堤岸上，放置有 60 双不同的铁鞋子。这些铁鞋是 2004 年匈牙利雕塑家鲍乌埃尔－久洛创作的，用以纪念被屠杀的犹太人。当年，犹太人在这里脱下鞋子，被屠杀后抛入多瑙河。附近的地面上还有三块铁铸标牌，上面分别用英语、匈牙利和希伯来语写着："纪念 1944～1945 年被箭十字党武装分子屠杀并抛入多瑙河的死难者。"

（东欧和巴尔干 10 国旅行日记 10，2019 年 7 月 8 日至 9 日游览，7 月 11 日写于萨格勒布）

资料来源：①携程旅行网；②百度百科。

橘红的克罗地亚

　　7月10日凌晨4点多,东方刚显鱼肚白,布达佩斯还在沉睡中时,我已在城市公园快走运动了。这是"迷失在巴尔干半岛"七天行程的第一天,做好了必要的准备后,去英雄广场胜利纪念柱下集合。全团共16人,都是布达佩斯参团的华人。有来自安徽的六人一路同游,从瑞士飞抵布达佩斯时,不仅飞机晚点没有赶上第一天行程,还有一家四口没有办理多次申根签证,属于非法入境,被克罗地亚海关关了一夜黑屋子后遣返回国。实际成行的12人,一辆大巴,杜导和助理小陈两个人全程陪同,波兰司机虽然交流有点障碍,但技术娴熟,为顺风顺水的旅行提供了平安保证。

　　巴尔干7天行程从布达佩斯开始,依次游历克罗地亚、黑山、波黑、塞尔维亚四个国家,到访10座城镇,于16日晚上回到出发地布达佩斯,结束全部行程。克罗地亚是七天行程的第一个目的地,前后逗留三天三夜,是第二个行程中停留时间最长的国家。三天里先后游览了克罗地亚首都萨格勒布、西部历史名城扎达尔和东南部港口城市杜布罗夫尼克,与15天东欧定制行程相比,除了导游的介绍更全面、更专业外,时间上通常从上午8点到晚上8点,每天有12小时用于旅途和参观游览,入住酒店的条件也简陋了不少。由于每天的时间很紧

凑，还要腾出时间快走运动并重游主要景点，坚持写旅行日记成了一件奢侈的事情。

克罗地亚地处中欧的东南边缘、巴尔干半岛的西北、亚得里亚海东岸，隔亚得里亚海与意大利相望，北部与斯洛文尼亚和匈牙利为邻，东、南面和塞尔维亚与波黑接壤。1945 年成为南斯拉夫联邦的一个加盟共和国，1991 年 6 月宣布独立，并先后加入北约和欧盟，是一个发达的资本主义国家。领带和钢笔是克罗地亚的发明，戴克里先宫被列入联合国教科文组织的《世界遗产名录》，马可－波罗和交流电发明者尼古拉－特斯拉是克罗地亚著名人物。

克罗地亚历史悠久，史前时代尼安德塔人就在这里生活，罗马帝国和哈布斯堡王朝都曾征服了该地区，"第二次世界大战"时成为轴心国的傀儡国，战后又见证了前南斯拉夫铁托时代，以及独立后克罗地亚人和塞尔维亚人两族之间的流血冲突。克罗地亚从前南斯拉夫独立后，饱受战争蹂躏，如今已和平宁静，成为重要的旅游度假目的地。克罗地亚不是申根成员国，但是拥有申根多次签证可以入境。从布达佩斯到萨格勒布不过 350 千米左右，由于布达佩斯交通拥堵和出入境检查，10 日下午 2 点多我们才抵达萨格勒布。

萨格勒布是在两座毗邻的山冈上发展起来的，老城分为上城区和下城区，上城区是这座城市的起源，由一座小山上的教堂、塔楼、国家办公机构等一些古建筑组成，下城区则由火车站、广场、商业区、歌剧院等组成。位于萨格勒布中心的圣母升天大教堂，也称萨格勒布大教堂，始建于 11 世纪。1094 年，匈牙利国王拉第斯拉夫一世宣布成立萨格勒布天主教区并兴建教堂。13 世纪时，教堂曾被鞑靼人毁坏。后几经修复，并于 20 世纪初新建两座高度分别为 104 米和 105 米的哥特式塔柱，教堂才得以重现昔日辉煌。目前，圣母升天大教堂已成为萨市的典型象征之一。

　　萨格勒布中心城区并不很大，从卡普托尔广场出发，经过石门，步行走几分钟就来到了圣马可广场。这里过去是萨格勒布最繁华的地段，位于广场北侧的圣马可教堂，始建于 13 世纪，融合了后期哥特式和罗马式建筑风格，内部雕刻精美，图形各异；屋面由彩色瓷砖组成两幅图案，左边是克罗地亚、达尔马提亚和斯罗维尼亚三军的军徽，右边是萨格勒布旧时的城徽，在阳光下的照耀下，色彩绚丽，熠熠生辉。教堂西侧是克罗地亚政府所在地，东侧是 13 世纪时的老市政厅，现在是克罗地亚议会。1918 年克罗地亚就在这里宣布脱离奥匈帝国，1991 年也是在这里宣布脱离南斯拉夫联盟独立。

　　圣马可教堂不远处，有一家失恋主题博物馆，拥有世界各地失恋者捐赠的展品 1000 多件，2011 年被欧洲博物馆年授予"欧洲最有创意博物馆奖"。失恋博物馆藏品包括情书、订婚戒指、按摩油、小轮摩托车以及恋情过后留下的空酒瓶等，每件展品都有捐赠者写下的说明文字，解释它的来源和意义，凭票参观。2006 年诞生于克罗地亚的失恋博物馆，现在的足迹已经遍布 20 多个国家和地区，南京就有一家失恋博物馆。

　　7 月 11 日是克罗地亚三天行程中自然景观最绚的一天，凌晨 3 点起床撰写旅行日记，5 点出发，在下榻的马里拉加别墅酒店附近快走运动 8 千米，早餐后 8 点准时发车，上午游览十六湖公园；下午前往克罗地亚西部港口、历史名城扎达尔，游览圣多纳特教堂、扎达尔城门和海风琴等主要景点。晚上入住 Villa Nico，这是一家临海而建的酒店，门前隔一条小路就是海湾。坐在阳台上，吹着海风，静静地等待太阳从海平面上沉下去的那一刻，是 Villa Nico 带给我们的意外惊喜。

　　普利特维采湖群国家公园位于克罗地亚中部的喀斯特山区，创立于 1949 年，既是东南欧历史最悠久的国家公园，也是克罗地亚最大的国家公园。1979 年，在普利特维采湖群国家公园成立 30 年后，联合

十六湖国家公园

国教科文组织将它列入了《世界自然遗产》名录，比九寨沟早了整整 13 年。公园内有许多有石灰岩沉积形成的天然堤坝，这些堤坝又形成了多个湖泊、洞穴和瀑布。主要有 16 个湖泊，所以又叫十六湖公园。公园从南往北呈高低走势，16 个湖泊沿山体河道，自上而下，依次展开。根据地形不同分为上湖区和下湖区，上湖区位于白云石亚地层山上，下湖区则位于一条石灰岩峡谷中。湖与湖之间有高度落差，连接它们的是各种瀑布。我们游览从上湖区开始，沿着唯一的观景栈道，顺势而下。

十六湖国家公园秀美如画，一个重要原因就是她的色泽。十六湖的水轻盈灵动，16 个湖就像 16 块五彩的宝石，幽绿中透着蓝，蓝中泛着橙，橙中映着赤，赤中蕴着黄，色泽清幽，摄人心魂。所到之处，蓝天、白云、绿树、群山的倒影与横卧于水底的老树交相辉映，妙不可言。水面上偶有几只野鸭摇摇摆摆，怡然而惬意，一群水鸟形影相随，嬉戏舞蹈。由于水中含有大量的矿物质，使湖水呈现一种特殊的色泽，让倒在水中的树木，钙结了一层古铜色，树皮更加光洁可爱，且不朽烂，形成罕见的水底玉树奇观。有中国人把十六湖称为欧洲的九寨沟，因为两者都是由钙华坝围出的湖群，有着同样绚丽的色彩，但十六湖没有公路和汽车，没有价格夸张的小卖部，没有到处兜售纪念品的商贩，这里的景观或许更纯净。

十六湖两岸断壁悬崖，林木茂盛，郁郁葱葱，宛如一幅山泉流绿图。湖与湖之间形成数百条白如银练的大小瀑布，呈梯形一节节奔腾而下。有的瀑布很细，_丝丝缕缕_，不高也不壮观，在青山绿水中宛如盆景一样细腻；有的瀑布从高耸的石壁上飞流而下，气势恢宏；最大的瀑布是位于下湖区末端的大瀑布 Veliki Slap，高 78 米。虽然十六湖的瀑布在落差和宽度上都不在世界前列，但是瀑布群的密度、绚丽和多样性却令人惊叹不已，甚至有的瀑布连接起上下两个颜色不同的湖，这里的瀑布群评为世界最美的十大瀑布之一。

扎达尔西临亚得里亚海，中世纪建立的古城坐落在一个小半岛的尖角上，被城墙和海岸线包围起来，以很好地防御从陆地而来的侵略者。古城不大，一个小时就足以走遍。城内有一个罗马广场，由第一位罗马皇帝奥古斯都建立，两个石刻铭文可以追溯到 3 世纪。在罗马广场附近，有着圆形外观的前罗马式教堂圣多纳特教堂，充满着罗马式和哥特式的建筑风格，庄严肃穆，无疑是扎达尔杰出的标志，在城内现存 14 座教堂中享有特殊地位。9 世纪建成，15 世纪重修，现在作为音乐厅使用。教堂前的废墟是古罗马宫殿的遗址。一路走来，看了太多的古城、城堡和教堂，由于没有教徒的虔诚，又缺乏欣赏的水平，只有打卡，很难看出门道。

扎达尔城门是威尼斯人在 1543 年修建的城门，精美、威严，保存完好，是扎达尔地标之一。城门中央有着飞天圣马可石狮子雕像，显示着它威尼斯时期皇族的出身；石狮子底下是守护神的骑马雕像，守护着扎达尔的历史；地面上铺砌的是石板路，石头在岁月的磨砺下变得溜光水滑。阳光已经没有午后那么炙热，海风拂面带来丝丝凉意，朝着海，迎着风，漫无目的地在老城逛着，就像在自己的城市饭后踱步一样，或许这就是此时此刻最美的享受。

到了扎达尔，不能不听克罗地亚海滨独一无二的海风琴。这是一架经过精心设计的海浪管风琴，总长 70 米的几组通向大海的瀑布式阶梯，内部安装有 35 根口径大小、倾斜面不同的风琴管，海水拍打和潮汐涨落会在管内自动形成气压变化，从而发出美妙的乐声。建成于

2005年，设计者是建筑师巴希奇，他生长在海边，小时候很喜欢聆听海浪拍打岩石的声响，海风琴的设计灵感就来源于此。琴声或低回婉转，或洋洋盈耳，旁若无人地坐在阶梯上，闭上双眼，一边听着海风琴的演奏，一边斜阳晚照，海风拂面，这才是消除旅途疲劳的最好方式。

12日凌晨5点起床，沿着 Villa Nico 门前的道路，向东快走运动。一路上村落点点，千帆待发，风儿卷起的海浪，撞击在堤岸上，发出有紧凑的韵律，悦耳动听。太阳从海平面上升起来了，映照着橘红的屋顶、白色的游艇和波光粼粼的大海，生机勃勃。杜布罗夫尼克老城的图像被描绘在克罗地亚1993～2002年发行的50库纳钞票的背面，新的一天行程就在这份美好中启航。从扎达尔到杜布罗夫尼克，大约300多千米，行车和途中休息耗用6个多小时，下午2点多到达后，开始游览杜布罗夫尼克城墙、方济会修道院和班捷海滩等主要景点。

杜布罗夫尼克城墙

杜布罗夫尼克是克罗地亚东南部海港城市，最大的旅游中心和疗养胜地，位于风景绮丽、气候宜人的达尔马提亚海岸南部石灰岩半岛上，倚山傍海，林木茂盛，被誉为"亚得里亚海明珠"和"城市博物馆"。城市分为旧城和新城两部分，旧城有14～16世纪建的古城堡，建在一块突出海面的巨大岩石上。城内完好地保存着14世纪的药房、教堂、修道院、钟楼，这些古建筑有罗马式、哥特式、文艺复兴式和巴洛克式，风格迥异。沿着山坡，一排排红瓦房中夹杂着高大的旅馆，五光十色，蔚为壮观。

历史上，杜布罗夫尼克是海上列强的必争之地，老城城墙很好地保护了杜布罗夫尼克五个世纪的平安与繁荣。城墙用花岗岩砌成，全长 1940 米，墙外有护城河环绕，东面陆地，西临大海，与海相接处高达 25 米。漫步在结构复杂、步道宽阔的城墙之上，内有千年古城的底蕴，外被亚德里亚海包围，古城、修道院、奥兰多石柱和巴洛克风格的教堂尽收眼底，蓝天、白云、远山、近海、红房交相辉映。如果说希腊的圣托里尼用尽了世间最美的蓝色和白色，那么杜布罗夫尼克则用尽了世上最亮的橘红色和蓝色。正午和傍晚，36 间教堂钟声齐鸣，悠扬悦耳，余音绕梁。

在老城西边一片华丽的橘红屋顶中，有一座白塔红尖顶的建筑，这就是方济会修道院。兴建于 14 世纪，有一个醒目的巴洛克式大门，历史厚重，庄严肃穆，屋后是大庭院，古树森森，回廊里精雕细琢的石头与周围的环境相得益彰。修道院以其非凡卓越的巴洛克外观而闻名，是杜布罗夫尼克珍贵的文化、艺术和历史遗产，里面设立了博物馆，分为一座药房和一座图书馆。前者是欧洲古老的同类制药场所之一，至今仍在使用；后者则是克罗地亚重要的古籍图书馆，珍藏了许多珍贵的手稿史料、古籍、宗教仪式物品和绘画作品，价值连城。1979 年，杜布罗夫尼克老城和很大一部分城墙一同被联合国教科文组织列入世界文化遗产名录。

位于普洛切港口以东，离古城最近的一处海滩，就是杜布罗夫尼克最著名的班捷海滩。由于当地大多是岩石滩，难得的沙石滩就是最热门的海滩了。这里的海水清澈见底，呈现出宝石般透明质感。很多人在这里游泳、晒太阳，享受阳光和大海。这里是观赏老城墙和 Lokrum 岛的最好位置，极目远眺，好一幅让人陶醉的亚得里亚海风情画，《权力的游戏》壮观的场景。Lokrum 岛是世界十大最绚丽的悬崖之一，因有很多的半野生孔雀而著名。万里迢迢来到这里，既不能上岛，又不能下海，不能不是一大遗憾。逛完老城，脱掉鞋袜，在遍布鹅卵石

的沙滩上走一走，清澈的海水温柔地抚摸着双脚，透心的凉爽。

　　克罗地亚的三天行程结束了，除了十六湖梦幻般的自然仙境，扎达尔和杜布罗夫尼克历史久远的古城、城堡和教堂，宁静的城镇、悠闲的居民和与生俱来的浪漫，湛蓝的天空、蔚蓝的大海和橘红满城的房子，定格了我记忆中的克罗地亚。

　　（东欧和巴尔干 10 国旅行日记 11，2019 年 7 月 10 日至 12 日游览，13 日写于杜布罗夫尼克）

　　资料来源：①携程旅行网；②百度百科。

两进两出黑山

　　黑山是巴尔干七天旅行游历的第二个国家，两进两出。7 月 12 日上午从扎达尔前往杜布罗夫尼克时，途经黑山并在涅姆小镇歇息和午餐，7 月 13 日从杜布罗夫尼克进入黑山，游览南部海港科托尔和布德瓦后，前往波黑，晚上入住特雷比涅纳尔酒店。涅姆是行程外的景点，地处海湾，依山临海，放弃歇息和午餐的时间，冒着酷暑，从山顶抄近路穿越小镇，来到海滩，一幅幅涅姆美景就呈现在眼前，房屋顺山势错落有致，道路沿山体蜿蜒穿行，海面上游艇点点，沙滩上游人如鲫，流连忘返，差点误了集合的时间。

　　黑山是位于巴尔干半岛西南部、亚得里亚海东岸的一个多山国家，东北背靠塞尔维亚，西南面迎亚得里亚海，东部和东南分别与科索沃、阿尔巴尼亚毗连，西北与波黑及克罗地亚接壤，面积比北京略小，却将历史自然完美融合，这里不只有山，还有水光潋滟的峡湾、超长的海岸线、古老神秘的教堂、迷宫般的古城、浓郁茂密的原始森林。1992 年南斯拉夫解体，塞尔维亚与黑山联合组成南斯拉夫联盟共和国，后来更名为塞尔维亚和黑山，2006 年 5 月 21 日黑山举行独立公投，6 月 3 日正式宣布独立。不久，黑山与塞尔维亚正式建立外交关系，并成为第 192 个联合国会员国。黑山对我国公民实行有条件免签

政策，持有多次有效申根签证无须办理黑山入境签证。

7月13日是巴尔干之行最特别的一天，这一天穿越克罗地亚、黑山和波黑三个国家，四次出入境。凌晨在杜布罗夫尼克快走运动，享用早餐，白天在黑山观光游览两座城市，晚上下榻波黑的特雷比涅。进入黑山，我们访问的第一座城市是科托尔。位于亚得里亚海最南端的海湾科托尔湾边，四周群山环抱，是天然的避风港。小城历史悠久，公元前3世纪伊利里亚人就定居在科托尔，历史上罗马帝国、拜占庭帝国、匈牙利、波斯尼亚王国、土耳其和威尼斯帝国先后统治过，只有塞尔维亚王朝时期，被称为历史上的黄金时代。后来奥地利、保加利亚、法国和塞尔维亚等先后入侵，写下了科托尔史上最为黑暗和困难的一页。"二战"结束，科托尔成为南斯拉夫联盟的城市，2006年起归属黑山共和国。科托尔是亚得里亚海沿岸保存中世纪古城原貌最完整的城市之一，1979年被联合国教科文组织列入世界文化遗产名录。

科托尔老城临海门

科托尔老城坐落在陡峭如屏障的科托尔山下，靠山面海，从古城的山上俯瞰整个城市，群山成椭圆形状环抱一个巨大的港湾。碧水青山红色屋顶的古城，色彩协调艳丽，是个风光秀丽，景色宜人的历史古城。进入老城，有临海门、临河门和古蒂次门三个城门，位于南边面向大海的临海门，是进出古城的主通道。城门建于500年前，顶部本是威尼斯狮子造型的雕塑，后改成象征哈布斯堡王室的"双头鹰"，现在是前南斯拉夫铁托时代的标志，石匾上刻着"1944年11月21日"的字样，这是铁托领导的军队解放古城的日子。石匾与城徽之间的长条石上，写着铁托将古城从纳粹党手中解救下来时的著名语录"不属于我们的我们不想要，是我们的我们决不放弃"。

古城、教堂、峡湾、群山是科托尔的四宝，峡湾水光潋滟，古城群山环绕，古城和教堂保存着古老的原貌。圣史蒂芬教堂是科托尔古城中最高最宏伟的建筑之一，两座塔楼外墙上刻着两个年份，左边是"1166"，右边是"2016"。教堂最早建于864年，1166年定为主教堂，2016年复建，是科托尔的标志性建筑，每隔半个小时教堂的钟声响起，悦耳的钟声响彻全城。科托尔大部分人信奉东正教，建于1518年的安康圣母教堂，是东正教的一个圣地，教堂由山脚和山腰两处建筑组成，位于山腰的教堂部分与山体自然融合，浑然天成，远远看去，犹如镶嵌在悬崖上的一幅壁画。

科托尔老城是一座典型的威尼斯风格的城市，曾在地中海文化向巴尔干半岛的传播中扮演过重要的角色。老城有许多广场，互相连接，串联成城内休闲和贸易的地方。位于老城西侧的武器广场，是这座老城最大也是最热闹的地方，威尼斯时代武器都在这附近修理而得名，周边有店铺、咖啡馆、军械库、拿破仑剧院等。兵器广场上的钟塔是城里地标性的建筑，兼有巴洛克和哥特式的风格。钟塔前有两根黑色立柱，名为耻辱之柱，是中世纪时用来惩处犯人的，罪犯被锁在立柱旁，颈部悬挂木牌示众，任由市民围观羞辱。

作为亚得里亚海边最犬牙交错的海岸，附近高悬的奥尔延和洛夫琴石灰岩崖壁，构成了大自然创造的最壮美的地中海风景。位于老城北侧的古城墙，是由威尼斯人规划的防御工事，修建在几乎是垂直的峭壁上，呈"之"字形向上蜿蜒，从老城的西北角一直延伸到了险峻的山脚下，全欧洲很少见到这样精心设计的城墙。城墙长4.5千米，厚度从6英尺到50英尺不等，最高达65英尺。自9世纪开始动工，

到18世纪才形成现在的规模，科托尔人为修建这项工程付出了几个世纪的努力。令科托尔人引以为豪的，是城墙在历史上经受了考验，1657年科托尔人依靠坚固的防线抵挡了奥斯曼军队的入侵。从上山入口到高出科托尔城280米的圣约翰城堡，地势险要、高耸陡峭，而且几乎是垂直而上，加上正值中午，天气炎热，不攀不甘心，爬了又担心下不来。无奈之余，找到一个入口，在面海的南城墙上从东走到西，仰望古城墙，群山如展开的臂膀，守护着古城。

布德瓦老城风光

布德瓦坐落在黑山的海岸线中段，面朝亚得里亚海，拥有古朴的威尼斯风格老城、活跃的新城和许多休闲场所。老城建在一个小的半岛岩石上，有2500年的历史，是亚得里亚海岸边最古老的定居点。布德瓦和意大利仅隔亚得里亚海，这里曾被威尼斯人占领，大部分建于15～16世纪。1979年发生地震，老城被毁坏。现在的老城是地震后重建，被联合国教科文组织列入世界文化遗产，是黑山最有名的旅游胜地，以美丽的沙滩、丰富的夜生活和独具特色的地中海式建筑而闻名于世。布德瓦也是威尼斯王国留下的精美古城，和科托尔一起，被称为亚得里亚海沿岸的"度假双城"。

布德瓦老城很小，里面的街道很窄，却四通八达，建筑风格和科托尔相似，是迷你版的科托尔。老城绝大多数建筑是由威尼斯人设计的，从门、铰链、窗户、阳台直到其他显而易见的小装饰，无不体现了威尼斯共和国时期的罗马设计风格。老城内有三个主要的教堂，分别是建于7世纪的圣伊万教堂、建于840年的蓬塔圣玛丽教堂以及建于1804年的圣三一教堂，不同的地中海文化和珍贵的古迹，共同见证着布德瓦。与科托尔相比，布德瓦的独特之处是有一片沙滩。布德瓦附近的海岸被称为布德瓦的里维埃拉，借地中海著名的旅游胜地里维埃拉来形容布德瓦海岸的美丽。在布德瓦老城闲庭信步，或者在最著名的莫格伦海滩晒晒太阳，是一种难得的体验。

布德瓦在当地被称为黑山的科威特，相比于城市较少的人口，这里居住着数量众多的百万富翁。据说，许多布德瓦市民将自己的房产卖给了来自俄罗斯、奥地利和意大利的外国人，曾经贫穷的渔村，如今已经成为欧洲百万富翁密度最高的城市，22000 名居民当中有 500 名百万富翁，许多刚富裕起来的人将他们的钱重新投资到房地产，在波德戈里察市中心购买土地进行房地产开发，这些投资也进一步提升了波德戈里察的生活成本。

布德瓦还是"007"电影《皇家赌场》的取景地，古城中，婆娑的树影沿着古老而斑驳的城墙攀爬，老人坐在城墙边、树荫下吹风纳凉，小孩在广场、巷道中奔跑嬉戏，居住在典型的中世纪老城里，开窗就直面蔚蓝色的大海。如果说趴在小木屋的窗棂上静候日出日落，是布德瓦人的一种特权的话，游人在迷宫般的小巷中闲庭信步，下一个转角也一定会遇见惊喜。

（东欧和巴尔干 10 国旅行日记 12，2019 年 7 月 12 日至 13 日游览，14 日成稿于萨拉热窝）

资料来源：①携程旅行网；②百度百科。

波黑的云

　　波斯尼亚－黑塞哥维那，简称波黑。发生在 1992 年的波黑战争，是"二战"以后最为惨烈的地区局部战争，源于波黑是否脱离南斯拉夫联盟。由于战争离我们很近，对于波黑之行有一种莫名的期待。巴尔干七天行程中，有一天两晚安排在波黑，13 日下午抵达特雷比涅，入住纳尔酒店，14 日先游览位于波黑、黑山、克罗地亚三国交界处，隐藏在波黑最南端的小城特雷比涅，接着访问波黑第五大城市莫斯塔尔和首都萨拉热窝，晚上下榻萨拉热窝格兰德酒店，15 日上午告别波黑，前往贝尔格莱德。持中国护照或申根多次签证，免予波黑签证而直接入境。

　　14 日凌晨 5 点钟起床，沿着 Crkvina 登山路和特雷比什尼察河岸快走运动。河风清凉宜人，河水犹如一块镜面，倒映着红房、绿树、蓝天和彩云，偶有一只红嘴鸭在水中游弋。特雷比涅就坐落在黑塞哥维那东南部特雷比什尼察河沿岸一个风景优美的山谷中，周围山丘环绕，高耸的山峦和幽静的老城相依相偎。特雷比涅以其神秘的教堂和修道院而闻名，一排排高大的梧桐树矗立在街道两旁，守护着小城上百年的老城墙。这是一个让人感到平静和舒适的地方，风景如画就是特雷比涅最真实的写照。在河的沿岸有一些磨坊和桥梁，其中两座桥

梁在城镇里面，附近有一座历史悠久的建于奥斯曼帝国时期的桥梁。小城光照充足，很适合葡萄生长，这里的葡萄酒很受波黑人追捧。

Hercegovacka Gracanica 修道院位于特雷比涅的 Crkvina 山上，始建于 20 世纪后期，是为纪念塞尔维亚著名诗人约万 – 杜契奇而建造。杜契奇 1943 年死于美国，他在遗嘱中希望被埋葬在特雷比涅附近的山丘顶部，从那里可以看到整个城市。2000 年美国

特雷比涅小城

将他的遗体转移到特雷比涅，重新安置在特雷比涅新建的修道院。特雷比涅的居民以塞族人为主，大多数居民都是东正教教徒。这座东正教风格的修道院与波黑大多数其他宗教建筑不同，在波黑境内更多的是清真寺，像如此宏伟的东正教修道院非常少见。修道院的景致极好，可以俯瞰特雷比涅全城。

游览完特雷比涅后，立即前往莫斯塔尔。一路上虽然也是在山间穿梭，但这里的山路不像黑山那么弯曲陡峭，峡谷下面流淌着碧绿的河流，窗外是空旷的草原和自由自在的羊群。半个小时的车程，很快就已到达。莫斯塔尔位于波黑南部内雷特瓦河畔，是黑塞哥维那 – 涅雷特瓦州的首府，也是一座山谷中的城市。15 世纪建城，1878 年成为奥匈帝国领土，第一次世界大战后成为南斯拉夫王国领土。午后阳光，树影婆娑，石路深巷，纵横交错，漫步于宁静的古城，还可以见到战争的遗迹，不时让人浮想历史唏嘘的场面。

莫斯塔尔因古桥而出名，莫斯塔尔古桥是全球十大最美桥梁之一，始建于 1566 年，是奥斯曼帝国同类桥梁的样板。古桥横跨碧波如翠的内雷特瓦河，连接东西两岸穆斯林族和克罗地亚族居民，因其优美的

弧度和宏伟的形态，被喻为内雷特瓦河上的彩虹。1993 年 9 月 9 日，波黑战争期间古桥被炸毁，成为种族仇恨的见证。1996 年战后开始筹备重建，在国际组织和多国出资援助下，2001 年重建施工，历时三年，于 2004 年修复重建完成。重建和恢复工程从河中捞起原来的石料，不足部分才就地取材。古桥两头各有一个石砌桥头堡，风貌与周围以石头为主的古老建筑和卵石铺砌的古街道和谐呼应，基本保持了古桥原貌，2005 年被联合国教科文组织列为世界文化遗产，并被寄予了不同文化、种族和宗教社会间和睦相处的希望。

古桥人来人往，游人如鲫，立于桥上，莫斯塔尔最美的景色尽收眼底。桥下是清澈流淌的内雷特瓦河，四周是被绿树环绕的城镇，窄小的巷道，散落的人群，还有高高低低显露的清真寺的顶尖。莫斯塔尔的街边店铺很美，彩色的玻璃灯，手工艺针织品，奥斯曼时代的短刀，土耳其的咖啡器具，最有特色的是人工锻造的各种各样铜艺品，莫斯塔尔曾经是打铁闻名的城市。走过古桥，逛完街道，我们绕道来到内雷特瓦河边。远远望去，身长 27.34 米、拱高 20 米的莫斯塔尔古桥，高耸在内雷特瓦河上，气势恢宏。惊险的跳水正在上演，桥上桥下聚集了很多人，动静结合的画面凝固了许多游人的视线。

时值中午，太阳很辣，游完景点，来到一家山脚下的河畔餐厅，一边是贴着高耸陡峭的山壁，另一边是潺潺而下的水瀑。听着淙淙水声和树上鸟叫，来上一份莫斯塔尔当地特色美食和鲜啤，享受一段与世隔绝的时光，一举三得。东欧和巴尔干半岛盛产大麦，啤酒价格不高，口感不错，旅欧以来，啤酒加当地特色餐，几乎成了我们午餐的标配。除了午餐和纳凉，还可以使用餐厅的洗手间。在欧洲旅行，洗手间不可小觑。一方面，我们大多在古城和城堡游览，想如愿找一个洗手间并非易事；另一方面，欧洲许多景点即便有公共洗手间，大多数也是收费的，每次少则 0.5 欧元，多则 1 欧元，就连高速公路服务区的洗手间也要收费，最多人性一点的是凭票抵减购物价款，或者先买东西，再凭小票密码如厕。吃得进，拉得出，是人生的两大幸事，欧洲人更懂得在这方面做足文章。

在山谷之间，一天穿越三座城市，不是一件轻松的事情，下午5点多抵达萨拉热窝后，继续游览行程。萨拉热窝位于中部萨瓦河支流博斯纳河上游附近，群山环抱，风景秀丽。处于巴尔干半岛古代东西方国际贸易通道上的萨拉热窝，战略地位十分重要，城市四周有许多峡谷和险滩，是巴尔干著名的天险，历来为兵家必争之地。历史上，天主教和东正教、基督教和伊斯兰教、斯拉夫人、土耳其人、俄国人和德国人，在这一带曾展开过多次殊死的搏斗，连绵不绝的战争使这座城市闻名于世。

萨拉热窝由于宗教的多样性被称为"欧洲的耶路撒冷"，直到 20 世纪后期仍是欧洲仅有的清真寺、天主教堂、东正教堂、犹太教堂可以共存的城市。在这座美丽的城市，寻觅电影《萨拉热窝保卫战》中的清真寺和钟楼，成了此行的主要任务之一。

因"萨拉热窝事件"闻名于世的拉丁桥

萨拉热窝大清真寺位于萨拉热窝老城中心地带，1531 年建成，在波黑战争时期受损而于 20 世纪 90 年代进行了重建，现为波黑重要的历史建筑与伊斯兰宗教中心。清真寺不大，寺中有陵墓，波斯尼亚历史上多位伟大的人物长眠于此。门前有很多虔诚的人跪拜，祷告时间不能参观。老钟表匠谢德在情势危急、来不及通知瓦尔特的情况下，毅然单刀赴会假瓦尔特设下的陷阱，以自我牺牲保全了瓦尔特和抵抗组织的火种。他们约会的地点及其随后出现的枪战，几乎都在大清真寺。

置身萨拉热窝，仿佛进入了一个神奇的时间博物馆，这里陈列的不仅是老街道、老建筑，更是一段完整的旧日时光。

位于清真寺旁边的萨拉热窝钟楼，严格地说是清真寺的宣礼楼，建于1667年，上面的大钟产自意大利，是城里唯一的公共时钟。钟楼是俯瞰萨拉热窝老城的制高点，在电影《萨拉热窝保卫战》中不断出现。德军原本在钟楼布设了机枪以击杀瓦尔特，机智的瓦尔特悄悄摸进钟楼，端掉了敌人的火力点，居高临下地扫射数倍于自己的敌军，掩护战友撤退。德军气急败坏地冲进钟楼追杀瓦尔特，瓦尔特在扫射完地面残余敌人后，抛出一条绳子，从容地从高高的钟楼窗口滑下，淡定离去。仰望萨拉热窝钟楼，有一种久别重逢的感慨。

萨拉热窝坐落于山谷之中，米利亚茨河穿城而过，把萨拉热窝分隔成老城区与新城区，几座桥梁横跨河上，最有名的就是拉丁桥。拉丁桥最早是木桥，后被洪水冲坏，现在的石拱桥修建于1798～1799年。拉丁桥在南斯拉夫时期被称为普林西普桥，桥的北端是萨拉热窝事件的现场。1914年6月28日，波斯尼亚塞族青年普林西普，在拉丁桥附近开枪射杀奥匈帝国皇储斐迪南大公一世夫妇，这一事件成了第一次世界大战的导火索。拉丁桥有三个桥墩、四个桥孔，外形普普通通，由于引燃第一次世界大战的萨拉热窝刺杀事件而闻名于世。

在前南斯拉夫时期，普林西普被当作民族英雄，拉丁桥被改名普林西普桥。1995年11月签订《岱顿协议》，普林西普桥又被更名为斐迪南桥，原先的普林西普纪念馆则成了奥匈帝国纪念馆，波斯尼亚人拆除了原先普林西普刺杀斐迪南的那段铭文，代之的是"唯愿世界和平"。桥头对面粉色的楼房是"一战"博物馆，展厅以萨拉热窝刺杀事件为主线，展品包括斐迪南夫妇塑像、普林西普照片、"一战"宣传画册、步兵武器实物以及部分史料。博物馆临街两侧墙壁的橱窗内，挂有普林西普和斐迪南的画像，中间用英文写着"20世纪从这个街角

开始"，两侧墙壁分别写着"第一次世界大战""1914 至 1918"。

过了拉丁桥，沿米利亚茨河边亚帕尔大街往东，就可见到一座橘黄色的漂亮建筑，萨拉热窝曾经的市政厅。这座摩尔式风格的建筑，是萨拉热窝现存为数不多的奥匈帝国时期最具代表性的建筑之一，也是费迪南遇刺前视察经过的最后一座萨拉热窝的地标性建筑。过了市政厅往东，亚帕尔大街尽头的路口是一片依坡而建的民居。普林西普做梦也没有想到，萨拉热窝事件就像多米诺骨牌的第一击，撞倒了欧洲维持了半个世纪的相对和平。这场本不属于塞尔维亚的战争，却让她为此付出了 45 万军人和 65 万平民的生命，占全国人口的 1/5，死亡率位列各交战国之首。如今的拉丁桥和米利亚茨河两岸，攘来熙往，一片祥和，已经成了旅游景点。

（东欧和巴尔干 10 国旅行日记 13，2019 年 7 月 14 日游览，15 日成稿于贝尔格莱德）

资料来源：①携程旅行网；②百度百科。

知遇塞尔维亚

　　塞尔维亚是迷失在巴尔干半岛七天行程的最后一站，也是东欧和巴尔干10国旅行的最后一个国家。7月15日下午6点左右到达贝尔格莱德后，立即游览贝尔格莱德久负盛名的商业步行街米哈伊洛大公街，随后登上卡莱梅格丹城堡，远眺萨瓦河和多瑙河交汇美景，晚上9点多才入住 Happy Slar Club。16日凌晨5点起床，带着相机，在贝尔格莱德近郊快走运动8千米。由于漫无目的地行走，竟然来到了一个双层铁丝网围合的区域，估计不是监狱就是军事禁区，为了减少不必要的麻烦，什么也没有拍。8点半出发，首先参观圣萨瓦教堂，瞻仰中国驻前南斯拉夫大使馆遗址，紧接着拜访铁托元帅墓，稍后前往塞尔维亚第二大城市诺维萨德，来到多瑙河右岸，登上彼得罗瓦拉丁要塞，俯瞰多瑙河及城市全景，继而参观老城区中心的自由广场及附近的市政厅和天主教堂，下午3点出发，晚上10点半才回到出发地布达佩斯英雄广场，再打的去布达佩斯机场，入住机场酒店时已近午夜12点。

　　塞尔维亚位于欧洲东南部，巴尔干半岛中部的内陆国，与黑山、波黑、克罗地亚、匈牙利、罗马尼亚、保加利亚、马其顿和阿尔巴尼亚接壤，欧洲第二大河多瑙河的1/5流经境内。历史上，塞尔维亚、黑山以及由原奥匈帝国管辖的斯洛文尼亚、克罗地亚、波斯尼亚、伏

伊伏丁那共同组建了塞尔维亚人、克罗地亚人和斯洛文尼亚人王国。第二次世界大战时，南斯拉夫王国三面受敌，1941 年 4 月轴心国侵入南斯拉夫，将其瓜分。1945 年铁托在苏联红军的帮助下，建立了南斯拉夫社会主义联邦共和国，推行社会主义市场经济，着重各民族团结以及国家的统一。南斯拉夫在这个时期成为东欧共产主义国家当中较富裕的国家。

1980 年铁托逝世后，民族矛盾开始激化，最终导致了南斯拉夫在 20 世纪 90 年代初期解体，六个加盟共和国中的四个先后宣布独立。1992 年之后，塞尔维亚和黑山两国重组成立南斯拉夫联盟共和国。1999 年塞尔维亚在科索沃战争中遭到北约的轰炸，战争以国际社会接管科索沃告终。2003 年南斯拉夫联盟共和国重新组建，将国名改为塞尔维亚和黑山。2006 年 6 月 3 日黑山正式宣布独立，6 月 5 日塞尔维亚宣布独立并成为塞黑联邦的法定继承国，塞黑联邦因而解散，科索沃也于 2008 年 2 月 17 日自行宣布独立。塞尔维亚原是位于巴尔干半岛的邻海国家，随着南斯拉夫的解体和黑山的独立而变成了内陆国。自 2017 年 1 月 15 日起，塞尔维亚正式对中国游客实行免签，是首个对中国公民免签的欧洲国家。

米哈伊洛大公街横贯于贝尔格莱德市中心，南面是共和国广场，有米哈伊诺大公雕像，北面是卡莱梅格丹城堡，是贝尔格莱德最负盛名的商业步行街。沿街有许多 19 世纪 70 年代建成的建筑，当时贝尔格莱德非常有影响力和富有的家庭在此建造住宅，

米哈伊洛大公街

如今构成了一道亮丽的风景线。1979 年，长 1 千米的米哈伊洛大公街

作为贝尔格莱德最古老和最有价值的标志之一，被列为国家保护历史名街。街道两边商铺林立，建筑风格以白色为主，风情绰约，极尽妍态，各种商店、露天咖啡馆、画廊、旧书店、古董店等，还有街头艺术家和卖手工艺品的小摊贩，应有尽有。逛累了，坐下来，喝一杯咖啡，原来旅行生活也可以这么优雅。

卡莱梅格丹城堡位于贝尔格莱德的城市中心，傲然独立，城堡下是宽阔奔流的多瑙河，不远处是萨瓦河与多瑙河的交汇处，深情款款，亘古未变。主体始建于 17 世纪，历史上曾经过多次修缮和扩建，至今仍可见古罗马、奥匈帝国的建筑遗风。以前这里是重要的军事基地，遗留的大炮等仍可在公园内发现，是历史的最好见证，也是塞尔维亚最著名的公园，因其蜿蜒曲折的小路、绿荫下的长椅、风景如画的户外喷泉、逼真的雕像和波澜壮阔的历史建筑而闻名于世。园内有为纪念"一战"胜利十周年制作的"胜利者"纪念碑雕像，还有军事博物馆展示"一战"和"二战"时期的一些大炮武器。城堡内绿地成茵，鲜花簇开，顺着小道登上卡莱梅格丹城堡，迎着暖暖的夕阳眺望多瑙河，余晖将背后的残垣断壁染成金黄，古老的城堡见证了贝尔格莱德的兴衰荣辱，记录下历史的沧桑。如今一派祥和，老人、孩童和情侣们正在拥抱绚烂的漫天晚霞，享受属于他们的浪漫与快乐。

圣萨瓦教堂坐落于贝尔格莱德老城区东部的一座丘陵上，是世界上迄今为止最大的东正教教堂，为纪念民族英雄圣萨瓦－奈马尼亚而建。教堂始建于 1935 年，因战争和经济发展乏力而两次中断，整个外部工程于 2003 年 12 月才告结束，内部装修至今仍在进行。周围是一处南北向的公园，园内花木错落有致，并有一组夹道式喷泉，平时人们三五成群，散步小憩，节假日时更是熙来攘往，络绎不绝。草地、空场、喷泉成了家庭聚会地和孩子们的游乐场。教堂西南，公园的西侧入口处，屹立着一座巨大的圣萨瓦－奈马尼亚青铜塑像，他双手侧举，一手持《圣

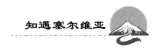

经》，一手紧握十字架，教堂就坐落在公园尽头的最北侧。

圣萨瓦教堂采用了东正教常用的拜占庭式设计，主体有别于传统横短竖长拉丁十字形，而采用了四边基本等长的正十字形状，使教堂从任何角度看，都显方正整齐，宏伟壮观。四座钟楼均匀地镶嵌在十字形的四个直角处，与教堂主建筑融为一体。每当钟鸣时分，四座钟楼一齐发动，悠扬悦耳的钟声传遍贝尔格莱德。教堂通体用纯白色大理石堆砌，晶莹坚固，在阳光下熠熠生辉；巨大而舒展的拜占庭式标志性穹顶，装饰着 1248 平方米的马赛克，紫铜鎏金，庄严气派，是世界上最大的曲面之一，穹顶的壁画栩栩如生，仿佛坠入千百年前的圣经里。虽然内部正在修葺，却一点也不影响参观的心情。

许多中国游人说，到了贝尔格莱德有两件事，一是去 1999 年 5 月 8 日被美军轰炸的中国驻前南斯拉夫联盟大使馆；二是去看铁托元帅墓。中国驻前南斯拉夫大使馆旧址在新贝尔格莱德区，距离塞尔维亚宫附近。原来被炸的大使馆已经拆除，这里正在建设贝尔格莱德中国文化中心大厦，中国驻塞尔维亚大使馆早已在其他地方新建。在旧址建设工地围墙外，有一块纪念牌，上面写着"谨此感谢中华人民共和国在塞尔维亚共和国人民最困难的时刻给予的支持和友谊，并谨以此缅怀罹难烈士"。中国赴塞尔维亚旅游团基本上都会安排到这里瞻仰，以铭记那段历史，所以小石台上常常都有鲜花。

铁托元帅墓位于贝尔格莱德市郊一座小山上，这里曾是铁托办公与居住的地方。铁托是克罗地亚人，领导了整个南斯拉夫的反法西斯运动，维系了一个多民族、多信仰巴尔干国家的统一和稳定，塞尔维亚人民非常尊重他。由于他的领导，当时的南斯拉夫是一个黄金时代，国家有地位，人民有尊严，至今人们都会去铁托墓上献上自己的鲜花，以示怀念。铁托元帅墓是一座白色大理石砌成的长方形陵墓，陵墓正上方镶有三行镏金大字："约西普·布罗兹，铁托，1892—1980。"由于铁托生前酷爱养花，去世后南斯拉夫没有大兴土木修建陵墓，而是将他安葬在总统官邸的花房中，墓的四周一直被鲜花和绿植环绕，所以，铁托元帅墓又叫作"花房"。花房里还摆放了一个留言簿，在脱帽向铁托元帅墓深深地鞠上一躬后，我在留言簿上写下了自己的感受："向铁托先生致敬，我们怀念铁托时代！"

铁托元帅墓的旁边是一座博物馆，陈列着各国送给他们的礼物，包括毛泽东主席赠送的象牙饰物。铁托的私人"蓝色列车"，装饰华丽，像一座移动宫殿，接待过包括伊丽莎白二世女王在内的众多国家元首。铁托逝世后，世界上绝大部分国家和团体都派代表团参加了他的葬礼，华国锋和金日成都来了。博物馆内陈列着许多火炬，据说各行各业的人把要给最高领袖的话写在纸上，塞进接力棒，在铁托每一次生日全国火炬传递时，一棒一棒地传到他的手中，这些接力棒的设计很有行业特点。博物馆里还摆放了一个箱子，供来往的游客写下对这个国家的感受。此外，还有南斯拉夫时期反映老百姓生活的日常事务，比如书刊报纸、电器、护照、教学用的手绘地图等。

多瑙河两岸的诺维萨德

贝尔格莱德距离塞尔维亚第二大城市诺维萨德约 70 千米，1个小时的车程。游完贝尔格莱德，继续前往诺维萨德观光。诺维萨德是伏伊伏丁那自治省首府与经济、文化中心，也是南巴奇卡地区的行政中心，位于潘诺尼亚平原的南部，巴奇卡运河和多瑙河交汇处，扼守着多瑙河上下游和两岸的交通运输，就如同扼住了塞尔维亚这个"欧洲十字路口"的喉咙，在交通不发达的时代必定成为"兵家必争之地"。战火摧毁过这座城市的光辉，却无法将它打垮。

在经历了1848年欧洲大革命动荡之后，城市逐渐恢复了往日的繁荣，并在那个时代成为塞尔维亚文化中心，获得了"塞尔维亚的雅典"的美称。如今的诺维萨德，沐浴在一片祥和之中。

彼德罗瓦拉丁要塞是欧洲第二大要塞，位于多瑙河右岸，在罗马帝国时期这里就已经有大规模防御工事，修建于1692～1780年，先有城堡后有诺维萨德。这座被称为"多瑙河上的直布罗陀"的城堡，历史上经历过多次战争，现在是塞尔维亚著名的观光景点，全天免费开放。沿着古朴厚重的台阶，拾级而上，蓝色的天，白色的云，碧色的河，橘色的房，递次呈现，直到整个城市尽收眼底。要塞上的钟楼是诺维萨德的地标之一，钟楼上的大钟非常特别，为了让多瑙河上捕鱼或远处的人都能看清楚时间，分针短，时针长。另外，就是在寒冷的天气里走得稍快，在温暖的季节走得稍慢，能够让船家通过大钟走的快慢来调整航速。

诺维萨德自由广场是老城区的一个中心广场，周围分布着市政厅、国家大剧院、纪念碑、图书馆、博物馆、美术馆和大教堂等各式各样的城市建筑，以及由众多露天餐厅、咖啡馆、小酒馆连成的美食街，最显眼的就是尖顶的玛丽大教堂。自由广场是诺维萨德最有特色的地方，当地人休闲、聚会的最佳场所，也是庆祝城市重要活动的地方，雕像下有一位美少女正在清唱，嘹亮的歌声在空旷的广场上回荡。这里最接地气，可以近距离了解诺维萨德。走进广场，融入人群，什么都不用问。也不要说，或观赏，或聆听，或雅饮，或许才可能真正感受这个城市的灵魂。

午后时间，阳光灿烂，旅友们纷纷进入咖啡吧、快餐店，用餐、避暑，我三步并作两步，急速来到多瑙河边，走进城市公园。立于城市通往彼德罗瓦拉丁的桥上，远眺蓝天白云下的要塞，巍然屹立，多瑙河缓缓从脚下流过，轻声得像个沉睡的公主。公园内绿树成荫，一

片阴凉，喷泉、雕塑、草地，还有长椅上小憩的人群，相互追赶、嬉闹的孩童，穿行其间，不由自主地放慢了速度。此时此刻，最想做的就是停下脚步，在长椅上坐一会，闭上双眼，任凭时光慢慢地流逝。

塞尔维亚之行，时间不多，偶遇不少。15 日下午抵达贝尔格莱德时，法国总统马克龙正在塞尔维亚访问。贝尔格莱德街头塞法国旗飘扬，警察密布，卡莱梅格丹公园被戒严。许多市民自发地来到公园，手持两国国旗，围合在青铜女雕像前。青铜女雕像是为了感谢法国在第一次世界大战中的友谊和帮助而建立的，雕像前铺设了红地毯，军乐队整齐地排列在一旁，等候两国总统的出现。我们经过安检，准允进入，在热情的塞尔维亚朋友的帮助下，好不容易从人群中来到雕像前，拍了几张照片后，又迅速离开。到了集合的时间，道路被封，电车和所有交通停运，我们不得不原地等待总统车队进入公园后，再步行离开戒严区域。

踏进欧洲时，就听说有人躲藏在大巴车底偷渡，以为是笑话。16 日早上从 Happy Slar Club 发车前，波兰籍司机进行例行检查时，发现车底藏匿两个偷渡客并立即报警。偷渡的人听到后，钻出车底拔腿就逃，被车子扯下的衣服和背包都不敢要。司机先是惊魂未定，喘息了好半天，缓过气来后，又用手势逢人就炫耀。五六十座的大巴，只坐了 12 人，这对于主要靠小费（每人每天 2 欧元）收入的司导来说，无论如何都是高兴不起来的事。唯有这一天，久违的笑容在司机脸上显现。后来杜导解读，如果偷渡客被海关检查时发现，除了司导要分别负主、次责任外，全车人都要遭殃。

16 日上午参观圣萨瓦教堂前，一个中国姑娘正从教堂出来，孤身一人，我们主动问她来自哪里时，她才告诉我们从天津来，怀揣 20 欧元现金和一张银联信用卡。在欧洲许多国家，银联信用卡并不好用，在布达佩斯时，司导就指着一个关了门的银行告诉我们，中国银行因涉嫌洗钱而被关闭至今。杜导人很好，见此情景，主动邀请那位姑娘随车前往铁托元帅墓。在等候开门的时间里，又偶遇几位结伴而来的中国女孩，同样是一个人、来自英国的旅友小郭跟她们聊得很投机。联想在波兰地下盐矿遇到的中国香港女孩，一个人要在欧洲旅行三个月，不能不让我们审视一番，如今怎么了，女孩们为什么有那么大的气魄和胆量。

如果说偶遇既快乐了我们的旅行生活，又留下许多美好的印记的话，申根与非申根成员国之间的出入境，就要颠覆不少人对欧洲的期待了。一条公路穿越几个国家，相邻的两个国家，只要不同时是申根成员国的，就都要办理出入境手续。简单一点的，收全护照，统一盖章通过；复杂一些的，不仅人要全部下车，接受检查，而且要打开行李箱，抽查行李。16 日下午 4 点左右，我们就到达了匈牙利检查站，排队的大巴不过七八辆，却等了 4 个小时才获通过。我们一个年龄最长的旅友急得直抱怨，早知道这么麻烦就不来这些国家了，而且还要在他十几个微信群里呼吁。海关检查那么慢的原因，不是工作认真，而是效率低下，一个上下班，就停止工作一个小时。这恐怕就是他们为追求个人权利而忽略别人自由的案例，这种例子在欧洲屡见不鲜。在瓦茨拉夫哈维尔国际机场办理值机时，工作人员相互聊天，心不在焉，拿了我的护照，又随手给了邻座的同事，然后再向我要护照，我指给她看，她和她的同事都不承认，直到那个客人要回我们的护照，这才无精打采地给我办理，一声歉意都没有。

（东欧和巴尔干 10 国旅行日记 14，2019 年 7 月 15 日至 16 日游览，17 日初稿于布拉格）

资料来源：①携程旅行网；②百度百科。

似曾相识尼泊尔

　　有朋友看了我的旅行日记，评论我的旅行是有思想的，如果不是批评挑剔，就权当褒奖吧。退休前，旅行要受时间、线路和同行者等诸多因素的影响，现在时间充裕了，羁绊也少了许多。从东欧和巴尔干10国旅行回来，有时间就会想下一个行程应该是哪里。退休后，国内第一个长的行程，是从内蒙古开始，沿着接壤蒙古、俄罗斯和朝鲜的国境线，前后跑了20多天；境外最长的就是东欧和巴尔干20多天的行程，大多数都是从原南斯拉夫社会主义共和国独立而来的国家。照此推理，下一个目标应该是我们的邻国。

　　陆地与我国接壤的共有14个国家，由于工作关系，先后去过俄罗斯、越南和缅甸。从欧美国家回来，特别想去印度、尼泊尔、不丹和巴基斯坦看看，最好一次行程就能踏足四国。按照这个想法，查阅了国内几个主要旅行网站，几乎没有找到一个合意的行程。退而求其次，冀望组合2~3个团以实现初衷。联系了旅友推荐的尼泊尔导游，人很热情，发来了尼泊尔和印度的行程后，没有了下文。沟通了几家旅行网站，有几款很不错的产品，因报名人少又不能成行。携程提供了自己订飞机票、尼泊尔和印度两个人即可成行的旅行产品，两个行程加起来的时间不算短，还去不了印度第一大城市孟买，同时担心汽车和路况不好，心理压力不小。春之旅提供的尼泊尔、印度和斯里兰卡 14 日 12 晚跟团游，全程六次飞行，尼泊尔入，斯里兰卡出，不走回头路，无奈之余，只好绕道北京参团。

8 月 24 日下午，我们抵达北京，住一个晚上，顺便会晤朋友，25 日上午 9 点到达首都机场 3 号航站楼集合时，才知道全团只有我们夫妇 2 个人。春之旅纪导给我们带来了印度和斯里兰卡电子签证、行程单及其机票，为我们预先填好了三国入境卡，认真、耐心而热情地交代了注意事项后，我们自己办理值机，搭乘 12 点多的 KA901 次航班，从北京飞往香港，再从香港换乘 KA104 次航班，飞抵加德满都已是 22 点（北京时间午夜 12 点）。

加德满都机场不大，航站楼装修也很简朴。走下舷梯，我们步行来到办理落地签证的地方，在同机到达、去尼泊尔做义工的两位台湾美女的帮助下，先在电脑上录入落地签信息，再持落地签信息、入境卡和护照办理入境手续。办理入境的工作人员，态度友好，速度不快，排队、入境耗费了近两个小时。提取行李后，不少手持中文接机的人，就是没有找到我们的名字。原来，地导亚牧先生要接的是一位 60 多岁的女士和一位 2010 年出生的男孩，直到他拿出接机牌，上面写着我的名字，他才笑了起来，几岁的小孩成了 60 多岁的老头。

尼泊尔是南亚山区内陆国家，位于喜马拉雅山脉南麓，北面与我国，东、南、西三面与印度接壤，是世界三大宗教之一——佛教的发源地。高山王国的尼泊尔，无论是寺庙古迹，还是壮美的自然景观，都是旅行者的天堂。在尼泊尔逗留的三天三夜里，我们游览了首都加德满都，参观了尼泊尔八个世界文化遗产中的三个和三个古老王宫广场中的两个，到访了高山村寨纳加阔特，在那里近距离观赏喜马拉雅山脉，享受高山日出、日落的美丽和犹如置身仙境的曼妙时刻。如果说还有一点遗憾的话，那就是没有时间游览最具吸引力的旅游城市博

卡拉和奇特旺国家公园。

　　森林步道酒店建在加德满都城郊结合部的一个山丘上，环境优雅，规模不小，还建有峡谷高尔夫球场。25 日和 27 日我们住在这里时，每天凌晨 5 点起来，在行程开始前，走下山丘，分别沿着进城或入村的道路，快走运动 8 千米。在加德满都快走运动，除了坑坑洼洼的道路和行驶的汽车扬起的尘土外，空气清新，民众热情，虽然语言不通，晨运时 "Good morning" 或 "Morning" 的问候不绝于耳，有人还用 "你好" 打招呼，既亲切，又温暖。晨运回来，在酒店和高尔夫球场草地上还能见到或影单或成群结队的猴子，让挥汗如雨后的身躯立马轻松起来。

　　26 日行程，主要参观博大哈大佛塔和巴德岗杜巴广场。博大哈大佛塔位于加德满都市中心以东 8 千米，是尼泊尔著名的古迹之一，白色巨大的穹形，塔高 38 米，周长 100 米，是全世界最大的圆佛塔，加德满都谷地文化遗产之一。博大哈大佛塔坐落在我国西藏与尼泊尔通商的要道上，据亚牧介绍，它由我国一位藏族女商人出资建造，悠久的历史可以追溯到 14 世纪，现在是尼泊尔藏传佛教的重要圣地。

　　博大哈大佛塔也称满愿塔，意为如意宝珠，令一切祈求及愿望得以实现。塔身有五层，第一层是复钵状半圆形结构，代表水；第二层是方形结构，代表地；东南西北四面都绘有巨大的慧眼，表示佛法无边，无所不见之意；第三层是三角形结构，代表火；第四层是伞形结构，代表气；最高一层是螺旋形结构，代表生命之精华。庞大的塔基，威严的金鼎，随风飘扬的五色经幡，以及充满着慈悲和力量的慧眼，已经成为尼泊尔的一大标志。大佛塔周围有一些藏传佛寺，色彩斑斓的唐卡，金光灿灿的经轮，浓浓郁郁的酥油味。我们按照信徒祈祷的顺时针方向绕行三圈，第一圈虔诚参观，第二圈专心拍照，第三圈边逛街边欣赏。

　　巴德岗是尼泊尔老城的中心地带，加德满都谷地三大古王朝之一，尼泊尔中世纪建筑和艺术的发源地，被誉为"虔诚者之城"，因为远离加德满都，显得更加古朴、宁静。巴德岗也叫巴克塔普尔，作为以前的国都，保留了众多的古建筑，其中以杜巴广场、陶玛迪广场和塔丘帕广场最为特色。2015 年大地震虽有不少损毁，仍是许多人公认最美的一处王城。有人说，就算整个尼泊尔不在，只要巴德岗还在，就值得飞越半个地球去看她，一点不为过。巴德岗现在成了尼泊尔网红旅游城市，这里不仅有众多的古迹，还有浓浓的市井生活。

　　巴德岗杜巴广场是巴克塔普尔最大的广场，西距加德满都东28 千米，古代巴德岗王国首都所在地，始建于 13 ~ 14 世纪，15 世纪以后成为巴德岗的城市核心，1979 年被列入联合国教科文组织《世界遗产名录》。这里有长达 500 年马拉王朝的王宫，包

巴德岗杜巴广场

括著名的 55 窗宫、金门、双狮宫等，还有巴特萨拉女神庙、布帕延德拉 – 马拉国王铜像柱、塔莱朱钟以及诸多造型各异的印度教的寺庙。被称作 55 窗宫的旧皇宫建于 1700 年，是玛拉王朝的标志性建筑，每天都有卫兵持枪守护。它拥有一扇在三角形门楣上涂满黄金雕刻的大门，还有 55 扇黑漆檀香木雕花窗，整齐地镶嵌在粉红色的外墙上，虽经岁月侵蚀却仿佛历久弥新。

　　方形的广场上矗立着一座座年代悠久但保存尚好的古建筑，尤以印度教神庙和石头雕塑最为众多，密密地排列在一起，看上去极具视觉冲击力。印度教寺庙都是两到三层的建筑，主要的特点是屋檐向外伸展，伸出的屋檐用木头倾斜支撑，斜木上刻有神像。广场上古建筑

集中，宫殿、庭院、寺庙、雕像云集，被誉为"中世纪尼泊尔艺术的精华和宝库"，展现出一幅中世纪尼泊尔的瑰丽图画。高达 30 米的尼亚塔波拉神庙共有 5 层，是巴德岗杜巴广场名副其实的地标建筑，沿着它笔直的台阶拾级而上，在最高处能俯瞰整个广场和老城区。

　　巴德岗杜巴广场是三个著名杜巴广场中最广阔、最清净的一个，除了宫殿、庭院、寺庙、雕像云集外，最吸引人的就是当地人浓郁的生活气息。在陶器广场享用丰盛的中式午餐后，我们先逛逛陶器，这里有传承了几百年的制陶技艺，手工制陶的店铺和陶罐遍地。接着，游走在街边的摊贩之间，了解市场行情，买一些西红柿和苹果，这些蔬菜水果虽然样子不好看，却价廉物美。

尼泊尔的国粹孔雀窗

　　离开巴德岗杜巴广场时，突然想起孔雀窗，那是尼瓦尔人的木雕杰作，尼泊尔的国粹，在不少杂志和明信片上都可以看到。孔雀窗隐藏在王宫旁迷宫般的达塔特拉亚巷里布加利寺的墙上，亚牧又领着我们折返回去参观。巷子很小，仰拍时效果不好。精明的木雕店老板邀请我们到他的店二楼窗口拍摄，既招徕了顾客，又方便了游人。这里的孔雀窗是加德满都现存最好、雕刻最精美的孔雀窗，代表了尼泊尔木雕的极致，经过 200 多年，孔雀那根根翎毛及旁边复杂的雕饰，仍然清晰可见，工艺十分精湛。据说，孔雀窗复杂精致的雕刻，是为了装饰和采光，窗内的人可以肆无忌惮地打量外面的世界，而外面的人很难观察到房屋里面的情况。

　　完成了当天的行程以后，我们来到了纳加阔特。这里是尼泊尔靠近喜马拉雅山的一处村庄，海拔 2100 米，位于一座正对着喜马拉雅山的山脊上，以最广最美的视角看世界第一高峰，被誉为喜马拉雅山的观景台。距离加德满都虽然只有 30 多千米，山路崎岖，却要近 2 个小时的车程。下午 5 点多抵达时，正好太阳西沉，鸡儿开始归巢。这里被雪山 360 度包围着，喜马拉雅八座 8000 米以上的山峰对着你一字排开，金色余晖下的喜马拉雅是我一生所见过的最壮丽的日落。

加德满都山谷以迷人的山区景色而著称，这里曾是尼泊尔统治者的隐居地，70 年代开始转变为最受欢迎的观赏日出和日落的景点。我们下榻的酒店不大，位置极佳，坐南朝北，推窗即景。入住以后，热水洗却一天的疲倦，慢慢享用酒店风味自助餐后，在阳台上，一杯清茶陪伴我们入夜。晚风吹拂，凉爽而宜人，满天星斗闪烁着光芒，像无数银珠，密密麻麻地镶嵌在深黑色的夜幕上。我们仰望着星星，星星俯瞰着我们。星光下，灵魂被洗涤的纯净而空灵，不由地涌起对生命的深深敬畏。

又是一个酣然入迷的夜晚，一觉醒来已是凌晨 5 点。走出酒店，沿着上山时的道路快走运动。此时，整个山村已在鸟语鸡鸣狗吠中慢慢苏醒过来。头上，天空出奇的蓝，没有一丝云彩；脚下，厚厚的白色云雾把整个山谷遮掩得严严实实，仿佛梦幻中的仙境。时不我待，立即折返酒店。可能是心太急，抑或是受上山下山只有一条路思维定式的误导，结果迷了路。在当地人的热情指引下，回到酒店时，已是日出。太阳离开山顶慢慢上升，天空中的红色朝霞变成了粉红色，还有蓝色，偶尔还有一点点紫色，各种色彩不停地组合着，变换着，流动着，荡漾着，极尽渲染之能事。整个天空被燃烧起来时，山谷中的云雾开始在山间升腾、飘荡，远处群山的峰顶随之在云雾间或隐或显，像一幅淡淡的水墨画。很快，群山被云雾淹没，太阳也进入了朦胧状态，速度之快，如果不是亲身经历，很难置信。

27 日行程，主要是参观帕坦杜巴广场和猴庙，闲逛泰美尔街。离

开纳加阔特后，亚牧几次说我们的运气好，见证了喜马拉雅日落和日出的壮美。在这份美好心情的驱使下，导游和司机不断地问路和找寻，首先带我们去一个半山腰，亚牧自己听说而没有真正到过的寺庙。传说加德满都原来水浪滔天，汪洋一片，五台山的文殊菩萨来到这里，点开一个缺口，才有了加德满都如今的幸福家园。立于古寺，俯览加德满都山谷，原来中尼两国人民的友好源远流长。

在参观帕坦杜巴广场之前，亚牧又引领我们先去拜见活女神。在尼泊尔，活女神被称为库玛丽（Kumari），意为处女神。作为尼泊尔的保护神，她是从佛祖释迦牟尼出身的释迦家族中严格挑选出来的，三四岁即被送去庙宇供信众朝拜，直到月经初潮时退休。尼泊尔上至总统，下至百姓，对活女神的崇拜都很虔诚。我们来到一个长方形的院落，脱掉鞋子，上到二楼。屋内条件简陋，空空如也，阳光从纽瓦丽窗棂透出来，只有几岁的活女神，身着特有的红色服装，头戴银饰，端坐在她的宝座上，她的妈妈怀抱着更小的幼童，陪伴在一旁。入乡随俗，亚牧双膝着地，我们无论是否情愿，都得学着他的样子，接受活女神的接见，临别时每人留下100克朗。

帕坦意为"艺术之城"，位于巴格马蒂河的西岸，与加德满都一河之隔，于1980年被联合国教科文组织列为亚洲重点保护的18座古城之一。帕坦杜巴广场是尼泊尔三个杜巴广场之一，面积虽然没有加德满都和巴德岗的广场大，却是最精致的一个。广场上总共有50座以上的寺庙和宫殿，囊括了尼泊尔16～19世纪的古迹建筑，是尼泊尔最令人惊叹的"纽瓦丽式建筑"的大荟萃，建筑艺术非常高超、精湛，在世界建筑史上占有一席之地。2015年4月25日尼泊尔发生8.1级地震，帕坦杜巴广场的大部分建筑受损，修复工作还在慢慢进行。

长方形的帕坦杜巴广场，南北长，东西短，帕坦皇宫博物馆占据了广场的整个东部，而广场西部则密布着各式各样的寺庙，与皇宫遥遥相望。在众多的寺庙中，有一座女神庙，屋檐上有许多性爱的雕刻，似乎与神圣的佛教不相契合，因而十分引人注目。据亚牧介绍，尼泊尔人大多信仰佛教，虔诚的信徒只吃素，少房事，繁衍就会成了问题。这些雕刻，抑或意在告诫与警示信徒们传承的责任和义务。

斯瓦扬布纳寺建在加德满都以西的山顶上，以加德满都河谷最古老的遗迹而引人注目，这里常年生活着很多猴子，因而俗称猴庙。午后的阳光炙热、刺眼，我们沿着阶梯，一步步攀上山顶时，汗水已经浸湿了衣裳。山顶寺庙、佛塔、铜饰错落有致，神和动物和谐相处，苍鹰盘旋，鸽子飞舞，猴子上蹿下跳，身手敏捷，或把守神坛，或注目沉思，四面天神佛塔更是拥有最完美的尼泊尔之眼，俯瞰着整个加德满都谷地。寺庙北面还有一尊漂亮的天花女神像，这位印度女神掌握着生育大权。佛教和印度教神庙同处一寺，互不排斥，充分体现了印度教与佛教在尼泊尔的完美融合。

泰美尔街是加德满都的一条购物街，主要经营佛教用品、工艺品、户外及登山用品，还有很多客栈。可能主要是做外国游客生意的缘故，当地人称之为"外国人街"。走出猴庙，我们直接来到泰美尔街，漫无目的地边走边看。狭窄的街道与飞驰的摩托，鳞次栉比的商铺与稀稀落落的行人，形成鲜明的对照。我们跑了大半个街，却没有找到一个地方可以坐下来静静地喝杯咖啡的地方。最后，只好走进一家茶叶店，品尝一下尼泊尔的高山红茶。实在无处可去，我们只好放弃这里的风味晚餐和歌舞表演，提前回酒店休息。回望泰美尔街时，许多人穿着拖鞋，打理自己的生意，没事时坐下来看看行人，内心的那份安静与笃定，仿佛穿越时光，回到了我们 20 世纪六七十年代的小镇。

穿行在加德满都的大街小巷，呼吸着弥漫的扬尘和尾气，面对塌陷的古迹和民房，目睹瘦弱的过往行人，想象一些人口中与笔下的平静安宁和袅袅梵音，有一种时空错乱的恍惚。无论什么人，都没有理

由无视这样的现实，尼泊尔是农业国，世界上最不发达的国家之一。记得亚牧说过，现在尼泊尔 GDP 不高，最大的收入来源是海外汇款。由于英国殖民统治，尼泊尔英语流行，所以很多人都想挣钱送子女去欧美读书。亚牧就是一位没有上过中文学校的中文导游，他正在努力工作，供女儿在欧洲完成学业。

（南亚三国旅行日记 1，2019 年 8 月 25 日至 27 日游览，9 月 28 日成稿于贵阳）

资料来源：①携程旅行网；②百度百科。

穷则思变印度

　　南亚三国之行原计划在印度逗留五天四晚，由于9月6日国泰航空公司航班取消，延期一天于9月7日返程，"春之旅"为此增加一天新德里的行程，我们在印度实际停留的时间变成了六天五晚。印度是南亚三国行程中停留时间、到访城市和景点最多的国家，也是此行我们花钱最少、收获最大、感受最深的国家。导游哈森（Nehal Hassan）是印度伊斯兰教青年，在我国西安陕西师范大学留学两年，汉语虽然不是很流畅，但工作非常勤奋，我们交流得顺畅、走心，从旅游到风土人情。

　　8月28日下午不到4点，随着一阵颠簸，AIRLINE PNR公司RA217次航班平安地降落在新德里国际机场。我们首先面对的是印度入境海关人员，他们边聊天边工作，漫不经心，效率低下，几个人的排队入境，等待了近一个小时。哈森接上我们后，先上车直奔甘地墓。在车上做了司机和自我介绍后，告诉我们在印度的行程及其微调情况，安抚我们虽然飞机晚点，所有的景点一个都不会少。每到一个景点前，他先在车上用中英文混杂的语言，滔滔不绝地详细介绍每一个景点的概况和历史背景，到达景点后，再分别情况具体说明，明确预留的时间和集合的地点，然后在集合的地方等候，并把这种风格一直保持到我们离开印度。哈森与海关人员的工作态度形成了鲜明的对比，这可能就是发展中印度国家与非国家工作人员的缩影。

28 日的景点有甘地墓、印度门、总统府和国会大厦，全部免费。甘地陵位于新德里东郊朱木拿河畔，绿草茵茵，肃穆典雅，是印度国父"圣雄"甘地的陵墓。陵园入口设有安检，人走安检门，包要过机。印度大街上随处可见持枪的士兵和警察，机场、景点、酒店、商场、饭店，都要安检。园内呈凹形，正中静卧着一座黑色大理石祭坛，这是 1948 年 1 月 30 日甘地被刺杀第二天遗体火化的地方。甘地的骨灰按照印度教习俗被撒入大海，没有葬在这里，因而哈森反复强调这不是陵墓，而是纪念碑。正方形祭坛后面是长明灯，昼夜不熄，这是印度争取民族独立精神的象征。陵墓分两层，大部分印度人赤脚走下层，穿鞋的只能走上层，参观凭吊的民众络绎不绝。为了拍照方便，我们在上层绕行一圈，向印度这位最伟大的人物致敬。

孟买阿波罗码头印度门

印度门位于德里市中心国王大道的东头，和总统府遥遥相望，是为了纪念在"一战"和第三次英阿战争中牺牲的印度将士，同时也是新旧德里的分界线。门高 42 米，门上刻有 9 万在战争中献身战士的名字，外观形似法国的凯旋门，在落日余晖下，显得更加伟岸夺目。印度门下是无名战士纪念碑，用黑色的大理石建造，上面立着一支步枪模型，用永恒之火来纪念在各种战争中献身的士兵。从这个意义上说，印度门就是"印度战士纪念碑"。门前树有海陆空军三面旗帜，三军每周轮岗，护卫印度门。这里应该是印度爱国主义的教育基地，游人络绎不绝，尤以印度年轻人居多。

除了排队安检、拍照，我们几乎没有浪费任何时间。即便如此，赶抵印度总统府和国会大厦时，已是华灯初上。由于没有预约买票，又过了开放的时间，守卫的士兵简单地看一下护照后，我们得以进入禁区内走一走，拍拍照。红砂石建造的总统府，建于1929年，原为英殖民时的总督府，名为维多利亚宫，印度1947年独立后改为总统府。外观融合了莫卧儿和西方格调，面积宽广，内有300多个房间和莫卧儿式花园，半球圆顶明显反映出莫卧儿王朝的遗风，是一座气势雄伟的宫殿式建筑。总统府两侧为政府办公机关，国会大厦就位于拉杰大道的尽头，总统府的左侧，整栋建筑融合了印度与维多利亚的建筑风格，外观呈圆盘状，主体四周为白色大理石圆柱，中央顶楼圆顶上立有一尊自由女神的青铜雕像。门前是一片整齐而宽阔的草地，周围绿树林荫，环境整洁舒适。

29日上午8点出发，车行200多千米，耗时4个多小时，前往阿格拉，参观被列为世界七大奇迹之一的泰姬陵和阿格拉堡，30日中午返回新德里后，继续游览国王胡马雍陵、莲花庙和世界上最高的砖砌高塔。在新德里入住的是五星级的Welcomehotel，用餐最多的是南京餐厅。餐

泰姬陵

厅往返酒店的途中，要经过使馆区和政府官员住宅区，我们特地利用餐前时间，两次围绕中国大使馆徒步，感受最大使馆带给我们的荣耀。与拥挤不堪的百姓居住地不同，使馆区和官员住宅区道路宽敞，绿树成荫，还有重兵把守。哈森介绍，印度高官住宅是公开的，都由政府提供，卸任时搬离。

　　阿格拉位于印度北方邦西南部，在亚穆纳河西岸，这里是统治全印度两百多年的莫卧儿帝国的首都所在地，拥有蜚声世界的泰姬陵、气势恢宏的阿格拉堡和"胜利之城"法塔赫布尔西格里城三处世界遗产，这里融合了登峰造极的艺术成就与刻骨铭心的爱情故事。第五世国王沙贾汗的妻子梅达兹－玛哈尔入宫19年，1630年生下第14个孩子后死于南征的军营中。沙贾汗一夜白头，不仅花费了22年时间，寻遍世间宝物，来为爱妻修建奇迹般的陵墓，还遵守诺言绝不再娶。沉湎于忧伤而不能自拔的沙贾汗，更想为自己建一座以黑色大理石为材料，结构相同的陵墓，与泰姬陵遥遥相对，晚年被他的儿子篡位而囚禁在阿格拉堡。他每天在红堡里祈祷，并眺望不远处的泰姬陵，直到最终得以与爱妻同眠共穴。

　　中午到达阿格拉，入住萨瓦那度假村酒店，冲一个凉，美美地享用酒店的午餐后，稍做休息，下午开始参观。泰姬陵临河而建，位于亚穆纳河的下游，从河上游的阿格拉堡上可以远远地看见。泰姬陵占地很大，由前庭正门楼陵墓主殿和两座清真寺组成，主殿四角各有一座圆柱形高塔，分别向外倾斜12度，若遇上地震只会向外侧倒下而不影响主殿，足见沙贾汗用心良苦。整个建筑采用纯白色大理石建造，玻璃玛瑙宝石镶嵌其间，拼缀成美丽的花纹与图案。经过开包和严格的安检，进入景区后，天气突然下起了雨。雨后的泰姬陵，显得更加洁白而圣洁，陵前水池中的倒影，仿佛两座泰姬陵相互辉映，无愧于"永恒的泪珠"赞誉。

　　阿格拉堡由红砂岩建造而成，故又称"红堡"，位于亚穆纳河畔的小山丘上，与泰姬陵遥遥相望。红堡既是城堡也是宫殿，莫卧尔王朝历代国王都住在这里，占地1.5平方千米，由近20米高的城墙围起，总体呈半圆形，城墙外有护城河，阻止外敌入侵。堡内有著名的"谒见之厅"、贾汉基尔宫、八角瞭望台和莫迪清真寺等建筑物。谒见之厅是国王接见大臣使节的地方，贾汉基尔宫内大院四周有二层小楼环绕，宫墙金碧辉煌，彩画似锦。莫迪清真寺用纯白色大理石建成，精致典雅。八角瞭望台是一座石塔小楼，前面就是亚穆纳河，登临塔顶，极目远眺，可以看到泰姬陵。最令人感佩的是古印度的"空调房"，通过墙壁内水循环，既挡住了热风进入，又让酷热的宫殿能在夏天凉风习习。

30 日中午回到新德里，下午参观胡马雍陵、莲花庙和古特高塔。胡马雍陵是莫卧尔王朝第二代国王胡马雍陵墓，是泰姬陵的鼻祖。陵园内芳草如茵，棕榈丝柏纵横成行，陵墓主殿建筑用红色砂岩建筑，陵体呈方形，四面为门，陵顶呈半圆形，整个建筑庄严肃穆，亮丽清新。胡马雍和王后的墓冢在寝宫正中，两侧宫室有莫卧尔王朝五个王朝的墓冢，1993 年被列入世界文化遗产名录。

莲花庙坐落在新德里的东南部，建于 1986 年，大理石打造的表面，通体雪白，纯洁无瑕，周围有 9 个连环的清水池拱托，像一朵盛开的莲花镶嵌在一片翠绿的草地上。由于和悉尼歌剧院有异曲同工之妙，被誉为"第二个悉尼歌剧院"。虽然是一座巴哈伊教礼拜堂，但任何种族和任何宗教信仰的人都可以在这里无差别地崇拜自己的神祇，体现出巨大的包容性。莲花庙环境干净整洁，免费开放，庙内装饰素雅，没有过多的色彩，也没有神像和宗教圣地般的音乐缭绕，我们脱鞋进入后，找一个长椅坐下来，微闭双眼，沉浸其中，人一下子就轻松了许多。

古特高塔是世界文化遗产，位于新德里南部，建于 1193 年，是印度为了庆祝战胜当地印度教徒而修建的世界上最高的砖砌高塔，又称"胜利之塔"。由红沙石和大理石建成，高达 73 米，塔身上镌刻有阿拉伯文的《古兰经》经文和各种花纹图案，是著名的伊斯兰建筑。塔内有 397 级台阶，可由此直登塔顶悬台，因发生过学生踩踏坠塔事件，

出于安全考虑，现在已禁止游客登塔。由于是新德里的最后一个景点，我们到达时，太阳已经西垂。余晖尚未铺满整片天空，天上一侧碧空湛蓝如洗，一侧残阳宛如熔金，地下一边是熠熠生辉的高耸古塔，一边是比肩皆是的残垣断壁，错落之感浑然天成。

　　瓦拉纳西位于印度北方邦东南部，地处恒河瓦拉纳河和阿西河之间（取两条河的名称合成城市名），享有"印度之光"的称号，是印度教圣地，恒河沿岸最大的历史名城。8 月 31 日上午利用自由活动时间洗晒衣服，整理行李，下午哈森陪同我们从新德里搭乘 AI427 次航班，飞到瓦拉纳西，开启两天两夜的恒河之旅。在瓦拉纳西，我们吃住在 MADIN HOTEL VARANASI，在酒店顶层露天游泳馆平台上有当地老师教授瑜伽，放松身心，根据行程安排参观鹿野苑及其博物馆，远眺金庙和火葬场，亲临恒河岸边观赏恒河日出和夜祭，搭乘三轮车穿越瓦拉纳西古城街巷，感受纯正的印度民风民俗和虔诚的印度教徒对恒河的迷恋与崇拜。你可以用各种语言形容脏乱差的生存环境，却无法忽略信仰的力量。

　　恒河是印度的母亲河，瓦拉纳西的生命源头，也是印度教徒的心中圣地。大多数印度教徒终生怀有四大乐趣，敬仰湿神婆，饮恒河圣水并洗圣水澡，居住在瓦拉纳西城，结交圣人朋友，其中有三个要在瓦拉纳西实现。沿着瓦拉纳西老城区的恒河西岸有几十个河坛，岸边的阶梯一直延伸至水里，每个河坛都有与市区相通的道路，面向恒河的岸堤之上则是一座座错落不齐、风格迥异的神庙。无数印度教徒千里迢迢来到瓦拉纳西，就是为了浸身于恒河沐浴，他们深信恒河水能洗脱一生的罪孽与病痛，灵魂因此纯洁而升天。有些自知所剩时日不多的人便来这里等待死亡，也有死后家人将遗体运来这里火化，骨灰撒入恒河，让灵魂修成正果，从此超生。我国唐朝高僧玄奘当年历经千辛万苦，最终要到的极乐西天，指的就是瓦拉纳西。

9 月 1 日下午 5 点，我们从 MADIN HOTEL VARANASI 出发，与哈森 3 个人 1 台三轮车，前往老城区的恒河岸边，参加每天晚上都要举行的恒河灯祭。瓦拉纳西老城位于恒河西岸，纵横交错的小巷是老城最大的特点。小巷中布满着各种店铺和神庙，傍晚时通往老城的街道人满为患，游人涌向恒河边观赏夜祭，一些远道而来的教徒就在路边过夜，也是本地小贩兜售印度衣服和饰品的最佳时机。除了人来人往，还有不少动物在街巷生活，最要命的就是印度人眼中的圣牛。它们不是大摇大摆地穿梭在人群，就是旁若无人地横卧路中，动物粪便也是随地可见，稍不留意就会"触雷"。

恒河夜祭是对恒河的祈祷，也是人与神沟通的仪式，每天晚上都会在瓦拉纳西的主石阶码头上演。虽然每晚 7 点左右才开始，我们 5 点多到达时，石阶、餐厅的阳台上已经座无虚席，只好坐在祭坛下方一个平台上仰望。夜幕降临时，祭祀的歌声响起，在印度传统音乐和铜鼓声的伴奏下，身着华丽神服的祭司开始了几千年从未间断过的恒河夜祭，用撒花、点火、燃着圣火的烛塔、冒着烟雾的铜壶、拂尘和摇铃，分别在四个方向表达对恒河的崇敬。仪式结束后，教徒们走到河边，捧一掬恒河水洒在头上，有的买一盏小花灯放进河里，默默祈祷，让心愿随着花灯顺着水流，漂向心中的天堂。恒河祭祀差不多 1 个小时，在夜祭现场，有一对印度母女，女儿在中国学习医学已经 8 年，她用一口流利的中文和我们交流，给我们介绍，收获不小。

瓦拉纳西所有的街巷和庙宇都在恒河西岸，东岸没有任何建筑，当太阳从地平线上升起时，整个河面一片杏黄，恒河日出就成了瓦拉纳西的一道风景。2 日凌晨 4 点不到就起床，背着相机，先在酒店附近的街区快走运动 1 小时，备足精神，满怀期待地再次来到主石阶码头时，寂静的码头在昏暗的街灯与弥漫的烟雾中突然热闹起来，从四面八方来的印度教徒，在完成冥想和祈祷仪式之后，纷纷走入水中沐

浴，无论男女老少，毫不避讳旁人的眼光，洗涤着身体和心灵的污浊，沉浸在信仰之中。有的用陶罐盛满恒河水带回家里，以便在一些隆重的日子喷洒在身上，还有的用手机录下恒河沐浴和喝水的情景，发给家人和朋友，分享他们的幸福时刻。

天空乌云密布，恒河水流湍急，河水混浊，泛舟恒河已经不可能。目睹着停靠在码头上小船，我们焦急地在岸边踱步，前后等待了1个小时。码头的人很多，哈森的朋友引领我们跨越一条条小船，来到离岸最远的一条大船上。乌云慢慢变淡，一轮红日喷薄而出。向东看，旭日慢慢染红了河流，像是一件华丽的纱丽披在恒河上；向西看，在恒河里沐浴和祈祷的人们一脸虔诚，阳光照耀着古老恢宏的建筑时，"印度之光"就在眼前。对于印度教徒而言，日出之时的恒河就是天堂的入口，承载着他们的前生、今生以及来生，即便河水再浑浊，也比人身上的污浊和罪孽干净。

立于恒河边，宽阔的河面，流不尽的河水，确实能给人以思考的空间，感悟生命的真谛。当初，释迦牟尼来到这里时，冥想出了一种新的思维方式，于是他在瓦拉纳西西郊的鹿野苑开始了初转，原始佛教的最初僧团也在此成立。鹿野苑是佛教在古印度的四大圣地之一，所有的建筑被土耳其人破坏殆尽，唯有答枚克佛塔在废墟中保存了下来，塔高达39米，直径达28余米，属留存极少的阿育王时期建筑，成为鹿野苑的标志。鹿野精舍遗址旁，有建于公元前2世纪的阿育王石柱，高约17米，19世纪末期考古发现了长达2米多的石柱头部，雕有四面狮像，成为印度国徽图案的来源。阿育王柱四面狮子石刻像，原件现保存在鹿野苑博物馆中，成为镇馆之宝。

瓦拉纳西还有一座供奉湿婆神的金庙，位于恒河浴场以北的街上，建于1776年。由于它有一个金黄色的尖塔，据说用了880千克黄金而得名，是瓦拉纳西众多寺院中地位最高的一座，不是印度教徒不得进

入。由于周围正在拆迁，又有重兵持枪把守，我们在哈森当地朋友的引导下，七拐八绕依然无法接近，最后只好去一个恒河畔的火葬场，远远地眺望从焚化炉里冒出来的青烟，祈祷死者从此超凡脱俗，进入天堂。

结束瓦拉纳西行程后，哈森陪同我们搭乘 2 日中午 SG247 次航班，下午飞抵印度第一大城市孟买。孟买是印度的经济中心，重要的贸易和港口城市，这里的千万富豪和亿万富豪冠绝印度所有城市。孟买人似乎有一种与生俱来的骄傲。我们入住在机场附近的一家五星级的THE LASIT 酒店，大堂非常壮观气派，在等待哈森办理入住时，就用相机拍两张照片。正在兴奋之时，一个着西装打领带的人跑过来，告诉我只能用手机而不能用相机拍照。让我想起我国改革开放初期，一些高星级酒店对待客人的态度，如出一辙。

在孟买不到两天一夜的时间里，不是乌云密布，就是暴雨拖着小雨，小雨引着大雨，虽然景点一个不少，旅行的心情和质量却大打折扣。哈森兴致勃勃地带我们去参观著名的孟买人工洗衣场（行程外项目）时，先是没有地方停车，接着是交通拥堵、司机又不很熟悉路况，耗费一个多小时，什么也没有看到。参观印度门时，匆匆在细雨中拍几张照片，就被迅雷不及掩耳的暴雨追赶到一个临时帐篷去避雨，直到怅然而去。就连结束行程前从海滨大道去机场，只有二三十千米的路程，不得不因暴雨和塞车，开开停停两个多小时。唯一庆幸的是游览珠瑚海滩，尽管黑云压城，仍然可以漫步海滨。参观威尔士王子博物馆时，虽然大雨如注，一点也没有影响我们的行程。

印度门位于孟买阿波罗码头，面对孟买湾，1911 年为纪念英王乔治五世和皇后玛丽的访印之行而建，让陛下从门下通过，以示孟买是印度的门户。这座融合了印度和波斯文化建筑特色的拱门，高 26 米，用玄武岩制成，门柱的设计灵感来源于印度教寺庙，窗户的设计则是

伊斯兰风格，外形酷似法国的凯旋门，是孟买的门面和标志性建筑。面朝大海，视野开阔，周边有许多大楼和酒店，入住过许多政要和名人的泰姬宫酒店就在印度门左侧，虽是殖民的历史见证，仍然被印度人热爱，因而游人如织，商贩云集，场面十分热闹。除了安检，免费开放。

威尔士王子博物馆是1905年东印度公司为欢迎威尔士王子的来访而特别兴建，坐落在一个绿草如茵的花园中，建筑出自英国设计师之手，具有16世纪伊斯兰建筑风格，主体结构为三层穹顶式建筑，以玄武石为建材，外观十分宏伟壮观。"一战"时曾被用于医院，后来恢复成博物馆。馆内收藏有印度各个时期的艺术品和文物，包括石雕、青铜器、金银器、瓷器、绘画、纺织品等。副楼作为自然博物馆，展示有大量印度动物标本。博物馆馆藏非常丰富，除印度藏品外，还有来自埃及、尼泊尔等国的文物和中国出土的佛教文物与瓷器。天气正在下雨，又是印度此行的最后一个景点，我们有时间走过每一层楼的每一个展厅，进一步感悟这个混合着古老与现代、繁华与不堪、拥堵与懒散、执着与迷茫的国度。

印度的婚姻制度是比较独特的，虽然在法律上废除了种姓婚姻、一夫多妻和童婚，但在习俗上依然遵守父母之命。哈森夫妇都受过高等教育，他们的婚姻却是父母安排的。哈森出生在一个教师家庭，父亲是一名高中教师，有稳定的收入，因而有远见也有能力送他到中国留学。哈森有兄妹三个，母亲去世后，父亲再婚又为哈森生了七个同父异母弟妹。父亲健在时，哈森夫妇及女儿跟大家庭一起生活，父亲仙逝以后，他一个人租住在新德里，老婆和女儿回娘家居住。新德里的收入不高，房价不低，哈森正在努力工作，以期在新德里买房定居。无论哈森的婚姻，还是生活状态，在印度都有一定的代表性。

在南亚旅行期间，哈森是导游中跟我们聊天最多也最坦诚的一位。

他生长于印度，谙熟印度的风土人情；留学在中国，见证了中国的快速发展，与许多印度青年一样，在为梦想打拼的同时，努力思考自己与国家的命运。他比较中印两国后，得出两点不同：第一，中国是共产党领导，看好的事情就一定能办成，而印度实行多党制，执政党要做的事情，反对党一定要阻挠，很难办成大事；第二，印度有许多宗教，例如印度教把猪、牛等动物视为神猪、神牛，牛、猪满街跑就成了自然的现象，而中国就很少有这些情况。我没有做过分析研究，没有评论的权利。不过，最近印度总理莫迪因近几年推进"清洁印度"计划，大规模建设公共厕所，让接近5亿印度人能够正常使用公共厕所，获得了盖茨基金会颁发的名为"全球目标守卫者"的奖项，也许在一定程度上证明了哈森分析有一定的道理。

（南亚三国旅行日记2，2019年8月28日至9月2日游览，10月1日成稿于贵阳）

资料来源：①携程旅行网；②百度百科。

山海斯里兰卡

斯里兰卡旧称锡兰，是印度洋上的热带岛国，在南亚次大陆南端，西北隔保克海峡与印度半岛相望，东西窄，南北宽，国土面积 65610 平方千米，是我国海南岛的面积近一倍。9 月 3 日晚上 8：40 我们从孟买搭乘 UL144 次航班，飞抵科伦坡国际机场、入境斯里兰卡时，已是午夜 12 点。在斯里兰卡实际逗留的四天四夜里，我们到访了首都科伦坡、旧都康提、茶山英伦小镇努瓦利埃丽耶、南部海滨城市加勒和西南海滨城市本托塔，入住的三间酒店都是五星级，除了山城努瓦利埃丽耶外，其余两间都是海滨酒店，推窗见海，其中肉桂大酒店就是导游查米服务的公司所有，习主席访问斯里兰卡时就下榻在这家酒店。

斯里兰卡周边是海，中间是山，早期文明大都集中在中间山地，如康提古城，而殖民文化主要分布在沿海港口城市，如加勒古堡。斯里兰卡的海是壮丽的，斯里兰卡的山是秀丽的，由热带的山和海构成的国家最美丽。僧伽罗语和泰米尔语同为斯里兰卡的官方语言，在僧伽罗语中，斯里兰卡就是"乐土"或"光明富庶的土地"的意思，因而斯里兰卡有"印度洋上的明珠"的美誉，被马可波罗描绘为最美丽的岛屿。所到之处，从海滨到山城，从首都到小镇，从穿越时空的小火车到穿山越水的高速公路，我们漫步于蔚蓝无边的海岸，行走在神

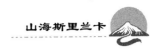
秘悠远的古城，阅赏闻名遐迩的自然遗产，感悟独特迷人的异域文化，率性而洒脱，一路旅行的疲惫一扫而光。

斯里兰卡以种植园经济为主，主要作物有茶叶、橡胶、椰子和稻米。茶叶在欧洲市场广受欢迎，红茶产品闻名世界。4 日下午我们来到努瓦利埃丽耶，独特的高山地理条件加上昼夜温差大的气候，使这里成为锡兰红茶的主要产地之一。万顷茶山，云雾缭绕，绵延不绝，放眼望去，就像一片绿色的海洋。茶园中有两栋不起眼的房子，那就是有百年历史的红茶加工厂。有一个专业人员陪同我们，先是参观红茶的生产过程，然后坐下来，一边吹着凉爽的山风，一边一杯又一杯地品尝纯正的锡兰红茶。

英国殖民时期，殖民者不仅让斯里兰卡人广种茶树，还把首都迁到了努瓦利埃丽耶。这座海拔超过 2000 米的山区城市，以其小山、峡谷和瀑布闻名，群山环抱，森林遍布，气候凉爽，空气清新，整座山城宛如一座英国小镇。有大片的跑马场、高尔夫球场和湖泊，还有斯里兰卡总统府、第一个邮局以及层层叠叠的茶园。从粉红邮局出来，穿过一片高尔夫球场，来到位于半山腰的酒店，规模虽然不大，英伦风浓郁。华灯初上时，餐厅里几乎坐满了人，我们找了一个两个人的桌子坐下来，分别点了一份牛排和一份海鲜套餐，沉浸在烛光之下。就在我们即将离席时，热情的服务员又端上一份，给略显寒凉的夜晚增添了一片浓浓的暖意。

5 日上午，云雾弥漫在天地之间，亲吻着努瓦利埃丽耶。在风儿掀开雾帘那一刻，我们瞄一眼努瓦利埃丽耶湖的真容，然后直奔本托塔。途经斯里兰卡第二大城市康提时，我们做了短暂停留。康提地处斯里兰卡南部中央，依山傍水，风景秀丽，是辛哈拉国王统治时期的最后一个首都，在 1815 年被英国人征服之前，享有 2500 多年的文化繁荣。我们参观了康提宝石博物馆，鉴赏了宝石开采、加工和挑选的

方法，斯里兰卡素来以蓝宝石闻名于世，几个世纪以来，一直有着宝石王国的美誉。有人说，到了康提最不应错过的就是供奉着佛祖释迦牟尼牙齿的佛牙寺。从尼泊尔和印度一路走来，我们看了太多的寺院和神庙，不免有些沉重和压抑，斯里兰卡没有同类的行程，不仅没有丝毫的遗憾，反而更加轻松惬意。

肉桂酒店海滩上与印度一家五口的合影

驶过四个小时的蜿蜒山路以后，汽车飞驰在现代化的高速上，碧蓝的天空，浩瀚的大洋，翠绿的山峦，茂密的热带雨林，人也豁然开朗起来。入住肉桂酒店以后，我们第一时间来到沙滩，等待曼妙的日落时刻。海上风云变幻，下午还是晴朗无云，太阳即将落入地平线时却被一片乌云遮挡得严严实实。在等待落日时，我们与斯里兰卡的一家五口人不期而遇。他们专门来此度假，与我们年龄相仿的父母优雅地坐在海边的石凳上，三个成年的女儿或拍照片，或和衣静坐在沙滩上，任凭海浪冲刷。儿女真情地陪伴着父母、父母欣慰地围着儿女的温馨，在我们心里流淌。

6日凌晨4点多就走出酒店，沿着进城的方向快走运动。一路上虽然灯光幽暗，但所见之人的相互问候，让心里非常明亮。即将回到酒店时，一阵倾盆大雨，浇得失去了方向。无奈之时，闪进了一家小酒店的大堂。一位黑皮肤的老人，首先拿来干爽的毛巾，然后用生硬的英语问我需要什么帮助，在看了我们酒店大堂的照片后，热情地为我指路，让我悬着的心一下子落了地。雨后天晴，上午乘船漫游本托塔红树林，然后前往加勒游览加勒城堡，参观高跷垂钓。

马杜河有着斯里兰卡最原始的红树林，河面宽广，中央散落着几处小岛。由于土壤周期性被海水淹没，盐度非常高，所以红树的根系特别发达，盘根错节屹立于滩涂之中。茂密的红树林就是海岸线上一道绿色的屏障，保护着一方海洋生物和生态环境。查米陪同我们，三个人一条电动小船，一会儿在泻湖的红树林里穿行，一会儿在宽阔的河面上飞奔。树枝上跳跃的灵猴，大桥下旁若无人的巨大蜥蜴，头上时不时掠过的小鸟，还有藏于水中的海龟和鳄鱼，它们共享着丛林的幽静和深邃。西南角绿柏夹道，更是惹醉了不少游人在此缠绵徘徊。

加勒是斯里兰卡南部海滨城市，荷兰殖民时期，荷兰人为了显示在斯里兰卡的统治坚不可摧，在加勒修建了一座占地36万平方米的城堡，标准的欧洲风格。穿过高尔市区，看到一座四方尖碑，就到了古城城门。城头上矗立着高高的钟塔，狮子旗在蓝天下迎风飘扬。古城东南角有一座灯塔，建于1938年，高18米，是加勒标志性建筑之一。城墙外，乱石穿空，海风卷起巨浪，撞击石头发出轰鸣般的声响。历经几个世纪的风风雨雨，城墙虽已残破，但依然坚硬和牢固。这里不仅是殖民时期加勒变迁的见证，还在2004年南亚海啸中保护了整个古城。

加勒城堡是世界文化遗产之一，建于16世纪，是一个至今依然有人生活着的古城。城堡内有博物馆、教堂、警察局、学校和民居，餐厅和咖啡馆更是星罗棋布。炎炎烈日，我们登上城墙，环游古城一圈，整整一个小时。加勒一带还有一项最为与众不同的人文景观，那就是高跷垂钓。渔夫将一根木棍插入海中，坐在高高的木桩上，手持没有鱼饵的渔竿，目不转睛地盯着海面，等待鱼儿上钩，远远望去好像一群脚踩高跷站立在海水中的垂钓者。高跷渔夫被称作斯里兰卡国钓，现在这种古老的技巧已经商业化了，成为一种表演形式，渔夫们平时在小屋中休息，只要游人一到便出来表演，还热情地邀你去付费体验。午饭以后，马不停蹄地跑来，看了以后有一种"不来遗憾，来了失

望"的感慨。

9月7日既是我们在斯里兰卡,也是整个南亚三国旅行的最后一天行程。上午9点多出发,司机把我们送到本托塔火车站后,自己开车去科伦坡中央车站接车。斯里兰卡铁路建于1864年殖民时期,以科伦坡为中心共有九条线路,几乎涵盖了全岛。由于年代久远,轨道不平,车厢陈旧,开行途中还不关门。车票上没有车厢和座位号,查米陪我们提前就是为了找到好的观景座位。火车驰骋在印度洋海岸线上,离海最近的距离不足一两米,车厢里站满了人,卖唱的轮番上演,拥挤不堪;车窗外,一边是蔚蓝的大海,微风拂面,一边是低矮破旧的棚屋,近在咫尺。当我们如风般地经过时,"天堂"与"地狱"的反差强烈地冲击着视觉神经,恍若进入《千与千寻》的梦境。

科伦坡是进入斯里兰卡的门户,素有"东方十字路口"之称。这里有金碧辉煌的寺庙佛像,也有巍峨耸立的摩天大厦;有虔诚笃信的宗教徒,也有欢快狂放的打击乐;有旖旎的海滨风光,也有喧嚣的夜市赌场,众多文化碰撞的科伦坡,充斥着一流的美食餐厅和让人流连忘返的精品小店。比澳门面积略大一点的科伦坡,逛起来并不费力。在北京宫吃完午饭后,先车游国际会议大厦、中国大使馆、独立广场、市政厅、市民公园、科伦坡港、印度庙,最后停车旧国会大厦附近,漫步海边。斯里兰卡有许多英国殖民时期留下的建筑物,巴洛克风格的旧国会大厦就是其中之一,但至少有两个例外。

班达拉奈克国际会议大厦位于科伦坡贝塔区中心地带,是20世纪70年代我国政府无偿援助斯里兰卡的项目,外观呈八角形,宏伟壮丽,成为科伦坡标志性建筑之一。大厦于1973年5月竣工,建成并投入使用40多年来,在斯里兰卡社会生活中发挥着重要作用,被誉为"中斯友谊的象征"。与国际会议大厦隔街相望的是中国大使馆。

独立广场位于科伦坡大学东侧,是斯里兰卡1948年独立仪式举行的场所。在广场中央有一座独立纪念堂，为纪念斯里兰卡脱离英国殖民统治而建，再现了康提王朝时期皇室接见朝觐者的大厅，彰显着康提王朝的盛世。纪念堂梁柱上刻有 28 副精美壁画，描绘了斯里兰卡佛教史和神话传说。纪念堂周围分布着 60 只造型各异、栩栩如生的狮子，代表着斯里兰卡历史上的 60 位国王。纪念堂四角建有隐蔽的通往地下的通道，地下分布着 101 个房间，收藏了斯里兰卡一些重要档案，作为小型博物馆向民众开放。纪念堂前伫立着斯里兰卡开国总理森纳那亚克的雕像。广场绿树成荫，很多人在这里休闲纳凉，也有年轻人谈情说爱，拍摄婚纱照。据查米介绍，中斯两国关系友好，不少中国公司正在斯里兰卡建设新的大型项目。在旧国会大厦对面的海滩上，正在进行的是一项填海工程。这是中斯两国合作的项目，规划建设的都是高尚的住宅，碧瓦朱甍。一位参与建设的中国工人自豪地告诉我们，总建筑面积将是科伦坡现有建筑面积的一倍，建成后不仅会大大提升科伦坡的居住水平，还将成为科伦坡乃至斯里兰卡一道亮丽的风景。

独立纪念堂

　　游完科伦坡所有景点，离午夜飞机还有好几个小时，查米陪同我们先进超市，再逛商场。在超市里遇到了不少中国人，他们大多是被派驻科伦坡，参与港口、人工岛和其他项目建设的。根据他们的推荐，我们选购了袋装红茶和婴儿乳胶枕，和蓝宝石、锡兰红茶一样，乳胶也是斯里兰卡的特产。买好心仪的商品后，在咖啡厅坐下来，慢慢啜饮的同时，脑海里回放的都是斯里兰卡的所见所闻。这是一个神奇的国度，蓝天、白云、山峦、海滨，还有信仰与包容，集中了人类最美好的元素，如果基础建设再好点、贫富差距再小点，一定更美好。

　　（南亚三国旅行日记3，2019年9月3日至7日游览，10月4日写于贵阳）

　　资料来源：①携程旅行网；②百度百科。